面向 21 世纪高等学校计算机基础课程规划教材

大学计算机基础

熊李艳　吴　昊　主　编

杜玲玲　范　萍　副主编

U0095799

中国铁道出版社

CHINA RAILWAY PUBLISHING HOUSE

内 容 简 介

本书内容主要包括计算机基础知识、Windows 2000 操作系统、文字处理软件 Word 2000、电子表格处理软件 Excel 2000、演示文稿制作软件 PowerPoint 2000、计算机网络基础、网页制作软件 FrontPage 2000、多媒体技术、程序设计初步、数据库技术基础等内容。

本书通过大量的实例对计算机基础知识进行了全面系统、重点突出的讲解，对应用环节给出了清晰的操作步骤，与之配套的实验教材还提供了实验示例及大量的复习题供读者练习。读者通过系统地学习本套教材，能够掌握计算机的基本知识及各种操作。

本书适合作为各类高校非计算机专业计算机基础课程的教学用书，也适合于各类计算机基础培训、准备参加计算机等级考试的学生和计算机爱好者自学使用。

图书在版编目（CIP）数据

大学计算机基础 / 熊李艳，吴昊主编. —北京：中国铁道出版社，2008.9

面向 21 世纪高等学校计算机基础课程规划教材

ISBN 978-7-113-08871-2

Ⅰ. 大⋯ Ⅱ. ①熊⋯②吴⋯ Ⅲ. 电子计算机－高等学校－教材 Ⅳ. TP3

中国版本图书馆 CIP 数据核字（2008）第 131830 号

书　　名：大学计算机基础	
作　　者：熊李艳　吴　昊　主编	

策划编辑：秦绪好	
责任编辑：王占清	编辑部电话：（010）63583215
封面设计：付　巍	封面制作：白　雪
编辑助理：杜　鹃	责任印制：李　佳

出版发行：中国铁道出版社（北京市宣武区右安门西街 8 号　邮政编码：100054）

印　　刷：北京市彩桥印刷有限责任公司

版　　次：2008 年 9 月第 1 版　　　2008 年 9 月第 1 次印刷

开　　本：787mm×1092mm　1/16　**印张**：18.5　**字数**：427 千

印　　数：4 000 册

书　　号：ISBN 978-7-113-08871-2/TP • 2882

定　　价：35.00 元

前　言

计算机应用基础是高校非计算机专业学生的必修课，尽管目前使用的教材很多，但是真正适合教学要求的教材并不多，主要原因是大多数比较注重理论的叙述与讲解，没有很好地将计算机实践与能力进行有机的结合，对于实验教材在内容及形式上都像另一本教材，并没有反映出实验教材的特点。我们在总结吸取现有教材成功经验的基础上，根据多年的教学经验与体会，编写出版了此套适合于各类高校非计算机专业的计算机基础课程的教材，其主要的特点如下：

①吸取最新的计算机技术，力求反映当前计算机基础教育的教学要求，提供大量的丰富的实例，详细讲述操作步骤，注重对具体技能的讲授和训练，学生在学习过程中能同步进行实际技能的训练。

②主教材与实验教材相互配合，在主教材中注重理论问题的讲授，在实验教材中突出应用，强调实践环节的训练与培养。

③既可以方便老师课堂讲授，同时也注重学生无辅导环境下的自学。

④突出实用，加强实践环节，提供大量的演示示例及练习题目，同时为了满足参加计算机等级考试的学生的要求，还提供了大量的习题，方便学生考前训练。

本教材由长期在教学一线的具有丰富教学经验和教学水平的多位老师参与编写，其中熊李艳、吴昊担任主编，杜玲玲、范萍任副主编。周美玲、雷莉霞、黎海生、刘媛媛、张帮明、张年、丁琼、喻佳、李明翠、叶云青、俞之杭、钟小妹、王益云、陈丹、周庆忠、刘建辉、宋岚、李黎青等老师对教材的编写工作提出了许多有益的建议。本书还得到了刘觉夫、王益云等及相关教研室同仁的大力帮助，在此特别对他们表示由衷的感谢。

本书适合作为各类高校非计算机专业的计算机基础课程、成人教育及自学计算机基础课程的教材，同时也适合高等职业院校各类培训学校、计算机爱好者自学使用。

由于编者水平有限，书中疏漏和不足之处在所难免，敬请读者批评指正。

编　者
2008 年 7 月

目　录

第 1 章

计算机基础知识

　　计算机是 20 世纪人类最伟大的发明之一，计算机诞生半个多世纪以来，无论是计算机技术本身，还是计算机的应用，都得到了快速发展。目前。计算机不仅广泛应用于工业、农业、国防和科学技术等许多领域，同时还不断渗透到人们日常生活的各个方面。计算机的应用，已经引起了人类社会的巨大变革，并将继续推动人类社会的发展。在进入信息时代的今天，学习计算机知识，掌握和使用计算机已称为每一个人的迫切需求。

　　本章主要介绍计算机系统的基础知识，包括计算机的发展与应用、计算机系统的组成与简单的工作原理、数据在计算机内部的表示及运算、信息技术及安全等内容。

1.1　计算机的发展

1.1.1　计算机的定义

　　今天，计算机在各个领域中正发挥着越来越重要的作用。概括地说，计算机是一种能进行高速运算和操作、具有内部存储能力并由程序控制运算和操作过程的电子设备。计算机最早用于数值计算，随着计算机技术的发展和广泛应用，它已经成为人们进行信息处理的一种必不可少的工具。

1.1.2　计算机发展简史

　　现代计算机又称电子计算机（computer，或简称为计算机）或电脑，它是一种能存储程序和数据、自动执行程序、快速而高效地自动完成对各种数字化信息处理的电子设备。

　　计算机能部分地代替人的脑力劳动，随着程序的改变，计算机的功能也随之改变，体现了计算机具有很好的通用性。这些正是计算机区别于计算器（calculator）的地方。在计算机之前出现的计算器，虽然也能进行加、减、乘、除等运算，但无存储程序和存储中间结果的能力，不能自动完成用户要求的数据处理工作。计算机孕育于英国，诞生于美国，遍布于全世界。

　　计算机的特点是运算速度快，计算精确度高，可靠性好，记忆和逻辑判断能力强，存储容量大且不易消失，具有多媒体和网络功能等。

　　在现代计算机的发展中，最杰出的代表人物是英国的图灵（Alan Mathison Turing）和美籍匈牙利人冯·诺依曼（John Von Neumann）。

图灵的主要贡献在于：一是建立了图灵机（turing machine，TM）的理论模型，对数字计算机的一般结构、可实现性和局限性产生了意义深远的影响；二是提出了定义机器智能的图灵测试（turing test），奠定了"人工智能"的理论基础。为纪念图灵的理论成就，美国计算机协会（ACM）在 1966 年开始设立了奖励世界计算机学术界最高成就的图灵奖。

冯·诺依曼是在数学、物理学、逻辑学、气象学、军事学、计算机理论及应用、对策论和经济学诸多领域都有重要建树和贡献的伟大学者。他首先提出了在计算机内存储程序的概念，并使用单一处理部件来完成计算、存储及通信工作。有着"存储程序"的计算机成了现代计算机的重要标志。

现代计算机的特点可概括如下：

- 使用单一的处理部件来完成计算、存储及通信工作。
- 存储单元是定长的线性组织。
- 存储空间的单元是直接寻址的。
- 使用低级机器语言，指令通过操作码来完成简单的操作。
- 对计算进行集中的顺序控制。

美国于 1946 年 2 月 14 日正式通过验收名为 ENIAC（electronic numerical integrator and calculator）的电子数值积分计算机，宣告了人类第一台电子计算机的诞生，它是由美国宾夕法尼亚大学的物理学家约翰·莫克利领导设计的。这台计算机需要功率 150 kW，用了 18 000 多个电子管、10 000 多个电容器、7 000 个电阻、1 500 多个继电器，占地 160 m^2，重 30 t。虽然它仍存在着不能存储程序、使用的是十进制数、在机外用线路连接的方法来编排程序等严重缺陷，但是由于它使用了电子管和电子线路，因此，大大提高了运算速度，每秒可以完成加减运算 5 000 次。这在当时已是件了不起的事情。所以，ENIAC 的问世具有划时代的意义，它宣告了计算机时代的到来。

人类第一台具有内部存储程序功能的计算机 EDVAC（electronic discrete variable automatic computer，电子离散变量自动计算机）是根据冯·诺依曼的构想制造成功的，并于 1952 年正式投入运行。它采用了二进制编辑和存储器，其硬件系统由运算器、逻辑控制装置、存储器、输入和输出设备五部分组成。EDVAC 把指令存入计算机的存储器，省去了在机外编排程序的麻烦，保证了计算机能按事先存入的程序自动地进行运算。

事实上，实现内存程序式的世界第一台电子计算机是英国剑桥大学的威尔克思（M.V.Wilkes）根据冯·诺依曼设计思想领导设计的 EDSAC（electronic delay storage automatic calculator，电子延迟存储自动计算器），于 1949 年 5 月制成并投入运行。

冯·诺依曼提出的内存储程序的思想和规定的计算机硬件的基本结构，沿袭至今。程序内存储工作原理也被称为冯·诺依曼原理，因此常把发展到今天的整个四代计算机统称为"冯氏计算机"或"冯·诺依曼式计算机"。

由于现代计算机连续经过了几次重大的技术革命，留下了鲜明的标志，因此人们通过划代来区别计算机的各个发展阶段。

对于计算机的划代一般采用如下原则：

- 按照计算机采用的电子器件来划分。这可以说是一个早已约定的划代法，通常可分为电子管、晶体管、集成电路、超大规模集成电路等四个阶段。
- 结合具有里程碑意义的典型计算机来划分。不能只从计算机的学术价值来判断，还应考虑它的社会效益和经济效益。

● 按照计算机系统的全面技术水平来划分，而不是只从一两个硬件的改进来下结论。

（1）第一代计算机

第一代计算机通常具有如下特点：

① 采用电子管。

② 所有指令与数据都用"0"或"1"来表示，分别对应电子器件的"接通"与"关断"，这是机器可以理解的机器语言。

③ 可存储程序，就有可能制作成通用计算机。然而存储设备还较落后，其间曾出现磁芯，可靠性得到很大提高，但是其容量还非常有限。

④ 输入/输出主要采用穿孔卡，速度慢。

（2）第二代计算机

第二代计算机通常具有以下特点：

① 用晶体管代替了电子管。晶体管具有体积小、重量轻、发热少、耗电少、速度快、寿命长、价格低、功能强等特点，采用它作为计算机的元件，使机器的结构与性能都发生了新的飞跃。

② 普遍采用磁芯存储器作内存，并采用磁盘与磁带作外存，使存储容量增大，可靠性提高，为系统软件的发展创造了条件。

③ 计算机体系结构中的许多特性相继出现（如变址寄存器、浮点数据表示、中断、I/O 处理等）。

④ 汇编语言取代机器语言，并且开始出现了 FORTRAN、COBOL 等高级语言。

⑤ 计算机的应用范围越来越大，开始进入过程控制等领域。

其代表作品有 UNIVAC-II、BELL TRADIC、IBM 7090、7094、7040、7044 等。

（3）第三代计算机

第三代计算机通常具有以下特点：

① 集成电路取代晶体管。它的体积更小，耗电更少，功能更强，寿命更长。

② 采用半导体存储器取代磁芯存储器，这样存储器开始了集成电路化，内存容量大幅增加，为建立存储体系与存储管理创造了条件。

③ 开始走向了系列化、通用化、标准化。这与普遍采用的微程序技术有关。

④ 系统软件与应用软件有了很大的发展，操作系统在规模和复杂型方面都取得了进展，为了提高软件的质量，出现了结构化、模块化的程序设计方法。

其代表作品有 IBM 360 系统、Honeywell 6000 系列、230 系列等。

（4）第四代计算机

第四代计算机通常具有以下特点：

① 采用超大规模集成电路 VLSI 取代中小规模集成电路。

② 并行处理与多处理领域正在积累经验，为未来的技术突破准备条件。

③ 由于微处理器的出现，使得微型机异军突起。

其代表作品有 IBM 4300 系列、3080 系列、3090 系列及 9000 系列等。

1.1.3　计算机的分类

按照 IEEE（美国电气和电子工程师协会）的划分标准，将计算机分为六大类，即巨型机、小巨型机、大型机、小型机、微型计算机、工作站。

- 巨型机（supercomputer）：也称为超级计算机，在所有计算机类型中，其占地最大、价格最贵、功能最强、浮点运算速度最快。目前，多用于战略武器的设计、空间技术、中长期天气预报以及社会模拟等领域。
- 小巨型机（mini supercomputer）：也称小型超级计算机或桌上型超级计算机，出现于 20 世纪 80 年代中期，性能略低于巨型机。
- 大型机（mainframe）：也称为大型计算机，其特点是大型、通用、具有很强的处理和管理能力，主要用于大银行、大公司、规模较大的高校和科研院所。
- 小型机（minicomputer）：结构简单，可靠性高，成本较低，不需要经过长期培训即可维护和使用。
- 微型计算机（personal computer，PC）：平常所说的微机指的就是 PC。这是 20 世纪 70 年代出现的新机种，它以设计先进、软件丰富、功能齐全、价格便宜等优势而拥有广大的用户。
- 工作站（workstation）：介于 PC 和小型机之间的一种高档微机，其运算速度比微机快，且有较好的连网功能。它主要用于特殊的专业领域，例如图像处理、计算机辅助设计等。

1.1.4 微机的发展与分类

微型计算机属于第四代计算机，其性能主要取决于微处理器。因此，按其使用微处理器的不同一般可将它分为五代。

第一代以 4 位微处理器为主，典型产品有 Intel 4004（由美国 Intel 公司于 1971 年研制的第一块微处理器芯片，字长 4 位）、Intel 8008（Intel 公司 1972 年推出的 8 位微处理器）。

第二代以 8 位微处理器为主，典型产品有 Intel 8080、Motorola M6800、Zilog Z80。

第三代以 16 位微处理器为主，典型产品有 Intel 8086、8088（80286），Motorola M68000，Zilog Z8000。

IBM 公司 1981 年推出了 16 位的微型计算机 IBM PC，1983 年又推出了 IBM PC/XT，1984 年推出了 IBM PC/AT（采用 80286 微处理器），从此 PC 正式进入计算机领域，并得到迅速普及和飞速发展。

第四代以 32 位微处理器为主，典型产品有 Intel 80386/80486、Motorola M68020、Bell MAC32。

第五代以 32 位微处理器为主，并向 64 位微处理器发展。典型产品有 Intel Pentium、Pentium Pro、Pentium MMX、Pentium II、Pentium III、Pentium 4。

微机的类型：微机按字长可分为 8 位、16 位、32 位、64 位机等；微机按结构可分为单片机、单扳机、多芯片机和多扳机等；微机按用途可分为工业过程控制机与数据处理机等；微机按微处理器芯片型号可分为 286、386、486 与 Pentium 等。

1.2 计算机的特点与应用

1.2.1 计算机的特点

1．运算速度快

计算机的运算速度（或称处理速度）用每秒钟可执行多少百万条指令（MIPS）来衡量。现代巨型机每秒钟可运行几百亿条指令，数据处理的速度相当快，有利于处理大量的数据。计算机这么快的数据处理（运算）速度是其他任何处理（计算）工具无法比拟的，使得许多过去需要几年甚至几十年才能完成的复杂运算现在只要几天、几小时，甚至更短的时间就可完成，这是计算机广泛使用的主要原因之一，也是衡量一台计算机性能好坏的重要标志。

2．计算精度高、可靠性强

数据在计算机内是用二进制数编码的，数的精度主要由表示这个数的二进制数码的位数决定。计算精度在理论上不受限制，通过技术处理，可以满足任意精度的要求，并且差错率极低，可靠性极强。通过软件技术可以实现任何精度的要求。例如，圆周率的计算，一位数学家曾用 15 年的时间计算到 707 位，而用计算机几个小时就可计算到 10 万位以上。

3．存储容量大、记忆力强

计算机的存储器类似于人的大脑，具有强大的记忆和存储能力，它不仅可以长久性存储大量的文字、图形、图像、声音等信息资料，还可以存储用来指挥计算机工作的程序。计算机存储器容量大小也是衡量一台计算机性能好坏的一个重要标志。

4．具有复杂的逻辑判断能力

逻辑判断是计算机的主要特征之一，是计算机能实现信息处理自动化的重要保证。计算机在程序的执行过程中会根据上一步的执行结果，运用逻辑判断方法自动确定下一步该做什么，应该执行哪一条指令。能进行逻辑判断，使计算机不仅能对数值数据进行计算，也能对非数值数据进行处理，使得计算机能广泛应用于非数值数据处理领域，如信息检索、图形识别以及游戏和各种多媒体应用等。

5．可靠性高，通用性强

计算机可以连续无故障地运行几个月甚至几年，具有非常高的可靠性。通用性由两方面决定：一是现代计算机之间的软件通用性强；二是现代计算机不仅可用来进行科学计算，也可用于数据处理、实时控制、辅助设计、办公自动化及网络通信等。

1.2.2　计算机的应用

随着计算机技术的发展，计算机已渗透到人类社会生活的各个领域，不仅在科学研究、工业、农业、医学等自然科学领域得到广泛的应用，而且已进入社会科学各领域及人们的日常生活，计算机已成为未来信息社会的强大支柱。根据计算机应用特点，大致可将计算机的应用领域归纳为科学计算、自动控制、测量和测试、信息处理、计算机辅助系统等几大类。

1．科学计算

科学计算是计算机最早应用的领域，也是应用得最广的领域。计算机的发明和发展，首先是为了解决科学技术和工程设计中存在的大量数学计算问题的。这类问题的特点是数据量不是很大，但计算量很大、很复杂。

2．自动控制

自动控制是涉及面很广的一门学科，在工业、农业、国防以至人们日常生活等各个领域都得到广泛应用。在实际控制过程中，其输入的信息往往是电压、温度、位移等模拟量，所以要先将这些模拟量转换成数字量，然后再由计算机进行处理或计算。计算机处理的结果是数字量，一般要将它们转换成模拟量才能控制对象。因此，在计算机控制系统中，需有专门的数字–模拟转换设备和模拟–数字转换设备（称为 D/A 转换和 A/D 转换）。由于过程控制一般都是实时控制，所以其对计算机速度的要求不高，但要求计算机的可靠性高，否则将生产出不合格的产品，甚至造成重大的设备故障或人身事故。

计算机用于生产过程的实时控制，可大大提高生产自动化水平，提高劳动生产率和产品质量，减轻人类劳动强度，降低生产成本以及缩短生产周期，如数控机床、自动化流水线等。特别是有了体积小、价廉可靠的微型计算机后，自动控制就有了强有力的工具，使自动控制进入了以计算机为主要控制设备的新阶段。

3. 测量和测试

在这个领域中，计算机主要起两个作用，即对测量和测试设备本身进行控制；采集数据并进行数据处理。

4. 信息处理

计算机发展初期，它仅仅用于数值计算。但是后来其应用范围逐渐发展到非数值计算领域，可用来处理文字、表格、图像、声音等各类问题。因此，确切地讲，计算机应当称为信息机，或叫信息处理机。信息处理的应用相当广泛，例如银行管理系统、财务管理系统、人事管理系统等。

5. 电子商务

电子商务（electronic commerce，EC）是指利用计算机和网络的商务活动，具体地说，是指综合利用 LAN（局域网）、Intranet（企业内部网）和 Internet 进行商品和服务交易、金融汇兑、网络广告或提供娱乐节目等商业活动。交易的双方可以是企业与企业之间，也可以是企业与消费者之间。

电子商务是一种比传统商务更好的商务方式，它旨在通过网络完成核心业务，改善售后服务，缩短周转周期，从有限的资源中获得更大的收益，从而达到销售商品的目的。它向人们提供了新的商业机会、市场需求以及各种挑战。

6. 计算机辅助系统

计算机辅助系统包括计算机辅助设计（CAD）、计算机辅助制造（CAM）、计算机辅助教学（CAI）和计算机辅助决策。

7. 计算机通信

计算机通信是近几年迅速发展起来的利用计算机进行数据通信的手段，其中一种方式是利用现有的无线电信通道或电话线路实现计算机之间的通信。简单地讲，任何一个计算机用户，如果同时拥有微型计算机和适合于进行数据通信的无线电通信设备或电话，再购买一台称做调制解调器的硬件设备，配合适当的通信软件，就可以实现计算机通信。

计算机网络技术的发展促进了计算机通信应用业务的开展。目前，完善计算机网络系统和加强国际间信息交流已成为世界各国经济发展、科技进步的战略措施之一，因而世界各国都特别重视计算机通信的应用。多媒体技术的发展给计算机通信注入了新的内容，使计算机通信由单纯的文字数据通信扩展到音频、视频和活动图像的通信。互联网的迅速普及，使如网上会议、网上医疗、网上理财、网上商业等网上通信活动进入了人们的生活。随着全数字网络 ISDN（integrated service digital network，综合业务数字网）和 ADSI（asymmetric digital subscriber iane，异步数字用户线）宽带网的广泛使用，计算机通信将进入高速发展的阶段。

8．人工智能

人工智能是计算机科学的一个研究领域。它试图赋予计算机以人类智慧的某些特点，用计算机来模拟人的推理、记忆、学习、创造等智能特征，主要方法是依靠有关知识进行逻辑推理，特别是利用经验性知识对不完全确定的事实进行精确性推理。

1.2.3 计算机的发展趋势

随着计算机应用的广泛和深入，向计算机技术本身提出了更高的要求。当前，计算机的发展表现为五种趋向：巨型化、微型化、多媒体化、网络化和智能化。

1．巨型化

巨型化是指发展高速度、大存储量和强功能的巨型计算机。这是如天文、气象、地质、核反应堆等尖端科学的需要，也是记忆海量的知识信息以及使计算机具有类似人脑的学习和复杂推理的功能所必需的。巨型机的发展集中体现了计算机科学技术的发展水平。

2．微型化

微型化就是进一步提高集成度，利用高性能的超大规模集成电路研制质量更加可靠、性能更加优良、价格更加低廉、整机更加小巧的微型计算机。

3．多媒体化

多媒体是"以数字技术为核心的图像、声音与计算机、通信等融为一体的信息环境"的总称。多媒体技术的目标是：无论在什么地方，只需要简单的设备，就能自由自在地以接近自然的交互方式收发所需要的各种媒体信息。

4．网络化

网络化就是把各自独立的计算机用通信线路连接起来，形成各计算机用户之间可以相互通信并能使用公共资源的网络系统。网络化能够充分利用计算机的宝贵资源并扩大计算机的使用范围，为用户提供方便、及时、可靠、广泛、灵活的信息服务。

5．智能化

智能化是指让计算机具有模拟人的感觉和思维过程的能力。智能计算机具有解决问题和逻辑推理的功能，知识处理和知识库管理的功能等。人与计算机的联系是通过智能接口，用文字、声音、图像等与计算机进行自然对话。目前，已研制出各种"机器人"，有的能代替人劳动，有的能与人下棋等。智能化使计算机突破了"计算"这一初级的含义，从本质上扩充了计算机的能力，可以越来越多地代替人类脑力劳动。

1.2.4 新型计算机展望

从 1946 年第一台存储程序的电子计算机诞生之后，计算机的进步突飞猛进，计算机的体积不断变小，但性能、速度却在不断提高。然而，人类的追求是无止境的，人们一刻也没有停止过研究更好、更快、功能更强大的计算机，计算机将朝着微型化、巨型化、多媒体化、网络化和智能化方向发展。但是，目前几乎所有的计算机都被称为冯·诺依曼计算机，从目前的研究情况看，未来新型计算机将可能在下列几个方面取得革命性的突破。

1．光子计算机

光子计算机是一种用光信号进行数字运算、信息存储和处理的新型计算机，也是一种运用集成光路技术，把光开关、光储存器等集成在一块芯片上，再用光导纤维连接成的计算机。1990 年 1 月底，贝尔实验室研制成功第一台光子计算机，尽管它的装置很粗糙，由激光器、透镜、棱镜等组成，只能用来计算。但是，它毕竟是光子计算机领域中的一大突破。正像电子计算机的发展依赖于电子器件，尤其是集成电路一样，光子计算机的发展也主要取决于光逻辑元件和光存储元件，即集成光路的突破。近十年来，CD-ROM 光盘、VCD 光盘和 DVD 光盘的接踵出现，使光存储研究取得巨大进展。网络技术中的光纤信道和光转换器技术也已相当成熟。光子计算机的关键技术，即光存储技术、光互连技术、光集成器件等方面的研究都已取得突破性的进展，为光子计算机的研制、开发和应用奠定了基础。现在，全世界除了贝尔实验室外，日本和德国的其他公司都投入巨资研制光子计算机，预计在 21 世纪将出现更加先进的光子计算机。

2．生物计算机

生物计算机在 20 世纪 80 年代中期开始研制，其最大的特点是采用了生物芯片，它由生物工程技术产生的蛋白质分子构成。在这种芯片中，信息以波的形式传播，运算速度比当今最新一代的计算机快 10 万倍，能量消耗仅相当于普通计算机的 1/10，并且拥有巨大的存储能力。由于蛋白质分子能够自我组合，再生新的微型电路，使得生物计算机具有生物体的一些特点，如能发挥生物体本身的调节机能从而自动修复芯片发生的故障，还能模仿人脑的思考机制。

目前，生物计算机研究领域已经有了新的进展，预计在不久的将来就能制造出分子元件，即通过在分子水平上的物理化学作用对信息进行检测、处理、传输和存储。另外，超微技术领域也取得了某些突破，制造出了微型机器人。长远目标是让这种微型机器人成为一部微小的生物计算机，它们不仅小巧玲珑，而且可以像微生物那样自我复制和繁殖，可以钻进人体杀死病毒，修复血管、心脏、肾脏等内部器官的损伤，或者使引起癌变的 DNA 突变发生逆转，从而使人延年益寿。

3．超导计算机

在计算机诞生之后，超导技术的发展使科学家们想到用超导材料来替代半导体制造计算机。早期的研制工作主要是延续传统的半导体计算机的设计思路，只不过是将半导体材料制备的逻辑门电路改为用超导体材料制备的逻辑门电路。这从本质上讲并没有突破传统计算机的设计构架，而且在 20 世纪 80 年代中期以前，超导材料的超导临界温度仅在液氮温区，实施超导计算机的计划费用昂贵。然而这在 1986 年左右出现重大转机，高温超导体的发现使人们可以在液氮温区获得新型超导材料，于是超导计算机的研究又获得了各方面的广泛重视。超导计算机具有超导逻辑电路和超导存储器，运算速度是传统计算机无法比拟的。所以，世界各国的科学家都在研究超导计算机，但还有许多技术难关有待突破。

4．量子计算机

现在的高速现代化计算机与计算机的祖先 ENIAC 相比并没有什么本质的区别，尽管现在的计算机体积已经变得更加小巧，执行任务也非常快，但是它的任务却没有改变，还是对二进制位"0"和"1"的编码进行处理并解释为计算结果。每个位的物理实现是通过一个肉眼可见的物理系统完成的，例如从数字和字母到所用的鼠标或调制解调器的状态等都可以用一系列"0"和"1"的组合来表示。传统计算机与量子计算机之间的区别是传统计算机遵循着众所周知的经典物理规律，而量子计算机则遵循着独一无二的量子动力学规律，这是一种信息处理的新模式。在量子计算机中，用"量子位"来代替传统电子计算机的二进制位。二进制位只能用"0"和"1"两个状态表示信息，而量子位用粒子的量子力学状态来表示信息，两个状态可以在一个"量子位"中并存。"量子位"既可以用与二进制位类似的"0"和"1"，也可以用这两个状态的组合来表示信息。正因如此，量子计算机被认为可以进行传统电子计算机无法完成的复杂计算，其运算速度是传统电子计算机无法比拟的。与传统的电子计算机相比，量子计算机具有解题速度快、存储量大、搜索功能强和安全性较高等优点。

1.3　计算机的运行基础

计算机的主要功能是处理各种信息，如数值计算、文字处理、声音、图形和图像等。这些信息都必须经过数值编码后才能在计算机中存储、处理和传输。因为计算机是采用二进制数值存储信息和计算数据的，即以"0"和"1"两个数符来存储、计算和传输信息，所示的各种信息在计算机中都是二进制的形式。在此将介绍计算机中的各种数制及它们的相互转换，非数值数据的编码规则。

数制也称计数制，是指用一组固定的符号和统一的规则来表示数值的方法。编码是采用少量的基本符号，选用一定的组合原则，以表示大量复杂多样的信息的技术。计算机是信息处理的工具，任何信息必须转换成二进制形式数据后才能由计算机进行处理、存储和传输。

1.3.1　数制及其运算

计算机内部采用二进制数表示数据，而不是十进制数。这主要是因为二进制数具有其他进制所不具备的优点。

① 易于表示：二进制数只有"0"和"1"两个数符，电子元器件只要具备两种稳定状态就可表示"0"和"1"这两个二进制数。十进制数使用 10 个数符，每一位数符都需要一个具有 10 种稳定状态的器件来表示，这要用电子元器件实现就比较困难，而表示两种状态的电子器件在技术上更容易实现，例如氖灯的亮与灭、二极管的导通与截止等。

② 节约设备：假设要求计算机处理的数值范围为 0～999，采用十进制数需要 3 位，共有 30 个（10×3）稳定状态；若采用二进制数，则需要 10 位（$2^{10}=1\ 024$），整个设备仅需要 20 个（2×10）稳定状态。可见，采用二进制数更节省设备的使用量。

③ 运算简单：二进制的运算规则简单，其求和与积的算术运算式如下：

求和法则	求积法则
0+0=0	$0 \times 0=0$
0+1=1+0=1	$0 \times 1=1 \times 0=0$
1+1=10（有进位）	$1 \times 1=1$

④ 可靠性强：电子元件只有两种稳定状态，电路状态不易发生变化，运行时出错的概率较小，传送数据时，两种状态也比十种状态容易分辨，因而可提高运行的可靠性和稳定性。

1. 数的进位制

先看一个十进制数的例子，如 6 489.25 可表示成：

$6 \times 1\ 000+4 \times 100+8 \times 10+9 \times 1+2 \times 0.1+5 \times 0.01=6 \times 10^{3}+4 \times 10^{2}+8 \times 10^{1}+9 \times 10^{0}+2 \times 10^{-1}+5 \times 10^{-2}$

从上面的式子中看到，每个数字符号的位置不同，它所代表的数值也不同，这就是经常所说的个位、十位、百位、千位……，一种进位计数制包含一组数码符号和两个基本因素。

- 一组数码用来表示某种数制的符号，如 1、2、3、A、B。
- 基数数制所用的数码个数，用 R 表示，称 R 进制，其进位规律是"逢 R 进 1"。例如，十进制的基数是 10，逢 10 进 1。
- 权数码表示在不同位置上的权值。在某进位制中，处于不同数位的数码，代表不同的数值，某一个数位的数值是由这位数码的值乘以这个位置的固定常数得到的，这个固定常数称为"位权"。例如，十进制的个位位权是"1"，百位位权是"100"。

在计算机学科中，通常使用的进位制是十进制、二进制、八进制和十六进制数据。

（1）十进制数

十进制数由 0、1、2、3、4、5、6、7、8、9 共 10 个不同的符号组成，其基数为 10，权为 10^n，十进制数的运算规则是逢 10 进 1。

（2）二进制数

计算机中的所有数据是以二进制形式存储的，二进制数的数码是用"0"和"1"来表示的，其基数为 2，权为 2^n，二进制数的运算规则是逢 2 进 1。

（3）八进制数

八进制数具有 8 个不同的数码符号 0、1、2、3、4、5、6、7，其基数为 8，权为 8^n，八进制数的运算规则是逢 8 进 1。

（4）十六进制数

十六进制数具有 16 个不同的数码符号 0、1、2、3、4、5、6、7、8、9、A、B、C、D、E、F，其基数为 16，权为 16^n，十六进制数的运算规则是逢 16 进 1。

通常用 $()_r$ 表示不同进制的数。例如，十进制用 $()_{10}$ 表示，二进制数用 $()_2$ 表示，也可以在数字的后面用特定字母表示该数的进制。例如：

B ——二进制， D ——十进制（D 可省略）， O ——八进制， H ——十六进制

例如，1001110、1011D、1011001BH、1011DH、1011B。

2. 不同进制数之间的转换

（1）R 进制数转换为十进制数

按权展开法：把一个任意 R 进制数转换成十进制数，其十进制数值为每一位数字与其位权之积的和

$$a_n \cdots a_1 a_0 . a_{-1} \cdots a_m(r) = a_n \times R^n + \cdots + a_1 \times R^1 + a_0 \times R^0 + a_{-1} \times R^{-1} + \cdots + a_m \times R^{-m}$$

例如：$10101.11B = 1 \times 2^4 + 0 \times 2^3 + 1 \times 2^2 + 0 \times 2^1 + 1 \times 2^0 + 1 \times 2^{-1} + 1 \times 2^{-2} = 16 + 4 + 1 + 0.5 + 0.25 = 21.75$

$6101.2(0) = 6 \times 8^3 + 1 \times 8^2 + 0 \times 8^1 + 1 \times 8^0 + 2 \times 8^{-1} = 3137.2525$

$101AH = 1 \times 16^3 + 0 \times 16^2 + 1 \times 16^1 + 10 \times 16^0 = 4122$

（2）十进制数转换成 R 进制数

① 整数部分：除以 R 取余数，直到商为 0，得到的余数即为二进制数各位的数码，余数从右到左排列。

② 小数部分：乘以 R 取整数，直到小数部分为 0 或满足精度要求为止，将所取得的整数从

左到右排列，即为其在 R 进制中的小数部分数码。

例如，将一个十进制整数 108.375 转换为二进制整数。

方法如下：把整数 108 反复除以 2，直到商为 0，所得的余数（从末位读起）就是这个数的二进制表示。简单地说，就是"除以 2 取余法"。通常采用如图 1-1（a）所示的方法来进行演算。

把小数 0.375 连续乘以 2，选取进位整数，直到满足精度要求为止，简称"乘以 2 取整法"。通常采用如图 1-1（b）所示方法来进行演算。

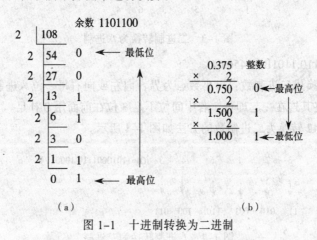

（a）　　　　　　　　　　　（b）

图 1-1　十进制转换为二进制

所以，108.375=1101100.011B

同理，将十进制整数转换成八进制整数的方法是"除 8 取余法"，十进制整数转换成十六进制整数的方法是"除 16 取余法"。例如，将十进数 108 转换为八进制整数和十六进制整数的演算过程分别如图 1-2（a）和图 1-2（b）所示。

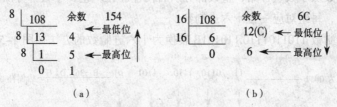

（a）　　　　　　　　　　（b）

图 1-2　十进制转换为八进制和十进制转换为十六进制

十进制小数转换成八进制小数的方法是"乘以 8 取整法"。十进制小数转换成十六进制小数的方法是"乘以 16 取整法"，请读者自己演算将十进制小数 0.375 转换为八进制小数和十六进制小数。

注意： 将十进制小数转换成二进制小数，可能出现取整后小数部分始终不为零或出现循环的情况，这时取有限位即可。实际上，实数在计算机中的表示一般是个近似数。

例如，十进制小数 0.2≌0.00110011…B，请读者自己按图 1-1（b）所示的方法演算。

（3）二进制数与八进制数之间的转换

由于二进制数和八进制数之间存在特殊关系，即 $8^1=2^3$，它们之间的对应关系是八进制 数的每一位对应二进制数的三位。

① 二进制数转换成八进制数：二进制数转换成八进制数的方法是：先将二进制数从小数点开始；整数部分从右向左 3 位一组，小数部分从左向右 3 位一组，若不足三位用 0 补足，再转换成八进制数。

例如，将 1100101110.1101B 转换为八进制数的方法如图 1-3 所示。

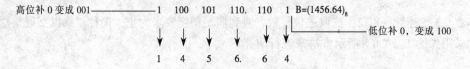

图 1-3　二进制转换为八进制

所以，1100101110.1101B=(1456.64)$_8$。

② 八进制数转换成二进制数：以小数点为界，向左或向右每一位八进制数转换成相应的 3 位二进制数，然后将其连在一起即可。若中间位不足 3 位在前面用 0 补足。

例如，将 3216.42 转换为二进制数的方法如图 1-4 所示。

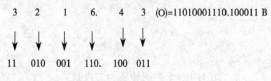

图 1-4　八进制转换为二进制

所以，(3216.43)$_8$=11010001110.100011B

（4）二进制数与十六进制数之间的转换

① 二进制数转换成十六进制数：二进制数的每 4 位对应十六进制数的 1 位($16^1=2^4$)，其转换方法是，将二进制数从小数点开始，整数部分从右向左 4 位一组；小数部分从左向右 4 位一组，不足 4 位用 0 补足，每组对应一位十六进制数。

例如，将二进制数 1101101110.110101B 转换为十六进制数的方法如图 1-5 所示。

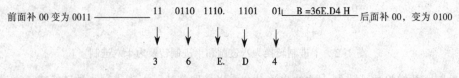

图 1-5　二进制转换为十六进制

所以，1101101110.110101B=36E.D4 H

② 十六进制数转换成二进制数：以小数点为界，向左或向右每一位十六进制数转换成相应的四位二进制数，然后将其连在一起即可。请按与图 1-4 类似的方法，将十六进制数 36E.D4H 转换成二进制数。

（5）八进制数与十六进制数之间的转换

八进制数与十六进制数之间的转换，一般通过二进制数作为桥梁，即先将八进制或十六进制数转换为二进制数，再将二进制数转换成十六进制数或八进制数。

3．二进制数的算术运算与逻辑运算

（1）二进制数的算术运算

二进制数的算术运算非常简单，它的基本运算是加法。在计算机中，引入补码表示后，加上一些控制逻辑，利用加法就可以实现二进制数的减法、乘法和除法运算。

① 二进制的加法运算。

二进制数的加法运算法则只有四条：0+0=0；0+1=1；1+0=1；1+1=10（向高位进位）。

例如，计算 1101+1011 的和。

由算式可知，两个二进制数相加时，每一位最多有 3 个数：本位被加数、加数和来自低位的进位数。按照加法运算法则可得到本位加法的和及向高位的进位。

② 二进制数的减法运算。

二进制数的减法运算法则也只有四条：0-0=0；0-1=1（向高位借位）；1-0=1；1-1=0。

例如，计算 11000011 与 00101101 的差。

由算式知，两个二进制数相减时，每一位最多有三个数：本位被减数、减数和向高位的借位数，按照减法运算法则可得到本位相减的差数和向高位的借位。

③ 二进制数的乘法运算。

二进制数的乘法运算法则也只有四条：$0 \times 0=0$；$0 \times 1=0$；$1 \times 0=0$；$1 \times 1=1$。

例如，计算 1110 与 1101 的积。

由算式可知，两个二进制数相乘，若相应位乘数为 1，则部分积就是被乘数；若相应位乘数为 0，则部分积就是全 0。部分积的个数等于乘数的位数。以上这种用位移累加的方法计算两个二进制数的乘积，看起来比传统的乘法烦琐，但它却为计算机所接受。累加器的功能是执行加法运算并保存其结果，它是运算器的重要组成部分。

④ 二进制数的除法运算。

二进制数的除法运算法则也只有四条：$0 \div 0=0$；$0 \div 1=0$；$1 \div 0=0$（无意义）；$1 \div 1=1$。

例如，计算 100110 与 110 的商和余数。

由算式可知，$(100110)_2 \div (110)_2=(110)_2$，余数$(10)_2$。但在计算机中实现上述除法过程时无法依靠观察判断每一步是否"够减"，需进行修改。通常采用"恢复余数法"和"不恢复余数法"来进行计算，这里就不做介绍。

（2）二进制数的逻辑运算

计算机之所以具有很强的数据处理能力，是由于计算机内部装满了处理数据所用的电路。这些电路都是以各种各样的逻辑为基础而构成的简单电路再经过巧妙组合而成的。

逻辑变量之间的运算称为逻辑运算，它是逻辑代数的研究内容。在逻辑代数里，表示"真"与"假"、"是"与"否"、"有"与"无"这种具有逻辑属性的变量称为逻辑变量，像普通代数一样，逻辑变量可以用 A, B, C, …或（X, Y, Z, …）来表示。对二进制数的"1"和"0"赋以逻辑含义，例如用"1"表示真，用"0"表示假，这样将二进制数与逻辑取值对应起来。由此可见，逻辑运算是以二进制数为基础的。值得注意的是，普通代数的变量可以有各种各样的取值，而逻辑变量的取值只有两种：真和假，也就是"1"和"0"。

逻辑运算包括三种基本运算：逻辑加法（又称"或"运算）、逻辑乘法（又称"与"运算）

和逻辑否定（又称"非"运算）。此外，还有异或运算等。计算机的逻辑运算是按位进行的，不像算术运算那样有进位或借位的联系。

① 逻辑加法（"或"运算）。

逻辑加法通常用符号"+"或"∨"表示。对于逻辑变量 A、B 和 C，它们的逻辑加减运算关系为：A+B=C，A ∨ B =C，以上两式等价，都读作 A 或 B 等于 C。若逻辑变量取不同的值，则逻辑加减运算规则如下：

0+0=0；0+1=1；1+0=1；1+1=1；或 0 ∨ 0=0；0 ∨ 1=1；1 ∨ 0=1；1 ∨ 1=1。

由上面式子可知，只要逻辑变量 A 或 B 中有一个为 1，或两个都为 1，则逻辑加法减的结果就为 1；只有 A 和 B 同时为 0 时，C 才等于 0。

② 逻辑乘法（"与"运算）。

逻辑乘法通常用符号"×"或"∧"或"×"表示。对于逻辑变量 A、B 和 C，它们的逻辑乘法运算关系为：A×B=C，A ∧ B=C 或 A×B=C，以上各式等价，都读作 A 与 B 等于 C。若逻辑变量取不同的值，则逻辑乘法运算规则如下：

0 × 0=0	0 ∧ 0=0	0 · 0=0
0 × 1=0	0 ∧ 1=0	0 · 1=0
1 × 0=0	1 ∧ 0=0	1 · 0=0
1 × 1=1	1 ∧ 1=1	1 · 1=1

不难看出，逻辑乘法有"与"的意义，它表示仅当 A 和 B 同时为 1 时，其逻辑乘积 C 才等于 1，其他情况 C 都等于 0。

③ 逻辑否定（"非"运算）。

逻辑否定通常用在逻辑变量上方加一横线来表示，对于逻辑变量 A 和 C，若其逻辑否定运算规则为：$\overline{A}=C$。则由此式可以看出，逻辑变量 A 取值为 0 时，其否定 C 等于 1；反之，A 取值为 1 时，其否定 C 等于 0。

非逻辑的运算规则为：0̄=1，读作，非 0 等于 1；1̄=0，读作，非 1 等于 0。

1.3.2 数值数据在计算机中的表示

1．机器数与原码、补码和反码表示

（1）机器数

计算机中只有二进制数值，且都是以二进制的形式存储和运算的。数的正、负号也用二进制代码表示，数的正、负用高位字节的最高位来表示，用"0"表示正数，"1"表示负数，其余位仍表示数值。把在机器内存的正、负号数字化的数称为机器数。

例如，假设用 8 位（即 1 个字节）来存储数据，图 1-6 所示的是十进制数 67 和 -67 在计算机中的存储形式。

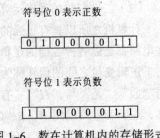

图 1-6 数在计算机内的存储形式

注：计算机究竟用多少位来存储数据取决于计算机 CPU 的字长，一般在微型计算机系统中用 2 个或 4 个字节存储整数。为了简单方便，全书以 8 位为例进行说明。

机器数有三种表示方法：原码、补码和反码，是将符号位和数值位一起编码，机器数对应的原来数值称为真值。

（2）原码表示法

原码表示方法中，数值用绝对值表示，在数值的最左边用"0"和"1"分别表示正数和负数，书写成$[X]_原$表示 X 的原码。如果机器的字长为 n，则原码的定义如下：

$$[X]_原 = \begin{cases} X & 当 0 \leq X \leq 2^{n-1}-1 \\ 2^{n-1}+|X| & 当 -(2^{n-1}-1) \leq X \leq 0 \end{cases}$$

例如，当 $n=8$，十进制数 +19 和 −19 的原码表示为：

$[+19]_原=00010011$，$[-19]_原=10010011$

从定义可以看出，在原码的表示中，有以下两个特点。

① 最高位为符号位，正数为 0，负数为 1，其余 $n-1$ 位是 X 的绝对值的二进制表示。

② 0 的原码有两种表示：$[+0]_原=00000000$，$[-0]_原=10000000$。

因此，原码表示法中，数值 0 不是唯一的。

（3）反码表示法

用 $[X]_反$ 表示 X 的反码。如果机器的字长为 n，则反码的定义如下：

$$[X]_反 = \begin{cases} X & 当 0 \leq X \leq 2^{n-1}-1 \\ (2^n-1)-|X| & 当 -(2^{n-1}-1) \leq X \leq 0 \end{cases}$$

例如，当 $n=8$，十进制数 +19 和 −19 的反码表示为：

$[+19]_反=00010011$，$[-19]_反=11101100$

由此可以看出，在反码的表示中，有以下特点：

① 正数的反码与原码相同，负数的反码是其绝对值的二进制表示按各位取反（0 变 1，1 变 0）所得的表示。

② 0 在反码表示中也有两种表示：$[+0]_反=00000000$，$[-0]_反=11111111$，其数值不是唯一的。

（3）补码表示法

用 $[X]_补$ 表示 X 的补码。如果机器的字长为 n，则补码的定义如下：

$$[X]_补 = \begin{cases} X & 当 0 \leq X \leq 2^{n-1}-1 \\ 2^n-|X| & 当 -(2^{n-1}-1) \leq X \leq 0 \end{cases}$$

例如，当 $n=8$，十进制数 +19 和 −19 的补码表示为：

$[+19]_补=00010011$，$[-19]_补=11101101$

由此可以看出，在补码的表示中，有以下特点：

① 正数的补码与原码、反码相同，负数的反码是其绝对值的二进制表示按各位取反（0 变 1，1 变 0）加 1，即为其反码 +1。

② 0 在补码表示为：$[+0]_补=[-0]_补=00000000$，数值 0 是唯一的。

由于补码运算方便，所以在计算机中广泛使用。

如何将一个负数的二进制补码数转换成十进制数？转换步骤如下：

① 首先将各位取反。

② 将其转换为十进制数，并在前加负号。

③ 对所得到的数再减 1，即得到该数的十进制数。

例如，求补码 11000011 对应的十进制数，其步骤为：

取反，00111100；转换为十进制数，加负号得−60；再减 1，则为−61。

2．定点数与浮点数

在计算机中表示数，主要分为定点数和浮点数两种类型。整数常常使用定点表示，实数常常使用浮点表示。所谓定点数，就是数的小数点的位置是固定的；而浮点数，则数的小数点的位置是不固定的。

（1）整数的表示——定点数

整数所表示的数据最小单位为 1，因此可以认为它的小数点定在数值的最低位右面，即把小数点固定在数值部分的最后面，如图 1-7 所示。

如果计算机用 N 位来表示一个带符号的整数 M，可写成：

符号位	数值部分

图 1-7　整数的表示

$$M=N_sN_{n-1}N_{n-2}\cdots N_2N_1N_0 \quad N_s 为符号位$$

M 的取值范围：$-2^n\leqslant M\leqslant 2^n-1$

（2）实数的表示——浮点数

浮点数可表示成对应的科学计数（指数）法，如数值 1101.11 可以表示成：$M=1101.11=0.110111\times2^4$，将其指数也写成二进制表示：$M=0.110111\times2^{100}$

由此可见，在计算机中一个浮点数由两部分构成：阶码和尾数。阶码是指数，尾数是纯小数。即可表示为：

$$M=2^P\times S$$

式中，P 是一个二进制整数，S 是二进制小数，这里称 P 为数 N 的阶码，S 称为数 M 的尾数，S 表示了数 M 的全部有效数字，阶码 P 指明了小数点的位置。

因此，在计算机中，一个浮点数的表示分为阶码和尾数两个部分，其格式如图 1-8 所示。

其中，阶码确定了小数点的位置，表示数的范围；尾数则表示数的精度，尾符也称数符。

Ps	P	Ss	S
阶符	阶码	数符	尾数

图 1-8　浮点数的存储形式

用浮点数的表示方法，数的表示范围比定点数大得多，精度也高。

1.3.3　字符及汉字在计算机中的表示

在计算机中，各种信息都是以二进制编码的形式存在的；也就是说，不管是文字、图形、声音、动画，还是电影等各种信息，在计算机中都是以"0"和"1"组成的二进制代码表示的。计算机之所以能区别这些信息的不同，是因为它们采用的编码规则不同。例如，同样是文字，英文字母与汉字的编码规则就不同，英文字母用的是单字节的 ASCII 码，汉字采用的是双字节的汉字内码。但随着需求的变化，这两种编码有被统一的 UniCode 码（由 UniCode 协会开发的能表示几乎世界上所有书写语言的字符编码标准）取代的趋势；当然，图形、声音等的编码就更复杂多样。这也就告诉我们，信息在计算机中的二进制编码是一个不断发展、高深、跨学科的知识领域。

1．ASCII 码

计算机中，对非数值的文字和其他符号进行处理时，要对文字和符号进行数字化处理，即用二进制编码来表示文字和符号。字符编码（character code）用二进制编码来表示字母、数字以及专门符号。

在计算机系统中，有两种重要的字符编码方式：ASCII 和 EBCDIC。EBCDIC 主要用于 IBM 的大型主机，ASCII 用于微型机与小型机。下面简要介绍 ASCII 码。

目前，计算机中普遍采用的是 ASCII（American standard code for information interchange）码，即美国信息交换标准代码。ASCII 码有 7 位版本和 8 位版本两种，国际上通用的是 7 位版本，7 位版本的 ASCII 码有 128 个元素，只需用 7 个二进制位（$2^7=128$）表示，其中控制字符 32 个，阿拉伯数字 10 个，大小写英文字母 52 个，各种标点符号和运算符号 32 个。在计算机中实际用 8 位表示一个字符，最高位为 "0"。例如，数字 0 的 ASCII 码为 48，大写英文字母 A 的 ASCII 码为 65，空格的 ASCII 码为 32 等。

有的计算机教材将 ASCII 码用十六进制数表示，这样，数字 0 的 ASCII 码为 30H，字母 A 的 ASCII 为 41H，EBCDIC（扩展的二—十进制交换码）是西文字符的另一种编码，采用 8 位二进制表示，共有 256 种不同的编码，可表示 256 个字符，在某些计算机中也常使用。

2．汉字编码

在汉字处理过程中，汉字信息处理系统各组成部分对汉字信息的处理有不同的要求，因而在汉字信息处理的各阶段，其代码表示也不同。在汉字信息输入时，使用汉字输入码（即汉字的外部码）；汉字信息在计算机内部处理时，统一使用机内码；汉字信息在输出时，使用字形码，以确定一个汉字的点阵。下面介绍几种主要的编码。

（1）国标区位码

西文 ASCII 码是用一个字节中的低 7 位对 128 个英文字符进行二进制编码，将最高位取 0，形成用一个字节表示的西文 ASCII 码（西文机内码）。能否将西文机内码的设计过程搬到中文计算机系统中来呢？由于汉字数量大，显然用一个字节是无法将它们区分的，因为一个字节最多只能给 256 个汉字编码。那么汉字是如何编码的？

随着计算机在我国的应用越来越广泛，汉字信息处理已成为计算机中必不可少的一部分，我国于 1981 年颁布实施 GB 2312—1980《信息交换用汉字编码字符集——基本集》，包含一级汉字 3 755 个和二级汉字 3 008 个，各种符号 682 个，总计 7 445 个。其中，一级常用汉字以拼音为序，二级汉字以偏旁部首为序。

GB 2312—1980 基本集中的汉字与符号组成一个 94×94 的矩阵。在此矩阵中，每一行称为一个 "区"，每一列称为一个 "位"，于是用一个字节对应 "区" 编码，另一个字节对应 "位" 编码，因此对汉字编码需要二个字节。图 1-9 所示为汉字和符号在 94×94 矩阵中的分布情况，此矩阵最多可以存放 94×94=8 836 个汉字，在矩阵中的每个汉字都有唯一的区位码。

区位码：一个汉字所在的区号和位号的简单组合称为区位码，如图 1-9 所示，"啊" 在 16 区第 01 位，所以 "啊" 的区位为 "1601"。

图 1-9　GB 2312—1980 汉字和符号分布

（2）机内码

汉字机内码是汉字存储在计算机内的代码。西文的机内码是 ASCII 码，如果直接用区位码作为汉字的机内码，会和早已标准化了的 ASCII 码发生冲突。

为了能区分存储器中的编码是西文还是中文，有必要对区位码进行一定的处理，产生一种与 ASCII 不冲突的编码。汉字机内码还是用连续的两个字节表示，但它的每一个字节最高位为 1。汉字机内码与区位码的换算方法如下：

汉字机内码高位字节="区"号转换成十六进制+A0H

汉字机内码低位字节="位"号转换成十六进制+A0H

例如，已知"啊"的区位码是 1601，"学"的区位码是 4907，要求分别将它们转换成机内码。94 个区分为以下 4 个组。

① 1～15 区：图形符号区，包括一般符号 202 个（间隔符、标点、运算符、制表符号），序号 60 个（1～20 共 20 个、(1)～(20)共 20 个、①～⑩共 10 个、( )～(十)共 10 个），数字 22 个（0～9共 10 个、Ⅰ～Ⅻ共 10 个），其他各种文字符号（英文大小写字母 52 个、日文假名 169 个、希腊字母 48 个、俄文字母 66 个、汉语拼音符号 26 个、汉语注音字母 37 个）。

② 16～55 区：一级汉字区，包括一级汉字 3 755 个，它们是按照拼音字母顺序排列的，同音字按照笔画顺序排列。

③ 56～87 区：二级汉字区，包括二级汉字 3 008 个，它们按照部首顺序排列。

④ 88～94 区：自定义汉字区。

"啊"的机内码是：高位字节：16D+A0H=10H+A0H=B0H

低位字节：01D+A0H=01H+A1H=A1H

所以"啊"的机内码是 B0A1H。

"学"的机内码是：高位字节：49D+A0H=31H+A0H=D1H

低位字节：07D+A0H=07H+A0H=A7H

所以，"学"的机内码是 D1A7H。

给每个字节加上 A0H，原因是 A0 的二进制为 10100000，这样可保证每个字节的高位为 1，解决了与西文 ASCII 的冲突；同时防止其成为控制码，引起机器异常。

（3）汉字输入码

汉字输入码是指直接从键盘输入的各种汉字输入方法的编码，如区位码、五笔字型码、拼音码、自然码等，这些都是外码，如"啊"的区位码是"1601"，"啊"的拼音码是"a"，"啊"五笔字型编码是"kbsk"等，但外码必须通过相应的输入法（程序）才能转换成机内码存放到计算机的存储器中。目前，人们根据汉字的特点提出了数百种汉字输入码的编码方案，不同的用户可根据自己特点和需要选用输入方法。

（4）汉字的字形码

汉字存储在计算机内采用的是机内码，但显示和打印时汉字必须转换成字形码，才能让人们看懂。所谓汉字字形是以点阵方式表示汉字，就是将汉字分解成由若干个"点"组成的点阵字形，将此点阵字形置于网状方格上，每一个小方格是点阵中的一个"点"。每一个点可以有黑、白两色，有字形笔画的点用黑色，反之用白色，图 1-10 所示是 16×16 的点阵"华"字的点阵字形。

如果用二进制"1"表示黑色点，用二进制"0"表示白色
点，则图 1-10 中 16×16 点阵字形"华"可以用一串二进制数
来表示，因为一行有 16 点，所以要用 2 个字节；共有 16 行，
因此一个 16×16 的字模要占 32 个字节。下面是用十六进制数
从左到右从上到下逐点逐行记录的汉字"华"的字形编码：

01 08 10 8C OC C8 08 90 7F FE 40 04 8F E8 00 40 00 8 …
02 80 01 00

将这个编码存放到计算机存储器内就是字形码。从上可
知存放一个 16×16 点阵的汉字字形需要 32 字节。如果采用
24×24 点阵，则每行需要 3 个字节，共 24 行，所以 24×24 点阵的字形码需要 72 个字节。

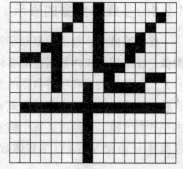

图 1-10　汉字"华"点阵字形及编码

3．汉字处理

（1）汉字库

这种用点阵形式存储的若干汉字的字形信息的集合称为汉字字库。从上可以看出，要存储
8 836 个 16×16 点阵的汉字字形需 8 836×32=282 752B，字形库存储容量大，这也是汉字信息处
理的特点。

多数汉字信息处理系统将汉字库放在磁盘上（这样的字库常称为软字库），并使用专门的软件
将汉字机内码转变为相应的汉字字形信息存储起始地址，找到相应的字形。随着只读存储芯片集
成度的提高，有时也将汉字字库生成在只读存储器上，这就是通常所说的"汉卡"，即常说的硬字
库。汉卡可以节省存储空间，提高访问汉字的速度，但汉卡的造价较高。

因此，一般的用户大都使用软字库，即将字库文件存储在磁盘上，而不使用硬字库。

（2）汉字信息处理

汉字处理方法包括汉字输入，通过汉字输入设备输入汉字外码，并通过其输入法程序把它转
化为汉字机内码，存入存储器中；汉字信息加工处理，对汉字内码进行加工处理，汉字输出，把
汉字的机内码转换成汉字字形码后通过输出设备输出。汉字信息处理的流程如图 1-11 所示。

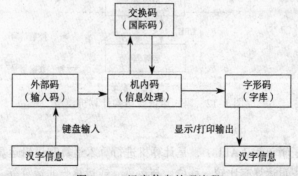

图 1-11　汉字信息处理流程

汉字输出的实质是在汉字输出设备上输出汉字的点阵字形。其过程为：第一步将汉字的机内
码转换成区位码，并找到此汉字在字库中的起始位置；第二步根据字模的大小，取出对应汉字的
字形码，然后将字形码送到输出设备上，如果有 16×16 点阵，则从对应的位置上连续读取 32 个
字节。

1.3.4 多媒体数据的表示

在计算机中，数值数据和字符数据都是转换成二进制来存储和处理的。同样，声音、图形、图像、视频等多媒体数据也需要转换成二进制后才能被计算机存储和处理，但是多媒体数据的表示方式与数值数据和字符数据的表示方式是完全不同的。在计算机内，声音往往用波形文件、MIDI音乐文件或压缩音频文件的方式表示；图像的表示主要有位图编码和矢量编码两种方式；视频是由一些列"帧"所组成，每个帧实际上就是一幅静止图像，需要连续播放才会变成动画（每秒需连续显示 30 帧左右）。多媒体数据的表示、存储和处理方法，可参阅多媒体技术的书籍。

1.4 计算机的结构及基本工作原理

半个世纪以来，计算机已发展成为一个庞大的家族，尽管计算机种类繁多，在规模、处理能力、价格、性能、结构、应用、复杂程度以及设计技术等方面都有很大差别，但各种计算机的基本原理都是一样的。到目前为止，所有的计算机都是根据数学家冯·诺依曼提出的程序存储和程序控件的思想设计的，人们称其为冯·诺依曼计算机。

1.4.1 计算机的基本结构

数学家冯·诺依曼于 1946 年提出了数字计算机设计的一些基本思想，概括起来有以下几点。

1. 冯·诺依曼计算机结构模型

冯·诺依曼结构计算机主要包括：输入设备、输出设备、存储器、控制器、运算器五大部分，它们之间的关系如图 1-12 所示。

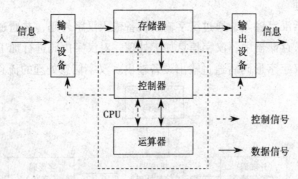

图 1-12　冯·诺依曼结构计算机模型

（1）运算器

运算器也称算术逻辑单元（ALU），是计算机进行算术运算和逻辑运算的部件。算术运算有加、减、乘、除等。逻辑运算有比较、移位、与运算、或运算、非运算等。在控制器的控制下，运算器从存储器中取出数据进行运算，然后将运算结果写回存储器中。

（2）控制器

控制器主要用来控制程序和数据的输入/输出以及各个部件之间的协调运行。控制器由程序计数器、指令寄存器、指令译码器和其他控制单元组成。控制器工作时，它根据程序计数器中的地址，从存储器中取出指令，送到指令寄存器中，经译码单元译码后，再由控制器发出一系列命令信号，送到有关硬件部位，引起相应动作，完成指令所规定的操作。

（3）存储器

存储器的主要功能是存放运行中的程序和数据。在冯·诺依曼计算机模型中，存储器是指内存单元。存储器中有成千上万个存储单元，每个存储单元存放一组二进制信息。对存储器的基本操作是数据的写入或读出，这个过程称为"内存访问"。为了便于存入或取出数据，存储器中的所有单元均按顺序依次编号，每个单元的编号称为"内存地址"，当运算器需要从存储器某单元读取或写入数据时，控制器必须提供存储单元的地址。

（4）输入设备

输入设备的第一个功能是用来将现实世界中的数据输入计算机，如输入数字、文字、图形、电信号等，并将这些数据转换成计算机熟悉的二进制码。它的第二个功能是由用户对计算机进行操作控制。常见的输入设备有键盘、鼠标、数码相机等。还有一些设备既可以作为输入设备，又可以作为输出设备，如软盘、硬盘、网卡等。

（5）输出设备

输出设备将计算机处理的结果转换为用户熟悉的形式，如数字、文字、图形、声音等。常见的输出设备有显示器、打印机、硬盘、音箱、网卡等。

在现代计算机中，往往将运算器和控制器集成在一个集成电路芯片内，这个芯片称为 CPU（中央控制单元）。CPU 的主要工作是与内存系统或 I/O 设备之间传输数据；进行简单的算术和逻辑运算；通过简单的判定，控制程序的流向。CPU 性能的高低，往往决定了一台计算机性能的高低。

2．采用二进制形式表示数据和指令

指令是人们对计算机发出的用来完成一个最基本操作的工作命令，它由计算机硬件来执行。指令和数据在代码形式上并无区别，都是由"0"和"1"组成的二进制代码序列，只是各自约定的含义不同。在计算机中采用二进制，使信息数字化容易实现，并可以用二进制逻辑元件进行表示和处理。

3．存储程序

存储程序是冯·诺依曼思想的核心内容。程序是人们为解决某一实际问题而写出的指令集合，指令设计及调试过程称为程序设计。存储程序意味着事先将编制好的程序（包含指令和数据）存入计算机存储器中，计算机在运行程序时就能自动地、连续地从存储器中依次取出指令并执行。计算机的功能很大程度上体现为程序所具有的功能，或者说，计算机程序越多，计算机功能越多。

1.4.2　计算机的基本工作原理

.计算机之所以能脱离人的直接干预，自动地进行计算，是由于人把实现整个计算的一步步操作用命令的形式（即一条条指令）预先输入存储器中，执行时，机器再把这些指令一条一条地取出来，加以分析和执行。

1．指令和程序

指令是能被计算机识别并执行的二进制代码，它规定了计算机能完成的某一种操作。一条指令通常由两个部分组成：

操作数	操作码

① 操作码。操作码指明该指令要完成的操作的类型或性质，如取数、做加法或输出数据等。

② 操作数。操作数指明参加操作的数的内容或操作数所在的存储单元地址（地址码），操作数在大多数情况下是地址码，从地址码得到的仅是数据所在的地址，可以是源操作数的存放地址，也可以是操作结果的存放地址。

程序是用指令描述的解题步骤。

2．指令系统

一台计算机的所有指令的集合，称为该计算机的指令系统。不同类型的计算机，指令系统的指令条数有所不同，这是由设计人员在设计计算机时决定的。但无论哪种类型的计算机，指令系统都应具有以下功能的指令：

① 数据传送指令。将数据在内存与 CPU 之间进行传送。

② 数据处理指令。数据进行算术、逻辑或关系运算。

③ 程序控制指令。控制程序中指令的执行顺序，如条件转移、无条件转移、调用子程序、返回、停机等。

④ 输入/输出指令。用来实现外部设备与主机之间的数据传输。

⑤ 其他指令。对计算机的硬件进行管理等。

3．计算机的工作原理

在冯·诺依曼的思想中，计算机的工作过程为人们预先编制程序，利用输入设备将程序输入计算机内，同时转换成二进制代码，计算机在控制器的控制下，从内存中逐条取出程序中的每一条指令交给运算器去执行，并将运算结果送回存储器指定的单元中，当所有的运算任务完成后，程序执行结果利用输出设备输出。所以，计算机的工作原理可以概括为存储程序和程序控制。

换言之，计算机的工作过程实际上是快速地执行指令的过程。从图 1–13 可知，当计算机在工作时，有两种信息在执行指令的过程中流动：数据流和控制流。

数据流是指原始数据、中间结果、结果数据、源程序等。控制流是由控制器对指令进行分析、解释后向各部件发出的控制命令，指挥各部件协调地工作。

下面，以指令 070740H 的执行过程来认识计算机的基本工作原理。指令 070740H 的功能为取 0740H 存储单元内的数据与累加器中的数据相加，并将求和结果存储在累加器中。图 1–13 显示了指令的执行过程。

指令的执行过程分为以下四个步骤：

① 取指令。取指令按照程序计数器的地址（0100H），从内存储器中取出指令（070740H），并送往指令寄存器。

② 分析指令。分析指令对指令寄存器中存放的指令（070740H）进行分析，由译码器对操作码（07H）进行译码，将指令的操作码转换成相应的控制电位信号；由地址码（0740H）确定操作数地址。

③ 执行指令。执行指令由操作控制线路发出完成该操作所需要的一系列控制信息，去完成该指令所要求的操作。例如做加法指令，取内存单元（0740H）的值和累加器的值相加，结果还是放在累加器中。

④ 一条指令执行完成，程序计数器加 1 或将转移地址码送入程序计数器，然后回到①的执行过程。

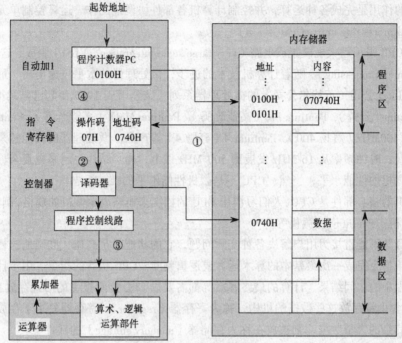

图 1-13 指令的执行过程

一般把计算机完成一条指令所花费的时间称为一个指令周期，指令周期越短，指令执行越快。通常所说的 CPU 主频或工作频率，就反映了指令执行周期的长短。

计算机在运行时，CPU 从内存读出一条指令到 CPU 内执行，指令执行完后，再从内存读出下一条指令到 CPU 内执行。CPU 不断地读取指令、分析指令、执行指令，这就是程序的执行过程。

总之，计算机的工作就是执行程序，即自动连续地执行一系列指令，而程序开发人员的工作就是编制程序。一条指令的功能虽然有限，但是由一系列指令组成的程序可完成的任务是无限多的。

1.4.3 微型计算机系统的硬件配置

在短短的几十年里微处理器及以它为核心的微型计算机经历了四代变迁，平均每两至三年就更换一代。从最早的 IBM PC 发展到今天，微型计算机性能指标、存储容量、运行速度都已大大提高，并已成为现代信息社会的一个重要角色。微型计算机硬件系统的典型结构如图 1-14 所示。

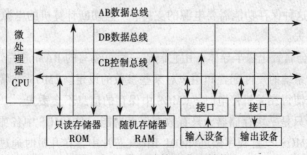

图 1-14 微型计算机典型结构

1. 中央处理器

运算器和控制器统称为运算控制单元。运算控制单元是计算机的核心，由极其复杂的电子线路组成。它的作用是完成各种运算，并控制计算机各部件协调地工作。运算控制单元又称中央处理器（central processing unit，CPU）。

微机的 CPU 采用超大规模集成电路（very large scale integration，VLSI）制成，这种 CPU 又称微处理器（microprocessing）。随着计算机技术的进步，微处理器的水平飞速提高，最具代表性的产品是美国 Intel 公司（英特尔公司）的微处理器系列，该公司从 1985 年起已陆续推出 80386、80486、Pentium（奔腾）、Pentium Pro（高能奔腾）、Pentium MMX（多能奔腾）、Pentium II（奔腾 II）、Celeron 400MHz（赛扬 400）、Pentium 4（奔腾 4）等产品。微处理器的功能越来越强，工作速度越来越高，时钟频率从 16 MHz 发展到 500 MHz 以上，内部结构也越来越复杂，很大程度上决定了整个微机的性能水平，当然，CPU 不是微机性能水平的唯一标志。

由于微机的核心部件是 CPU，人们习惯用 CPU 的档次来概略表示微机的规格，例如 486 微机、Pentium II 微机、Pentium III 微机等。

CPI 本身并不能直接为用户解决各种实际问题，它的功能只是高速、准确地执行预先安排的指令，每一条指令完成一次最基本的算术运算或逻辑判断。CPU 执行的指令、用于计算的原始数据、计算过程中的中间结果、计算的最终答案等都需要以 CPU 能够接受的形式存放在计算机中。CPU 本身包含少量存放这些数据的机构，称为寄存器（register）。寄存器只用于存放当前正在使用的数据，其余的大量数据，则被放在称为存储器（memory storage）的部件中。

2. 存储器

衡量存储器容量的大小用字节表示，1 024 个字节称为 1 KB，1 024 KB 称为 1 MB（1 兆），1 024 MB 称为 1 GB（1 吉）。

存储器又分为内存储器（简称内存，又称主存）、外存储器（简称外存，又称辅存）和高速缓冲存储器（cache）。

（1）内存储器

内存储器是继 CPU 之后能影响整个系统性能的又一个重要因素，内存容量的大小、存取速度、稳定性等都是内存性能的重要指标。目前使用的微机，内存容量一般在 256 MB～2 GB 之间。

计算机的内存储器（main memory）通常由半导体电路组成，通过电路与 CPU 相连，CPU 可以向其中存入数据，也可以从中取得数据，存取的速度要与 CPU 执行指令的速度相匹配。

内存中的几千万个基本存储单元，每一个都被赋予一个唯一的序号，称为地址（address）。CPU 凭借地址，准确地控制每一个单元。内存的大部分由 RAM 组成，在计算机工作时，能稳定准确地保存数据，但这种保存功能需要电源的支持，一旦切断计算机的电源（关机或事故），其中的所有数据便随即丢失。

CMOS 是指互补金属氧化物半导体，用它制成一片可读写的 RAM 芯片，装在计算机主板上，用来保存当前计算机系统的硬件配置和用户对某些参数的设定。CMOS 非常省电，因此可由主板上的专用电池供电，使得在关机停电时，CMOS 中保存的信息不会丢失。

CMOS RAM 本身只是一块存储器，只有数据保存功能，对 CMOS 中各项参数的设定要通过专门的程序。通常将 CMOS 设置程序做进 ROM BIOS 芯片中，在开机时通过特定的按键就可进入 CMOS 设置程序。

内存储器分为读写存储器（RAM）和只读存储器（ROM）。

① 只读存储器（ROM）：只读存储器的特点是能读不能写。但是断电后，ROM 中的内容仍然存在。在系统主板上的 ROM-BIT/S，主要包括了引导程序，系统自检程序等。

常用的 ROM 是可擦除可编程的只读存储器，称为 EPROM。用户可以通过编程器将数据或程序写入 EPROM，也可以通过紫外灯照射将 EPROM 中的信息删除。还有一种 EEPROM，它可以像 RAM 那样写入时就擦除了原有的信息。

② 读写存储器（RAM）：读写存储器的特点是其中的内容可随时读写，但断电后，RAM 的内容全部丢失。在 RAM 中主要存放要运行的数据和程序，RAM 是仅次于 CPU 的宝贵资源。目前，微机内存一般在 256 MB～2 GB 之间，内存的大小受 CPU 可管理的最大内存容量的限制，目前的 CPU 可管理的内存容量达到 GB 数量级。

（2）高速缓冲存储器（cache）

cache 即高速缓冲存储器，简称高速缓存。它是指内存与 CPU 之间设立的一种高速缓冲器，按位置可分为 CPU 内部和 CPU 外部两种。它完成 CPU 与内存之间信息的自动调度，保存计算机运行过程中重复访问的数据或程序代码。这样，高速运行部件和指令部件就与它建立了直接联系，从而避免了直接到速度较慢的内存中访问信息，实现了内存与 CPU 在速度上的匹配。一级高速缓存（primary cache）设置在微处理器芯片内部，二级高速缓存（secondary cache）安装在主板上。

（3）外存储器

内存虽有不小的容量，而且存取速度又快，但相对于计算机所面对的任务而言，仍远远不足以存放所有的数据；另一方面，内存不能在断电时保存数据。因此需要更大容量、能永久保存数据的存储器，这就是外存储器（secondary storage）。

目前计算机最常用的外存储器是磁盘和光盘两种。

① 磁盘和磁盘驱动器：磁盘（magnetic disk）是一种外存储器。磁盘分为两种类型：软磁盘和硬磁盘，简称软盘和硬盘。无论是软盘还是硬盘，都是涂覆着磁性物质的圆盘，存取数据都是通过一种称为磁盘驱动器的机械装置对磁盘的盘片进行读/写而实现的。工作时，通过专门的电子电路和读/写磁头，把计算机中的数据录到盘上（称为写入）或从盘上把数据传回计算机（称为读出）。

● 软盘：软盘（floppy disk）是带有护套的圆形薄膜，护套上开有一些孔，其中一个沿半径方向的长形孔称为读/写窗口，读/写磁头通过这个窗口与薄膜接触进行数据的读/写。

磁盘下部左边有一个小方孔是写保护口，设置写保护口的目的是为了使盘片上已有的信息不被破坏或者不被修改。当拨动写保护口下面的小滑块遮住写保护口时，既能读又能写；当拨动写保护口下面的小滑块使小孔畅通时，只能读不能写，称为"磁盘被写保护"。微机中使用最广泛的软盘直径为 3.5 in，称为 3 寸盘，容量为 1.44 MB，不过现在已经使用很少了。

软盘驱动器安装在机箱的前部，当需要在软盘上读/写信息时，把软盘插入软盘驱动器。软盘驱动器正在工作时，旁边的红色或绿色指示灯会亮，指示灯未灭时，绝不可将软盘从驱动器中拿出来，如果这时从驱动器中拿出磁盘，可能破坏盘中的数据。不再使用计算机时，在关闭电源之前，要将软盘从驱动器中拿出来。

计算机上配有的软盘驱动器，盘符一般为 A。

- 硬盘：硬盘（hard disk）的工作原理与软盘相似，硬盘的磁性圆盘用硬质材料制成，有很高的精密度。硬盘的磁盘驱动器和盘片一起封闭在壳体中，固定安装在机箱内，外面看不见。硬盘的容量比软盘大得多，目前微机上配置的硬盘容量一般都是从几十 GB 到几百 GB。硬盘读/写速度也比软盘快得多，硬盘数据传输速率因数据传输模式的不同而不同。

在计算机系统中，硬盘驱动器的符号用一个英文字母表示，也称盘符。如果只有一个硬盘，一般称为 C 盘；将一个硬盘分成两个或两个以上的分区，称为 C 盘、D 盘、E 盘……。

② 光盘和光盘驱动器：只读光盘存储器（compact-disk read only memory，CD-ROM），是 20 世纪 90 年代中期开始广泛应用的计算机外部存储器。CD-ROM 采用与激光唱片相同的技术，将激光束聚焦成约 $1\mu m$ 的光斑，在存储介质上进行光学读/写。它具有体积小、容量大（1 张 CD-ROM 的容量可达 650 MB）、易于长期保存等优点，很受用户欢迎。

CD-ROM 记录的信息是数字化信息。所有存储的文字、声音、图形、图像、视频和动画等多媒体数据都经过数字化处理变成 "0" 和 "1"，对应的就是光盘上的 Pits（凹点）和 Lands（平面），所有的且也都有着相同的深度和长度，1 张 CD 光盘大约有 28 亿个这样的 Pits。当激光映射到盘片上时，如果照射到 Lands 上，就会有 70%至 80%激光被反射回去，如果照射到 Pits 上，就无法反射回激光，根据有反射和无反射的情况，光盘驱动器就可以解读 "0" 或 "1" 的数字编码了。

正像读磁盘需要磁盘驱动器一样，读取光盘的内容也需要光盘驱动器，简称光驱。使用时将 CD-ROM 盘放入 CD-ROM 驱动器，CD-ROM 驱动器安装在计算机机箱前部。使用光盘时，要注意有商标、盘名的一面是顶面，而另一面是底面，放入盘盒时顶面朝上。现在的光盘是单面盘，底面存储数据，故不要用手触摸光盘的底面。光驱的符号一般排在硬盘的后面，例如机器配有一个硬盘 C 盘，则光驱的符号是 D。

衡量一个 CD-ROM 的性能有两个指标，一个是数据的传输速率，早期的为单速、倍速、四倍速，后来发展为八倍速、十倍速、十六倍速，目前的配置大都在四五十倍速。另一个指标是数据的读取时间。

③ DVD 和 DVD-ROM：新一代光盘——数字视频光盘或数字影盘（digital video disk），简称 DVD（DVD-ROM），也称为数字通用光盘。它利用 MPEG-2 压缩技术来存储影像，集计算机技术、光学记录技术和影视技术为一体，成为一种容量大、性能高的存储媒体。外观上一张 DVD 盘与一张 CD 盘相似，直径都是 120 mm，厚度为 1.2 mm 的圆盘，DVD 盘与 CD 盘一样便于携带，但更节约空间。

DVD-Video 是影碟，DVD-ROM（简称 DVD）是计算机只读光盘，两者是有区别的。DVD-Video 影碟仅含有视频数据，可以在影碟机中播放，而 DVD-ROM 只读光盘是一种存储数据的介质，用在计算机上。计算机能读取 DVD-ROM 信息，而影碟机不能读取 DVD-ROM 信息。

DVD 优于 CD、VCD，主要基于以下几个方面。

- 容量大、读取速度快：DVD 由两个厚度各为 0.6 mm 的基质层粘贴而成，采用多面多层技术，即每一面光盘可以存储双层信息，DVD 利用聚焦更集中的红光锚射，提高了每单位面积的存储密度。

大部分 DVD 是单面的，有 1 或 2 个数据层，可存储一部长达 135min 的电影，数据量达到 4.7 GB，相当于 7 张 CD；双层光盘的存储能力近乎是单层的两倍，可达 8.5 GB；一片由两个单层光盘粘合而成的双面光盘，其数据存储能力达 9.4 GB。

- 高分辨率的视频：DVD 的分辨率可达 720×480dpi，远超过 VCD 的 352×24dpi。MPEG-2 具有可弹性调整视频读取率的能力，因此可以在保持原画面品质的情况下，大量节约信息的存储空间。此外，DVD Player 内建的 Letterbox 和 Pan and Scan 的显示模式可调整 16：9 或 4：3 电视的画面宽高比例。
- 高保真的音质：DVD 可利用更精确的取样精度转换类比信息，并且将传统的二声道扩充至 5.1 声道，让人们真正进入多声道、高保真的世界。

DVD 光盘有三种格式，即 DVD-ROM 为只读数字光盘，DVD-WO 为单次写入数字光盘，DVD-RAM 为可重复写入数字光盘。DVD 光驱是向下兼容的，可以播放 CD-ROM 光盘和 CD 唱片，现在配备 DVD 光驱已是一种趋势。

④ 光盘刻录机：光盘可分为只读光盘（CD-ROM）和可读写光盘，若要在光盘上写入信息需光盘刻录机。光盘刻录机的外观和 CD-ROM 光驱几乎一样。可供写入的盘片有 CD-R（CD-Recorder）和 CD-RW（CD-Rewritable）两种。CD-R 是一种将数据一次性写入光盘的技术，一般用 CD-R 刻录机为 CD-R 盘片写入信息。CD-WR 是指可以多次写入的光盘，利用一种"重复写入"技术可以在 CD-RW 盘片相同的位置上重复写入数据。具有在 CD-RW 盘上写入信息的刻录机称为 CD-RW 刻录机。CD-RW 刻录机除了可以刻录 CD-RW 盘片外，也能刻录 CD-R 盘片。目前 DVD 刻录机已经被广泛使用，它可以实现对 DVD±R 盘写入信息。

衡量光盘刻录机性能的指标主要有以下几点：

- 读/写速度：读/写速度包括数据的读取和写入速度，刻录机的写入速度远比读取速度低得多，写入速度是最重要的指标，几乎和价格成正比，读/写速度一般以 KB/s 表示。
- 接口方式：刻录机与计算机的接口方式主要有：IDE、SCIE、并口、USB 和 SATA 等。
- 缓存容量：缓存容量的大小是衡量光盘刻录机性能的重要技术指标之一。刻录时数据必须先写入缓存，刻录软件再从缓存区调用要刻录的数据，在刻录的同时后续的数据再写入缓存中，以保持要写入的数据有良好的组织并能连续传输。如果后续数据没有及时写入缓存区，传输的中断将导致刻录的失败。因而缓存区的容量越大，刻录的成功率就越高。
- 兼容性：首先是对盘片的兼容性，盘片是刻录数据的载体，好的刻录机对各种盘片都应有好的兼容性。此外，还包括刻录方式的兼容性。
- 进盘方式：刻录机按进盘方式分为托盘式与卡匣式两种。托盘式和普通的 CD-ROM 一样，利用刻录机的托盘进出仓，盘片放置和取出都较方便。卡匣式是把盘片放在专用的卡匣中，再插入刻录机，盘片的密闭性和可靠性较好，即使刻录机垂直放置也可正常工作，刻录机的使用寿命也相对较长，但盘片更换较为频繁。
- 平均无故障时间和数据的完整性：平均无故障时间主要用来衡量机器是否耐用，现在的刻录机平均无故障时间大都在 10 万小时以上。数据的完整性是衡量光盘刻录机刻录数据是否安全可靠的一个性能指标，目前的刻录机基本上都可使数据错误率控制在较低水平。

3. 数据的输入/输出端口

除了键盘和显示器，微机还可以按用户的需求配备多种输入/输出设备。任何输入/输出设备都需要向计算机传送数据或从计算机中取得数据。为此，微机上一般装有两种专门用于输入/输出数据的通用标准插座，称为并行端口（paralled port）和串行端口（serial port），习惯上简称为并行口、串行口。由于并行端口常用于连接打印机（printer），所以常被称为打印口。串行端口常用于连接鼠标（mouse）和调制解调器（modem）等。

两种插座的通用性和标准化，首先表现在外形上，它们一般安装在机箱背面，都是符合一定尺寸规格的梯形。并行口插座有 25 个导电小孔，串行口插座有两种，分别有 9 根或 25 根金属细针。通用性和标准化更表现在各针孔的作用上，它们都按统一规定的顺序编号。每一编号的针、孔都按一定的标准与计算机或输入/输出设备中的电子线路相连，在传输信号时都有规定的作用。

并行口与串行口之间的基本差别是：并行口能同时传送 8 路信号，因此能够一次并行传送完整的一个字节数据；串行口只能传送 1 路信号，传送一个字节数据时必须一位一位地依次传送。"并行"和"串行"的名称就是由此而来。

并行口和串行口都是硬件部件，它们必须在软件的控制下才能按需要输入/输出数据。

在 Windows 管理下，串行口被赋予专门的端口标识 COM，为了区分同一台计算机上的多个串行口，依次称为 COM1，COM2…。同样，并行口也有专门的端口标识 LPT1、LPT2…。

4. 主板

CPU、内存储器及数据输入/输出端口等均安装在微机机箱内一块称为主板（man board）的印制电路板上，磁盘存储器、CD-ROM 通过电缆与主板相连。在主板上还有一系列扩展槽（expansion slot），供内存储器扩展板和各种适配卡插入。这些扩展槽与系统主板的系统总线相连。任何接口板插入扩展槽后，都是通过系统总线的数据总线、地址总线、控制总线来与 CPU、内存和各种设备相连接及通信的。主板的主要组成部件有：主板中的芯片组、基本输入/输出系统（BIOS）、CMOS 芯片、系统总线等。

5. 总线

总线是连接计算机 CPU 内部及 CPU 与内存、外存和 I/O 设备的一组物理信号线。它是计算机中用于在各部件之间传输信号的公共通道，通常它也决定扩展槽的形式。

总线又分为内部总线和系统总线。在 CPU 内部用于连接运算器、控制器和寄存器的总线称为内部总线。而用于连接 CPU 与内存、外存、I/O 外部设备的总线称为系统总线。通常所说的总线都是指系统总线。总线的一个特性是位数，例如 32 位总线表示在此总线上可以同时传送 32 位二进制代码。

系统总线上有三类信号：数据信号、地址信号和控制信号。因此，系统总线又分为数据总线（data bus）、地址总线（address bus）和控制总线（control bus）三类。数据总线传输数据，地址总线传输数据存放的存储位置，控制总线传输控制信号。

个人计算机的常用总线标准有 ISA 总线（industrial standard architecture，工业标准体系结构）、EISA 总线（extended industrial standard architecture，扩展工业标准体系结构）和 PCI 总线（peripheral component interconnect，外围设备部件连接）。PCI 总线是一种先进的局部总线，它已成为局部总线的标准，也是当前使用最多的总线标准，具有性能高、成本低的特点。在有了总线概念之后，可以说具有什么总线是主板的一个重要特性。

6．机箱及电源

（1）机箱

一台好的计算机应该有一个美观、坚固实用的机箱。目前，机箱主要有立式机箱和卧式机箱两种。不论立式机箱还是卧式机箱都应该选稍大一些的，因为大机箱内部空间大，通风散热好，可保持机箱内温度不致过高，有利延长各种配件的寿命，还可方便地增加新的硬件，为今后主机升级做好准备。选择机箱时还应考虑机箱的坚固性和屏蔽性，由于计算机在运行时向周围辐射高频电磁波，机箱一般都采用铁合金材料制成，以减少电磁波向外辐射。

（2）电源

电源有内部电源和外部电源之分，内部电源安装在机箱内部，外部电源指 UPS 电源。

内部电源的选择标准是输出功率大者为好，可选 230 W 以上，现在微机上的电源标称功率大多是 200 W 以上，一般情况下已经够用，但是有不少电源达不到这个标准，所以在挂接双硬盘、接 CD-ROM 时可能会出现电源功率不够，微机不能启动的现象。选择电源时还应注意电源匣中的风扇噪声要小。从专业角度衡量电源尚有过压保护、短路保护、纹波大小、电磁兼容性等技术指标。

UPS 电源，即不间断电源，是一种在市电间断时，利用后备电池通过逆变供电的装置。在市电正常时，它采用浮充充电工作方式，同时兼有稳压作用。当市电电压低于规定的最低值时，它自动启动逆变装置，利用蓄电池的储能产生交流电压输出，维持机器供电不间断。UPS 的容量通常用伏安（VA）来量度。如果 UPS 的容量用瓦特（W）计，可以用 VA 数乘以 0.7 来估计瓦特数。通常一台 500 VA 的 UPS 已经足以使基本配置的系统正常使用。

7．外围设备

外围设备（peripheral）指在计算机系统中用来执行辅助操作的一类设备。以下介绍一些常用的外围设备。

（1）输入设备

① 键盘：输入设备是外界向计算机传送信息的装置。在微型计算机系统中，最常用的输入设备有键盘和鼠标，目前常见的有 101 键、102 键和 104 键以及带有鼠标功能的跟踪球（trace ball）或触摸板（touch pad）的多功能键盘（便携式计算机用）。

键盘由一组按阵列方式装配在一起的按键开关组成，每按一个键就相当于接通了相应的开关电路，把该键的代码通过接口电路送入计算机。

键盘分为四个区域。

- 主键盘区：键盘的主要使用区，它的键位排列与标准英文打字机的键位排列是相同的。该键区包括了所有的数字键、英文字母键、常用运算符以及标点符号等键，除此之外，它还有几个特殊的控制键。

◆ 换挡键【Shift】。在主键盘区有 26 个英文字母键；还有 21 个双符键，在每个双符键的键面上有上、下两个字符。那么，当按某个英文字母键后，究竟代表小写字母还是大写字母？当按某个双符键后，究竟代表下面的字符还是上面的字符这就需要由换挡键来控制。一般情况下，单独按一个双符键时代表键面上的下面那个字符；但如果在按换挡键的同时又按某个双符键，则代表键面上的上面那个字符。对于 26 个英文字母，如果单独按某个英文字母键时代表小写字母，则同时按换挡键与某英文字母键时代表大写字母；相反，如果单独按某个英文字母键时代表大写字母，则同时按换挡键与某英文字母键时代表小写字母。

◆ 大小写字母转换键【Caps Lock】。每按一次该键，英文字母的大小写状态转换一次。通常，在对计算机加电后，英文字母的初始状态为小写。当个别字母需要改变大小写状态时，也可以用换挡键来实现。

◆ 制表键【Tab】。每按一次该键，将在输入的当前行上跳过 8 个字符的位置。

◆ 退格键【Backspace】。每按一次该键，将删除当前光标位置的前一个字符。

◆ 【Enter】键。每按一次该键，将换到下一行的行首输入。

◆ 【Space】键。每按一次该键，将在当前输入的位置上空出一个字符的位置。

◆ 【Ctrl】键与【Alt】键。这两个键往往分别与其他键组合表示某个控制或操作，它们在不同的软件系统可定义为不同的功能。

● 小键盘区：又称数字键区。这个区中的多数键具有双重功能：一是代表数字，二是代表某种编辑功能。它为专门进行数据录入的用户提供了很大方便。

● 功能键区：这个区中有 12 个功能键【F1】～【F12】，每个功能键的功能由软件系统定义。

● 编辑键区：这个区中的所有键主要用于编辑修改。

② 鼠标：鼠标（mouse）是一种通过移动光标（cursor）实现选择操作的输入设备，简称鼠标。它的基本工作原理是：当移动鼠标时，它把移动距离及方向的信息变成电脉冲信号送给计算机，计算机再把电脉冲信号转换成鼠标光标的坐标数据，从而达到指示位置的目的。鼠标根据其中测量位移的部件，可分为光电式和机械式等种类。

光电式鼠标是可靠性较好的一种。它是利用 LED 发光二极管与光敏晶体管的组合构成的发光—测量元件来测量位移的。这种鼠标工作时要放在一块印有间隔相同的网格的专用鼠标板上。当鼠标在此种板上移动时两组发光—测量元件分别测量出水平和垂直方向的位移。

机械式鼠标的下面有一个可以滚动的小球，鼠标沿普通桌面移动时就带动小球滚动，小球滚动时可带动两个轴线互相垂直的译码轮，再通过机电转换，使译码轮的转动量转换成电脉冲个数。机械式鼠标需经常清洁，否则会影响鼠标移动时输出电脉冲的灵敏度。机械式鼠标比光电式鼠标价格便宜。

鼠标可以方便、准确地移动光标进行定位，它是一般窗口软件和绘图软件的首选输入设备。一般来说，当使用鼠标的软件系统启动后，在计算机的显示屏幕上就会出现一个指针光标，其形状一般为一个箭头。鼠标最基本的操作有以下三种。

● 移动：在移动鼠标时，屏幕上的指针光标将作同方向的移动，并且，鼠标在工作台面上的移动距离与指针光标在屏幕上的移动距离成一定的比例。

- 按击：按击包括单击（即按一下鼠标左键）和双击（即快速连续地按两下鼠标左键）两种。按击鼠标按钮主要用于选取指针光标所指的内容，命令计算机去做一件相应的事情。具体的操作是：首先通过移动鼠标将屏幕上的指针光标指向所要选取的对象，如一个菜单名称、一个软件名称或某个特定的符号，然后根据规定按鼠标上的按钮一下（单击）或两下（双击）选中该对象，计算机将完成相应的操作。

- 拖动：拖动是按住鼠标的按钮不放并移动鼠标。此时，被拖动的对象就会随着鼠标的移动在屏幕上移动，当移到目的地后再松开按钮。例如，用鼠标的拖动可以方便地在屏幕上移动一个图形。

③ 触摸屏：触摸屏（touch screen）是一种能对物体接触产生反应的屏幕。作为计算机的定位输入设备，当人的手指或其他杆状物触到屏幕的不同位置时，计算机便接收到触摸信号并由软件进行相应的处理，这是多媒体计算机所必需的。根据所采用的技术可将触摸屏分为电阻式、电容式、红外线式和声表面波式。

④ 扫描仪：扫描仪（scanner）是文字和图片输入的主要设备之一。它依靠光学扫描机构和有关软件，如，识别字符的 OCR Reader（optical character recognition reader），识别图像的 image processing system，把大量的文字或图片信息扫描到计算机中，以便对这些信息进行识别、编辑、显示和打印等处理。

根据扫描仪的形状可将扫描仪分为台式和手持式两种。20 世纪 90 年代以来，扫描技术发展迅速，彩色扫描仪代替了黑白扫描仪。扫描仪的主要性能是分辨率和彩色位数。低档扫描仪的分辨率约 300×600 dpi，高档扫描仪的分辨率约 1000×2000 dpi，这里单位 dpi 表示每英寸的点数。彩色位数有 24 位和 32 位等。在 Pentium 微机中，扫描仪可以直接使用并行端口与主机连接。

⑤ 数码相机：数码相机是一种采用光电子技术摄取静止图像的照相机。数码相机摄取的光信号由电荷耦合器件成像后变换成电信号，用软盘或快速 RAM 盘作为图像记录介质代替普通胶片，将其与计算机的串行通信端口连接，可把摄取的照片转储到计算机内以便进行照片编辑。

（2）输出设备

① 显示器：目前使用的显示器（display screen monitor）有两种，台式机用的阴极射线管显示器（简称 CRT）和便携式机用的液晶显示器（简称 LCD）。CRT 显示器使用最普遍，详细介绍如下：

显示器尺寸以显像管对角线长度衡量，通常有 14 in（35.6 cm）、15 in（38.1 cm）、17 in（43.2 cm）等多种规格，目前以 17 in 较流行。显示器必须通过显示适配卡（video adapter）与计算机连接，标准 VGA 显示适配卡能够在一个屏幕上分辨出 640×480 个像素（Pixel），支持 16 色，简称其显示分辨率为 $640 \times 480 \times 16$ 色；SVGA 卡最初的显示分辨率为 $800 \times 600 \times 256$ 色，后来发展成 $1024 \times 768 \times 256$ 色。

对于显示器本身，分辨率的测量单位称点距，点距是以毫米为单位的像素之间的距离，此值越小，图像就越清晰。

显示适配器是显示器与主机之间的接口，一般做成一个插件插在主机板的扩展槽内，故常称显示卡，显示器上的 15 芯接口电缆直接插到机内的显示适配卡插座上。

② 打印机：打印机的种类主要有三种：点阵打印机、喷墨打印机和激光打印机。

点阵打印机是最早流行的打印机，常指 24 针打印机，这种打印机性能价格比高。点阵打印机按打印的宽度可分为宽行打印机和窄行打印机。点阵打印机的优点是能进行连页打印，适合打印大型表格。24 针打印机通过打印头上的 24 根针击打色带，打印在纸上的色点阵列形成各类中西文字。点阵打印机的打印速度较慢，一般为每秒 200 个字符，且打印时噪声较大。

喷墨打印机使用喷墨来代替针打，它利用振动或热喷管使带电墨水喷出，由聚焦系统将其微粒聚成一条射线，由偏转系统控制微粒射线在打印纸上扫描，绘出各种文字符号和图形。喷墨打印机的优点是无噪声，体积小，重量轻，打印分辨率一般在 360 dpi 以上。清晰度可与激光打印机媲美。喷墨打印机有黑白和彩色两类。喷墨打印机需更换喷头或墨盒，成本较高。

激光打印机实际上是复印机、计算机和激光技术的复合。激光打印机使用同步的多面镜像和完善的光学部件，在一个光敏旋转磁鼓上写字符和图形，这个磁鼓与复印机的磁鼓相似，激光束扫过旋转着的磁鼓时，通过"开"和"关"两种状态来表示白色区和黑色区，因此，激光束类似于扫描显示器屏幕内的电子束。激光打印机一般至少配备 1 MB 的内存。激光打印机的内存越大，速度就越快。目前大多数激光打印机的分辨率为 600 dpi。激光打印机有黑白和彩色两类。激光打印机的特点是速度快、噪声小、分辨率高，但价格也较高。

③ 声频卡和音箱：声频卡，简称声卡，是多媒体计算机系统最基本的硬件之一。声卡的种类很多，目前国内市场上至少有上百种不同性能、不同特点的声卡。

（3）网络设备

为了使计算机在社会生产、生活及家庭生活中发挥更大的作用，将分散在各家庭、各单位、各部门、各地区以至世界上各地域的千千万万台大大小小的计算机连起来组成计算机网络。它是一种资源共享系统。

① 调制解调器：20 世纪 80 年代初，微机就开始利用调制解调器（modulator-demodulator），简称 modem，在普通电话线上发送和接收数据了。随着因特网（Internet）的普及，通过电话线收发数据已成为微机通信的重要方式之一。由于普通电话信号是模拟信号，而计算机所处理的信息都是数字化的，因此，计算机经普通电话网通信时应配备将数字信号转换成模拟信号以及将模拟信号转换成数字信号的双向转换装置，前者称为调制，后者称为解调，modem 具备这两种功能。

modem 种类很多，其中最常用的是利用普通电话线作为传输线路的音频 modem。音频 modem 数据传输速率用 bit/s（每秒的位数）来表示，低速的传输速率在 600 bit/s 以下，中速的传输速率在 1 200～9 600 bit/s，高速的传输速率在 9 600 bit/s 以上。目前选用的音频 modem 的速率有 9 600 bit/s、33.6 kbit/s 及 56 kbit/s 等多种。

按与计算机连接方式分类，modem 有外置式、内置式和 PC 卡三种。外置式 modem 与计算机的串行口连接，其背后有与计算机、电话线等连接的插座；内置式 modem 可以直接插在计算机的扩展槽中；PC 卡片式 modem 是专为便携式计算机设计的。

② 网络接口卡：网络接口卡简称网卡，是以单块印刷电路板形式提供的一种网络接口适配器。它的一端插入计算机的通道插槽，另一端连接网络传输线，使计算机具有与网络通信的功能。大多数网络接口卡仅适用于特定的网络拓扑、协议和特殊媒体。如用于 Novell 局域网的 NE-3200

型网卡，此种网卡应装在 Novell 网络文件服务器和各 Novell 网络工作站上，并经过通信电缆（双绞线、同轴电缆、光缆等）实现彼此连接。

（4）设备启动程序

设备驱动程序是用来控制输入/输出设备工作的一种功能程序，该程序可由系统程序或用户程序调用，通过它驱动相应的输入/输出设备。其作用相当于设备硬件与应用程序之间的翻译，它接受来自应用程序的通用命令，并将通用命令转换成设备的特有命令。所以通常安装了一个输入/输出设备后，必须装载相应的驱动程序。例如，安装了某种打印机，就一定装入该种打印机的驱动程序。Windows 2000 之所以能实现硬件的即插即用（plug and play），主要原因是 Windows 2000 为成千种世界上已有的计算机硬件设备提供了 32 位的驱动程序。当用户在计算机中插入一种新设备时，Windows 2000 会自动识别新设备的参数，并自动安装相应的驱动程序。

1.5　计算机软件基础知识

1.5.1　计算机软件的基本概念

一个完整的计算机系统包括硬件和软件两大部分。硬件是指计算机系统中的各种物理装置，包括控制器、运算器、内存储器、I/O 设备以及外存储器等，它是计算机系统的物质基础。软件是相对于硬件而言的。从狭义的角度上讲，软件是指计算机运行所需的各种程序；而从广义的角度上讲，软件还包括手册、说明书和其他有关的资料。软件系统解决如何管理和使用机器的问题。没有硬件，谈不上应用计算机。但是，光有硬件而没有软件，计算机也不能工作。硬件和软件是相辅相成的，只有配上软件的计算机才成为完整的计算机系统如图 1-15 所示，软件是计算机系统的重要组成部分。相对于计算机硬件而言，软件是计算机的无形部分，但它的作用是很大的。这好比为了看录像，就必须有录像机，这是硬件条件；但仅有录像机还看不成录像，还必须有录像带，这就是软件条件。由此可知，如果只有好的硬件，但没有好的软件，计算机是不可能显示出它的优越性的。所谓软件是指能指挥计算机工作的程序与程序运行时所需要的数据，以及与这些程序和数据有关的文字说明和图表资料。其中文字说明和图表资料又称为文档。通常把计算机软件分为"系统软件"和"应用软件"两大类。

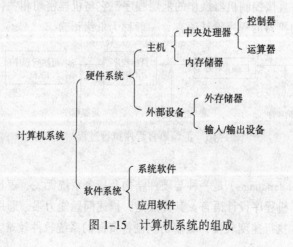

图 1-15　计算机系统的组成

1.5.2　系统软件

系统软件是指管理、控制和维护计算机及其外部设备，提供用户与计算机之间界面等方面的软件。相对于应用软件而言，系统软件离计算机系统的硬件比较近，而离用户关心的问题则远一些，它们并不专门针对具体的应用问题。系统软件包括操作系统、语言编译程序、系统支撑和服务程序、数据库管理系统。

1．操作系统

操作系统（operating system，OS）是最基本最重要的系统软件，是系统软件包的核心。它负责管理计算机系统的全部软件资源和硬件资源，合理地组织计算机各部分协调工作，为用户提供操作和编程界面。

随着计算机技术的迅速发展和计算机的广泛应用，用户对操作系统的功能、应用环境、使用方式不断提出新的要求，因而逐步形成了不同类型的操作系统。有关操作系统的分类及特点将在第 2 章中详细介绍。

2．计算机语言

人和计算机交流信息使用的语言称为计算机语言或程序设计语言。计算机语言通常分为机器语言、汇编语言和高级语言三类。

（1）机器语言

机器语言（machine language）是一种用二进制代码"0"和"1"形式表示的，能被计算机直接识别和执行的语言。用机器语言编写的程序称为计算机机器语言程序。它是一种低级语言，用机器语言编写的程序不便于记忆、阅读和书写。通常不使用机器语言直接编写程序。

（2）汇编语言

汇编语言（assemble language）是一种用助记符表示的面向机器的程序设计语言。汇编语言的每条指令对应一条机器语言代码，不同类型的计算机系统一般有不同的汇编语言。用汇编语言编制的程序称为汇编语言程序，该种程序不能被机器直接识别和执行，必须由"汇编程序"（或汇编系统）翻译成机器语言程序才能被运行。这种"汇编程序"就是汇编语言的翻译程序。汇编语言程序的执行过程如图 1-16 所示。

汇编语言适用于编写直接控制机器操作的低层程序，它与机器密切相关，不容易使用。汇编语言和机器语言都是面向机器的程序设计语言，一般称为低级语言。

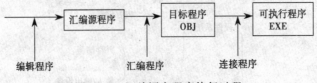

图 1-16　汇编语言程序执行过程

（3）高级语言

高级语言（high level language）是一种与硬件结构及指令系统无关，表达方式比较接近自然语言和数学表达式的计算机程序设计语言。其优点是：描述问题能力强，通用性、可读性、可维护性都较好。其缺点是：执行速度较慢，编制访问硬件资源的系统软件较难。

高级语言的发明是计算机发展史上最惊人的成就之一。目前在计算机中使用的高级语言有 2 500 多种，最常用的高级语言有以下几种：

① BASIC 语言。它是一种简单易学的计算机高级语言，尤其是 Visual Basic 语言，具有很强的可视化设计功能，使用户在 Windows 环境下开发软件非常方便，是重要的多媒体编程工具语言。

② FORTRAN 语言。它是一种适合科学和工程设计计算的语言，具有大量的工程设计计算程序库。

③ Pascal 语言。它是结构化程序设计语言，适用于教学、科学计算、数据处理和系统软件的开发。

④ C 语言。它是一种具有很高灵活性的高级语言，适用于系统软件、数值计算、数据处理等。使用非常广泛。面向对象的 C++语言及 Visual C++、Borland C++等集成开发工具很受程序开发者的青睐。

⑤ Java 语言。它是近几年发展起来的一种新型高级语言。它简单、安全、可移植性强。Java 适用于网络环境的编程，多用于交互式多媒体应用。

用高级语言编写的程序称为"源程序"。该种程序需要翻译成机器指令才能被计算机识别和执行。通常有编译和解释两种翻译方式。

- 编译方式：编译方式是将整个源程序编译成等价的、独立的目标程序，然后通过链接程序将目标程序链接成可执行程序的翻译过程，其执行过程如图 1-17 所示。

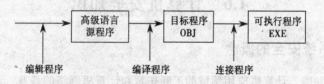

图 1-17　高级语言编译执行过程

- 解释方式：解释方式是将源程序逐句翻译，翻译一句执行一句，边翻译边执行，不产生目标程序的翻译过程。在整个执行过程中，解释程序都一直在内存中。如 BASIC 语言。解释方式执行过程如图 1-18 所示。

目前一般的高级语言都提供了开发集成环境，集源程序编辑、编译（解释）、执行为一体，非常方便用户使用。如 Visual Basic、Visual C++、Delphi 等。

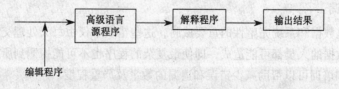

图 1-18　高级语言解释执行方式

3. 数据库管理系统

数据库管理系统（database management system，DBMS）的作用是管理数据库。数据库管理系统是有效地进行数据存储、共享和处理的工具。目前，微机系统常用的单机数据库管理系统有

dBASE、FoxBASE、Visual FoxPro 等，适合用于网络环境的大型数据库管理系统 Sybase、Oracle、DB、SQL Server 等。

数据库管理系统主要用于档案管理、财务管理、图书资料管理、仓库管理、人事管理等数据处理。

1.5.3　应用软件

应用软件一般指能直接帮助个人或单位完成具体工作的各种各样的软件，如文字处理软件、计算机辅助设计软件、企业事业单位的信息管理软件以及游戏软件等。应用软件一般不能独立地在计算机上运行而必须有系统软件的支持，支持应用软件运行的最为基础的一种系统软件就是操作系统。

常用的应用软件有以下几种：

① 各种信息管理软件。

② 办公自动化系统。

③ 各种文字处理软件。

④ 各种辅助设计软件以及辅助教学软件。

⑤ 各种软件包（如数值计算程序库、图形软件包等）。

⑥ 文字处理软件。

1.6　计算机安全知识

1.6.1　计算机系统安全的概念

随着计算机的发展，计算机应用领域的不断拓宽和计算机网络的普及，计算机安全的防范已日益受到人们广泛的关注和重视。计算机安全主要涉及计算机硬件、软件和数据等方面。

信息系统特别是计算机系统容易受到许多威胁，从而造成各种各样的损害，导致严重损失。损害的原因是多种多样的，有的损害可能无法发现，准确地评估计算机安全相关的损害是不可能的。不同的威胁其后果也有所不同：一些影响数据的机密性或完整性，而另一些则影响系统的可用性。

计算机安全的常见威胁有：

1. 错误和遗漏

错误和遗漏是数据和系统完整性的重要威胁，这些错误不仅由每天处理交易的数据录入员造成，创建和编辑数据的人员都可能造成，即使最复杂的程序也不可能探测到所有的输入错误或遗漏。良好的意识和培训可以帮助减少错误和遗漏的数量及严重程度。

2. 欺诈和盗窃

计算机系统会受到欺诈和盗窃的伤害，这种伤害可以通过"自动化"了的传统手段进行，也可以通过新的手段进行。

3．员工破坏

员工是最熟悉其雇主的计算机和应用的，包括何种行为会导致最大的损失、故障或破坏。

4．丧失物理和基础设施的支持

丧失基础设施的支持包括电力故障、丧失通信能力、水的中断和泄漏等。基础设施的丧失通常导致系统停机，有时结果是无法预料的。

5．有害黑客

有害黑客是指未经授权侵入计算机的人。他们可以是外部人，也可以是内部人，其威胁应该被认为是过去或未来的潜在危害。

6．工业间谍

工业间谍是指从私营企业或政府收集专有数据以达到协助其他公司的行为。因为信息通常在计算机系统中进行处理和存储，所以计算机安全可以帮助防范这种威胁。

7．有害代码

有害代码是指病毒、蠕虫、木马、逻辑炸弹和其他"不受欢迎的软件"。

1.6.2　计算机病毒及防治

计算机病毒（computer virus）是一种人为特制的程序，不独立以文件形式存在，通过非授权入侵而隐藏在可执行程序或数据文件中，具有自我复制能力，可通过软盘或网络传播到其他机器上，并造成计算机系统运行失常或导致整个系统瘫痪的灾难性后果。因为它就像病毒在生物体内部繁殖导致生物患病一样，所以把这种现象形象地称为"计算机病毒"。当然，这种病毒并不影响人体的健康。

1．计算机病毒的特征

病毒具有隐蔽性、传染性、可激活性和破坏性。所有病毒均具有两个特征：

① 能将自身复制到其他程序中。

② 不独立以文件形式存在，而依附于别的程序上，当调用该程序时，病毒则首先运行。

这两个特征缺其一则不称其为病毒。

2．计算机病毒的种类和一般症状

（1）计算机病毒的种类

病毒按大的类型来分则不到 10 类。微机病毒按入侵的途径来分，主要种类有：源码病毒（source code viruses）、入侵病毒（intrusive viruses）、外壳病毒（shell viruses）和操作系统病毒（operation system viruses）。其中，操作系统病毒最为常见，危害性也最大。

（2）病毒的一般症状

① 显示器出现莫名其妙的信息或异常显示（如白斑、小球、雪花、提示语句等）。

② 内存空间变小，对磁盘访问或程序装入时间比平时长，运行异常或结果不合理。

③ 在使用写保护的软盘时，出现未经授意的写操作。

④ 死机现象增多，又在无外界介入下自行启动，系统不承认磁盘，或硬盘不能引导系统，

异常要求用户输入口令。

⑤ 打印机不能正常打印，或汉字库不能正常调用或不能打印汉字。

3．计算机病毒的传播条件和危害

（1）病毒的传播条件

① 通过媒体载入计算机，如硬盘、软盘、网络等。

② 病毒被激活，随着所依附的程序被执行后才能取得控制权。

总之，病毒的传染以操作系统加载机制和存储机制为基础，有的也危及硬件。机器感染上病毒后，未被运行的病毒程序是不会起作用的。

（2）计算机病毒的危害

病毒程序被运行后，其危害主要是：

① 减少存储器的可用空间，使用无效的指令串与正常的运行程序争夺 CPU 时间。

② 破坏存储器中的数据信息，破坏网络中的各项资源。

③ 破坏系统 I/O 功能，构造系统死循环。

④ 破坏系统文件，彻底毁灭系统软件，甚至是硬件系统等。

4．计算机病毒的预防和安全管理

（1）计算机病毒的预防

病毒的预防阻止病毒的侵入比病毒侵入后再去发现和排除要重要得多。堵塞病毒的传播途径是阻止病毒侵入的最好方法。

① 人工预防也称标志免疫法，将病毒的标志固定在某一位置，然后把程序修改正确达到免疫目的。

② 软件预防主要使用计算机病毒疫苗程序，监督系统运行并防止某些病毒入侵。

③ 硬件预防主要有两种方法：一是改变计算机系统结构；二是插入附加固件，如将防毒卡插到主机板上，当系统启动后附加固件先自动执行，从而取得 CPU 的控制权。

④ 管理预防这也是最有效的预防措施。其主要途径是：

- 制定防治病毒的法律手段。对有关计算机病毒问题进行立法，不允许传播病毒程序。对制造病毒者或有意传播病毒从事破坏者，要追究法律责任。
- 建立专门机构负责检查发行软件和流入软件有无病毒。为用户无代价消除病毒，不允许销售含有病毒的软件。
- 教育用户，使他们了解计算机病毒的常识和危害性；尊重知识产权，不随意复制软件，尽量不使用外来软盘和不知来源的程序；养成定期检查和清除病毒的习惯，杜绝制造病毒的犯罪行为。

（2）计算机的安全管理

① 限制网上可执行代码的交换，控制共享数据，一旦发现病毒，立即断开联网的工作站；碰到来路不明的电子邮件，不打开，直接删除；若在单机下可以完成的工作，应在脱网状态下完成。凡不需再写入的软盘都应作写保护。

② 借给他人的软盘都应作写保护，收回时先应检查有无病毒，最好只借副本。

③ 不要把用户数据或程序写到系统盘上，并保护所有系统盘和文件。

④ 不用软盘来启动机器，或者只使用无毒并贴上写保护的系统盘启动，做到专机专用，如果系统有硬盘，就不要用软盘来引导。

⑤ 对硬盘上的重要系统数据定期进行备份。

⑥ 建立系统应急计划，以便系统遭到病毒破坏时，可把损失降到最低限度。

⑦ 不运行来源不明的软件，对新搬入本办公室的机器要先"消毒"，尽量不要让他人使用你的系统，如需借用，一般要他自带软盘并对他所用的软盘加以检查。

⑧ 应按地区建立专门的机构，负责检查新发行或外地流入本地区的软件。

第 2 章

Windows 2000 操作系统

计算机发展到今天，从微型计算机到高性能计算机，无一例外都配备了一种或多种操作系统，操作系统已经称为现代计算机系统不可分割的重要组成部分。

操作系统是计算机系统中最重要的、不可缺少的基本系统软件，任何其它软件都应在操作系统的支持下才能运行。操作系统在计算机系统中的作用类似于大脑在人体中的作用，它主要用来管理和控制计算机系统的软、硬件资源，提高其利用率，并为用户提供一个方便、灵活、安全、可靠的使用计算机的工作环境。

本章主要内容包括操作系统的发展及主要功能和分类、Windows 2000 简介、Windows 2000 的基本操作、Windows 2000 桌面、Windows 2000 资源管理器、Windows 2000 控制面板、中文输入法等。

2.1 操作系统的基本知识

2.1.1 操作系统概述

操作系统是计算机系统中配备得最基本也是最核心的软件，它是整个计算机系统的控制管理中心，负责统一控制、调度和管理计算机系统的软硬件资源，使计算机能自动高效地工作。

操作系统是一种系统软件，其他的软件都是建立在操作系统的基础上。它是用户与计算机之间的接口，为用户提供良好的工作环境和友好的操作界面。任何用户都是通过操作系统来使用计算机的，因此操作系统又是用户与计算机之间沟通的桥梁。所以，任何一位用户都应首先学会使用一种或多种操作系统。

1. 操作系统的基本功能

操作系统负责计算机系统的全部资源，按照资源管理的不同而分类，可将操作系统的功能分为五大类：中央处理器（CPU）管理、存储器管理、设备管理、文件管理、作业管理。

① CPU 管理：按照一定的策略对 CPU 进行分配，并对其运行进行有效的控制和管理，充分提高 CPU 的利用率。

② 存储管理：按照一定的策略进行内存的分配和回收、内存中程序和数据的保护以及解决内存的扩充问题，从而提高存储器的利用率。

③ 设备管理：按照系统输入/输出设备的特点和不同的策略分配设备给用户使用，保证设备

方便、安全、高效地使用。

④ 文件管理：计算机中信息是以文件形式存放的。文件管理的主要任务是对用户文件和系统文件进行管理，方便用户使用信息，并保证文件的安全性。

⑤ 作业管理：作业是指用户在一次事务的处理过程中，要求计算机所完成工作的集合。作业管理是将用户提交的各个作业合理地组织安排，使作业快速、准确地完成。

2．操作系统的分类

操作系统的分类有多种方法，按照其功能特征可以分为批处理系统、分时系统、实时系统；按照其用户数量可以分为单用户系统、多用户系统、单机系统、多机系统；按照其硬件结构可以分为网络操作系统、分布式和多媒体系统。

不过比较典型的是以下分类方式：

（1）批处理系统

批处理系统是将多个用户作业按照一定的顺序进行排列后，统一交给计算机系统，由计算机自动地完成这些作业，而无需用户干预的操作系统。由于在计算机运行的过程中无需用户与计算机进行交互，节省了人工操作的时间，因而使计算机运行效率大大提高。

（2）分时系统

分时系统是指在一台主机上连接了多个终端，使多个用户共享一台主机。分时系统将 CPU 及计算机的其他资源进行时间上的分割，每个时间段称为一个时间片，每个用户依次轮流地使用时间片，实现多个用户分享同一台主机的操作系统。分时系统的基本特征是多路性、独立性、交互性和及时性。

（3）实时系统

实时系统是指系统能够对随机发生的外部事件作出及时的响应并进行处理的操作系统。实时系统用于控制实时过程，它主要包括实时控制和实时信息处理两种系统。其特征是对外部事件的响应十分及时、迅速，系统可靠性高。实时系统一般都是专用系统，它为专门的应用而设计。

（4）网络操作系统

网络操作系统是指能使网络上的各台计算机方便而有效地共享网络资源，为网络用户提供所需的各种服务的软件和有关协议的集合。

（5）单用户操作系统

单用户操作系统是随着微机的发展而产生的，用于对一台计算机的硬件和软件资源进行管理，通常分为单用户单任务和单用户多任务两种类型。常用的单用户单任务操作系统有 MS–DOS、PC–DOS 等，而常用的单用户多任务的操作系统有 OS/2、Windows95/98/2000/XP 等。

（6）多用户操作系统

多用户操作系统一般是指多用户多任务操作系统。多用户多任务的含义是，允许多个用户通过各自的终端使用同一台主机，共享主机系统中的各种资源，而每个用户程序又可以进一步分为几个任务，使它们并发执行，从而可进一步提高资源利用率和增加系统吞吐量。最具代表性的是 UNIX 操作系统。

（7）分布式操作系统

分布式系统是由多台计算机经网络连接在一起而组成的系统系统中任意两台计算机可以通过远程过程调用交换信息，系统中的计算机无主次之分，系统中的资源供所有用户共享。一个程序可以分布在几台计算机上并发的运行，互相协作完成一个共同的任务。分布式系统的引入主要是增加系统的处理能力、节省投资、提高系统的可靠性。用于管理分布式系统资源的操作系统称之为分布式操作系统。

（8）嵌入式操作系统

嵌入式操作系统是指运行在嵌入式系统环境中，对整个嵌入式系统以及所操作、控制的各种部件装置等资源进行统一协调、调度、指挥和控制的草组系统。嵌入式操作系统具有通用操作系统的基本特点，能够有效管理复杂的系统资源，与通用操作系统相比较，嵌入式操作系统在系统实时高效性、硬件的相关依赖性、软件固态化以及应用的专业性等方面具有较为突出的特点。嵌入式系统的应用领域非常广泛，例如家用电器产品中的智能功能，就是嵌入式系统的应用。

3. 微机操作系统的特点

微机操作系统随着计算机硬件的发展和微机的普及而发展迅速。顾名思义，配备在微型计算机上的操作系统称为微机操作系统。一般微机操作系统具有如下的特征：

（1）微型化

操作系统管理和控制着计算机的所有资源，由于内存资源的限制，操作系统不可能全部常驻内存，只有操作系统的基本模块常驻内存，其他模块根据需要可以随时从外存储器调入或从内存储器中调出。这个过程需要占用空间和时间资源。

为了减少占用空间和时间资源，微机操作系统要尽可能地短小精悍，模块功能划分明确。

（2）简单化

大部分微机系统用于单用户环境，因此其功能都取一般操作系统的最简形式，便于操作系统的修改和移植。

（3）以磁盘管理和文件管理为主

微型计算机往往以磁盘作为文件的主要存储设备，因此操作系统也主要以磁盘管理和文件管理为主。

2.1.2　常见的微机操作系统

微机操作系统有多种，常见的有 DOS、Windows、UNIX、Linux 等。

1. DOS 操作系统

DOS 是 Disk Operation System（磁盘操作系统）的缩写，是早期微型计算机使用最为广泛的操作系统，自 1981 年在 IBM-PC 微型机上运行以来，其版本更新不断，其版本从 DOS 1.0～DOS 7.0。DOS 具有很强的文件和磁盘管理能力，在 Windows 操作系统推出之前它是微型计算机的主流操作系统。

DOS 有 PC-DOS 和 MS-DOS 两种。这两种类型的 DOS 在功能上基本是等价的，只是开发的公司不同而已，PC-DOS 由 IBM 公司开发，而 MS-DOS 由 Microsoft 公司开发。DOS 操作系统是一个单用户、单任务的操作系统，由一个引导程序和三个基本模块组成。这个引导程序是 BOOT，三个基本模块是输入/输出模块 I/O.SYS、文件处理模块 MSDOS.SYS、命令处理模块 COMMAND.COM。

（1）引导程序 BOOT

BOOT 引导程序在磁盘格式化时被写到软盘或硬盘的引导区中，其作用是当计算机启动时首先自动将其装入内存，同时检查该磁盘是否为系统盘，若是系统盘，则将 DOS 引导进入内存；否则显示出错信息。另外，计算机还将检查 DOS 的两个文件（模块）I/O.SYS 和 MSDOS.SYS 是否在系统盘上，若这两个文件存在，则将被引导装入内存，否则也将显示出错信息。

（2）输入/输出模块 I/O.SYS

输入/输出模块管理系统由两个程序模块 BIOS 和 IO.SYS 组成。其作用是负责 DOS 与硬件设备之间的联系，管理、驱动各种外部设备（如显示器、键盘、打印机及磁盘驱动器等）。BIOS 被固化在系统板的 ROM 中，它是直接与计算机硬件打交道的模块。I/O.COM 是 BIOS 的接口模块，它以隐藏文件的形式存在于磁盘中。I/O.SYS 可以修改扩充 BIOS 的功能，管理和配置 I/O 设备。

（3）文件管理模块 MSDOS.SYS

文件管理模块 MSDOS.SYS 是 DOS 系统的核心，它提供系统与应用程序的高级接口，它的任务是管理所有的磁盘文件，并进行磁盘空间的分配及其他系统资源的管理，负责操作系统与外层模块之间的联系，提供系统功能调用。MSDOS.SYS 也是以隐藏文件的形式存在于磁盘中。

（4）命令处理模块 COMMAND.COM

在 DOS 环境下，对计算机的操作是通过输入命令来实现的，COMMAND.COM 命令处理模块的功能是分析和执行用户命令，包括内部命令、外部命令和批处理命令（文件）。DOS 将所有的内部命令包括在 COMMAND.COM 中，外部命令与内部命令相比是不太常用的命令。

DOS 命令主要分为两大类：内部命令和外部命令。DOS 内部命令是一些最常用的操作（命令），COMMAND.COM 中包含所有的内部命令。而外部命令以显式文件的形式存放在外部存储器上，当需要执行时，COMMAND.COM 负责将其调入内存并将控制权交给它，执行完毕系统将收回空间。

2. Windows 操作系统

Windows 系统有多个版本，早期有 Windows 3.0/3.1/3.2，后来发展成 Windows 95、Windows 98、Windows NT、Windows 2000、Windows XP。

事实上 Windows 3.x 并不是一个真正意义上的图形界面操作系统，它只是一个在 DOS 环境下运行的、对 DOS 有较多依赖的 DOS 子系统，但是 Windows 3.x 增加了图形用户接口，而且提供了多任务功能，改善了内存的管理。

1995 年推出的 Windows 95 和 1998 年推出的 Windows 98 是一个真正意义上的全 32 位的个人计算机图形环境操作系统，它们将 Microsoft 网络并入 Windows 系统中，通过 Microsoft Network 可以访问 Internet。同时改变了早期的 Windows 界面，引入了"即插即用"等许多先进技术。Windows 98 支持新一代的硬件技术，又进一步将 Internet 的应用软件纳入系统，用户可以方便地进行网络浏览、收发邮件、下载文件等操作。

Windows NT 是 Windows 家族中第一个完备的 32 位网络操作系统，它主要面向高性能微型计算机、工作站和多处理器服务器，是一个多用户操作系统。

2000 年推出的 Windows 2000 系列是 Windows NT 4.0 的换代产品，又增加了许多新的特性和功能。

Microsoft 公司推出了三个 Windows XP 版本，以满足家庭和工作的计算需要。Windows XP Professional 是为商业用户设计的，有最高级别的可扩展性和可靠性；Windows XP Home Edition 有最好的数字媒体平台，是家庭用户和游戏爱好者的最佳选择；Windows XP 64-Bit Edition 可满足专业的、技术工作站用户的需要。

3. UNIX 操作系统

UNIX 操作系统原本是 1969 年美国 Bell 实验室为小型机设计的，目前已用在各类计算机上。UNIX 是一个多用户、多任务的分时操作系统，系统本身是采用 C 语言编写的。

UNIX 操作系统具有结构紧凑、功能强、效率高、使用方便和可移植性好等优点，被国际公认是一个十分成功的通用操作系统。

UNIX 在世界上占据着操作系统的主导地位，它的应用十分广泛，从各种微机到工作站、中小型机、大型机和巨型机，都运行着 UNIX 操作系统及其变种。

4．Linux 操作系统

Linux 操作系统是一个遵循标准操作系统界面的免费操作系统，具有 UNIX BSD 和 UNIX SYS 的扩展特性。

Linux 操作系统可以在基于 Intel 处理器的个人计算机上运行，它可以将一台普通的个人计算机变成功能强大的 UNIX 工作站。

Linux 操作系统有一个基本内核，一些组织和厂商将内核与应用程序、文档包装起来，加上设置、管理和安装程序，构成供用户使用的套件。Linux 版本分为两个部分：内核版本和发行套件版本。

2.2 Windows 2000 操作系统

2.2.1 Windows 2000 简介

Windows 2000 是美国 Microsoft 公司 2000 年推出的一个功能强大的微机操作系统。与传统的 Windows 9x 不同，Windows 2000 是综合了 Windows 98 和 Windows NT 操作系统的优点，采用 Windows NT 技术编制的新一代操作系统。它包含了许多 Windows 98 的界面和特点，提供了许多新的特性和功能，使得计算机管理更合理、更方便，更具兼容性且功能更强大。

1．Windows 2000 的版本介绍

Windows 2000 提供了以下四个版本，分别适合于不同的工作环境。

① Windows 2000 Professional：它是为商业和个人用户开发的、供台式机和便携计算机使用的操作系统。

② Windows 2000 Server：它是为工作组级的服务器开发的多用途操作系统，可以为部门工作小组或中、小型企业用户提供文件、打印、Web 和通信等服务。

③ Windows 2000 Advanced Server：它是为企业级的高级服务器开发的功能强大的操作系统。除具备 Windows 2000 Server 的所有功能外，它还有专为大型企业服务器设计的特性（如群集、负载平衡和对称多处理器支持等）。它能为客户提供一个高可靠性和高扩展性的理想平台，能承担起运行企业核心业务软件的重任（包括数据库、记录和通告、连机交易处理和企业资源管理系统）等。

④ Windows 2000 Data Center Server：它是针对大型数据仓库的数据中心服务器的版本，是 Windows 2000 系列中功能最强大的服务器操作系统。它支持 16 路对称处理器和高达 64 GB 的物理内存，它将群集和负载平衡等服务作为标准特性，并为大型的数据仓库、经济分析、科学和工程模拟、联机交易服务等应用进行了优化。

2．Windows 2000 的特点

主要介绍 Windows 2000 Professional 中文版的使用。Windows 2000 增加了许多新功能和新特性。

（1）稳定可靠

由于 Windows 2000 采用了 Windows NT 内核技术，使得它比以前的版本更加稳定、可靠。Windows 2000 能跟踪、保护系统文件，一般不会被随意删改，从而保证了系统文件的完整。

（2）界面友好

Windows 2000 不仅继承了以往的 Windows 界面友好、操作方便的特征，并进行了进一步的改进（如桌面上图标的立体感增强了）。此外它减少了桌面上不常用的图标，使桌面更加简洁，用户操作更加方便。

（3）"个性化"菜单

Windows 2000 首次采用了"个性化"菜单。这种"个性化"菜单显示经常使用的菜单项目，隐藏不经常使用的程序选项。这样用户在使用"开始"菜单访问常用程序时将更加快捷。

（4）配置方便

Windows 2000 对于常用操作项目引入了智能化的配置向导功能，使用户能够更加方便地配置和管理计算机。

（5）"我的文档"的功能增强

Windows 2000 将"我的文档"作为所有应用程序的默认文件夹，使用户保存和查找信息有了统一的位置。"我的文档"加强了用户文件的安全性，它对文件的保存过程是基于每个用户的。这样处理后，即使多个用户共享同一台计算机，各用户文档相互隔离，彼此无法看到和修改其他用户的文档（系统管理员除外）。在"我的文档"文件夹中，新增了一个"我的图片"文件夹，目的是方便用户查看图片和对图片进行管理。在"我的图片"文件夹中，可以在不打开专门的图片编辑程序的情况下查看、打印和编辑图片。

（6）"资源管理器"的增强功能

Windows 2000 在"资源管理器"的工具栏上增加了"搜索"、"文件夹"和"历史"三个按钮。通过这些按钮用户可以方便、快速地找到所需文件，而且它们不仅可以显示本地硬盘中的内容，还可以显示"网络邻居"在 Internet 上的内容。在 Windows 2000 的"资源管理器"中还可以对工具栏进行自定义。

（7）强大的搜索功能

Windows 2000 的"搜索"提供了三种类型的搜索功能，既可以搜索本地硬盘中的文档或文件夹，还可以搜索局域网中的计算机，并可以搜索 Internet 中的 Web 网站或网页。

通过 Windows 2000 可以更快地访问信息，并且能够更快和更方便地完成使用文件、查找信息、个性化你的计算环境、在 Web 上工作、远程工作等任务。

（8）增强的网络功能

Windows 2000 中的"网上邻居"将在同一工作组的计算机放入"邻近的计算机"文件夹中，且所有基于网络的操作都可以通过"网上邻居"进行修改、删除和添加。

Windows 2000 操作系统使用了 Microsoft 公司的 Internet Explorer 5.0 浏览器，使用户的网上工作更加快捷方便。其全新的智能记忆式网址输入方式使用户可以只输入少量字符，系统就将有关的网址呈现出来，以进行快速选择，新的搜索助手可以使用多个引擎进行网络搜索。

2.2.2 Windows 2000 的运行环境

要正常运行 Windows 2000，必须确保计算机满足以下最低系统要求：

① CPU：Pentium 166 MHz 或以上。

② 内存：64 MB 以上。

③ 硬盘：1 GB 以上的可用存储空间。

④ 显示器：VGA 或更高分辨率的彩色显示器。

⑤ 软驱：一个 3.5 in 的高密度软盘驱动器。

⑥ 光驱：一个 CD-ROM 驱动器。

⑦ 键盘和鼠标：各一个。

1. Windows 2000 的启动

当打开安装有 Windows 2000 系统的计算机电源后，计算机首先进行系统自检，如果没有发现问题，即进入 Windows 2000 系统的启动阶段。在这个过程中，将遇到一个用于确认用户身份的"登录"过程。

按组合键【Ctrl+Alt+Del】，将显示"登录到 Windows"对话框，如图 2-1 所示，在"用户名"文本框中输入用户名，在"密码"文本框中输入该用户的密码（在输入密码的过程中，密码文本框中出现的是星号"*"，以便于用户保密）。单击"确定"按钮，系统在完成身份认证后，即进入 Windows 工作界面，如图 2-2 所示。

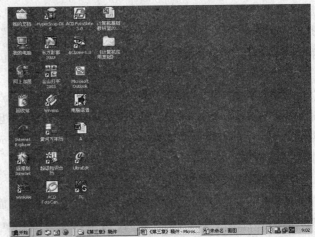

图 2-1　"登录到 Windows"对话框　　　　图 2-2　Windows 2000 桌面

2. Windows 2000 的退出

在需要退出 Windows 2000 系统时，首先单击 Windows 2000 界面左下角的"开始"按钮，此时出现一个"开始"菜单，如图 2-3 所示；然后选择"关机"命令，此时将弹出一个"关闭 Windows"对话框，单击"确定"或"取消"按钮，如图 2-4 所示。若需要进行其他操作，则在"希望计算机做什么？"下拉列表框中选择某种形式后再单击"确定"或"取消"按钮，如图 2-5 所示。当屏幕上出现"现在您可以安全地关闭计算机了"的提示后就表示已开始正常关机了。

图 2-3　"开始"菜单

图 2-4　关机界面（1）

图 2-5　关机界面（2）

2.3　Windows 2000 的基本操作

2.3.1　Windows 的桌面元素

Windows 2000 的工作桌面是指 Windows 2000 系统启动后出现在用户面前的整个屏幕，如图 2-2 所示，也可以将其理解为窗口、图标、对话框等所在的屏幕背景。用户向系统发出的各种操作命令都是通过桌面来接受和处理的。用户可以在桌面上任意移动各种项目。

由于 Windows 2000 的 Web 集成特点，桌面可以由图 2-2 所示的传统方式变成"按 Web 页查看"方式，将"活动内容（动态 HTML）"从 Web 页移到桌面上，使桌面成为"活动桌面"。

一般在安装 Windows 2000 时，系统会自动在桌面上创建五个图标："我的电脑"、"我的文档"、Internet Explorer、"网上邻居"和"回收站"。下面简要介绍 Windows 2000 工作桌面的各个主要部件。

1．"开始"按钮

"开始"按钮是一个功能超强的程序启动器。其主要功能包括启动应用程序、打开文件、修改系统设定值、查找文件、获取帮助、下达执行命令、关闭系统等。只需要单击"开始"按钮，就会弹出"开始"菜单，如图 2-3 所示。

"开始"菜单中各个项目的功能如下所示：

- "程序"选项为用户提供了快速启动应用程序的途径（如启动文字处理软件 Word 2000，打开"资源"管理器窗口，打开如图 2-6 所示的"附件"菜单等）。选择"程序"选项，打开一个层叠式菜单，可以在该菜单中再进行选择，这样的过程可以一直做下去，直到能够应用一个程序或打开了一个窗口进行具体操作为止。Windows 2000 中的层叠式菜单如图 2-6 所示。
- "文档"选项为用户提供了最近打开过的文档清单。
- "设置"选项的功能是查询或改变计算机的设置与有关选项，主要包括控制面板、打印机和任务栏。其中"控制面板"集中了 Windows 2000 所有的控制和配置，"控制面板"窗口如图 2-7 所示。用户也可以通过对"任务栏"的设置将某个程序加入"开始"按钮的菜单中。
- "搜索"选项的功能是根据文件名、文件大小或日期等查找文件或文件夹。
- "帮助"选项为用户提供中文 Windows 2000 的联机帮助。
- "运行"选项为用户提供了直接输入命令行的形式来启动某个程序、打开文件夹等。
- "关机"选项提供了退出 Windows 2000 系统的各种形式。

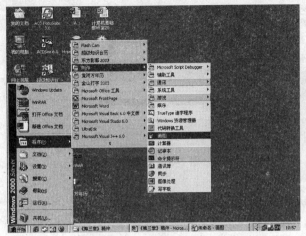

图 2-6　选择附件中的应用　　　　　　　　图 2-7　控制面板

2."我的电脑"图标

"我的电脑"文件夹用于管理计算机能够使用的所有磁盘资源(如计算机中的各个驱动器,包括网络共享驱动器)。

双击"我的电脑"图标后,打开如图 2-8 所示的窗口。该窗口包含了计算机系统的各种资源设置,主要包括软盘驱动器、硬盘驱动器、光盘驱动器以及控制面板。

"我的电脑"是用户访问计算机资源的入口,当用户选择某个对象后,屏幕上就会出现一个窗口来显示该资源的情况(如选择了某驱动器,则在窗口将显示该驱动器的盘上所装载的所有文件和文件夹等,此时用户就可以选定文件进行访问)。

在"我的电脑"中,还有一些特殊的文件夹,它们并不是真正意义上的文件夹,而是一些应用程序或是 Windows 2000 提供的控制功能(如"控制面板"是一个包含大量系统对象图标的特殊文件夹)。

3."资源管理器"图标

双击"资源管理器"图标,打开如图 2-9 所示的窗口。该窗口提供了 Windows 2000 文件系统的视图浏览和选定的功能,可以利用该窗口提供的菜单命令对文件进行各种操作。

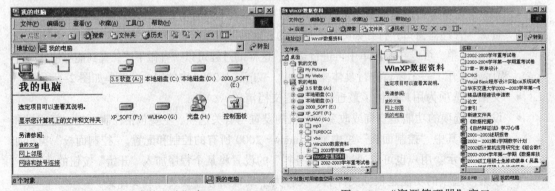

图 2-8　"我的电脑"窗口　　　　　　　图 2-9　"资源管理器"窗口

前面提到,在"开始"菜单的"程序"级联菜单中也可打开"资源管理器"窗口,还可以利用"开始"菜单中的"运行"对话框来打开"资源管理器"窗口(即运行"资源管理器")。

4."我的文档"

双击"我的文档"图标，将打开一个文件窗口，如图 2-10 所示，若无明确的指定，Windows 2000 自动将此文件夹作为文档保存在默认存放位置。"我的文档"中的内容是在每个用户的基础上进行存储的，即使多个用户共用同一台计算机，一个用户也不会看到另一个用户的文档。在初始情况下，该文件夹图标"指向"一个具体的文件夹，如 C:\Documents and Settings\user01\My Documents（假定 Windows 2000 安装在 Windows 文件夹中，当前以 user01 账号登录计算机）。若需要将该图标重新"指向"其他文件夹，

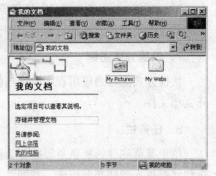

图 2-10　"我的文档"窗口

可以通过右击"我的文档"图标，在弹出的快捷菜单中选择"属性"命令，弹出"我的文档属性"对话框，然后切换到"目标文件夹"选项卡，单击"移动"按钮在弹出的"选择一个目标"对话框中重新将该图标"指向"其他文件夹位置。

5."回收站"图标

"回收站"文件夹用于暂时存放从硬盘文件夹或桌面上被丢弃（删除）的文件及其他项目。倘若因误操作删除了某个文件，可以从"回收站"中安全地找回来。从软盘或网络驱动器中删除的项目将被永久彻底地删除，系统不会将它们送到"回收站"。"回收站"中的项目将保留到决定从计算机中永久地将它们删除。不过当"回收站"装满后，Windows 2000 自动清除"回收站"中的空间以存放最近删除的文件和文件夹。"回收站"实际上是系统在硬盘中开辟的专门存放被删除文件和文件夹的区域，它的容量一般占磁盘空间的 10%左右。用户可以根据需要设置"回收站"的容量，应定期清理"回收站"，以释放"回收站"占用的存储空间。

双击"回收站"图标，打开"回收站"窗口，如图 2-11 所示，在该窗口中显示出以前删除的文件名，用户可以从中恢复一些有用的文件，也可彻底删除一些不需要的文件。

右击"回收站"图标，在弹出的快捷菜单中选择"属性"命令，即弹出"回收站属性"对话框，如图 2-12 所示，该对话框可被用于更改"回收站"的容量。

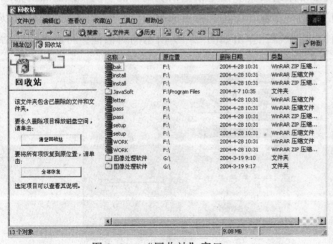

图 2-11　"回收站"窗口

图 2-12　"回收站属性"对话框

6. Internet Explorer 5.0

Internet Explorer 5.0 即"网络浏览器"，是专门用来定位和访问网络信息的浏览器或工具，有关它的说明及使用方法在后面章节中介绍。

7. 快捷方式图标

快捷方式图标是应用程序或文档的映射，使用快捷方式图标可以快速运行应用程序或快速打开文档文件。

8. 任务栏

位于屏幕底部的灰色条形框称为任务栏，任务栏由"开始"按钮、快速启动工具栏、任务按钮和状态指示器四部分组成，如图 2-13 所示。

图 2-13　任务栏

（1）"开始"按钮

通过"开始"按钮可以访问所有的程序和系统设置。

（2）"快速启动"工具栏

"快速启动"工具栏中的按钮数用户可以定制，一般包括"启动 Internet Explorer 按钮"、"启动 Outlook Express 按钮"、"显示桌面按钮"等，单击这些按钮，可以快速启动对应的应用程序。

（3）任务按钮

当打开一个应用程序或窗口时，任务栏上就会出现一个被缩小的标题按钮，称之为任务按钮。通过单击任务栏中的任务按钮，可以进行应用程序之间的切换。右击这些按钮，还可以对程序窗口进行最大化、最小化、还原、关闭等操作。

（4）状态指示器

状态指示器位于"任务栏"最右边。一般应包括"输入法指示器"、"音量指示器"、"时钟"等。单击这些图标可以直接修改系统中常用的设置。但是根据系统配置的不同，该区域的指示器个数和内容会有所不同。单击任务栏中的"音量"图标，弹出如图 2-14 所示的对话框，可以设定音量大小或关闭声音；双击"时钟"指示器，弹出如图 2-15 所示的对话框，可以在该对话框中设定日期、时间和时区。

图 2-14　"音量"对话框

图 2-15　"日期/时间属性"对话框

（5）改变任务栏的位置

将鼠标指针移到任务栏的空白位置，拖动鼠标到桌面任意一边。

（6）改变任务栏的宽度

将鼠标指针定位在任务栏的边界处，待指针变为双向箭头时，沿着箭头方向拖动鼠标到所需宽度。

（7）设置任务栏属性

右击任务栏空白处，在弹出的快捷菜单中选择"属性"命令或选择"开始"→"设置"→"任务栏和开始菜单"命令，可弹出"任务栏和开始菜单属性"对话框，如图 2-16 所示。

① 总在前面：使"任务栏"在任何程序、任务的前面，始终可见。

② 自动隐藏：使"任务栏"在不需要时自动隐藏，当鼠标指针指向它时自动弹出。

③ 在"开始"菜单中显示小图标：选择此项，则在"开始"菜单中各图标以较小字号显示。

④ 显示时钟：在"任务栏"右边显示时钟。

⑤ 使用个性化菜单："个性化菜单"将隐藏最近不使用的项目，使"程序"菜单简洁明了。此时可以通过单击菜单底部的向下箭头，获得对隐藏程序的访问。

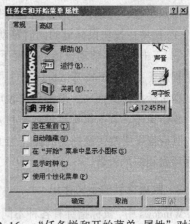

图 2-16　"任务栏和开始菜单 属性"对话框

需要某项设定时，选择复选框，复选框中出现"√"。

2.3.2　Windows 2000 的基本概念与基本操作

在 Windows 2000 中，许多命令都是借助于图形界面向系统发出的。因此，只有使用鼠标一类的定位系统才能较好地发挥其操作方便、直观、高效的特点。

1. 鼠标的使用方法

在 Windows 2000 中，鼠标有以下几种基本操作。

① 指向：移动鼠标，使鼠标指针指向某一个具体项的动作。在传统的操作风格中，指向动作往往是鼠标其他动作如单击、双击或拖动的先行动作。

在 Windows 2000 中，选择"工具"→"文件夹选项"命令，弹出如图 2-17 所示的对话框。从图 2-17 所示的"常规"选项卡中的"打开项目的方式"选项组中可以看出，"指向一个项目"可以被定义为"选定一个项目"。

一般来说，在 Windows 2000 中，"选定（select）"与"选择（choose）"是不同的概念。"选定"是指在一个项目上作标记，以便对这个项目执行随后的操作或命令；"选择"通常要引发一个动作（例如，选择某菜单中

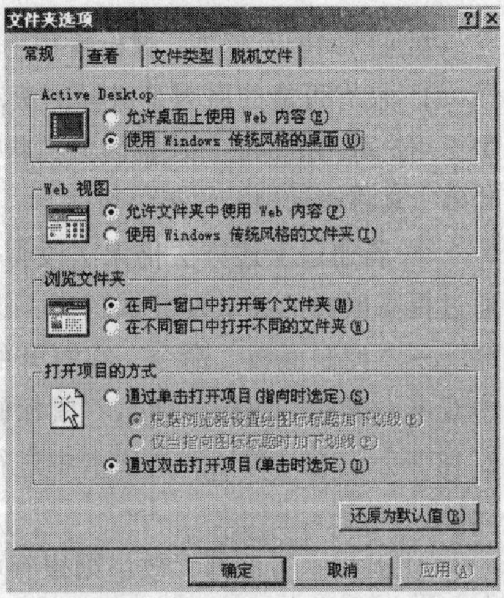

图 2-17　"文件夹选项"对话框

的一个命令以执行一项任务，打开一个文件夹或启动一个应用程序等）。

② 单击：快速按和释放鼠标左键的动作。在传统的操作风格中，单击动作常用于选定一个具体项，通过如图 2-17 所示的对话框中的设置，"单击一个项目"可以被定义为"打开一个项目"（例如，打开一个文件夹或启动一个程序）。

③ 双击：在不移动鼠标的情况下，快速地两次按鼠标左键的动作。在传统的操作风格中，双击用于打开一个项目（例如，打开一个文件夹或启动一个程序等）。在如图 2-17 所示的对话框中，对指向、单击作了新的设置后，许多操作仍需要靠双击来完成（例如，为编辑一个嵌入的对象，需双击它；为选择一个段落，可以在选定区指向段落后双击等）。

④ 拖动：按住鼠标键的同时移动鼠标的动作。

⑤ 三击：在不移动鼠标的情况下，快速地三次按鼠标左键的动作。三击动作在某些 Windows 应用程序（如 Word for Windows 中）可用于选定整个段落或在选定区选定整个文档等。

在鼠标操作方面，一般的解释说明都是面向右手习惯的。因此，一般所说的单击、双击或拖动，均指单击、双击鼠标左键或按住左键的同时移动鼠标。当需要操作鼠标右键时，将会特别指明。但是若需要改变鼠标器的操作为面向左手习惯的用户，则可以利用"控制面板"中的"鼠标"程序项做相应的设置。

2. 鼠标指针的不同标记

Windows 中，鼠标指针有各种不同的符号标记，各种鼠标光标出现的位置和含义如表 2-1 所示。

表 2-1　常用鼠标指针形状

指针形状	指针功能	指针形状	指针功能	指针形状	指针功能
↖	标准选择	I	文字选择	↖	对角线调整
↖?	帮助选择	＼	手写	↗	对角线调整
↖⧖	后台选择	⊘	不可用	✛	移动
⧖	忙	↕	调整垂直大小	↑	其他选择
＋	精度选择	↔	调整水平大小	👆	连接选择

常见的问题及解决：鼠标操作困难（难以定位或不灵活）可能是哪些原因造成的？

① 最有可能的原因是鼠标的滚动轴粘上了太多的灰尘。用户可将鼠标底部圆盘转开，将圆球取出后，使用刀片等工具将滚动轴上的灰尘刮掉。

② 若通过上述方法仍无法改善鼠标的操作质量，可通过提高鼠标的灵敏度尝试解决：选择"开始"→"程序"→"控制面板"命令，在打开的"控制面板"窗口中双击"鼠标"图标，弹出"鼠标属性"对话框，如图 2-18 所示，在"移动"选项卡中进行相应的设置，单击"确定"按钮。

③ 若以上方法都无效，则很有可能是鼠标本身有问题，建议更换新鼠标或对鼠标进行维修。

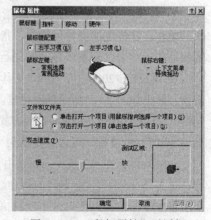

图 2-18　"鼠标属性"对话框

2.3.3　Windows 2000 窗口的基本组成

　　窗口是 Windows 2000 中最常用的操作对象，它是屏幕上的一个矩形框架，通过它可以查看窗口中的对象、浏览文件或其他信息。Windows 2000 的窗口有统一的组成，如图 2-19 所示。

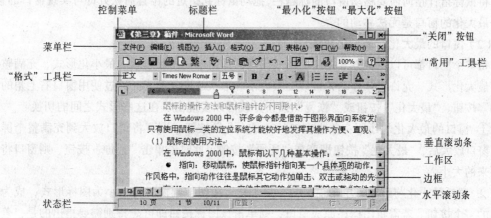

图 2-19　窗口的组成

1．窗口的基本组成

　　几乎所有的窗口都具有下列共同的特征：

　　① 标题栏：窗口顶部一个长条的蓝色区域称为标题栏。标题栏上包括控制菜单图标、应用或项目名称（窗口名称）、文件名称、"最小化"按钮、"最大化"按钮或"还原"按钮、"关闭"按钮。

　　② 菜单栏：位于标题栏的下面，它由多个菜单（下拉式级联菜单）组成，每个菜单又由多个菜单选项组成，分别用于执行相应的命令。随着应用程序的不同，菜单栏的内容会有不同。

　　③ 工具栏：工具栏位于菜单栏的下面，由工具按钮组成，它为应用程序的常用命令提供鼠标单击的快捷方式。每一个按钮代表一个常用的命令，单击某个按钮相当于执行了该按钮所代表的操作。

　　④ 工作区：窗口的内部称为工作区。在工作区内可以进行诸如文本编辑等操作。

　　⑤ 滚动条：通过上下或者左右移动水平或垂直滚动条，可以实现浏览工作区可视区域之外的内容。

　　⑥ 状态栏：位于窗口的底部，显示当前工作的信息及一些重要的状态信息。

2．窗口类型

　　Windows 2000 有两种不同类型的窗口：应用程序窗口和文档窗口。

　　（1）应用程序窗口

　　应用程序窗口是应用程序运行时的人机界面。一个应用程序窗口包括一个正在运行的程序，应用程序的名字、与该应用程序相关的菜单和工具栏、被处理的文档名字等都出现在窗口的顶部。应用程序窗口可定位于桌面的任何位置。

　　（2）文档窗口

　　文档窗口只能出现在应用程序窗口之内（应用程序窗口是文档窗口的工作平台），这种类型的窗口可以包含一个文档或一个数据文件等。在一个程序窗口中可以同时打开几个文档窗口，这为同时处理多个文档带来了方便。文档窗口共享应用程序窗口的菜单栏，当文档窗口打开时，在应用程序菜单栏中选取的命令同样会作用于文档窗口或文档窗口中的内容。

3．窗口的操作

窗口的操作主要包括以下几种：

（1）窗口的移动

将鼠标指针指向需要移动窗口的标题栏，拖动鼠标到指定的位置后松开即可实现窗口的移动。不过最大化的窗口是无法移动的。

（2）窗口的最大化、最小化和恢复

每一个窗口都可以三种方式之一的形式出现，即由单一图标表示的最小化形式、充满整个屏幕的最大化形式、允许窗口移动并可改变其大小和形状的恢复形式。通过使用窗口右上角的"最小化"按钮、"最大化"按钮或"恢复"按钮，就可以实现窗口在这些形式之间的切换。

① 窗口的最大化与还原：单击窗口的"最大化"按钮，则可将窗口放大到充满整个屏幕空间。窗口放大后，"最大化"按钮即变成"还原"按钮，此时若单击"还原"按钮，则窗口将恢复到原来的大小。

② 窗口最小化与还原：单击窗口的"最小化"按钮，则窗口将缩小为图标形式，成为任务栏中的一个按钮。若需将图标还原成窗口，则单击该图标按钮即可。特别需要指出的是，若窗口代表的是一个应用程序，则窗口收缩为图标后，该应用程序仍在运行中。

（3）窗口大小的改变

当窗口不是最大化的时候，可以改变窗口的高度和宽度（即可改变窗口的大小）。

① 改变窗口的宽度：将鼠标指针指向窗口的左边或右边，当指针变成双箭头⇔后，拖动鼠标到所需位置松开即可。

② 改变窗口的高度：将鼠标指针指向窗口的上边或下边，当指针变成双箭头⇕后，拖动鼠标到所需位置松开即可。

③ 同时改变窗口的高度和宽度：将鼠标指针指向窗口的任意一个角，当指针变成倾斜⤢后，拖动鼠标到所需位置松开即可。

（4）窗口内容的滚动

当窗口中的内容较多，而窗口却太小无法同时显示所有内容的时候，窗口的右边就会出现一个垂直的滚动条，或者在窗口的下边会出现一个水平滚动条。滚动条由滚动框和两个滚动箭头按钮组成。通过移动滚动条，可以在不改变窗口大小和位置的情况下，在窗口中移动显示其中的内容。

滚动操作包括以下三种情况：

① 小幅度移动窗口内容：单击滚动箭头，可以实现窗口显示内容的小幅度移动。

② 大幅度移动窗口内容：单击滚动箭头和滚动框之间的区域，可以实现窗口显示内容的大幅度移动。

③ 快速移动窗口内容：拖动滚动框到指定位置，即可实现快速地显示窗口内的指定内容。

（5）控制菜单图标

窗口的还原、移动、改变大小、最小化、最大化、关闭等操作，还可以利用控制菜单图标来实现。首先单击控制菜单图标，即可出现一个控制菜单，如图 2-20 所示。

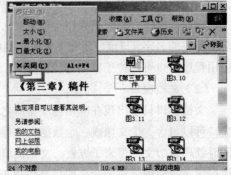

图 2-20　控制菜单

控制菜单图标中各命令的含义如下：

- "还原"：将窗口还原成最大化或最小化之前的状态。
- "移动"：使用键盘中的上、下、左、右移动键将窗口移动到另一个位置。
- "大小"：使用键盘改变窗口的大小。
- "最小化"：将窗口缩小成图标。
- "最大化"：将窗口放大到最大（即充满整个屏幕）。
- "关闭"：关闭整个窗口。

（6）图标与窗口的关系

双击桌面上的图标，则图标将扩大成窗口，称之为打开窗口。若该图标是应用图标，则打开窗口也即启动该应用程序。

窗口若经最小化后即缩小为图标，并成为任务栏中的一个按钮。若窗口代表一个应用程序，则最小化操作并不终止应用程序的执行，只有当执行关闭操作时才终止应用程序的执行。

2.3.4 对话框与对话框的基本操作

Windows 系统为了完成某项任务而需要从用户处得到更多的信息时，它就显示一个被称为"对话框"的"窗口"。对话框是系统与用户之间对话、交互的场所，是窗口界面的重要组成部分，如图 2-21 所示。

对话框实际上是一个小型的特殊窗口，它一般出现在程序执行过程中，提出选项要求用户给予回答。用户可以在对话框中进行信息输入、阅读提示、设置选项等操作。对话框的形式各异，不同的对话框有着不同的外观。一般的对话框可能由若干个部分（称为"栏"）组成，每一个部分又主要包括文本框、单选按钮、复选框、列表框及微调按钮等。

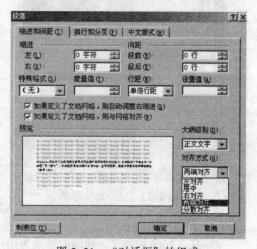

图 2-21 "对话框"的组成

① 文本框：主要是为用户输入一定的文字或数值信息而设置的。

② 单选按钮：一般供用户单项选择使用，被选择选项的圆钮中间将出现黑点。

③ 复选框：供用户作多项选择用的，被选中选项的矩形框中出现交叉线"√"，未选中选项的矩形框中为空。

④ 列表框：列表框列出可供用户选择的内容。

⑤ 微调按钮：一般供用户直接输入一个特定的值，单击微调按钮可改变文本框中的数值。

对话框与一般窗口的主要区别是：对话框无菜单栏、工具栏、"最大化"按钮、"最小化"按钮，它的大小是固定的，无法改变其大小；并且用途不同，一般窗口显示的是应用程序或文档，而对话框只是执行命令过程中人机对话的一种界面。

2.3.5 菜单

菜单是 Windows 2000 系统接收用户指令的主要途径。

1．常见菜单类型

Windows 2000 中有三种经典菜单形式："开始"菜单、下拉式菜单和弹出式快捷菜单。

（1）"开始"菜单

"开始"菜单位于任务栏的左方，它几乎包括了所有的 Windows 2000 应用程序项，所有执行应用程序的操作都可以从"开始"菜单完成，如图 2-22 所示。

（2）下拉式菜单

位于应用程序窗口标题栏下方的菜单栏，如图 2-23 所示，均采用下拉式菜单方式。菜单中含有若干条命令。为了便于使用，命令按功能分组，分别放在不同的菜单项中。当前能够执行的有效菜单命令以深色显示，而不能执行的命令则以浅灰色呈现。若菜单命令旁带有"…"，则表示选择该命令将会弹出一个对话框，等待用户输入必要的信息或作进一步的选择。

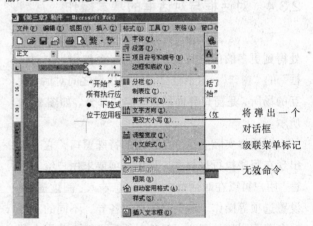

将弹出一个
对话框

级联菜单标记

无效命令

图 2-22 "开始"菜单　　　　　　　图 2-23 下拉式菜单

（3）弹出式快捷菜单

Windows 2000 提供了一种随时随地为用户服务的上下文相关的弹出菜单，将鼠标指针指向某个选中对象或屏幕的某个位置右击，即可打开一个弹出式快捷菜单。该菜单列出了与用户正在执行的操作直接相关的命令。例如将鼠标指针指向一个文件夹窗口内部右击，即会弹出如图 2-24 所示的快捷菜单，从中可看到，菜单中的内容都是与文件夹及其窗口有关的命令。

快捷菜单中的这些命令是上下文相关的，即根据单击时鼠标指针所指的对象和位置的不同，弹出的菜单命令内容也不同。

"快捷菜单"的这些特性体现了面向对象的设计思想，它是一项很实用的功能。

图 2-24 弹出式菜单

2．菜单显示的约定

Windows 2000 应用程序中的菜单具有统一的符号和约定，如表 2-2 所示。

表 2-2　菜单中符号的约定

命令项符号	约　　　定
高亮度（深色）显示的菜单项	表示当前被选定的菜单项，此时按【Enter】键或单击它，即可执行与这个命令相对应的功能
灰色显示的菜单项	表示当前状态下该菜单项不起作用
后面带符号"…"	执行命令后会打开一个对话框，要求用户输入信息或改变设置
后面带符号"▶"	级联菜单。表示有下级菜单，当鼠标指定时，会弹出一个级联菜单
分组线	菜单项之间的一个分隔线条，通常按功能分组
前面带符号"●"	表示可选项，但在分组菜单中，只有一个选项带有符号"●"，表示被选中
前有符号"√"	选择标记。当菜单项前有此符号时，表示该菜单命令有效，若再次选择，则取消该标记，此命令无效
⥥	当菜单太长时，在菜单中会出现这个符号。鼠标指针指向该符号时，菜单会自动扩展

2.3.6　剪贴板与对象链接和嵌入（OLE）技术

Windows 的应用程序之间可以通过多种方式交换、传递信息，实现信息共享，而剪贴板则是信息共享与交换的重要媒介。

1. 剪贴板的功能与使用方法

剪贴板是 Windows 提供的信息传递和信息共享的方式之一。这种信息传递和信息共享方式可以应用于不同的 Windows 应用程序之间、同一应用程序的不同文档之间，也可以用于同一个文档的不同位置。传送或共享的信息可以是一段文字、数字或符号组合，还可以是图形、图像、声音等。

剪贴板实际上是 Windows 在内存中开辟的一块临时存放交换信息的区域。只要 Windows 在运行，剪贴板便处于工作状态，可以随时准备接受需要传送的信息。

需要在不同应用程序或文档之间传送信息时，不必预先运行与剪贴板有关的任何程序项，只需在"信息源"的窗口中选定准备传送的信息，并执行"剪切"或"复制"命令，信息便自动传入剪贴板中；然后转到目标窗口，执行"粘贴"命令，将剪贴板中的信息粘贴到特定的位置（即插入点位置）。

若需将某个活动窗口的信息以位图形式复制到剪贴板中，可使用【Alt+PrintScreen】组合键；若需将整个屏幕的画面以位图形式复制到剪贴板中，可直接按【PrintScreen】键。

2. 剪贴板内容的查看和保存

剪贴板可以依照操作的时间先后顺序保存 12 组信息，即若用户将第 13 组信息剪切或复制到剪贴板上时，第 1 组信息将被挤出。当剪贴板中有多组信息时，将弹出如图 2-25 所示的剪贴板信息显示板，可以选择粘贴某一组信息，也可选择全部粘贴信息。

图 2-25　剪贴板

若需了解或保存剪贴板当前的信息内容时，可利用"剪贴板查看程序"。选择"开始"→"程序"→"附件"→"系统工具"→"剪贴板查看程序"命令，启动"剪贴板查看程序"，"剪贴板查看程序"的窗口将显示其中暂存的信息（如果有的话）。利用"文件"菜单中的有关命令，可以将剪贴板中的信息保存到特定文件中以备再次使用。

3．关于对象链接和嵌入（OLE）技术

（1）数据共享与交换的几种方式

Windows 中数据的共享与交换除了一般的移动或复制（也称静态移动或复制）还有嵌入和链接方式，即 OLE 方式。

静态移动或复制是无返回策略的一次性传送信息行为。在应用程序 A 中创建的信息，被静态复制或移动到应用程序 B 所创建的文档中时，这些信息与应用程序 A 就不再有任何关系。

嵌入方式是指：在应用程序 A 中创建的信息，嵌入应用程序 B 所创建的目标文档中时，系统将记录下创建该信息的源程序，当在应用程序 B 的目标文档中要修改这些信息时，只要选择（双击）这些信息对象，创建该信息的源程序将立即启动来完成编辑工作，修改后的信息立即又反映并保存在目标文档中了。

链接方式是指：在应用程序 A 中创建信息（注意：这些信息要保存在一个特定的文档文件中，简称之为源文档），链接到应用程序 B 所创建的若干目标文档中时，这些信息实际上并未保存在目标文档中，系统的相关技术只是记录了这几个目标文档与源文档之间的关系，以便每次打开这些目标文档时，可立即从源文档中提取所链接的信息。而且一旦源文档中的信息作了修改，其结果都将在这几个目标文档中反映出来。

嵌入方式的优点在于：数据直接保留在目标文档，修改时直接双击即可启动源程序，相对较方便；由于它只与源程序有关，与源程序创建的任何文档无关，所以也比较安全。

链接方式的优点是：源文档可对应多个目标文档，即所谓的 1 对多；目标文档不直接保存数据内容，可节省资源空间。

（2）"粘贴"命令与"选择性粘贴"命令

链接和嵌入都需借助于剪贴板，那么，当在一个"信息源"的窗口中选定准备传送的信息，并执行"剪切"或"复制"命令，将信息传入剪贴板，转到目标窗口，执行"粘贴"命令，如何判断粘贴的信息是"静态的复制"还是"嵌入"呢？这可以由创建信息的源程序来判断，如果创建剪贴板中内容的应用程序是支持 OLE 技术的，执行"粘贴"命令就将剪贴板内容嵌入文档中，否则只是一般的复制（即静态复制）而已。

在 Windows 中，不支持 OLE 技术的应用程序有 Windows 附件中的记事本等，支持 OLE 方式的应用程序有 Windows 附件中的画图、写字板、录音机等，还有许多其他的 Windows 应用程序，这些程序也常被简称为"OLE 程序"。

在 OLE 程序的"编辑"菜单中一般都有"选择性粘贴"（或"特殊粘贴"）命令，那此命令的含义是什么呢？

原来，从 OLE 程序中剪切或复制信息时，该命令会采用尽可能多的格式将信息提供给剪贴板（如从写字板程序中选定信息传送到剪贴板中，写字板为剪贴板提供的格式有 Word 文档格式、图元格式、RTF 格式、无格式化文本格式等）。例如当在另一个 OLE 程序的窗口中，对画图程序传送到剪贴板中的信息执行"选择性粘贴"命令时，便可以对几种格式进行选择：若选择"BMP 图像"则意味着嵌入信息；若选择"图元"则意味着静态复制。对静态复制来的画图程序所创建的

信息可以改变其大小；移动其位置。可以删除或用其他的信息来替换它，但不能再启动画图程序来修改它。

（3）链接的实现

用画图等 OLE 程序建立的信息，在执行链接之前，必须首先将包含的信息保存到一个特定文件中，然后打开目标文档，选择"编辑"→"粘贴链接"命令，或者选择"插入"→"对象"命令。

2.3.7　获取 Windows 2000 帮助

无论在何时选择"开始"→"帮助"命令，都可以获得帮助。此时显示的窗口如图 2-26 所示。可切换到"目录"选项卡以根据目录寻找帮助信息，也可切换到"索引"或"搜索"选项卡以查找特定主题的帮助信息，还可在"书签"选项卡中添加书签，以便今后迅速查找需要的帮助。

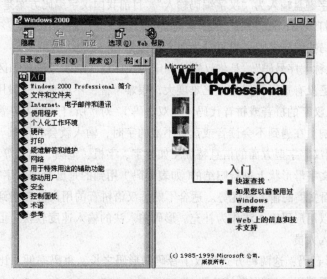

图 2-26　"帮助"窗口

1．"帮助主题"窗口中的"目录"选项卡

切换到"目录"选项卡后，窗口会显示一些关于信息的书签。单击其中的一个书签，可以看到该书中的每一章的标题（如打开"Windows 2000 简介"，在里面可以看到一系列有关的书签）。单击这些标题后，它会在窗口中显示正文。

在帮助主题的文本中有一些关键字是蓝色的并带有下画线，用户可以单击这些名词以查看有关的说明。

2．"帮助主题"窗口中的"索引"选项卡

切换到帮助主题窗口中的"索引"选项卡可以查找特定信息。此时会显示一个索引列表窗口。在第一个域中输入一个关键词———个能描述用户所需要寻求帮助的主题词，以便获得关于自定义 Windows 2000 中文版的信息。随着关键词的输入，Windows 2000 会自动查找匹配的关键字，这是因为"帮助主题"在每输入一个字时都在搜索需要阅读的主题。

2.4　汉字输入方法

汉字输入仍然是计算机中文处理的瓶颈，目前计算机汉字输入可分为键盘输入法和非键盘输入法两大类。

- 非键盘输入：主要有扫描识别输入法、手写识别输入法和语音识别输入法。

扫描识别输入法对印刷体汉字识别率很高，效果好。手写汉字识别需要注意书写规范，且速度不理想。

汉字语音识别是通过人说汉语来实现输入。从目前情况来看，语音识别还处于研究阶段。我国已有多种方案，但是还未到普及的实用阶段，并且还需要适当的装置。

- 键盘输入：是指汉字通过计算机标准键盘来输入，这是目前最成熟、简便易行、常用的方法。汉字的键盘输入是通过对汉字的编码，再通过键盘由人工键入这种输入码来实现的。因此也称汉字键盘输入为"汉字编码输入"。目前我国汉字编码方案是"百花争艳"，现状是"易学的打不快，打得快的不易学"。

目前的汉字编码按编码规则一般可分为四大类型：

① 流水码：也称"序号码"，是将汉字按一定的顺序逐一赋予号码（如区位码、电报码等）的形式。它的优点是没有重码，但是记忆难度大，很难掌握，不适合于一般用户。

② 音码：输入汉字的拼音或拼音代码（如双拼码）。对"听打"输入有着优势。缺点是重码多，输入速度受影响。在遇到不会读音或读音不准的字时，输入就会有困难。

③ 形码：采用汉字字型方面的信息特征（如整字、字根、笔画、码元等），按规则编码，也有将汉字部件往英文字母形状上进行归结的(如表形码)。用到的是已有的汉字字形这一背景知识，对"看打"——书面文稿的输入有优势。适合不熟悉汉语拼音的用户。在遇到不会读音或读音不准的汉字时，也可以用形码输入法作为补充。形码输入法的输入速度较快，但是初学时有一定的难度，适于专业录入人员。

④ 音形码或形音码：这两种方式吸收了音码和形码之长，重码率低，比较容易学习。目前一些智能技术被用于编码（如智能 ABC）。

中文 Windows 2000 系统预装微软拼音、全拼、郑码和智能 ABC 四种输入方式，还支持双拼、区位等输入法。系统中没有的王码五笔字型输入法，也可方便地安装。

各种汉字键盘输入系统也称汉字平台。下面将对区位码、全拼、微软拼音、智能 ABC 和王码五笔字型等集中汉字键盘输入方法作一个介绍。

1. 区位码汉字输入法

（1）区位码输入法的添加

各种汉字键盘输入系统一般都支持区位码输入方法。在中文 Windows 2000 中，区位码输入法添加的方法有多种，例如右击任务栏右方系统区的输入法按钮，再选择"属性"→"区域选项"→"输入法区域设置"→"添加"→"中文简体内码"命令，单击"确定"按钮即可添加区位码输入法。

（2）区位码输入法的进入

进入区位码输入法的方法很多，在中文 Windows 2000 中按【Ctrl+Shift】组合键进行切换，此时屏幕底边左侧提示行显示如图 2-27 所示的图标，表示进入区位码输入法。

图 2-27　"区位码输入法"图标

（3）区位码输入法的使用

国标基本集中的每个汉字或各种中文符号（包括标点）的区位码目前常见的是一个 4 位十进制数的数字。只要输入所需字符的区位码（以区码在前、位码在后，每种码 2 位数字为原则，每 4 位数字对应一个汉字或字符），该字符立即显示在光标处，完成输入。例如，序号"（4）"在第 2 区的 40 位置上，则区码为 02，位码为 40，它的区位码就为 0240。区位码只能按单字、不能按词语输入，特点是无重码字。但是难于记忆，所以只偶尔用作辅助输入。

（4）在中文 Windows 2000 中特殊中文标点符号、制表符或汉字的输入

若用 Word 2000 进行文字处理，想得到特殊的中文标点符号、制表符或汉字，可方便地选择"插入"→"符号"命令，在弹出的"符号"对话框"符号"选项卡中，字体选择"宋体"。

2．全拼汉字输入法

全拼音输入法是所有汉字拼音输入方法中最早出现的，也是最基础的输入方法。目前汉字操作系统中大多保留了这种输入功能。对于会拼音的人来说，无需另外学习，这是优势。但是利用此法输入单字时往往重码很多，严重影响输入的效率。此外，遇到不认识或读音不准的字时就较困难，所以此输入法目前只用作辅助输入。

（1）全拼音输入法的加入

进入中文 Windows 2000 系统后，通过按【Ctrl+Shift】组合键进行切换，此时屏幕底边左侧提示行显示如图 2-28 所示的图标，表示进入"全拼"输入法。

图 2-28　"全拼输入法"图标

（2）全拼音的输入

字或词均需按汉语拼音方案输入汉语拼音。输入全拼后，如自然结束，则不需按【Space】键作为结束键（如欲得"面粉"的"面"字，输入"mian"后即可）；如非自然结束（如欲得"大米"的"米"字，输入"mi"后需按【Space】键作为结束键。结束键一般为【Space】键。在结束输入后，应用标准键盘上的数字键选择重码字、词。对最前面的那号字（一般是从 1 开始），也可用按【Space】键来输入。往下（或返回）翻页查找，需要使用向右图标▶（或向左图标◀）。

（3）注意事项

① 输入拼音时，必须使用小写英文字母，此时半角状态或全角状态均可。

② 输入拼音中需要使用韵母 ü 时，应用字母 v 代替（如需输入"女"nǚ 时，应输入"nv"）。

3．微软拼音汉字输入法

（1）微软拼音概述

微软拼音（MSPY）输入法好似一种使用汉语拼音（全拼或双拼）、以整句或词语为单位的汉字输入法。连续输入汉语语句的拼音，系统会自动选出拼音所对应的最可能的汉字，免去逐字逐词进行同音选择的麻烦。通过系统自主学习、用户自造词功能，经过短时间与用户的交互，输入

法会适应用户的专业术语和句法习惯，这样，就会提高一次输入语句的成功率，此外，它还支持南方模糊音输入、不完整（简拼）输入等，以满足不同用户的需求。

（2）微软拼音的进入和退出

① MSPY 的进入：中文 Windows 2000 默认安装了 MSPY 输入法，若需进入 MSPY，启动该操作系统成功后，通常只需按几次【Ctrl+Shift】组合键，屏幕底边左侧提示行就会显示如图 2-29 所示的图标，表示进入微软拼音 MSPY 输入法。

图 2-29　"微软拼音输入法"图标

当然，也可从屏幕右下角的系统任务栏语言/键盘布局指示器上用鼠标指针进行选择。

② MSPY 的退出：在 MSPY 的输入状态下，按【Ctrl+Shift】组合键可退出 MSPY 输入法而切换为其他的输入法。在 MSPY 的输入状态下，按【Ctrl+Space】组合键可在 MSPY 输入法与英文输入法之间切换。

（3）微软拼音的界面

① MSPY 状态条：输入法状态条表示当前的输入状态，可以通过单击它们来切换。其含义如下。

- 中文/英文切换按钮：中表示中文输入 英表示英文输入。
- 全角/半角切换按钮：↗表示半角输入 ○表示全角输入。
- 中/英文标点切换按钮：°表示中文标点 .表示英文标点。
- 软键盘开/关切换按钮：▥打开或关闭软键盘。
- 简/繁体字输入切换：简输入简体字 繁输入繁体字。
- 功能设置：▦打开功能选择菜单。
- 帮助开关：◈激活帮助。

② MSPY 的三个窗口：MSPY 输入法的输入现场都有三个窗口，随光标跟随状态与不跟随状态的不同而不同。一般取光标跟随状态，其窗口的含义是：拼音窗口用于显示和编辑所输入的拼音代码。候选窗口用于提示可能的待选词。组字窗口包含的是所编辑的语句（表现为被编辑窗口当前插入光标后的一串带下画线文本）。

光标跟随和不跟随可根据喜好选择。单击输入法状态条上的功能设置按钮▦或右击输入法状态条，从弹出的快捷菜单中选中光标跟随或取消光标跟随。

（4）输入的基本规则

① 中、英文输入方法：MSPY 输入法支持全拼和双拼，而且都支持带调、不带调或两者的混合输入。数字键 1、2、3、4 分别代表拼音的四声，5 代表轻声。输入带调时，应将"逐键提示"对话框关闭（带调输入的自动转换准确率将高于不带调输入的自动转换准确率）。输入的各汉字拼音之间一般无需用空格隔开，输入法将自动切分相邻汉字的拼音。

当然，对于有些音节歧义的汉字目前系统还不能完全自动识别，此时需用音节切分键（【Space】键等）来断开。使用的音节切分符有空格、单引号和音调。

例如：有些拼音词组，如"xian"，用户希望得到的是"西安"，而输入法可能转换为单字"县"。若使用音节切分符，在"xi"与"an"之间输入空格（"xi an"），就可得到"西安"。

注意： 在逐键提示时数字键用于从候选窗口中提取候选词，不再表示音调的功能。

单击输入状态条的中英文切换按钮可以切换中、英文输入状态。中、英文输入方法在状态条上的标识图符分别为：中和英，默认的组合键为【Ctrl+空格】。

② 全角、半角输入：在全角输入模式下，输入的所有符号和数字等均为双字节的汉字符号和数字。而在半角输入模式下，输入的所有符号和数字均为单字节的英文符号和数字。

单击输入状态条的全角、半角切换按钮可以切换全角、半角输入状态。全角、半角输入在状态条上的标识图符分为：◑和○，默认的组合键为【Shift+Space】。

③ 中、英文标点的输入：单击输入状态条的中、英文标点切换按钮可以切换中、英文标点输入状态。中、英文标点的输入在状态条上的标识图符分为：。，和·，，默认的组合键为【Ctrl+空格】。

④ 繁体汉字输入状态：中文 Windows 2000 系统支持大字符集的简体和繁体汉字输入。单击MSPY 状态条中的简/繁切换按钮切换成繁体状态，此时输入句子的汉语拼音将得到繁体汉字。繁体汉字输入状态在状态条上的标识图符分为：简和繁。

⑤ 句子的输入：在完成一个句子的输入之前，对输入的拼音，输入法组字窗口转换出的结果下面有一条虚线，表示当前句子还未经过确认，处于句内编辑状态。此时可对输入错误、音节转换错误进行修改，当按【Enter】键确认后，才使当前语句进入编辑器的光标位置。

此外，输入"，"、"。"、"；"、"？"和"！"等标点符号后，系统在下一句的第一个声母输入时，会自动确认该标点符号之前的句子。

⑥ 候选窗口操作：候选窗口打开时，可有两种途径进行操作。

• 用鼠标操作如下：
◆ 选中：单击候选字/词。
◆ 往上或往下翻页：单击▶或◀按钮。
• 用键盘操作如下：
◆ 选中：用数字键。在非逐键提示状态，按【Space】键选中第一个候选词。在逐键提示状态，按【Space】键完成拼音输入。
◆ 翻页：按【－】、【∣】、或按【PageUp】键往上翻页；按【＋】、【∣】、或按【PageDown】键往下翻页。

⑦ 错字修改：连续输入一串汉语拼音时，MSPY 通过语句的上下文自动选取最优的输出结果。当结果与希望不同时，可通过输入法提供的候选字/词功能进行修改。也可直接用鼠标或键盘移动光标到错字处，候选窗口自动打开，用鼠标或键盘从候选字、词中选出正确的字或词。

注意：输入法也定义了标点符号的候选符号，错误的符号也可用同样的方法从候选窗口中得到更正。

⑧ 拼音错误修改：可以修改已转换汉字的拼音。当转换的语句还未按【Enter】键确认之前，可用键盘上的【→】或【←】键移动光标到拼音有错误的汉字前，按【｀】键（在【Tab】键的上方），输入法弹出拼音窗口，此时可重新键入汉字的正确拼音。

注意：只有在候选窗口激活的情况下【｀】键才作激活拼音窗口之用，否则将直接插入字符"｀"。若候选窗口没有弹出，应在待修改字前按【Space】键以激活候选窗口。

注意：

① 按【Esc】键可取消拼音窗口、组字窗口和候选窗口。

② 输入拼音中需用的韵母 ü 时，应用 v 代替。

（5）输入法的功能

单击或右击状态行右侧的"微软拼音输入法"，在"配置输入法"的"属性"的"设置"对话框中，可以设置全拼或双拼输入、南方模糊音输入、整句或语句输入、自学习或重新学习、用户自造词或消除所有自造词、不完整输入等功能。

① 不完整输入：不完整输入，就是简拼输入。

设置"不完整拼音"的方法是右击任务栏状态行右侧的"微软拼音输入法"，在"配置输入法"的"属性"的"设置"对话框中选择"不完整拼音"复选框即可。

不完整输入，只需要输入拼音的声母。

② 词语转换方式：MSPY 支持整句转换和词语转换两种方式。在整句转换方式状态下，输入以句子为单位，即用户可以连续输入一个句子，在确认之前进行错误修改。在词语转换方式状态下，输入以词语为单位，空格为输入结束符，用户可以逐词确认自己的输入。

词语转换的设置方式同"不完整拼音"方式的设置一样，只要在"微软拼音输入法"→"配置输入法"→"属性"→"设置"对话框中选中"词语"转换方式即可。

词语输入规则：

- 连续输入如词语的拼音，以空格结束输入，此时，组字窗口中的转换结果被高亮度显示，候选窗口自动弹出，从首字提示该词语的词音候选。
- 若组字窗口中的转换结果正确，则继续输入下一个词语；若转换结果不正确，则从候选窗口中选择正确的字或词。

注意： 在词语转换方式状态下，若自定义词语是打开的，系统将自动定义输入的词语。

③ 自学习功能：这一功能使得经过用户纠正的错字，减少错误重现的可能性。

④ 在线用户自造词典：对于个人常用而系统里没有的词语，可使用在线用户定义词典功能将词语定义到用户词典中。允许定义的词语长度为 2～9 个字。

用户定义词典功能的设置同"不完整输入"方式的设置一样。不选择"用户自造词"复选框，系统不提供该功能。若单击"清除所有自造词"按钮，则系统将删除用户定义的所有词语。自造词操作步骤：

- 在属性设置对话框中激活用户字造词典功能。
- 在未确认语句之前用鼠标或键盘块选操作将要定义的词语选中。
- 若块中的词就是希望定义的词，可直接按【Enter】键确认，使其进入用户定义词典；若块中词有错，则按【Space】键激活候选窗口，修改错字，正确后按【Enter】键确认。若修改完毕后光标已移到选中块的最后，用户定义词将自动进入用户定义词典，不再按【Enter】键确认。

4. 智能 ABC 汉字输入法

（1）智能 ABC 概述

智能 ABC 是一种以拼音为主的智能化键盘输入法。

① 性能特点如下：

- 界面友好，输入方便。字、词一般按全拼、简拼、混拼形式输入，而不需要切换输入方式。对各种数字、符号、外文字母和用户定义的词语也做了常规输入协调的处理。如欲得：

  中文标点符号："kexued" → "科学的"。（"."圆点自动转换成"。"）。

  中文小写数量词（以 i 开头）：i2000n1y2s5r → 二零零零年一月二十五日。

  特拼词（自定义词语，输入时以 u 开头）：utv → 电视机（事先定义其编码 tv）。

- 提供动态词汇库系统。智能 ABC 汉字输入法既有基本词库，还具有自动筛选能力的动态词库、用户定义词汇、设置词频调整等操作，具有智能特色，不断满足用户的需要。

② 功能设置

智能 ABC 功能设置有多种。例如可在 Windows 2000 中选择"我的电脑"→"控制面板"→"键盘"→"输入法区域设置"→"智能 ABC|输入法设置"选项进行设置。

（2）智能 ABC 的进入和退出

① 智能 ABC 的进入：Windows 2000 启动成功后，按【Ctrl+Shift】组合键，此时屏幕底边左侧提示行显示如图 2-30 所示的图标，表示进入智能 ABC"标准"输入法。

图 2-30　"智能 ABC 输入法"图标

② 智能 ABC 的退出：在智能 ABC 的"标准"输入状态中，按【Ctrl+Shift】组合键可退出智能 ABC 输入法而切换到其他的输入法；按【Ctrl+Space】组合键，可在智能 ABC 输入法与英文输入法之间切换。

（3）智能 ABC 单字、词语输入的基本规则

① 智能 ABC 单字、词的输入：一般按全拼、简拼、混拼，或者笔形元素，或者是拼音与笔形的各种组合形式输入，而不需要切换输入方式。例如"长城"一词可分别用全拼"changcheng"、简拼"cc"或"chc"、混拼（简拼+全拼）"ccheng"、混拼（全拼+简拼）"changch"或者笔形等形式输入。以输入标点或按【Space】键结束。在单字的输入中，也可以用以"词定字"的方式输入。

- 拼音时需要使用两个特殊的符号。

- 分隔符号"'"。如：xian（先），xi'an（西安）等；ü 的代替见 v，如"女"的拼音为 nv。

- 全拼输入如下：

与书写汉语拼音一样，按词连写，词与词之间用空格或标点隔开。可继续输入，超过系统允许的个数，则响铃警告。

- 简拼输入如下：

按各个音节的第一个字母输入，对于包含 zh、ch、sh 的音节，也可取前两个字母。例如：

全拼		简拼
jisuanji	→	jsj（计算机）
changcheng	→	cc、cch、chc、chch（长城）

- 混拼输入如下：

在两个音节以上的一个词中，有的音节全拼，有的音节简拼。例如：

全拼　　　　　　　　　　　　　　　　混拼

jinshajiang　　　→　　　　　　　jinsj（金沙江）

linian　　　　　→　　　　　　　li'n（历年）

② 输入界面和特殊用键。

- 输入结束后在重码字词选择区，每页能给出五个词组或八个单字（若有的话）供选择，按【[】或【＋】键往下翻页，按【]】或【－】键往上返回翻页。
- 汉字输入过程中的用键定义。
- 大写键 Caps Lock：Caps Lock 指示灯亮，输入的是大写字母，此时不能输入中文。只有在小写状态，或按【Shift】键得到大写字母时，才能输入中文。
- 【Space】键：结束一次输入过程，同时具有按字或词语实现由拼音到汉字变换的功能。
- 取消键【Esc】：在各种输入方式下，取消输入过程或者变换结果。
- 退格键【←】（即【Backspace】键）：由右向左逐个删除输入信息或者变换的结果。若输入结束（输入拼音并按【Space】键后），未选用显示结果时，按退格键可删除【Space】键，起恢复输入现场的作用。
- 参考结果选择键：数字键 1～8 用于在重码字，数字键 1～5 用于在重码词中进行的第一次选择。

（4）智能 ABC 高频单字（含单音节词）的输入方法

① 23 个高频字的输入：有 25 个单音节词可用"简拼＋【Space】键"输入。它们是：

Q=去	W=我	E=饿	T=他	Y=有	I=一	P=批
A=啊	S=是	D=的	F=发	G=个	H=和	J=就	K=可	L=了
Z=在	X=小	C=才	B=不	N=年	M=没	ZH=这	SH=上	CH=出

除了"饿"和"啊"外的 23 个字使用极其频繁，应当记住。

② 以词定字输入单字。

以词定字的方法是使用【[】和【]】两个键选择所需的字的方法。词语拼音＋【[】键取前一个字，词语拼音＋【]】键取后一个字。例如：要得到"键盘"的"键"字，输入"jianpan["，即可得"键"字；要得到"盘"字，输入"jianpan]"，即可得"盘"字。

（5）智能 ABC 词和词语的输入方法

① 汉字输入应多用词语输入方式。

应尽量按词、词组、短语输入，因为一般汉字文本中双音节词就占 66％，故更宜多用双音节词输入。

② 双音节词输入。

- 最常用的词可以简拼输入，这些词有 500 多个。例如：

  bj → 比较，ds → 但是，xd → 许多，……

- 一般常用词可采用混拼输入。例如：

  jinj → 仅仅（混拼），x8s → 显示（简拼＋1 笔形）

其中，笔形代码按 1 横（提笔）、2 竖、3 撇、4 捺（点）、5 折（竖左弯钩）、6 弯（右弯钩）、7 又（十）、8 方口的形式来定义。

- 普通词应采取全拼输入。例如：

  mangmang→茫茫（全拼），麦苗→麦苗（全拼）

③ 三音节以上的词语均可用简拼输入。

- 常用词语宜用简拼输入。例如：

　　jsj→计算机，alpkydh→奥林匹克运动会，……。

- 个别词语，对其中的一个音节用全拼，以区别同音词。例如：

　　yjs→研究生，研究室，眼镜蛇，有机酸（简拼，有四个同音词）。

　　yjings→眼镜蛇（中间音节全拼）。

④ 专有名词输入。

输入地名和人名时，若将字母大写，则可降低重码率。例如：欲得"陕西"，若输入"sx"，则需要翻 7 页才能得到；若输入"Sx"或"sX"，则不翻页就能得到。

注意：不论全角或半角，这些大写字母均需先按【Shift】（而不是【Caps Lock】）键来得到。

（6）智能 ABC 词库里没有的词语的输入方法

① 利用自动记忆（自动分词构词）。

- 自动分词构词的过程如下：

例如在"标准"方式下，需输入"计算机系统"一词，首先输入该词的拼音："jsjxt"，按【Space】键，结果出现：

计算机 xt 1. 计算机　2. 九十九　3. 脚手架　4. 金沙江……。

因为系统中没有"计算机系统"一词，所以先分出"计算机"待选。"计算机"一词在第一位，直接按【Space】键出现：

计算机　1. 系统　2. 相同　3. 协调　4. 形态　5. 夏天 ……

同样也给予选择的机会。此处"系统"一词也在第一位。若按【Space】键，则分词构词过程完成，一个新的词"计算机系统"被存入计算机系统暂存区，这样，以后只要输入"jsjxt"就可以得到"计算机系统"。

- 回溯——退格键【←】（即【Backspace】键）的作用如下：

当自动分词结果不理想时，需要用退格键进行干预，使分词达到预期的效果。

退格键的作用是：在转换过程中，它使已经转换的一个音节还原成 ASCII 码字符。若回溯到最后一个字，则转换过程之前的状态（相当于现场恢复）。此时若再按退格键，则在输入信息区一个字符一个字符地删除；若输入区信息被删除完，则删除主屏幕光标处的正文。

② 利用【Enter】键按字构词。

如果在输入过程中，按【Space】键得不到所需的词组，则应按【Enter】键作为结束键。此时系统将按音节（即单个字）逐个进行转换，这个过程就是有意识地的进行造词。这对于记忆人名、地名或用户的专用名词比较有意义。在这个过程中，需要用全拼，避免全用简拼。

在自动分词或有意识的造词过程中，应该区分下列几个键的作用。

- 【Esc】键：删除转换结果或输入信息（一次完成）。
- 【Backspace】键：递减转换音节，改变转换结果（对系统的自动分词加以人工干预）；减到最后一个音节时相当于输入现场的恢复；通常逐个字符地删除输入信息。
- 【Enter】键：进入逐字造词过程（有意识逐字造词）。

这几个键的结合使用会使功能变得更加灵活，可提高输入效率。

自动分词构词或有意识造词都体现了智能 ABC 的自动记忆功能。自动记忆通常用来记忆词库中没有的人名、地名和用户常用的词语等，它的特点是自动进行，或者略加认为干预即可得到。自动记忆的词都是标准拼音词，可以与基本词汇库中的词条一样使用。

自动记忆的限制：词的最大长度是 9 个汉字；词条容量是 17 000 条。

刚刚被记忆的词即可使用，并立即存入用户词库。刚刚被记忆的词具有高于普通词语，但是低于最常用词的频度。

③ 词的频度调整及其设置。

- 频度是使用的频繁程度：智能 ABC 标准库中同音词的词序安排，常使用的在前，不同用户都有个人自己的词频特色。所以智能 ABC 设计了词频调整记忆功能。该功能可自动进行，不需要人工干预。
- 词的频度调整设置：频度调整只要选择"智能 ABC 概述中的功能设置"选项就可进行。Windows 2000 下的智能 ABC 功能的设置可在 Windows 2000 中选择"我的电脑"→"控制面板"→"键盘"→"输入法区域设置"→"智能 ABC"→"输入法设置"→"词频调整"选项，单击"确定"按钮即可。若不需要词频调整，只要不选择"词频调整"复选框，单击"确定"按钮即可。

（7）智能 ABC 中文标点符号和数量词的输入方法

① 中文标点符号的转换：在"标准"方式下，若标点跟着其他信息一起输入，可自动转换成相应的中文标点；也可独立得到中文标点。

注意：顿号"、"是用与"|"同键帽的"\"得到的。

② 中文数量词的简化输入：规定 i 为输入小写中文数字标记，I 为输入大写中文数字标记，系统还规定数量词输入中字母所表示量的含义，它们是：

G[个]	S[十,拾]	B[百,佰]	Q[千、仟]	W[万]	E[亿]	Z[兆]	D[第]
N[年]	Y[月]	R[日]	H[时]	A[秒]	T[吨]	J[斤]	P[磅]
K[克]	$[元]	F[分]	C[厘]	L[里]	M[米]	I[毫]	U[微]	O[度]

例如：il989n6ys9r → 一九八九年六月十九日

3b7s2k → 三百七十二克

I8q6b2s$ → 捌仟陆佰贰拾元

注意：$前不需有数字，只要 i 或 I 开头即可。

5. 五笔字型汉字输入法

由王永民主持研究的王码五笔字型输入法是拼形输入法的一种。其优点是无需拼音知识，重码率低，便于盲打，词语量大，可高速输入，尤其适用于专业打字员。

学好"五笔字型"输入汉字的途径是：

① 要敢于记忆新知识。开始时需要有付出必要记忆的勇气。

② 掌握码元键盘分区划位规律，熟记码元表及助记词。

③ 进行必要的指法训练，多做常用字码元编码的书面和上机的实际操作练习。

有关五笔字型的基本知识和输入方法请参看与本教程的配套实验教程。

2.5 文件的管理

2.5.1 安排图标和窗口

Windows 2000 的桌面需要经常重新安排。随着工作越来越多,可能会在桌面上放置了很多的图标和窗口,打开的窗口中也充斥着各种各样的图标。过多的、杂乱无章的窗口和图标显然会影响工作,降低工作效率,因此需定期地整理桌面和图标。

1. 安排图标

当在使用 Windows 2000 时,可以用鼠标将桌面上的图标拖动到任意一个位置。

(1)用鼠标拖动图标的方法

① 将鼠标指针移到需拖动的图标上单击,此时图标会变成深色显示。

② 按住鼠标左键不放,移动鼠标。图标就会跟着鼠标移动。

③ 将图标拖动到需要的位置,放开鼠标左键,图标就会停留在新的位置。

不过,手动安排图标不够方便,时间长了,桌面上的图标还是会变得凌乱,如图 2-31 所示。Windows 2000 提供了桌面"快捷菜单",可以帮助用户整理图标,清洁桌面。通过鼠标,可以使用 Windows 2000 的桌面快捷菜单,选择"自动排列"命令,Windows 2000 将会自动调整桌面上的各个图标的位置。"自动排列"可以按照用户指定的顺序将桌面上的图标排列整齐。若从桌面上删除了一个图标,其他的图标会自动地重新排列。

(2)安排桌面图标

① 单击任务栏中的"显示桌面"按钮,就会得到一幅清晰的桌面视图。

② 将鼠标指针指到桌面并右击,弹出桌面快捷菜单,如图 2-32 所示,然后选择"排列图标"命令。

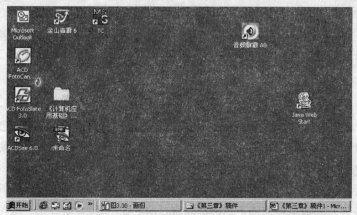

图 2-31 Windows 2000 桌面

图 2-32 快捷菜单

③ 在"排列图标"级联菜单中选择"自动排列"命令,Windows 2000 就会将桌面上的图标自动排列整齐。

④ 若对"自动排列"的效果不满意,可以重复上述的第①和第②步骤,在"排列图标"的级联菜单中选择"按名称"、"按类型"、"按大小"、"按日期"这四个命令之一,Windows 2000 会按照这些要求调整桌面图标(图 2-33 显示的是按名称排列图标的效果)。

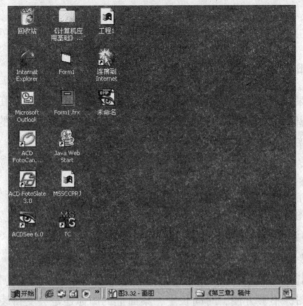

图 2-33　桌面

在排列图标时，Windows 2000 将系统图标放在所有图标的最前面。因此，"我的电脑"、"网上邻居"、Internet Explorer、"回收站"、"收件箱"、"我的公文包"（桌面上可能不会都有这些图标）总是出现在最前面，然后 Windows 2000 将其余的图标按名称排列成如图 2-33 所示的情形。

确切地说，"自动排列"是一个开关选项，而不是一个命令：可以选定它，也可以不选定它。选择了"自动排列"命令后，Windows 2000 将在快捷菜单中的"自动排列"命令旁边加上一个选定标记；若再次选择这个命令，就会取消"自动排列"的功能（若需要将图标摆放在桌面的右侧或其他位置，就不能选择"自动排列"命令，而必须选择手动排列图标方式）。

在窗口中排列图标的方法与在桌面上排列图标的方法几乎是一样的，它们的差别仅在于窗口的快捷菜单是右击窗口中的空白位置得到的。另外，排列窗口中的图标还可以通过窗口中的"查看"菜单或"工具栏"来完成。

2．在桌面上布置窗口

在 Windows 2000 中，每个应用程序都有自己的窗口。当打开多个应用程序时，桌面上就会同时显示多个窗口，使桌面显得凌乱和拥挤，如图 2-34 所示。此时可以使用"任务栏"快捷菜单来管理窗口的位置，在桌面上安排窗口的布局。

显示"任务栏"快捷菜单的方法是：在"任务栏"的空白处右击，就会弹出如图 2-35 所示的"任务栏"快捷菜单。"任务栏"快捷菜单提供了三种排列窗口的方式："层叠窗口"、"纵向平铺窗口"和"横向平铺窗口"。

①　"层叠窗口"是将桌面上所有打开的窗口从左上角向右下角顺序层叠排列的方式，如图 2-36 所示。在这种方式下，所有打开的窗口标题栏都可以看见。当需在任何一个窗口工作时，只需单击这个窗口的标题栏即可将这个窗口提升到最前面。

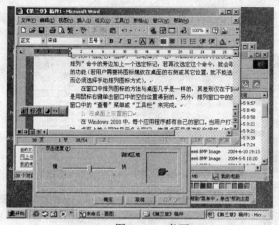

图 2-34　桌面　　　　　　　　　　　　图 2-35　"任务栏"快捷菜单

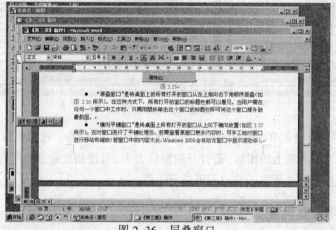

图 2-36　层叠窗口

②　"横向平铺窗口"是将桌面上所有打开的窗口从上向下横向放置的排列方式，如图 2-37 所示。在对窗口进行了平铺处理后，若需查看某窗口更多内容时，可手工地对窗口进行移动和缩放（若窗口中的内容太长，Windows 2000 会自动在窗口中显示滚动条）。

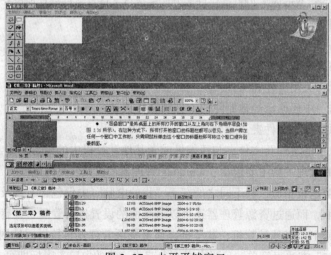

图 2-37　水平平铺窗口

③ "纵向平铺窗口"是将桌面上所有打开的窗口从左向右横向放置的排列方式，如图 2-38 所示。其他与"横向平铺窗口"相似。

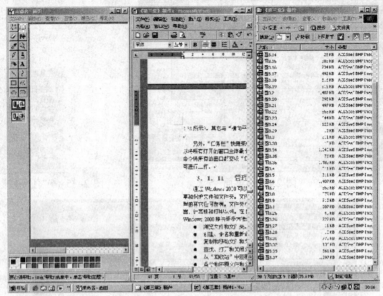

图 2-38 纵向平铺窗口

另外，"任务栏"快捷菜单中还有一个"最小化所有窗口"命令。选择此命令可以将所有打开的窗口全体最小化为任务栏上的图标。若打开的窗口太多，可使用此命令将所有的窗口都变成"任务栏"中的按钮，然后单击所需的窗口即可进行工作。

2.5.2 管理文件和文件夹

通过 Windows 2000 可以十分容易地在计算机或者网络上使用、处理、组织、共享和保护文件和文件夹。文件是应用程序、文档、打印机驱动程序或者计算机上处理的其他任何数据。文件夹可以包含文档文件、应用程序、其他文件夹、磁盘驱动器、计算机和打印队列。在 MS-DOS 和 Windows 的早期版本中，文件夹称为目录。Windows 2000 提供许多方法来执行文件及文件夹管理任务，其主要功能如下：

① 浏览文件和文件夹。

② 创建、命名和重新命名文件和文件夹。

③ 复制、移动文件和文件夹。

④ 查找、打开、关闭文件和文件夹。

⑤ 从"回收站"中还原已经被删除的文件和文件夹。

⑥ 备份和还原文件和文件夹。

⑦ 保持台式机中的文件及文件夹与便携机或者其他计算机中的内容一致。

提供以上功能的管理工具主要包括"Windows 管理器"以及"我的电脑"。这两个实用程序作为文件管理工具的功能很相似，其不同之处在于"我的电脑"中仅包含文件及文件夹的管理以及开启控制面板的界面，而通过资源管理器还可以对桌面的设置进行管理、开启控制面板、查看网络驱动器、查看网络上的其他计算机，甚至可以通过资源管理器直接做因特网的浏览。

打开"我的电脑"方法很简单，只要在桌面上双击"我的电脑"图标即可。由于"我的电脑"

在文件管理方面的功能和界面都与"Windows 资源管理器"的相似。所以，在此只介绍资源管理器的使用及说明，它们对"我的电脑"同样有效，对"我的电脑"就不再做介绍。

1．文件和文件管理中的若干概念

（1）文件

文件是按照一定的格式建立在外存上的一批信息的有序集合。

文件可用来保存各种信息。用文字处理软件制作的文档、用计算机语言编写的程序以及输入到计算机的各种多媒体信息，都是以文件的方式存放的。文件的物理存储介质通常是磁盘、磁带、光盘等。

（2）文件名的组成

文件的操作包括对文件的创建、存储、打开、关闭和删除等。文件是"按名存取"的，因此每个文件都必须有一个明确的名字。文件的名字由文件主名和文件扩展名组成，文件扩展名与文件主名之间用一个"．"字符隔开。通常文件扩展名由 0～4 个合法字符组成，一般用于标识一个文件的类型。例如：

EXE	可执行文件	SYS	系统文件
DOC	Word 文档	POT	演示文稿母版文件
TXT	文本文件	RTF	带格式的文本文件
HTM(L)	网页文档	SWF	Flash 动画发布文件
ZIP	压缩格式文档	XLS	电子表格文件

文件主名：在 MS-DOS 环境下，主名由 1～8 个 ASCII 字符组成（不能包含空格），在 Windows 环境下运行 MS-DOS 方式，则它对文件主名最多只能以 8 个字符的方式操作；在 Windows 2000 环境下，文件主名和文件扩展名最长可达 255 个字符（包括空格）。名称中可以使用汉字和除了"\"、"/"、"："、"*"、"?"、""、"<"、">"、"|"之外的其他字符。

文件扩展名：扩展名用于表示一个文件的类型，但是也可以没有文件扩展名，若无文件扩展名，则符号"．"可省略。

（3）通配符

Windows 2000 操作系统规定两个通配符，即"?"和"*"。当对批量文件或文件夹进行同类操作时，可以使用通配符来代替一个或多个字符，以实现对批量文件及文件夹的操作，减少操作的工作量。其中："?"代替一个字符，"*"代替若干字符。例如：

?C.doc 表示文件主名由两个字符构成且第一个字符任意，第二个字符为 C 的 Word 文档；C*.* 表示文件主名的一个字符为 C 的全体文件。

（4）设备文件

计算机系统通常将除了存储器之外的其他外部设备作为文件来管理，这些与设备相关的件称为设备文件。设备文件与普通的用户文件的不同之处在于设备文件都有约定的文件名，在给文件命名时，不能与设备文件同名。表 2-3 列出了常见的标准设备文件名及含义。

表 2-3　设备文件名的含义

设备文件名	含　　　义
CON	控制台，用作输入时表示键盘，用作输出时表示显示器
LPT1 或 PRN	连接在第一个并行口上的打印机

续表

设备文件名	含　　义
LPT2 或 LPT3	连接在第二个或第三个并行口上的打印机
AUX 或 COM1	连接在第一个串行口上的通信设备
COM2	连接在第二个串行口上的通信设备
NUL	空设备。作测试用，不产生输入输出

（5）文件夹

文件夹是用于存放程序、文档、快捷方式和其他子文件夹的容器。Windows 2000 的文件夹是一个分层的树状结构，桌面是所有文件夹的父文件夹。文件夹中还可以包含其他的文件夹（称之为子文件夹）。

计算机磁盘中有许多文件，若都将这些文件放在一起，对于查找和使用都非常不便，并且处理的速度慢。为了便于管理磁盘上的文件，在 Windows 和 DOS 环境下都采用分组管理的方法来组织文件（就像图书馆管理图书一样）。

多数情况下，一个文件夹对应一块磁盘空间。文件夹的路径是一个地址，它明确此文件夹的位置。例如许多系统文件都存储在一个路径为"C:\Windows"的文件夹中。

在 DOS 系统中，将文件目录组织成树状结构，目录和文件的隶属关系就像一棵倒置的树，它将树结点分为三类：根结点表示根目录、树枝结点表示子目录、树叶表示普通文件。根目录是系统目录，是在磁盘格式化时由系统自动创建的，每个磁盘有且只能有一个根目录。在根目录下，可以根据需要创建多个不同名的子目录和文件（同级子目录名不能相同，而不同级子目录可以同名；同级目录中的文件不能同名，而不同目录中的文件可以同名）。

在 Windows 2000 系统中，同样将系统资源组织成树状结构，以桌面（desktop）为最高单元，桌面包含系统的所有资源，桌面是整个树状结构的树根，树根下的每一个结点都可以有自己的树状结构（树枝），树枝中的每一个结点可以是文件夹，也可以是具体的文件。DOS 中的目录与 Windows 中的文件夹是相同的概念。

在计算机中，磁盘的根目录用"\"表示，其他各级（除文件外）都称为文件夹（子目录）。文件夹在 Windows 2000 中采用图标 或 表示，即为树枝结点。文件则相当于树叶。

除了上面所讲述的标准文件夹之外，还有一种特殊的文件夹，它们不对应磁盘上的某个目录，这种文件夹实际上是应用程序，例如"控制面板"、"打印机"等文件夹就是这种类型的文件夹。不能在这种文件夹中存储文件，但是可以通过资源管理器来查看和管理其中的内容。

一般的用户无需关心这两种文件夹之间的不同，可以用相同的方式来使用这两种文件夹中的内容。

（6）快捷方式

在桌面或文件夹中还有一类特殊的文件，称为"快捷方式"。快捷方式只占几个字节的磁盘空间，但它所承担的作用却很大。它们可以包含为启动一个程序、编辑一个文档或打开一个文件夹所需的全部信息。当双击一个快捷方式图标时，Windows 2000 首先检查该快捷方式文件的内容，找到它所指向的"原身"对象，然后打开此对象。快捷方式可以看成是原对象的"替身"。

快捷方式非常有用，它是定制桌面和经常使用的应用程序和文档进行快捷访问的最主要方法。快捷方式的创建和使用将在后续介绍。

（7）文件夹和文档的创建

① 创建文件夹：创建文件夹的操作比较简单，在需要创建文件夹的位置右击，然后在弹出的快捷菜单中选择"新建"→"文件夹"命令，系统就会创建一个称为"新建文件夹"的文件夹，并且文件夹的名字是被选中的，可以输入需要的名字，以实现自定义文件夹名，如图 2-39 所示。若文件夹创建在桌面上，则它的位置在 "C:\Documents and Settings\桌面" 上。

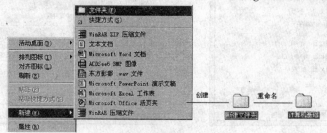

图 2-39　创建文件夹的过程

当在某个位置创建了一个"新文件夹"，且未更改名字，此时若再创建一个新文件夹，则此文件夹的默认名字为"新文件夹（2）"。

② 创建文档：一般情况下是通过应用程序来创建文档的。Windows 2000 允许在不启动应用程序的情况下直接创建新文档，创建新文档的方法同创建文件夹的方法一样，可以使用窗口菜单，也可以使用快捷菜单，只是在"新建"子菜单中选择一种文件类型。例如选择"Microsoft Excel 工作表"命令，在"新建文件"图标名称位置输入新文件名后按【Enter】键或单击其他任何区域。以此方法创建的新文件，Windows 2000 并不自动启动它的应用程序。新建的文件是一个空文件，若对其编辑，则需双击该图标，系统就会调用相应的应用程序将空文件打开。

（8）删除文件或文件夹

在文件或文件夹的快捷菜单中选择"删除"命令，文件或文件夹将被存放到"回收站"中。在"回收站"中再次执行删除操作，才真正将文件或文件夹从计算机中删除。

还可以用鼠标将文件或文件夹直接拖放到"回收站"中实现文件或文件夹的删除。如果拖动文件或文件夹到"回收站"的同时按住了【Shift】键，则从计算机中直接删除该项目，而不暂存到"回收站"中。

（9）恢复被删除的文件或文件夹

当将文件或文件夹删除至"回收站"中，且未在"回收站"中删除该项目，则可以从"回收站"中将该项目恢复至原来的位置，即：打开"回收站"，选定需要恢复的项目，从快捷菜单中选择"还原"命令，将它们恢复到原来位置。当然，还可以在文件夹或资源管理器窗口中执行撤销命令（即撤销刚才的删除命令）来实现该效果。

不过，从"回收站"中被删除的项目无法被恢复。从软盘、移动磁盘、网络上删除的项目不会暂存到"回收站"中，而是直接被删除，因此也不能被恢复。

（10）文件或文件夹属性的设置与查看

若需了解文件或文件夹的有关属性，可以右击文件或文件夹，在弹出的快捷菜单中选择"属性"命令，弹出如图 2-40 所示的对话框。

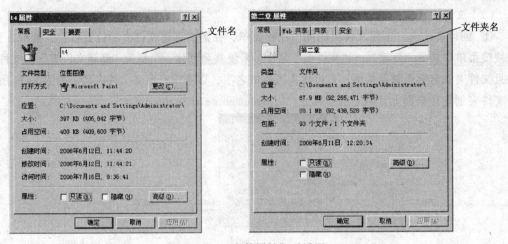

图 2-40　"文件属性"对话框

从图 2-40 中可以看出文件的"常规"选项卡包括文件名、文件类型、文件打开方式、文件的存放位置、文件的大小、文件的创建和修改时间、文件属性等。而文件属性有"存档"、"只读"和"隐藏"三种。

- "存档"属性：表示该文件未作过备份，或上次备份后又作过了修改。
- "只读"属性：设定此属性后可防止文件被修改。
- "隐藏"属性：一般情况下，有此属性的文件不出现在桌面、文件夹或资源管理器中。

后两种属性均表示文件的重要属性。利用"常规"选项卡"属性"选项组中的复选框，可以设置文件的属性。

文件夹属性对话框"常规"选项卡的内容基本与文件的相同，而"共享"选项卡可以设置该文件夹是否成为网络上共享的资源。

（11）文件或文件夹的查找

可以通过以下几种方法查找文件或文件夹。

① 选择"开始"→"搜索"命令。

② 在"我的电脑"或任一文件夹图标上右击，在弹出的快捷菜单中选择"搜索"命令。

③ 在应用程序窗口中选择"文件"→"打开"命令，在"打开"对话框中进行查找。

（12）显示文件的扩展名

在 Windows 中，文件一般是以图标和主文件名来标示，扩展名隐藏起来，仅用图标来区分文件的类型。若希望显示文件的扩展名，可选择"工具"→"文件夹选项"命令，在弹出的对话框中切换到"查看"选项卡，取消选择"隐藏已知文件类型的扩展名"复选框。

2．Windows 资源管理器

"Windows 资源管理器"是管理文件和文件夹的程序，它是浏览文件系统的最好方法。一般情况下，可以使用文件夹窗口来访问大部分的应用程序和文档（例如，可借助"我的电脑"文件夹快速存取计算机上的所有资源，完成绝大多数的文件和磁盘管理任务）。但是如果需使用大量的对象或复制和删除整个文件夹，那么最理想的方法是使用"Windows 资源管理器"进行操作。

"Windows 资源管理器"是 Windows 2000 提供的一个查看和管理计算机上所有资源的应用程

序。在资源管理器中可以访问控制面板的各个程序、对有关的硬件进行设置等。资源管理器窗口除了有一般窗口的元素（如标题栏、菜单栏、状态栏等）外，还有功能丰富的工具栏。

（1）资源管理器的打开

资源管理器的打开有四种方法：

①　单击"快速启动"工具栏中的"资源管理器"按钮。

②　右击"开始"按钮，在弹出的快捷菜单中选择"资源管理器"命令。

③　右击桌面上的"我的电脑"、"我的文档"和"网上邻居"图标，在弹出的快捷菜单中选择"资源管理器"命令。

④　选择"开始"→"程序"→"附件"→"资源管理器"命令。

（2）状态栏

状态栏中可显示选定对象所占用的磁盘空间以及磁盘空间剩余情况等信息。

（3）工具栏

资源管理器的工具栏有"标准按钮栏"、"地址栏"、"链接栏"等。

①　"标准按钮"栏中有若干个形象的工具图标按钮，提供了对资源管理器某些常用的菜单命令的快捷访问。

②　"地址"栏中，详细列出了用户访问的当前文件夹的路径。地址栏为用户访问自己计算机的资源和访问网络的资源提供了很大的方便，操作如下：

● 在地址栏的文本框中输入一个新的路径，然后按【Enter】键，资源管理器将自动按新的路径定位当前的文件夹。

● 单击地址栏右边的下三角按钮，从下拉列表框中选择一个新的地址。

● 如果计算机正在连网，则可在地址栏中输入一个 Web 地址，按【Enter】键，Windows 提供的网络功能将按地址自动在网上寻找对应的站点。

● 如果计算机正在连网，可在地址栏输入一个关键词，Windows 提供的网络功能将按关键词在网上寻找对应的站点。

③　"链接"栏提供了链接若干重要 Web 站点的快捷方式。

（4）"资源管理器"窗口的组成

"Windows 资源管理器"采取双窗格显示结构，即资源管理器的工作区分成左、右两个窗口，左、右窗口中间有分割条，鼠标指针指向分割条成为双箭头时，可以拖动鼠标改变左、右两个窗口的大小。

①　左窗格：左窗体内容由标准工具栏上的"搜索"、"文件夹"和"历史"三个按钮决定（例如，单击"文件夹"按钮，"资源管理器"窗口左侧变为"文件夹"窗格，其中系统所有资源以树型结构显示出来，形象地描述了磁盘文件中上下层次分明的组织结构，如图 2-41 所示）。窗口中包括"桌面"、"我的文档"、"我的电脑"、"网上邻居"等图标。左边窗格的图标左边有一个方框，表明该图标中包含子文件夹，单击方框中的"+"符号或双击该图标，可以展开其中的内容，如图 2-42 所示，展开后图标前的"+"符号变成"-"符号；单击对应的"-"符号，可将展开的内容重新折叠起来，此时的"-"符号又重新变成"+"符号。在文件夹树中，每个文件夹与其上一级文件夹之间用连线表示出它们的关系。在文件夹树中选定的当前文件夹，图标呈开口状，标识名以高亮度反显，位置显示在地址栏中。

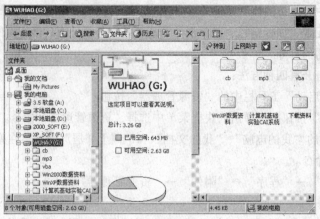

图 2-41　"资源管理器"窗口

- "+"：表示该文件夹中存在子文件夹，且子文件夹处于折叠状态，即未展开。
- "–"：表示该文件夹存在子文件夹，其下一级子文件夹已经展开。
- 无标记：表示该文件夹中不存在子文件夹，但是并不明确是否存在文件。

图 2-42　"资源管理器"窗口

② 右窗格：右窗格显示的是左窗格中被选中对象的具体内容。

在左窗格中显示的是某个文件夹的树型结构，并不能显示出某文件夹中的文件情况；而在右窗格中显示的是被选中文件夹中的子文件夹及文件的情况。

（5）资源管理器的基本使用方法

① 改变文件显示的方式：在"文件夹"窗格中双击某个对象图标，所打开的内容显示在右窗格中。系统提供了几种不同的显示方式，在默认状态下，"Windows 资源管理器"采用"大图标"视图显示文件夹的内容，可以根据需要，通过单击工具栏中的"查看"按钮▦·改变显示方式。

- 大图标：文件与文件夹图标以最大的形式出现并排列在窗口中。
- 小图标：文件与文件夹图标以最小的形式出现并排列在窗口中，当对象个数超出显示窗口的范围时，系统自动加上垂直滚动条。

- 列表方式：文件与文件夹图标以最大的形式出现并排列在窗口中。当对象个数超出显示窗口的范围时，系统自动加上水平滚动条。
- 详细资料：显示的文件或文件夹信息中除名称外，还包括文件大小（字节数）、类型、修改时间等信息。

应根据具体的情况决定采用哪种显示方式。"小图标"方式的优点在于可以不扩大窗口就能看到较多的文件及子文件夹的名称；"列表方式"相当于"小图标"方式，其不同之处在于文件夹中的内容是垂直排列的；在"详细资料"方式中，文件夹的内容除采用垂直排列外，还显示每个条目的大小、类型以及最近编辑的日期时间等信息。

② 调整文件显示的顺序：可以选择"查看"→"排列图标"→"按类型"命令，如图 2-43 所示，调整文件的显示顺序，以方便地在文件之间进行比较或快速选取。

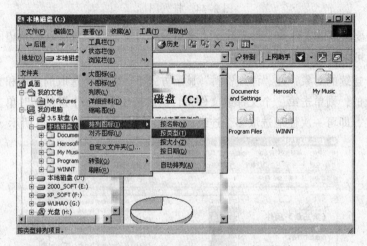

图 2-43　"资源管理器"窗口——排列图标

在"排列图标"菜单中，共有五条命令，其意义如下：

- 按名称：按文件或文件夹名称中的字母顺序进行排列。
- 按类型：按文件扩展名分组排列。
- 按大小：按文件所占的字节数进行排列。
- 按日期：按文件最后修改的日期进行排列。
- 自动排列：按系统默认的方式进行排列。它只有在"大图标"或"小图标"显示方式中才有效。

为了调整文件与文件夹的排列顺序，除了利用"查看"菜单外，还可以利用快捷菜单进行操作：在"资源管理器"窗口中右击，在弹出的快捷菜单中选择"排列图标"命令，则又显示一个包含上述调整文件与文件夹排列顺序的五个命令，如图 2-44 所示。

（6）选取、移动、复制文件及文件夹

① 选取文件和文件夹：在管理文件等资源的过程中，为了完成文件和文件夹的创建、重命名、复制、移动和删除操作，必须首先通过选取操作明确对象文件和文件夹。

图 2-44　排列图标

明确找到需要选取的文件或文件夹后，直接单击即可将该对象选中。若希望同时选取多个文件和文件夹时，可采取以下办法实现。

- 选取多个连续的对象：在"详细资料"显示方式下，若需要选取的文件和文件夹的排列位置是连续的，则单击第一个文件或文件夹，然后按住【Shift】键的同时单击最后一个文件或文件夹，即可一次性地选取多个连续的文件或文件夹，如图 2-45 所示。

图 2-45　选取多个连续文件

- 选取多个不连续的对象：若需要选取的文件和文件夹在窗口中的排列位置是不连续的，则可以在按【Ctrl】键的同时，逐个单击选取的文件和文件夹即可实现，如图 2-46 所示。

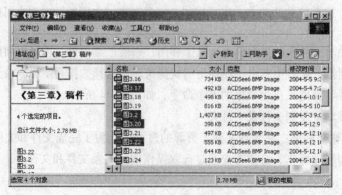

图 2-46　选取多个不连续文件

- 全部选定和反向选择：在"资源管理器"窗口的"编辑"菜单中，Windows 2000 提供了两个用于选取对象的命令，即"全部选定"和"反向选择"。前者用于选取当前文件夹中的所有对象，后者用于选取那些在当前没有被选中的对象。

② 复制文件和文件夹：复制文件是一种常见的操作，实现的方式有如下几种：

- 用窗口菜单实现复制操作：选定需要复制的文件或文件夹，选择"编辑"→"复制"命令，打开目标盘或目标文件夹，选择"编辑"→"粘贴"命令即可实现。
- 用工具栏实现：选定需要复制的文件或文件夹，单击工具栏中的"复制"按钮，打开目标盘或目标文件夹，单击工具组中的"粘贴"命令按钮即可实现。
- 用快捷菜单实现复制操作：选定需要复制的文件或文件夹后右击，在弹出的快捷菜单中选择"复制"命令，打开目标盘或目标文件夹后右击，在弹出的快捷菜单中选择"粘贴"命令即可实现。
- 用组合键实现复制操作：选定需要复制的文件或文件夹，按【Ctrl+C】组合键，打开目标盘或目标文件夹，按【Ctrl+V】组合键即可实现。
- 用拖动实现复制操作：选定需要复制的文件或文件夹，按住【Ctrl】键的同时将文件或文件夹拖动到目标盘或目标文件夹中。在拖动过程中鼠标指针下方有一个"+"标志。不过，若是在不同的驱动器上进行复制，则不必按住【Ctrl】键，直接将文件夹或文件夹拖动到目标盘或目标文件夹即可。

③ 移动文件和文件夹：移动文件或文件夹类似于复制操作，区别在于移动操作是将选定的文件或文件夹从原来的位置移走，而复制操作中被复制的文件或文件夹仍在原位置保留。

- 用窗口菜单实现移动操作：选定需要移动的文件或文件夹，选择"编辑"→"剪切"命令，打开目标盘或目标文件夹，选择"编辑"→"粘贴"命令即可实现。
- 用工具栏实现移动操作：选定需要移动的文件或文件夹，单击工具栏中的"剪切"按钮，打开目标盘或目标文件夹，单击工具栏中的"粘贴"命令按钮即可实现。
- 用快捷菜单实现移动操作：选定需要移动的文件或文件夹后右击，在弹出的快捷菜单中选择"剪切"命令，打开目标盘或目标文件夹后右击，在弹出的快捷菜单中选择"粘贴"命令即可实现。
- 用组合键实现移动操作：选定需要移动的文件或文件夹，按【Ctrl+X】组合键，打开目标盘或目标文件夹，按【Ctrl+V】组合键即可实现。
- 用拖动实现移动操作：选定需要移动的文件或文件夹，按住【Shift】键的同时将文件或文件夹拖动到目标盘或目标文件夹中。不过，如果在同一个驱动器上移动非程序文件或文件夹，只需直接拖动文件或文件夹即可，不必使用【Shift】键。若是在同一个驱动器上的不同文件夹之间直接拖动程序文件，则是建立该文件的快捷方式，而不是移动文件。

（7）使用"资源管理器"的搜索功能

文件夹的引入使得文件的排列摆放比较随意且易于实现，但是这种随意性和易用性也给用户带来一些困惑，一个不小心的"拖放"操作，可能将文件不知道拖放到什么位置。Windows 2000 将"查找"功能集成到了资源管理器中，替代了以前的对话框查找形式，使用户可以快速、高效地查找文件和文件夹，甚至可以查找网络上某台特定的计算机。

Windows 2000 支持使用通配符"*"和"？"来控制文件名的匹配模式。传统的查找功能是基于文件或文件夹名称的查找，因此需记住要查找的文件名。Windows 2000 的查找功能则可以从以下几个方面进行搜索：

- 时间信息，包括修改日期。
- 文档的正文内容。
- 对象类型。
- 大小。
- 普通表达式。

也就是说即使忘记了文件名称，创建文件的日期或修改日期又不明确，还可以以该文件涉及的内容为线索，查找到相关的文件。

① 启动"搜索"对话框的几种方法。

方法一：选择"开始"→"搜索"→"文件或文件夹"命令。

方法二：在"资源管理器"窗口中，单击工具栏中的"搜索"按钮。

方法三：在"资源管理器"窗口右击硬盘图标，在弹出的快捷菜单中选择"搜索"命令。

方法四：右击"开始"按钮，在弹出的快捷菜单中选择"搜索"命令

使用以上的任何一种方法都会打开如图 2-47 所示的窗口。

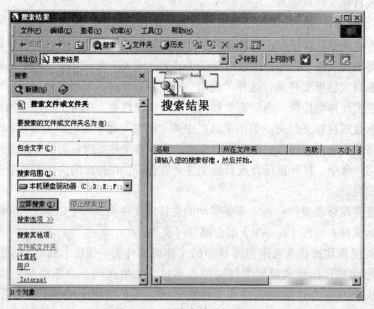

图 2-47　"搜索结果"窗口

② 在"要搜索的文件或文件夹名为"文本框中输入需要搜索的文件或文件夹名称（可以使用通配符）。

③ 可以在"包含文字"文本框中输入需要搜索的文件或文件夹包含的文字内容，以缩小搜索的范围，提高搜索的速度。

④ 设置"搜索范围"，可以是"我的电脑"、"我的文档"、"桌面"及其中包含的文件夹。

⑤ 单击"搜索选项"选项，可以显示系统提供的帮助搜索选项。

- 日期设置：设置需要搜索的文件或文件夹有关日期方面的辅助条件。
- 类型设置：可以选择需要搜索的文件类型。
- 文件大小设置：可以设定搜索文件的大小范围。
- 高级设置：可以在其中设置"搜索子文件夹"、"区分大小写"和"搜索慢速文件"三个复选框。

⑥ 单击"立即搜索"按钮，即可按所设置的选项进行搜索，搜索的结果列在右边的窗格中。

3. 磁盘管理

磁盘管理主要有磁盘的格式化、磁盘的复制和磁盘信息查看等内容。

（1）磁盘格式化

磁盘格式化的主要作用是对磁盘划分磁道和扇区、检查坏块、建立文件系统、为存放程序和数据作准备。新磁盘在使用前应该先作格式化。

由于格式化磁盘将破坏磁盘中的所有信息，因此一般不能随便地格式化硬盘。在此主要介绍软盘的格式化。

软盘格式化的方法：

① 将需要格式化的软盘插入软盘驱动器中。

② 在"资源管理器"的左边窗格中右击软盘图标，在弹出的快捷菜单中选择"格式化"命令，此时将弹出如图 2-48 所示的"格式化"对话框。

③ 在"格式化"的对话框中选择磁盘容量、格式化选项及卷标后，单击"开始"按钮，即开始进行软盘格式化。

④ "格式化"完成之后，系统弹出提示框，单击"确定"按钮即可。

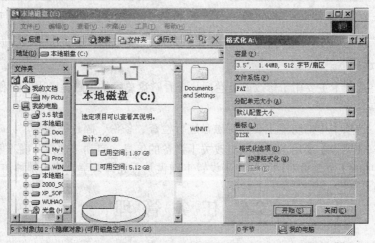

图 2-48　"格式化"对话框

（2）复制磁盘

复制磁盘就是将一张软盘中的所有文件或文件夹复制到另一张软盘中，相当于为软盘做一个备份。进行软盘复制的方法如下：

① 在软盘驱动器中插入需要复制的软盘（源盘）。

② 在"资源管理器"的左边窗格中右击"3.5 软盘（A）"图标，在弹出的快捷菜单中选择"复制软件"命令，弹出"复制磁盘"对话框，如图 2-49 所示。

③ 在"复制磁盘"对话框中单击"开始"按钮，然后按照系统的提示在驱动器中交换磁盘，最后完成整个磁盘的复制。

（3）磁盘信息的查看

使用驱动器属性对话框可以显示磁盘的容量，设置共享以及对磁盘进行查错、备份和整理磁盘碎片等操作。查看和更改磁盘属性的方法是在"资源管理器"的左边窗格中，右击待查看的磁盘标识或图标，然后在弹出的快捷菜单中选择"属性"命令，弹出"磁盘属性"对话框，如图 2-50 所示。

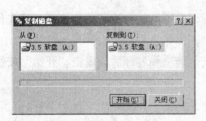

图 2-49 "复制磁盘"对话框　　　　　图 2-50 "磁盘属性"对话框

"磁盘属性"对话框中常用的有四个选项卡，即"常规"选项卡、"工具"选项卡、"硬件"选项卡、"共享"选项卡：

- "常规"选项卡主要用于修改磁盘卷标，查看磁盘总容量、磁盘已用空间和磁盘可用的剩余空间。
- "工具"选项卡中的功能主要是对磁盘进行检查、备份、碎片整理等。
- "硬件"选项卡主要用于显示或更改关于设备的信息、启动"硬件"疑难解答。

"共享"选项卡主要是针对网络用户来设置本磁盘是否允许共享，使用哪种访问类型的。

2.6 任 务 管 理

2.6.1 任务管理器简介

1. 任务管理器的作用

任务管理器可以提供正在计算机上运行的程序和进程的相关信息。一般使用任务管理器来快速查看正在运行的程序状态，或者终止已停止响应的程序，或者切换程序，或者运行新的任务。利用任务管理器还可以查看 CPU 和内存使用情况的图形表示等。

2. 打开任务管理器

右击任务栏，在弹出的快捷菜单（见图 2-51）中选择"任务管理器"命令，就可打开"任务管理器"窗口，如图 2-52 所示。

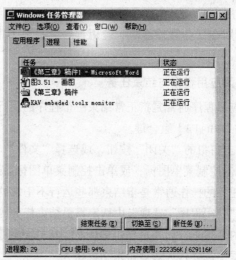

图 2-51 "任务栏"快捷菜单   图 2-52 "Windows 任务管理器"窗口

在任务管理器的"应用程序"选项卡中，列出了目前正在运行的应用程序名；在"性能"选项卡中显示 CPU 和内存的使用情况图形。

2.6.2 应用程序的有关操作

1. 应用程序的启动

启动应用程序的方法有：

① 选择"开始"菜单"程序"级联菜单中的快捷方式。

② 利用桌面或任务栏或文件夹的应用程序快捷方式，或直接选择应用程序图标。选择的方法有多种：右击目标；在弹出的快捷菜单中选择"打开"命令；选定目标后选择"文件"→"打开"命令。

③ 选择"开始"→"运行"命令。

④ 利用任务管理器，在任务管理器的"应用程序"选项卡中单击"新任务"按钮，弹出的对话框如图 2-53 所示，在"打开"下拉列表框中输入需要运行的程序名，然后单击"确定"按钮。

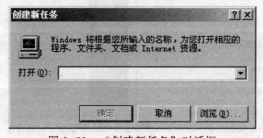

图 2-53 "创建新任务"对话框

2．应用程序之间的切换

应用程序之间的切换方法如下：

① 利用任务栏活动任务区中的按钮。

② 利用【Alt+Tab】组合键。

③ 利用在任务管理器的"应用程序"选项卡中选定需要切换的程序名，单击"切换至"按钮。

3．关闭应用程序与结束任务

关闭应用程序通常是指正常结束一个程序的运行，方法有：

① 按【Alt+F4】组合键。

② 单击窗口的"关闭"按钮，或选择"文件"→"退出"命令。

③ 双击控制菜单图标，或单击控制菜单图标后选择"关闭"命令。

结束任务的操作通常是指结束那些运行不正常的程序的运行，可以利用任务管理器，在任务管理器的"应用程序"选项卡中选定需要结束任务的程序名，然后单击"结束任务"按钮。如果利用早期的 Windows 版本所提供的按【Ctrl+Alt+Del】组合键结束不正常任务的办法，也必须从弹出的对话框中选择任务管理器来结束任务。

4．添加新程序

（1）自动执行安装

目前很多软件安装光盘都附有 Autorun 功能，将安装光盘插入光驱后计算机就会自动启动安装程序，用户根据安装程序的导引就可完成安装任务。

（2）运行安装文件

选择"开始"→"运行"命令，单击"浏览"按钮，找到程序安装盘中的安装文件，双击此安装文件，返回"运行"对话框，单击"确定"按钮。

（3）利用"添加/删除程序"

在"控制面板"窗口中单击"添加/删除程序"选项，如图 2-54 所示，在弹出的"添加/删除程序"窗口中单击"添加新程序"按钮，如图 2-55 所示。一般来说，常用软盘或光盘安装程序，因此可单击"光盘或软盘"按钮，再根据系统的导引完成新程序的添加。

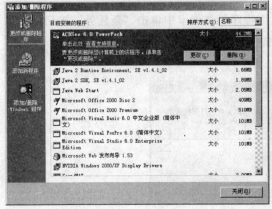

图 2-54　"添加/删除程序"窗口　　　　图 2-55　添加新程序界面

5. 删除无用的程序

在"控制面板"中单击"添加/删除程序"选项，在打开的"添加/删除程序"窗口中单击"更改或删除程序"按钮，如图 2-56 所示。在窗口中选定待删除的项目，然后单击"更改"或者"删除"按钮。

图 2-56　更改或删除程序

添加或删除 Windows 组件可在"添加/删除程序"窗口中单击"添加/删除 Windows 组件"按钮完成。

2.7　系统设置

在 Windows 2000 中，系统的环境或设备在安装时一般都已经设置完成了，但是在使用过程中，也可以根据某些特殊的需求进行适当的调整和设置。这些设置功能是通过"控制面板"来实现的。在"控制面板"中，可以对 20 多种设备进行参数设置和调整（如键盘、鼠标、显示器、打印机、字体、日期与时间等）。

打开"控制面板"有以下三种方法：

① 选择"开始"→"设置"→"控制面板"命令即可打开"控制面板"窗口。

② 选择"开始"→"程序"→"资源管理器"命令，打开"资源管理器"窗口，在"资源管理器"窗口中双击"控制面板"文件夹，即可打开"控制面板"窗口。

③ 在桌面上双击"我的电脑"图标，在"我的电脑"窗口中双击"控制面板"图标，即可打开"控制面板"窗口。

如果在"控制面板"窗口中选择"查看"→"详细资料"命令，如图 2-57 所示，则"控制面板"窗口列出各图标功能的简单说明，如图 2-58 所示。

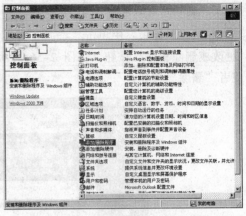

图 2-57　选择"详细资料"命令　　　　　图 2-58　"详细资料"的显示状况

1. 显示器的设置

在对计算机进行操作时，其操作结果一般都会反映到显示器上，因此，调整和设置显示器的各种参数，对能获得理想的显示结果是非常重要的。要设置显示器的各参数，首先应当在"控制面板"窗口中双击"显示"图标，此时将弹出"显示属性"对话框，如图 2-59 所示。

（1）设置屏幕背景

设置屏幕背景包括屏幕的背景图案和前景图案。在"显示属性"对话框中切换到"背景"选项卡后即可进行设置背景图案和前景图案的操作，如图 2-60 所示。

图 2-59　"显示属性"对话框　　　　　图 2-60　"背景"选项卡

① 设置背景图案：在"显示属性"对话框中单击"图案"按钮，将弹出"图案"对话框，如图 2-61 所示。然后在"图案"对话框中选择一种图案，此时可在对话框右下方的显示器上看到该图案的效果。如果对该图案不满意，可重新选择另一种图案，直到满意为止，最后单击"确定"按钮。

② 设置前景图案：在墙纸列表框中选择一种图案，此时可以在对话框右下方的显示器上看到该图案的效果。如果对该图案不满意，可以重新选择一种图案，直到满意

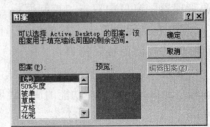

图 2-61　选择"图案"

为止，最后单击"确定"按钮。

如果选择了"显示图片"选项组中的"居中"单选按钮，则墙纸只在桌面的中央显示，不会影响到桌面的图案；如果选择了"显示图片"选项组中的"平铺"单选按钮，则墙纸会覆盖整个桌面。

另外还可单击"浏览"按钮，在"资源管理器"中选中某个画图文件作为对"背景"的设置。

（2）设置屏幕保护程序

设置屏幕保护程序可以减少屏幕损耗，保障系统安全。当暂时不使用计算机，而又未关机时，经过一段时间，屏幕保护程序将启动，在屏幕上显示预定的动态图案。若暂时离开计算机而又不希望其他人使用该计算机，则可将屏幕保护程序的启动时间间隔设置很短，并且同时设置密码口令保护。

在"显示属性"对话框中切换到"屏幕保护程序"选项卡，如图 2-62 所示，在"屏幕保护程序"下拉列表框中，单击右边的下三角按钮，从中选择所需要的屏幕保护程序，并相应地设置以下选项。

- 设置：对当前的屏幕保护程序进行设置，对不同的程序有不同的设置。
- 预览：使屏幕立刻进入保护程序并观察设置和选择的效果。
- 密码保护：选择此项可设置一个密码，在退出屏幕保护状态进入计算机正常运行时，必须先输入该密码。
- 等待：设置最后一次输入操作后进入屏幕保护程序的时间间隔，以分钟为单位。
- 监视器的节能特征：设置符合能源之星标准的显示器进入低功耗状态和进入关闭状态分别等待的时间。

（3）设置窗口外观

在"显示属性"对话框中切换到"外观"选项卡，如图 2-63 所示。

图 2-62　"屏幕保护程序"选项卡

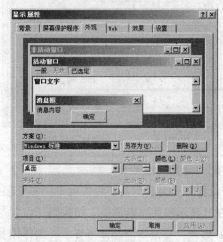

图 2-63　"外观"选项卡

窗口的外观是指单个窗口的颜色与字体的大小。在该对话框的上面方框内显示了系统预设的所有窗口的配色方案。只要单击需更改的窗口位置，下方就立刻显示它的配色方案和字体的大小等信息。如果对当前的配色方案或字体不满意，则可在各下拉列表框中进行选择来修改这些参数，满意后单击"确定"按钮；或单击"取消"按钮，以便恢复原有的参数。

（4）Web 选项卡

在对话框中切换到 Web 选项卡，如图 2-64 所示。

- "在活动桌面上显示 Web 内容"选项：指定是否需要"活动桌面"上的 Web 内容。选择该复选框，可向桌面添加活动内容。
- "新建"：添加新项目到"活动桌面"项目中。
- "删除"：删除选定的"活动桌面"项目的属性，并使页面可以脱机使用。
- "属性"：查看并更改选定"活动桌面"项目的属性，使页面可脱机使用。

（5）"效果"选项卡

在对话框中切换到"效果"选项卡，如图 2-65 所示。在此可更改桌面上的图标和视觉效果。

- 更改图标：更改选定桌面项目的图标。
- 默认图标：将选定的桌面图标更改为它的默认图标。
- 转换效果：列出可用的转换效果。如"滚动效果"使菜单以滚动方式出现或消失；"淡入淡出效果"在打开菜单时使菜单逐渐显示，并在关闭菜单时使菜单逐渐消失。
- 视觉效果：在"视觉效果"选项组中有六个复选框，用户可根据需要改变视觉效果。

图 2-64　Web 选项卡

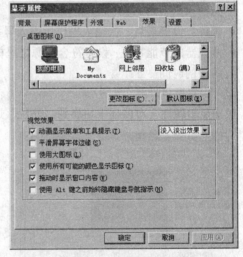

图 2-65　"效果"选项卡

（6）"设置"选项卡

"设置"是对显示器属性的设置，主要包括显示器的分辨率和显示颜色等。

在"显示属性"对话框中切换到"设置"选项卡，如图 2-66 所示。

- 颜色：显示当前颜色设置。若需使用其他颜色设置，可单击下三角按钮在"颜色"下拉列表框中选择所需要的设置，如图 2-67 所示。
- 屏幕区域：在"屏幕区域"中拖动滑块，可以设置显示分辨率。
- 疑难解答：单击"疑难解答"按钮，可以解决遇到的问题。

<table>
<tr><td>图 2-66　"设置"选项卡</td><td>图 2-67　选择"颜色"</td></tr>
</table>

- 高级：打开显示系统属性的对话框。在该对话框中，通过各选项卡可以进行安装新显示适配器的驱动程序、设置监视器刷新频率、安装新监视器的驱动程序、配置显示器颜色、设置字体的大小等操作，如图 2-68 所示。

2．键盘与鼠标的设置

（1）键盘属性的设置

在"控制面板"窗口中单击"键盘"图标，可弹出"键盘属性"设置对话框，如图 2-69 所示。"速度"选项卡的"字符重复"选项组用来调整键盘按键反应的快慢，其中"重复延迟"和"重复率"选项，分别表示按住某键后计算机第一次重复这个按键之前的等待时间及之后重复该键的速度。在滑动条上拖动滑块可以改变设置值，在"测试"文本框内可以测试按键重复率设置效果。"光标闪烁频率"选项组可以改变文本窗口中出现的光标即文本光标的闪烁频率。

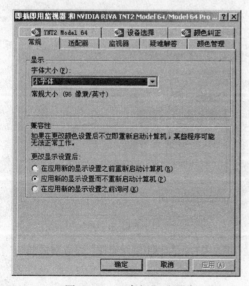

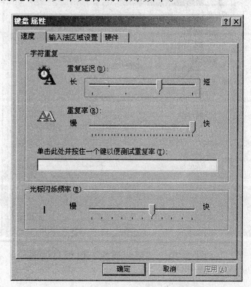

<table>
<tr><td>图 2-68　"高级"选项卡</td><td>图 2-69　"键盘属性"设置对话框</td></tr>
</table>

（2）鼠标属性的设置

在"控制面板"窗口中单击"鼠标"图标，可以弹出"鼠标属性"设置对话框，如图 2-70 所示。

该对话框用于设置鼠标的有关参数和操作方式。

该对话框的"鼠标键"选项卡有"鼠标键配置"选项组，习惯于用左手进行操作的用户，可选择"左手习惯"单选按钮，将一般的用户习惯由鼠标的左/右键操作方式改为鼠标的右/左键操作方式，单击窗口底部的"应用"按钮后立即生效。若要恢复左/右键操作方式，可选择"右手习惯"单选按钮（此时必须在单选按钮上右击）。此选项卡中的"双击速度"选项组用于设置两次单击鼠标按键的时间间隔，在滑动条上拖动滑块，以确定一个认为合适的位置，可双击"测试区域"按钮测试一下是否适应这种双击速度，双击后彩盒能打开或关闭，说明速度选择合适，否则就应当适当地调慢双击速度。

对话框的"移动"选项卡中有"速度"和"加速"两个选项组。"速度"选项组用于设置鼠标指针在屏幕上移动的速度；"加速"选项组用于调整在加快移动鼠标时，指针加速的速度。

对话框的"指针"选项卡用于选择不同的成套的指针方案。

3．系统时间和日期的设置

在特殊情况下，可能需要调整设置系统的日期/时间。例如：

① 初次安装 Windows 2000 后。

② 需要修正时间的误差时。

③ 为某种特殊原因（如避开某种病毒的发作时间）。

在"控制面板"窗口中单击"日期/时间"图标，可弹出"日期/时间属性"对话框，如图 2-71 所示。在"日期/时间"选项卡中可设置正确的年、月、日、时间。在"时区"选项卡中可根据需要选择时区。

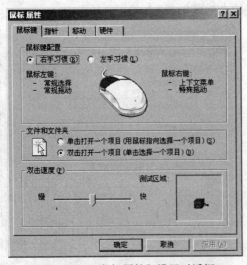

图 2-70　"鼠标属性"设置对话框

图 2-71　"日期/时间属性"设置对话框

4. 打印机的设置

打印机是计算机系统的一种常见输出设备。如果在计算机系统中安装一台打印机，不但需要将打印机与计算机通过电缆连接，而且要在 Windows 2000 系统中为打印机安装驱动程序和为打印机设置打印属性。

为了设置与安装打印机，首先打开"打印机"窗口。打开"打印机"窗口的方法有三种：

① 选择"开始"→"设置"→"打印机"命令。

② 选择"开始"→"设置"→"控制面板"命令，最后在"控制面板"窗口中双击"打印机"图标。

③ 在桌面上双击"我的电脑"，在"我的电脑"窗口中双击"打印机"图标。

"打印机"窗口如图 2-72 所示。如果系统已经安装打印机，则在"打印机"窗口中应该有已经安装的打印机图标。

（1）添加打印机

在"打印机"窗口中双击"添加打印机"图标，系统即显示"添加打印机向导"对话框，如图 2-73 至图 2-81 所示，只需按照向导中的要求一步一步操作完成即可。

图 2-72 "打印机"窗口

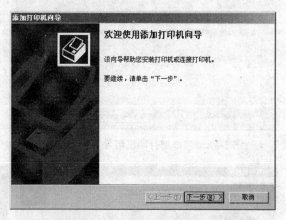

图 2-73 "添加打印机向导"—步骤 1

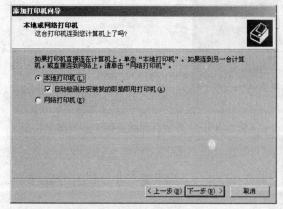

图 2-74 "添加打印机向导"—步骤 2

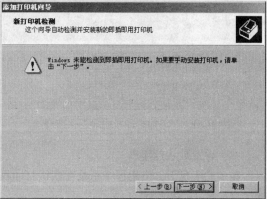

图 2-75 "添加打印机向导"—步骤 3

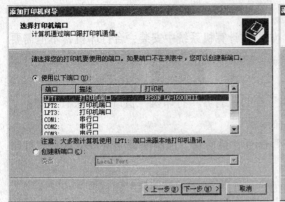

图 2-76　"添加打印机向导"—步骤 4

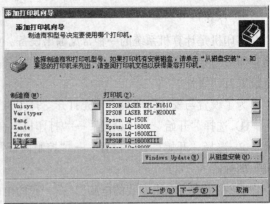

图 2-77　"添加打印机向导"—步骤 5

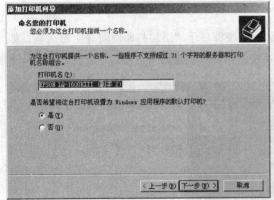

图 2-78　"添加打印机向导"—步骤 6

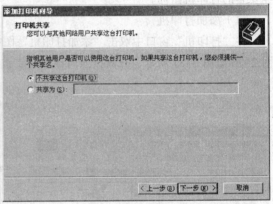

图 2-79　"添加打印机向导"—步骤 7

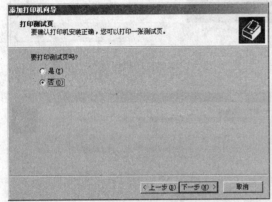

图 2-80　"添加打印机向导"—步骤 8

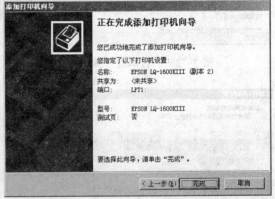

图 2-81　"添加打印机向导"—步骤 9

（2）设置默认打印机

在一般情况下，应用程序总是在默认打印机上进行打印操作。如果需要将一个打印机设置成默认打印机，则操作如下：

在"打印机"窗口中单击需设置为默认打印机的打印机图标，然后选择"文件"→"设为默认值"命令。

（3）设置打印机属性

设置打印机属性的操作如下：

在"打印机"窗口中单击需要设置属性的打印机图标，选择"文件"→"属性"命令；或者在"打印机"窗口中右击需要设置属性的打印机图标，在弹出的快捷菜单中选择"属性"命令。然后在"属性"对话框中按要求进行设置。

5. 输入法的设置

Windows 2000 提供了集中常用的汉字输入法。系统在安装时已经预装了智能 ABC、微软拼音、全拼和郑码等输入法。如果还需要使用其他的输入法，则需要用其他应用程序进行安装。

（1）添加或删除汉字输入法

- 在"控制面板"中双击"区域"图标，弹出"区域选项"对话框。
- 在"控制面板"中双击"键盘"图标，弹出"键盘属性"对话框。
- 右击任务栏的"输入法"图标，在弹出的快捷菜单中选择"属性"命令，弹出"区域选项"对话框。

上述任何一种方法操作后，都会弹出如图 2-82 所示的"区域选项"对话框。

① 安装输入法：在"输入法区域设置"选项卡中单击"添加"按钮，弹出如图 2-83 所示的"添加输入法区域设置"对话框，在"输入法区域设置"下拉列表框中选择区域选项，在"键盘布局/输入法"下拉列表框中选择需要安装的输入法，单击"确定"按钮即可完成安装。

② 删除输入法：在如图 2-82 所示的"已安装的输入法区域设置"选项组中选择需要删除的输入法，单击"删除"按钮即可实现删除。

（2）设置默认输入法

可以根据需要将常用的输入法设置为默认的输入法，操作步骤如下：

① 在如图 2-82 所示的"已安装的输入法区域设置"选项组中选择一种输入法。

② 单击"设为默认值"按钮。

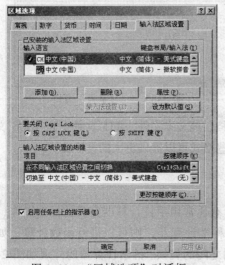

图 2-82　"区域选项"对话框

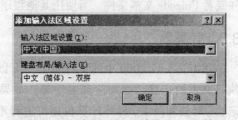

图 2-83　"添加输入法区域设置"对话框

2.8 Window 常用应用程序

Windows 2000 提供了一组常用的办公小软件，如记事本、写字板、计算器、画图、媒体播放器、录音机、图像处理等，以方便日常办公所用。这些软件虽然功能稍显简单，但足以满足日常大部分工作的需要。了解这些软件的功能并掌握这些软件的使用方法，会给工作带来很大的方便。

以下对这些软件的功能作简单介绍，具体的使用请参阅配套的实验教程。

2.8.1 记事本

Windows 2000 包括两个字处理程序："记事本"和"写字板"。其中"记事本"是用来创建简单文档的文本编辑器，如图 2-84 所示。"记事本"是最常用来查看或编辑文本(.txt)文件的工具，同时"记事本"也是编写程序代码和创建 Web 页的最简单工具。如果只需要创建简单的文档，"记事本"是最佳选择。因为"记事本"仅支持最基本的格式，所以不能在"记事本"中保持图形及其他非字符对象和特殊的文本格式，要创建和编辑带格式的文件，应使用"写字板"。

2.8.2 写字板

"写字板"其实是著名的 Microsoft Word 的一个简化版本，具有 Word 的基本功能，如图 2-85 所示。在"写字板"中可以创建和编辑文本文档，或者具有复杂格式和图形的文档，对于一般的文字编辑和图文编辑它完全可以胜任。

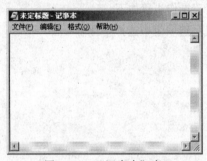

图 2-84 "记事本"窗口

图 2-85 "写字板"窗口

特别要指出的是写字板文件可以保存为 Word 文档、纯文本文件、RTF 文件、MS-DOS 文本文件或者 Unicode 文本文件。当使用其他程序时，这些格式可以提供更大的灵活性。

2.8.3 计算器

使用 Windows 2000 中的"计算器"可以执行所有通常用手持计算器完成的标准操作，可以执行基本的运算，如加法和减法等。如果切换为科学计算器，则可以进行函数计算，如统计函数、对数和阶乘，另外计算机还可进行不同数制之间的转换。科学计算器的外观如图 2-86 所示。

图 2-86　科学计算器

2.8.4　画图

Windows 2000 提供了进行图形处理的软件，这就是"画图"，如图 2-87 所示。"画图"是个画图工具，可以用它创建简单或者精美的图画。绘图可以是黑白或彩色的并且可以存为位图文件。可以打印绘图，将它作为桌面背景，或者粘贴到另一个文档中。还可以使用"画图"查看和编辑扫描的相片。

图 2-87　"画图"窗口

2.8.5　CD 唱机

Windows 2000 中的 CD 唱机界面与 Windows 9x 中的 CD 播放器朴素的界面相比可称得上是豪华了，如图 2-88 所示。CD 唱机不但具有一般 CD 播放器的常用功能，还可以在播放 CD 时从 Internet 上下载并编辑曲目名称。使用 CD 唱机可以执行以下任务：播放、暂停或继续播放 CD；播放曲目简介；按任意顺序播放曲目；显示或隐藏曲目信息；显示或隐藏曲目已播放时间、曲目剩余时间或光盘剩余时间。

2.8.6　媒体播放器

Microsoft Windows Media Player 是一种通用的多媒体播放机，可用来接收当前最流行格式制作的音频、视频和混合型多媒体文件，如图 2-89 所示。使用 Windows Media Player 可以收听或查看最喜爱的体育运动比赛实况、新闻报道或广播，还可以回顾 Web 站点上的演唱会，参加音乐会或研讨会，或者提前预览新片剪辑。媒体播放器可以用来播放视频文件或音频文件，它支持常见的 MPG、AVI、MOV、WAV、MP3、MIDI 等文件格式。

图 2-88　CD 唱机　　　　　　　　图 2-89　媒体播放器

第 3 章

文字处理软件 Word 2000

Microsoft Office 是微软公司开发的办公自动化软件，我们常用的 Word、Excel 等应用软件都是 Office 中的组件。Office 2000 是第三代办公处理软件的代表产品，作为办公和管理的平台，它以提高使用者的工作效率和决策能力为主要任务。"工欲善其事，必先利其器"，Office 2000 是一个庞大的办公软件和工具软件的集合体，为适应全球网络化需要，它融合了最先进的 Internet 技术，具有更强大的网络功能，Office 2000 中文版针对汉语的特点，增加了许多中文方面的新功能，如中文断词、添加汉语拼音、中文校对、简繁体转换等。Office 2000 不仅是日常工作的重要工具，也是日常生活中计算机作业不可缺少的得力助手。

3.1 办公自动化软件——Office 2000 概述

3.1.1 Office 2000 软件的组成

为了满足不同用户的需求，Office 2000 中文版有四种不同的版本：标准版、中小企业版、中文专业版和企业版，表 3-1 列出了各个版本所包含的常用组件。

表 3-1 Office 2000 软件的组成

版　　本	Outlook	Word	Excel	PowerPoint	Access	Publisher	FrontPage
标准版	有	有	有	有	无	无	无
中小企业版	有	有	有	无	无	有	无
中文专业版	有	有	有	有	有	有	无
企业版	有	有	有	有	有	有	有

Office 2000 除了包含这些独立组件之外，还有一些辅助程序。为了提高 Web 能力，它包含了 IE5 和 Outlook Express 5；为了设置 Web 服务器和增强文档的协作及发布功能，它包含了 OSE（Office Server Extensions）。Language Pack 语言为 Office 2000 提供了多语种能力，借助于 Small Biz Kit，给中小型企业提供了一体化的进、销、存管理工具。

3.1.2 Office 2000 中各软件的作用及联系

使用 Office 可以更好地完成日常办公和公司业务。尽管现在的 Office 组件越来越趋向于集成化，但在 Office 2000 中各个组件仍有着比较明确的分工。一般说来，Word 主要用来进行文本的输入、编辑、排版、打印等工作；Excel 主要用来进行有繁重计算任务的预算、财务、数据汇总等工作；PowerPoint 主要用来制作演示文稿和幻灯片及投影片等；Access 是一个桌面数据库系统及数据库应用程序；Outlook 是一个桌面信息管理的应用程序；FrontPage 主要用来制作和发布因特网的 Web 页面。

根据大家的日常工作，如果进行书信、公文、报告、论文、商业合同、写作排版等一些文字集中的工作，可以使用 Word 2000 应用程序；如果要进行财务、预算、统计、各种清单、数据跟踪、数据汇总、函数运算等计算量大的工作，可以使用 Excel 2000 应用程序。

Word、Excel、PowerPoint、Access 等组件之间的内容可以互相调用、互相链接，或利用复制、粘贴功能使所有数据资源共享。

当然，也可以将这些组件结合在一起使用，以便使字处理、电子数据表、演示文稿、数据库、时间表、出版物，以及 Internet 通信结合起来，从而创建适用于不同场合的、生动的、直观的文档。

3.1.3 Office 2000 对系统的要求

1．对硬件环境的要求

Office 2000 标准版系统所需的最低硬件配置如下：

- 推荐使用 Intel Pentium 75 MHz 以上的 CPU。
- 对于 Windows 95 和 Windows 98 系统，需要 12 MB 内存（推荐使用 16 MB）；如果还要运行别的应用程序则需要 24 MB 内存（推荐使用 32 MB 及以上）。
- 对于 Windows NT Workstation 4.0，需要 16 MB 内存（推荐使用 24 MB 及以上）；如果还要运行别的应用程序则需要 24 MB 内存（推荐使用 32 MB 及以上）。
- 显示器需要使用 VGA 或更高的显示器（推荐使用 SVGA、256 色及以上）。
- 硬盘空间与 Office 97 的大体相当，标准版完全安装需要 190 MB 的空间，而企业版大约需要 540 MB 的空间。

2．对软件环境的要求

Office 2000 是为 Windows 95、Windows 98、Windows NT Workstation 4.0 和 Windows 2000 操作系统设计的。在 NT 4.0 系统上，如果使用 Microsoft Data Engine（微软数据引擎）、Office Server Extension 或者 NetMeeting，则需要 SP4。为了使用 Office 站点组件交互的主页，必须安装 Office 2000 或单独安装 Access 2000。

3.2　Word 2000 概述

3.2.1 Word 2000 的启动和退出

1．启动 Word 2000

选择"开始"→"程序"→Microsoft Word 命令，即可进入 Word 窗口。

2．退出 Word 2000

要退出 Word 2000，常用的方法有以下几种：

① 双击标题栏左侧的控制菜单图标。

② 选择"文件"→"退出"命令。

③ 单击窗口标题栏右侧中的"关闭"按钮。

④ 直接在程序中按【Alt+F4】组合键。

注意：与其他应用程序一样，Word 在结束工作之前，应首先关闭编辑的文档，之后再退出 Word 应用程序。如果没有正常退出应用程序，系统虽然不至于被破坏，但却会在硬盘中留下许多应用程序工作时创建的临时文件，浪费磁盘的空间。

3.2.2　Word 2000 窗口的基本组成

1．标题栏

同所有的 Windows 应用程序一样，Word 也有一个标题栏。在标题栏上标明了当前使用的应用程序名称——Microsoft Word。如果当前打开的文档窗口处于最大化状态，则在 Microsoft Word 的后面还会出现当前文档的名称。如果当前文档尚未命名，则 Word 会自动以"文档 1"、"文档 2"等临时文件名来为当前的文件命名，如图 3-1 所示。

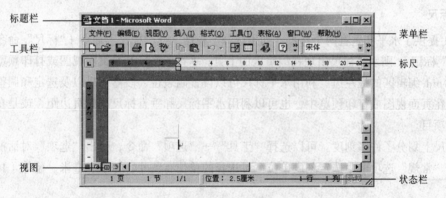

图 3-1　Word 界面

2．菜单栏

在标题栏的下方是菜单栏。菜单栏的作用就是可以使用户通过选择菜单中的相应命令实现对活动文档的有关操作。菜单命令按性质分成菜单栏上的九个菜单。为了使用的方便和快捷，许多等价的菜单命令也可以在工具栏中找到。

Word 菜单栏提供的菜单命令如下所示。

- 文件：执行与文件有关的操作，包括文件的打开、保存、打印等。
- 编辑：实现对已有文本的编辑、查找、替代和链接。
- 视图：对 Word 中文档显示方式的命令进行定义。
- 插入：在 Word 文档中插入各种类型的元素。
- 格式：对文本或其他文档元素的显示格式进行定义。

- 工具：提供在制作文档过程中的一些实用工具，如拼写检查、字数统计等。
- 表格：在文档中引入表格，并对表格进行各种编辑。
- 窗口：可实现文档的多窗口操作。
- 帮助：查阅有关 Word 的联机帮助信息。

Word 的各种操作均可以通过上述九个菜单中的命令完成，使用熟练后有些命令也可以通过"组合键"来实现。相对菜单命令而言，组合键需要记忆，但可以加快操作速度。观察菜单，会发现一些菜单命令的右边显示此命令的组合键，如文件菜单中的"新建（N）"命令，【Ctr1+N】就是新建一个文档的组合键。它的意义在于：不必打开菜单，直接使用组合键即可完成与相应菜单命令同样的操作。

3．工具栏

启动 Word 打开文档后，"常用"工具栏和"格式"工具栏通常会直接出现在菜单栏的下方。当然，Word 的工具栏不仅只有这两个。选择"视图"→"工具栏"命令，从"工具栏"的级联菜单中可看到 Word 所提供的所有工具栏，在左边带有"√"标记的表示此工具栏已被选中。只有被选中的工具栏才能显示在屏幕上。每个工具栏都提供了若干个工具按钮，单击工具按钮可立即执行相应操作。工具按钮所提供的功能大都可以通过菜单实现，但使用工具按钮可以大大加快选择和执行命令的过程。

4．标尺

Word 提供了水平和垂直两个标尺。如果选择"视图"→"标尺"命令（"标尺"命令的左边出现"√"标记），则水平标尺出现在编辑区的上方；垂直标尺只有在页面视图或打印预览中才会出现在 Word 编辑区的最左边。利用水平标尺可以设置制表位、段落缩进以及选定和调整版式的栏宽度。在页面视图或打印预览中，也可以利用水平标尺和垂直标尺调整页边距，或是在页面上设置某些项目。

在标尺上划分了许多刻度。可以选择"工具"→"选项"命令，弹出"选项"对话框，在该对话框的"常规"选项卡中选定刻度单位。可选择的单位有英寸、厘米、毫米、磅等（1 英寸为72 磅）。

5．页面视图按钮

Word 2000 支持多种文档显示方式，在需要时可以在各个视图之间进行切换。每种视图对应不同的编辑方法。其中，普通视图是最常用的工作视图。

6．浏览按钮

使用位于垂直滚动条下端的浏览按钮，可快捷地查看文档内容。利用"选择浏览对象"按钮选定浏览方式，例如，按"标题"、"图形"、"节"或"页"等对象进行查看，然后配合上下两个跳转按钮进行相应的浏览。

7．状态栏

状态栏位于屏幕的最下方，主要显示当前的状态信息。状态栏可显示光标所在的位置、页号，改写和提示用户进行某种类型的输入，以及显示其他一般性的信息。

8. 垂直滚动条和水平滚动条

垂直滚动条和水平滚动条位于 Word 可用窗口的右部和下部，用于快速显示文档的不同部分。

3.2.3　视图介绍

视图是 Word 文档在计算机屏幕上的显示方式，Word 2000 主要提供了"普通视图"、"页面视图"、"大纲视图"和"Web 版式视图"四种视图方式。

不同的视图方式之间可以切换：打开"视图"菜单，选择其中的"普通"、"页面"、"大纲"、"Web 版式"命令就可切换至相应的视图方式；另外，也可以用视图按钮进行切换，在 Word 窗口的水平滚动条的左侧有四个工具按钮，这四个工具按钮就是四种视图方式的切换按钮，单击其中之一就可以切换至相应的视图方式，下面逐一介绍。

1. 页面视图

要切换到页面视图，选择"视图"→"页面"命令。在页面视图中可以查看打印页面的文本、图片和其他元素的位置。页面视图可用于编辑页眉和页脚、调整页边距和处理分栏及图形对象。如果在该视图中输入和编辑文本，可以通过隐藏页面顶部和底部的空白空间来节省屏幕空间。

2. 普通视图

要切换到普通视图，选择"视图"→"普通"命令。在普通视图中可以输入、编辑和设置文本格式。普通视图可以显示文本格式，但简化了页面的布局，所以可便捷地进行输入和编辑。在普通视图中，不显示页边距、页眉和页脚、背景、图形对象以及没有设置为"嵌入型"环绕方式的图片。

3. 大纲视图

要切换到大纲视图，则选择"视图"→"大纲"命令。在大纲视图中，能查看文档的结构，可以通过拖动标题来移动、复制和重新组织文本，还可以通过折叠文档来查看主要标题，或者展开文档以查看所有标题以至正文。大纲视图还使得主控文档的处理更为方便。主控文档有助于使较长文档（如有很多部分的报告或多章节的书）的组织和维护更为简单易行。大纲视图中不显示页边距、页眉和页脚、图片和背景。

从"格式"工具栏的"样式"选项组（在工具栏最左边）中可以看到，文本可分为正文和标题两种基本样式。将光标移到某行前面，通过单击"大纲"工具栏中的左右箭头按钮（注意观察样式栏显示内容），就可以将此行调整为第 N 层标题（标题 N），当然也可以使该段文字降为"正文"，"正文"是文字录入后的一般样式，隐含设置中文一般为宋体、五号字。

标题可以分为 7 层，数字按钮 1～7 可决定在大纲视图中显示至哪一层标题。单击"全部"按钮将显示出全标题和正文。

上下箭头按钮将选定的段落整体上移或下移，如将某一段落从一个标题下移到另一标题下。加号或减号按钮实现"展开"或"折叠"（即隐藏）标题或正文，每按一次展开或折叠一级。

4. Web 版式

若要切换到 Web 版式视图，则选择"视图"→"Web 版式"命令。

在 Web 版式视图中，可看到背景和为适应窗口而换行显示的文本，且图形位置与在 Web 浏览器中的位置一致。

最后介绍文档结构图，选择"视图"→"文档结构图"命令，如图3-2所示。

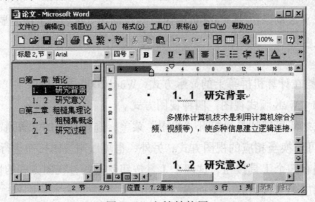

图 3-2　文档结构图

文档结构图是一个独立的窗格，能够显示文档的标题列表。使用"文档结构图"可以对整个文档快速进行浏览，同时还能够跟踪用户在文档中的位置。

单击"文档结构图"中的标题后，Word 就会跳转到文档中的相应标题处，并将其显示在窗口的顶部，同时在"文档结构图"中突出显示该标题。可以随时显示或隐藏"文档结构图"。

3.3　文档的创建和编辑

3.3.1　文档的创建与打开

1．创建新的空白文档

单击"常用"工具栏中"新建空白文档"按钮，弹出如图3-3所示的"新建"对话框，选择"常用"选项卡中的"空白文档"选项，单击"确定"按钮。

2．根据模板或向导创建

若要使用模板、向导和原有文档作为起点，可以选择"文件"→"新建"命令。

在"新建文档"任务窗格中，在"根据模板新建"选项组中单击"通用模板"按钮。

根据要创建的文档的类型，选择相应的选项卡，然后双击所需模板或向导的图标。

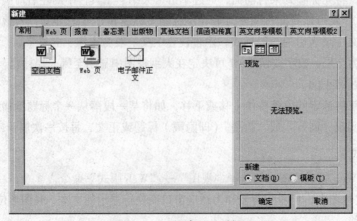

图 3-3　"新建"对话框

利用键盘输入以下汉字：

第一章　绪论

1.1　研究背景

多媒体计算机技术利用计算机综合处理多种媒体信息（文本、图形、图像、动画、音频、视频等），使多种信息建立逻辑连接，集成为一个系统并具有交互性。多媒体教学是指在教学活动中利用计算机多媒体技术，展示文字、图形、图像、音频、动画、视频等不同形态的信息，从而丰富教学内容，增加教学的密度和容量，创造出知识来源多样化的教育环境，使课堂突破了时空限制，为课堂教学提供了传统教学手段不可比拟的条件。

1.2　研究现状

1.2.1　研究意义

教学的目的在于使学生掌握知识、形成能力进而使自身的素质得以提高。现代教育观念是从学生这一主体出发，强调能力发展的重要性，即教师成为引导学生、促进学生学习的人。

1.2.2　现行教学评估的不足

加强高校教学工作，除了要在观念上、政策导向上转变"重科研轻教学"的现象，充分认识教师在教学过程中的主导作用，切实客观地认识教学在高校中不可替代的地位与作用外，还要探索逐步健全完善科学的教学质量的评估方法。

　第二章　粗糙集理论

2.1　粗糙集概念

随着人工智能从研究内容到研究方法所经历的发展与变化，在对于高层次智能行为的研究中，大多数研究不仅仅集中于知识表示和符号推理，更多的是重视知识与大量观察和实验数据的处理、归纳、分类之间的联系。

2.2　研究过程

波兰华沙理工大学学者于 1982 年提出的粗糙集（rough set）理论是一种研究不完整数据、不确定知识的表达、学习及归纳的数学方法。

3．打开文件

在 Microsoft Office 程序中，选择"文件"→"打开"命令，弹出"打开"对话框，在"查找范围"下拉列表框中，单击驱动器、文件夹或包含要打开文件的 Internet 位置。在文件夹列表中，找到并打开包含此文件的文件夹，然后单击"打开"按钮。

3.3.2　文档的编辑

在当前活动的文档窗口里，可根据自己的水平选择一种输入法，然后进行数据的录入。

1．插入点、行和段落

在当前活动的文档窗口里，闪烁的光标称为"插入点"，它标识着文字输入的位置。随着文本的不断录入，"插入点"的位置也不断地向右移动，当到达所设页面的最右边时，Word 可以自动将"插入点"移到下一行。

【Enter】键产生换行操作，每按一次【Enter】键就会产生一个段落标记符号。

2．删除文字

在录入过程中如果产生输入错误，可使用【Backspace】键删除插入点前面的一个字符，使用【Delete】键删除插入点后面的一个字符。当需要在已录入完成的文本中插入某些内容时，将鼠标指针指向插入位置并单击，重新设置插入点的位置，接着录入的文字会出现在新插入点的位置上。

3．"插入状态"和"改写状态"

通常在插入的情况下，Word 会自动将插入点后面的已有文字右移。当需要用新输入的文本把原有内容覆盖时，可双击"状态栏"右边的"改写"按钮，使其由灰色变为黑色，这时输入的内容就会替换原有的内容，此时的文本编辑处于"替换状态"。在替换状态下双击"改写"按钮又可使编辑切换到"插入状态"。

3.3.3 块操作与 Office 剪贴板

1．文本的选取

在对文本内容进行格式化、删除、复制等编辑操作之前，必须先选择操作对象，如某一文本块或全部文本。下面介绍几种选择文本的方式。

（1）拖动选择

将鼠标指针移动到需要选择部分的第一个文字的左边，单击并拖动至欲选择部分的最后一个文字后释放鼠标，此时被选中的文字呈现反显状态。

（2）使用鼠标选取文本块

将鼠标指针移动到需选择部分的第一个文字的左边位置，单击（即将插入点移至该位置）并拖动鼠标到需被选择部分的最后一个文字的右边，按【Shift】键的同时再单击鼠标，即可选中该段文本。

（3）使用光标键定义文本块

先将插入点移至文本块的一端，在按住【Shift】键的同时移动方向键，就可在不同方向选择文本。

（4）使用选定栏

在文档窗口的左边有一个未标记的栏，称为选定栏，专用于通过鼠标选定文本。当鼠标指针移入该栏内时会变为向右指向的箭头。在选定栏中单击可选中鼠标箭头所指的一整行，双击会选中鼠标指针所在的文本段，三击即可选中整个文档（等同于选择"编辑"→"全选"命令）。另外，在选定栏中拖动鼠标可选中连续的若干行。

在文本区任意位置单击便可以去掉文本选中状态。

2．对选定文本块的操作

在 Word 中经常要对一段文本进行删除、移动或复制操作，这几种操作有相似之处，而且都涉及一个非常重要的机制——剪贴板。

Windows 系统专门在内存中开辟了一块存储区域作为移动或复制的中继站，这块地方被称为剪贴板。用户可以将文档中选中的一段文本放到剪贴板上，然后在文档中的另一个位置，或是在其他文档中把剪贴板上的信息取回来。不仅是文字对象，一个选中的图形对象也可以放到剪贴板上，剪贴板成为用户在文档中和文档间交换信息的中继站。

剪贴板的操作有三个。

- 剪切（cut）：将文档中所选中的对象移到剪贴板上，文档中该对象被清除。
- 复制（copy）：将文档中所选中的对象复制到剪贴板上，文档中的对象不受影响。
- 粘贴（paste）：将剪贴板中的内容复制到当前文档插入点位置。

执行这三个操作，可以分别单击"常用"工具栏中的这三个按钮，也可以选择"编辑"菜单中的同样的三个命令。

（1）移动文本块

当要移动一段文本时，首先选择将要移动的文本，然后执行"剪切"操作，这时所选文字从文档中清除而转存于剪贴板中。然后移动鼠标指针至新的插入位置，再执行"粘贴"操作，可将剪贴板中的文字信息粘贴到文档"插入点"处。这样就完成了一段文字的移动工作。

（2）复制文本块

当需要对某文本段进行复制时，先选中一段要操作的文本，然后执行"复制"操作，再移动鼠标指针到需插入的位置处，执行"粘贴"操作，即可完成文本的复制。只要不破坏剪贴板上内容，连续执行"粘贴"操作可以实现一段文本的多处复制。

（3）删除文本块

如果要删除一段文本，首先要选择它，然后按【Del】键（或选择"编辑"→"清除"命令）即可。

3.3.4　查找与替换

在一篇文档中查找一些文字，或者在查找到内容的基础上用其他内容替代查找到的内容，是经常用到的编辑功能之一。本节介绍如何在 Word 文档中完成文本的查找与替换。

Word 作为一个优秀的字处理软件，允许将文本的内容与格式完全分开，可以单独对文本本身或格式本身进行处理，也可以把文本和格式看成一个整体统一进行处理。因此要对文本内容进行查找时，可以通过选择决定是单独查找文档中的文本或格式，还是查找文本与格式的组合。

1．查找文本

查找文本的操作方法如下：

① 将光标移动到要查找文本的起始位置。

② 选择"编辑"→"查找"命令，弹出如图 3-4 所示的对话框。

③ 在"查找内容"下拉列表框中输入要查找的内容。

④ 单击"高级"按钮，可以设置"搜索范围"等选项。

⑤ 单击"查找下一处"按钮，被找到的字符反相（以选中的状态）显示，再次单击"查找下一处"按钮进行连续查找，若查找完毕，Word 将显示查找结束对话框。

2．替换文本

如果想把文章中的"计算机"改成"电脑"，如图 3-5 所示，操作如下：

① 将光标移动到要替换的起始位置。

② 选择"编辑"→"替换"命令，弹出如图 3-5 所示的"查找和替换"对话框。

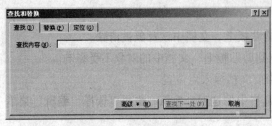

图 3-4　"查找"选择卡　　　　　　　　　图 3-5　"替换"选项卡

③ 在"查找内容"下拉列表框中输入要查找替换的文本，这里为"计算机"。

④ 在"替换为"下拉列表框中输入新的文本，这里为"电脑"。

⑤ 单击"查找一下处"按钮，被找到的字符将会反相显示。

⑥ 确定该文本是否需要被替换，如果需要则单击"替换"按钮，否则单击"查找下一处"按钮，完成操作。

⑦ 如果确定文本中的所有"计算机"均被替换为"电脑"，则可省略步骤⑤和步骤⑥，单击"全部替换"按钮即可。

3. 若要搜索带有特定格式的文字

输入文字，单击"格式"按钮，然后选择所需格式。也可以使用通配符搜索，例如，可用星号（*）通配符搜索字符串（使用"s*d"将找到"sad"和"started"），选择"编辑"→"查找"或"替换"命令。如果看不到"使用通配符"复选框，则可单击"高级"按钮，选择"使用通配符"复选框。

3.3.5　撤销与恢复

撤销和恢复是相对应的，撤销是取消上一步的操作，而恢复就是把撤销操作再重复回来。

在操作过程中，可能存在一些误操作，撤销误操作的方法是在"常用"工具栏中，单击"撤销"旁边的下三角按钮，Microsoft Word 将显示最近执行的可撤销操作列表，单击要撤销的操作。如果该操作不可见，请滚动列表。

例如，在文档中输入"计算机"，结果一不小心输入了"电脑"，单击"撤销"按钮，可以撤销这一步操作，再单击"恢复"按钮，刚才输入的文字又出现了。

"恢复"按钮为"撤销"按钮旁边的标有相反方向箭头的按钮，如果工具栏中没有该按钮可单击该工具栏最后边的按钮，在弹出菜单的"添加或删除按钮"级联菜单中选择"恢复"命令。

"编辑"菜单中的"撤销"和"恢复"命令也可以实现撤销和恢复操作；与其相对应的组合键是：撤销按【Ctrl+Z】组合键；恢复按【Ctrl+Y】组合键。

3.3.6　自动图文集与自动更正

自动图文集是一些文字或图形的集合，里面可以存储一些需要重复使用的文本或图形，如公司的名称、公司的徽标或带格式的表格以及寄信人的地址、各种称呼和结束语等。在需要输入这些图形或文字时直接从自动图文集中选择就可以了。

新建自动图文集的方法是：在工具栏上右击，在弹出的快捷菜单中选择"自动图文集"命令，界面中就显示出"自动图文集"的专用工具栏。如果想使用工具栏新建自动图文集词条，选择文档中要新建为词条的内容，单击"自动图文集"工具栏中的"新建"按钮或按组合键【Alt+F3】，弹出"创建'自动图文集'"对话框，输入要创建的词条名称，单击"确定"按钮，一个词条就创建好了。

使用自动图文集的方法是：单击工具栏中的"所有词条"按钮，从弹出的菜单中选择词条，在文档中插入相应的内容。或者打开"插入"→"自动图文集"→"正文"命令，单击词条名称输入词条内容。

自动更正是为了自动检测和更正输入错误、错误拼写的单词和不正确的大写。例如，如果输入"the"和一个空格，"自动更正"将输入的内容替换为"the"。

打开或关闭"自动更正"选项的方法是选择"工具"→"自动更正选项"命令。

如果正在使用拼写检查的更正功能，应确认启用自动拼写检查。

3.3.7　文档的保存

若要快速保存文档，则单击"常用"工具栏中的"保存"按钮。也可以用以下两种方法进行操作。

1．用另一种格式保存文件

① 选择"文件"→"另存为"命令，打开"另存为"对话框，如图 3-6 所示。

② 在"文件名"下拉列表框中输入文件的新名称。

③ 单击"保存类型"下三角按钮，然后选择保存文件的格式。

④ 单击"保存"按钮。

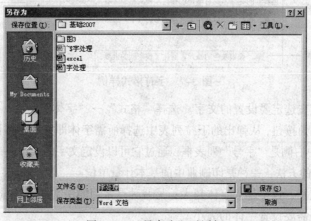

图 3-6　"另存为"对话框

2．在编辑时自动保存文件

选择"工具"→"选项"命令，弹出"选项"对话框，切换到"保存"选项卡。选择"自动保存时间间隔"复选框。在"分钟"文本框中输入要保存文件的时间间隔。保存文件越频繁，则文件处于打开状态时，在发生断电或类似情况下，文件可恢复的信息越多。

注意："自动恢复"不能代替正常的文件保存。打开恢复的文件后，如果选择了不保存该文件，则恢复文件会被删除，未保存的更改即丢失。如果保存恢复文件，它会取代原文件（除非指定新的文件名）。

3.4 排版技术（文稿格式的组织）

文档格式化工作是指对文本外观的一种处理。可以对文本的格式进行反复修改，直到对整个文档外观完全满意为止。Word 允许在字符级、段落级和文档级上改变格式。

3.4.1 字符格式

1. 更改字体

所谓字体是指文字的各种不同形体，如汉字的楷书、行书、草书，印刷的黑体等。Word 提供了多种漂亮的字体，图 3-7 所示是字符格式样例。

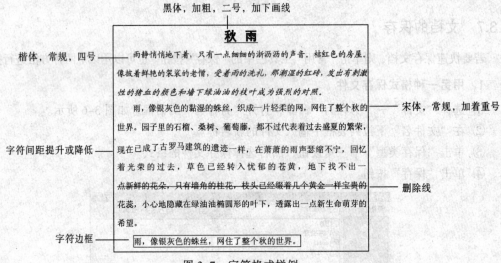

图 3-7 字符格式样例

要设置字体，首先选定要设置的文字。选择"格式"→"字体"命令，在弹出的"字体"对话框中单击字体下三角按钮，从弹出的下拉列表中选择所需字体即完成字体设置，如图 3-8 所示。

"字体"选项卡中右侧是"字号"列表框，通过它可以设定文字的大小。在中文版 Word 中主要有两种表示字体大小的方法：一种是印刷业中的基本计量单位——点（point，一点大约为 1/72 in），用阿拉伯数字表示大小，数字越大字体越大；另一种是常用的中文字体计量单位——字号，如五号字体等。可以根据需要设置字体的大小。

2. 更改字号

选定要修改的文字，在"格式"工具栏中的"字号"下拉列表框内，输入或单击一个磅值即可。用类似的方法可以改变文本颜色，为文字添加下画线和着重号，以及简单的上标和下标等。

3. 更改字符间距

在创建的文本中可以调整文字的距离，如图 3-9 所示，选择"格式"→"字体"命令，在打开的对话框中切换到"字符间距"选项卡。

如果想均匀加宽或紧缩所有选定字符的间距，则选择"间距"下拉列表框中的"加宽"或"紧缩"选项，并在"磅值"数值框中指定要调整的间距的大小。

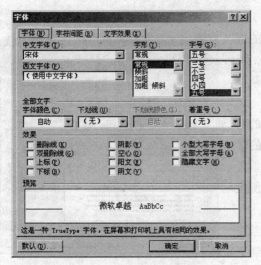
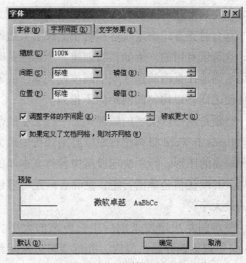

图 3-8　"字体"选项卡 　　　　　　　　　　　　　　　图 3-9　"字符间距"选项卡

3.4.2　段落格式

在 Word 中，段落是一个文档的基本组成单位。段落可由任意数量的文字、图形、对象（如公式、图表）及其他内容所构成。每次按【Enter】键时，就插入一个段落标记，表示一个段落的结束，同时也标志另一个段落的开始，图 3-10 所示是段落格式样例。

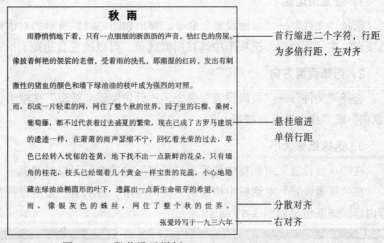

图 3-10　段落设置样例

Word 可以快速方便地设置或改变每一段落的格式，其中包括段落对齐方式、缩进设置、分页状况、段落与段落的间距以及段落中各行的间距等，图 3-11 所示是"段落"对话框。

页边距决定主文档区域的总宽度，换句话说，决定文本到页面边缘的距离。

缩进决定段落到左或右页边距的距离。可以增加或减少一个段落或一组段落的缩进。还可以创建一个反向缩进（即凸出），使段落超出左边的页边距，或创建一个悬挂缩进，使段落中的第一行文本不缩进，但是下面的行缩进。

水平对齐方式决定段落边缘的外观和方向：左对齐、右对齐、居中或两端对齐（两端对齐：调整文字的水平间距，使其均匀分布在左右页边距之间。两端对齐使两侧文字具有整齐的边缘）。

例如，在一个左对齐段落中（最常见的对齐方式），段落的左边缘是和左页边距相齐的。

垂直对齐方式决定段落相对于上或下页边距的位置。这是很有用的，例如，当创建一个标题页时，可以很精确地在页面的顶端或中间放置文本，或者调整段落使之能够以均匀的间距向下排列。

行距是从一行文字的底部到另一行文字底部的间距。Microsoft Word 将调整行距以容纳该行中最大的字体和最高的图形。行距决定段落中各行文本间的垂直距离。其默认值是单倍行距，意味着间距可容纳所在行的最大字符。

段落间距决定段落前后空白距离的大小。当按【Enter】键重新开始一段时，光标会跨过段间距到下一段的位置，但可以为每一段更改设置。

图 3-11 "段落"对话框

3.4.3 页面格式

页边距是页面四周的空白区域。通常可在页边距（边距：页面上打印区域之外的空白空间）内部的可打印区域中插入文字和图形。

1. 设置页边距

选择"文件"→"页面设置"命令，弹出如图 3-12 所示的对话框，然后切换到"页边距"选项卡，在"页边距"选项卡中选择所需选项，可以改变页边距。

2. 选择页面方向

选择"文件"→"页面设置"命令，然后切换到"纸型"选项卡，选择"方向"选项组中的"纵向"或"横向"单选按钮。

3. 选择纸张大小

在"页面设置"对话框中切换到"纸张"选项卡，可以选择某一大小的纸张。

在"页面设置"对话框中切换到"文档网格"选项卡，指定每行多少个字符以及每页多少行等内容，详细情况如图 3-13 所示。

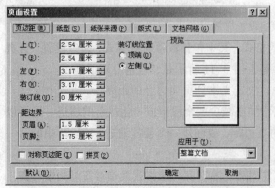

图 3-12 "页面设置"对话框

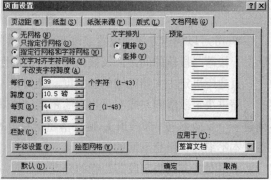

图 3-13 "文档网格"选项卡

3.4.4 编号和项目符号

Microsoft Word 可以在输入的同时自动创建项目符号和编号列表，也可在文本的原有行中添加项目符号（项目符号：放在文本（如列表中的项目）前以添加强调效果的点或其他符号）和编号，图 3-14 是项目符号和编号的样例。

如果要在输入的同时自动创建项目符号和编号列表，操作办法是：输入"1"，开始一个编号列表或输入"*"（星号）开始一个项目符号列表，然后按【Space】键或【Tab】键。输入所需的任意文本。按【Enter】键添加下一个列表项。Word 会自动插入下一个编号或项目符号。

若要结束列表，按【Enter】键两次，或通过按【Backspace】键删除列表中的最后一个编号或项目符号来结束该列表。

如果为原有文本添加项目符号或编号，操作步骤是：

① 选定要添加项目符号或编号的项目。

② 单击"格式"工具栏中的"项目符号"或"编号"按钮；或选择"格式"→"项目符号和编号"命令，弹出"项目符号和编号"对话框，如图 3-15 所示。

③ 选择不同的编号格式。

图 3-14 项目符号和编号样例　　　　图 3-15 "项目符号和编号"对话框

3.4.5 添加边框和底纹

边框、底纹和图形填充能增加对文档不同部分的兴趣和注意程度。

可以把边框加到页面、文本、表格和表格的单元格、图形对象、图片和 Web 框架中。可以为段落和文本添加底纹，可以为图形对象应用颜色或填充纹理，图 3-16 所示是边框和底纹样例。

选择"格式"→"边框图和底纹"命令，弹出如图 3-17 所示的对话框，在"边框"选项卡中，可以通过添加边框来将文本与文档中的其他部分区分开来，也可以通过应用底纹来突出显示文本。

用同样的办法，可以在"页面边框"选项卡中为文档每页的任意一边或所有边添加边框，也可以只为某节中的页面、首页或除首页以外的所有页添加边框。同时在"底纹"选项卡中用底纹来填充表格的背景等。

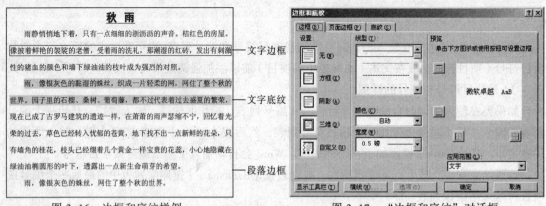

图 3-16　边框和底纹样例　　　　　　　　图 3-17　"边框和底纹"对话框

3.4.6　页眉、页脚的建立和插入分隔符

1．页眉和页脚

页眉和页脚是文档中每个页面页边距的顶部和底部区域。可以在页眉和页脚中插入页码、日期、公司徽标、文档标题、文件名或作者名等，这些信息通常打印在文档每页的顶部或底部。

选择"视图"→"页眉和页脚"命令，弹出如图 3-18 所示的工具栏，可以在光标处输入页眉的内容。单击"页眉和页脚"工具栏中的"页眉和页脚间切换"按钮，可以设置页脚。

注意：页眉和页脚只会出现在页面视图和打印的文档中。

2．分隔符

当文字或图形填满一页时，Microsoft Word 会插入一个自动分页符并开始新的一页。如果要在特定位置插入分页符，可插入手动分页符。把光标定位到要插入分隔符的位置，选择"插入"→"分隔符"命令，弹出如图 3-19 所示的插入"分隔符"对话框，选择所需分隔符。例如，可强制插入分页符以确认章节标题总在新的一页开始。

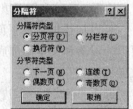

图 3-18　"页眉和页脚"工具栏　　　　　　图 3-19　"分隔符"对话框

3．节和分节符

节是文档的一部分，可在其中设置某些页面格式选项。若要更改例如行编号、列数或页眉和页脚等属性，可创建一个新的节。可用节在一页之内或两页之间改变文档的布局。

只需插入分节符（分节符：为表示节的结尾插入的标记。分节符包含节的格式设置元素，例如页边距、页面的方向、页眉和页脚，以及页码的顺序）即可将文档分成几节，然后根据需要设置每节的格式。例如，可将报告内容提要一节的格式设置为一栏，而将后面报告正文部分的一节设置成两栏。

3.4.7　分栏

我们经常接触报纸、书籍，所以对分栏的概念并不陌生。因为在报纸中经常会出现多栏形式，样例如图 3-20 所示。Word 也提供了分栏的功能，可以把一页中的全部或部分文档设置成多栏的形式，即正文在一栏中排满后，从此栏的底端转向下一栏的顶端。不同栏的宽度可以相同也可以不相同。

通过选择"格式"→"分栏"命令，弹出"分栏"对话框如图 3-21 所示，可以指定所需的分栏的数量，调整这些分栏的宽度，并在分栏间添加竖线，也可以添加具有页面宽度的通栏标题。

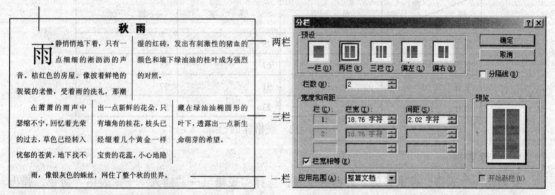

图 3-20　分栏样例　　　　　　　　　　图 3-21　"分栏"对话框

3.4.8　题注和注释的设置

Word 给文档中表格、图片、公式等添加的名称和编号称为题注。中间插入题注后，Word 立即给题注重新编号；删除、移动题注后，Word 也能重新编号。

当文档中图、表等数量较多时，若用手工添加编号，则易出现错号。若由 Word 来添加，则既省力又可杜绝错误。

例如，为表格添加形式为表 X（X 为阿拉伯数字）的编号。方法是：

① 将光标移至需添加编号处，单击"插入题注"按钮。

② 在"题注"对话框的"标签"下拉列表框中选择"表格"标签后，单击"新建标签"按钮。

③ 在"新建标签"对话框的"标签"文本框中输入"表"，然后单击"确定"按钮。

④ "题注"对话框的"题注"框中的阿拉伯数字前面的"表格"，将改变成"表"。单击"确定"按钮。表 X 即插入文档。题注文字默认应用题注样式。

Word 还具有为插入对象自动添加题注的功能。使用此项功能前需进行相关设置。例如，需要在插入 Word 表格时，自动插入表格编号。设置方法是：

① 单击"题注"对话框的"自动插入题注"按钮。

② 在"自动插入题注"对话框的"插入时添加题注"列表框中选择"Microsoft Word 表格"复选框；在"标签"下拉列表框中选择相应的标签（如果没有所需的，则可单击"新建标签"按钮后新建）；在"位置"下拉列表框中选定题注添加在插入对象之上还是之下，然后单击"确定"按钮。

③ 在"题注"对话框中单击"确定"按钮。此后在文档中插入表格的同时会自动添加表格编号。

3.5 制 表

3.5.1 插入表格

表格由若干行和若干列组成，可以在表格的单元格（由工作表或表格中交叉的行与列形成的框，可在该框中输入信息）中填写文字和插入图片等。表格通常用来组织和显示信息。图 3-22 是表格样例。

成绩 \ 课程	英 语	语 文	算 术
张三	87	78	90
李四	89	67	88
王五	92	91	97
总分	268	236	275

图 3-22 表格样例

1. 创建表格

要创建一个表格，单击要创建表格的位置，选择"表格"→"插入"→"表格"命令，弹出如图 3-23 所示的对话框，在"表格尺寸"选项组中选择所需的行数和列数。在"自动调整操作"选项组中选择调整表格大小的选项。若要使用内置的表格格式，单击"自动套用格式"按钮，选择所需选项，然后单击"确定"按钮。

2. 绘制更复杂的表格

在实际应用中，常常需要绘制复杂的表格，例如，包含不同高度的单元格或每行包含的列数不同。具体操作如下：单击要创建表格的位置，选择"表格"→"绘制表格"命令，这时"表格和边框"工具栏显示出来，鼠标指针变为笔形。

图 3-23 "插入表格"对话框

首先确定表格的外围边框，先绘制一个矩形。然后在矩形内绘制行、列框线。

若要清除一条或一组线，单击"表格和边框"工具栏中的"擦除"按钮，再单击需要擦除的线。

表格创建完毕后，单击其中的单元格，然后便可输入文字或插入图形。

3.5.2 编辑表格

1. 选择数据

表格建立后，经常需要进行数据录入，输入完后也许要对数据进行修改处理，表 3-2 列出了常用选定数据的方法。

表 3-2 选定数据的方法

选定内容	选定方法
一个单元格	单击单元格左边框
一行	单击该行的左侧
一列	单击该列顶端的虚框或边框
选定多个单元格、多行或多列	拖过该单元格、行或列，或选定不必按顺序排列的多个项目。单击所需的第一个单元格、行或列，按【Ctrl】键，再单击所需的下一个单元格、行或列
下一单元格中的文字	按【Tab】键
前一单元格中的文字	按【Shift+Tab】组合键
整张表格	单击该表格移动句柄，或拖动选择整张表格

2．为表格添加单元格、行或列的操作方法

选定与要插入的单元格、行或列数目相同的行或列，选择"表格"→"插入"命令，然后在级联菜单中选择一个选项。

也可使用"绘制表格"工具在所需的位置绘制行或列。如果要在表格末尾快速添加一行，单击最后一行的最后一个单元格，然后按【Tab】键。若要在表格最后一列的右侧添加一列，单击最后一列或选择"表格"→"插入"→"列（在右侧）"命令。

3．删除表格中的单元格、行或列

选择要删除的单元格、行或列，再选择"表格"→"删除"→"单元格"、"行"或"列"命令。

4．调整行高和列宽

Word 还提供了对表格中的行、列高度和宽度进行调整的功能。改变列宽最简单的方法就是使用标尺。在建立表格的同时，标尺产生与表格中列数相同的列表格标记，通过拖动列表格标记可以很方便地调整列宽；也可以直接把鼠标指针指向要调整列的垂直框线上，当鼠标指针变成具有左、右两个方向箭头的移动工具后，向左或向右拖动框线即可完成列的宽度的改变。但是无论是拖动框线还是拖动列标记，在改变了列宽的单元格的右边各框的宽度均按原来的宽度成比例地变化，但表格总宽度保持不变。

如果需要精确改变列宽，可以选择"表格"→"单元格高度和宽度"命令，在弹出的对话框中输入精确值。

调整行高和列宽的操作完全相同。

5．删除表格及其内容

单击表格，选择"表格"→"删除"→"表格"命令；如果是删除表格内容，选择要删除的项，按【Delete】键。

6．合并表格单元格

可将同一行或同一列中的两个或多个单元格合并为一个单元格。例如，可以横向合并单元格以创建横跨多列的表格标题。方法是选择要合并的单元格，选择"表格"→"合并单元格"命令。

3.5.3 表格格式化

在对表格的处理过程中，还可以对表格外观进行各种处理，包括为表格加上边框、底纹、颜色等。表格格式的作用除了美化表格外，还能使表格内容清晰整齐，类似于排版的效果。

1．自动设置表格格式

使用任何一种系统内置的表格格式都可以为表格应用专业的设计。操作方法是：

单击表格，选择"表格"→"表格自动套用格式"命令，在"表格样式"选项组中选择所需的样式和选项，然后单击"应用"按钮。

2．自定义表格外观

如果没有找到合适的格式套用，就需要为表格设置格式，比如为表格添加边框和底纹等，方法与为段落添加边框和底纹类似。

3.5.4 复杂表格的处理

1．绘制斜线表头

表头总是位于所选表格第一行、第一列的第一个单元格中，如图 3-22 所示表头的制作方法是：单击要添加斜线表头的表格，选择"表格"→"绘制斜线表头"命令，在"表头样式"列表中选择所需样式，在各个标题框中输入所需的行、列标题，设置字号，然后单击"确定"按钮。

2．在表格中计算行或列数值的总和

单击要放置求和结果的单元格。

选择"表格"→"公式"命令，弹出如图 3-24 所示的对话框。

如果选定的单元格位于一列数值的底端，Microsoft Word 将建议采用公式=SUM(ABOVE) 进行计算。如果该公式正确，则单击"确定"按钮。

如果选定的单元格位于一行数值的右端，Word 将建议采用公式 =SUM(LEFT) 进行计算。如果该公式正确，则单击"确定"按钮。

要快速地对一行或一列数值求和，应先单击要放置求和结果的单元格，再单击"表格和边框"工具栏中的"自动求和"按钮。

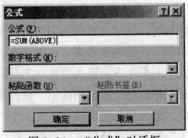

图 3-24　"公式"对话框

3.6　绘图及图文混排

3.6.1　绘制图形

Word 不仅仅局限于对文字进行处理，而是可以对图片、表格以及绘图等进行处理，真正做到了"图文并茂"。本节针对 Word 中图形的处理方法做一些介绍。

1．自选图形

Microsoft Word 附带了一组现成的可在文档中使用的自选图形。可以通过调整大小、旋转、翻转、设置颜色和组合椭圆和矩形等形状来制造复杂的形状。"绘图"工具栏中的"自选图形"菜单中包括几种类型的形状，例如，线条、基本形状、流程图元素、星与旗帜等。

操作方法是：单击"绘图"工具栏中的"自选图形"按钮，选择所需类型，然后单击所需图形。

2．插入图片和剪贴画

Microsoft Word 在"剪辑库"中拥有一套自己的图片。"剪辑库"中有大量的剪贴画，这些专业设计的图像可以帮助用户轻松地增强文档的效果。在"剪辑库"中，用户可以找到从风景背景到地图，从建筑物到人物的各种图像。

要插入"剪辑库"中的图片，首先单击要插入剪贴画或图片的位置，再单击"绘图"工具栏中的"插入剪贴画"按钮，弹出如图 3-25 所示对话框，然后切换到"图片"选项卡，选择所需类别，选择所需图片，然后单击所出现菜单中的"插入剪辑"按钮。

图 3-25　"插入剪贴画"对话框

使用"剪辑库"完毕之后，单击"剪辑库"标题栏中的"关闭"按钮即可。

3．插入文本框

通过使用文本框可以为图形添加标注、标签和其他文字。插入文本框后，可以使用"绘图"工具栏来增强文本框的效果，就像增强其他图形对象的效果一样。也可以在自选图形中添加文字，将自选图形作为文本框使用。

3.6.2　图文混排

在文档中插入剪贴画或图片后，会看到周围的正文和图片的位置被打乱了，如何控制文字和图片和位置呢？可以对图片进行格式设置，改变文字和图片的位置。也就是所说的"文字环绕"格式。

单击"图片"工具栏中的"文字环绕"按钮设置文字对图片的环绕效果，有四周型、紧密型、嵌入型、无环绕、上下型等环绕方式。

要设置图片或图形对象的文字环绕方式，单击图片或图形对象，在"格式"菜单中，选择与所选对象类型相对应的命令，例如，"自选图形"或"图片"命令，然后切换到"版式"选项卡，如图 3-26 所示，再单击所需的文字环绕方式。

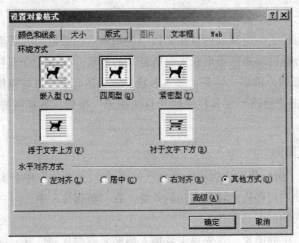

图 3-26 "版式"选项卡

如果需要其他文字环绕方式，单击"高级"按钮，然后切换到"文字环绕"选项卡。

3.7 高 级 编 排

3.7.1 样式

所谓样式，就是系统或用户定义并保存的一系列排版格式，包括字体、段落的对齐方式、制表位和边距等。重复地设置各个段落的格式不仅烦琐，而且很难保证段落的格式完全相同。使用样式不仅可以轻松快捷地编排具有统一格式的段落，而且可以使文档格式严格保持一致。样式实际上是一组排版格式指令，因此，在编写一篇文档时，可以先将文档中要用到的各种样式分别加以定义，使之应用于各个段落，样式位于格式菜单中，如图 3-27 所示。

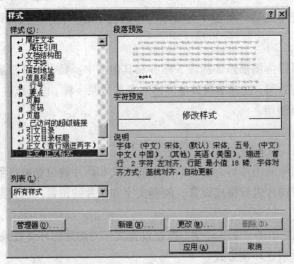

图 3-27 "样式"对话框

1．新建样式

要创建一个新样式，在"样式"对话框中单击"新建"按钮，在打开对话框的"名称"文本框中输入样式的名称。在"样式类型"下拉列表框中可以选择新样式是应用于段落，还是应用于字符。单击"格式"下三角按钮，弹出一个有字体、段落、制表位、边框等多个选择项的下拉列表，从中选择某一项，可弹出相应对话框用于对新建样式作格式设定。

如果已经使当前文档有了一个满意的版面效果，可以保存为一个新样式，以便将来使用。选定已排好版的段落文本，单击"格式"工具栏中最左边的"样式"下拉列表框，输入新的样式名，按【Enter】键，完成样式创建操作。

2．修改样式

右击要修改的样式，然后在"修改"菜单中选择所需的选项。若要查看更多选项，单击"格式"按钮，然后选择要更改的属性，例如"字体"或"编号"，完成修改属性之后，单击"确定"按钮。然后对要更改的任何其他属性重复该操作。

3．删除样式

在"样式和格式"任务窗格中右击要删除的样式，然后在弹出的快捷菜单中选择"删除"命令。

如果删除了用户创建的段落样式，Microsoft Word 将对所有具有此样式的段落应用"正文"样式，然后从任务窗格中删除此样式定义。

3.7.2　模板

任何 Microsoft Word 文档都是以模板为基础的。模板决定文档的基本结构和文档设置，例如，自动图文集词条、字体、组合键指定方案、宏、菜单、页面设置、特殊格式和样式。

共用模板包括 Normal 模板，所含设置适用于所有文档。文档模板（例如"模板"对话框中的备忘录和传真模板）所含设置仅适用于以该模板为基础的文档。

具体的操作步骤如下：

① 打开所需文档，选择"文件"→"另存为"命令，弹出如图 3-28 所示的对话框。

图 3-28　"另存为"对话框

② 在"保存类型"下拉列表框选择"文档模板"选项，在"文件名"文本框中输入新模板的名称，然后单击"保存"按钮。

3.7.3 宏

如果在 Microsoft Word 中反复执行某项任务，可以使用宏自动执行该任务。宏是一系列 Word 命令和指令，这些命令和指令组合在一起，形成了一个单独的命令，以实现任务执行的自动化。

以创建一章标题为例：

① 任意打开一篇文档，用鼠标指针任选一段文字。

② 选择"工具"→"宏"→"录制新宏"命令，弹出如图 3-29 所示的对话框。

③ 在"录制宏"对话框的"宏名"文本框中输入宏的名称"章标题"，在"将宏保存在"下拉列表框中选择"所有文档（Normal.dot）"选项，然后单击"工具栏"按钮，弹出如图 3-30 所示的"自定义"对话框。

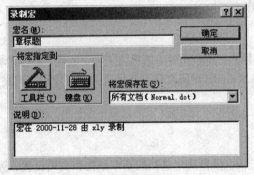

图 3-29　"录制宏"对话框　　　　　　　　图 3-30　"自定义"对话框

④ 在"自定义"对话框中切换到"命令"选项卡，在"命令"列表框中将显示输入的宏名。在该名称上单击并将其拖到"常用"工具栏中，这样工具栏就多了一个"读前设置"按钮。

⑤ 单击"关闭"按钮进入宏的录制过程。此时，"停止"浮动工具栏将出现在屏幕上，如图 3-31 所示，此工具栏中有两个按钮，左边是"停止"按钮，右边是"暂停"按钮。

⑥ 选择"格式"→"字体"命令，在打开的"字体"对话框中切换到"字体"选项卡，在"中文字体"下拉列表框中选择"宋体"，在"字形"下拉列表框中选择"加粗"，在"字号"下拉列表框中选择"小三"，在"文字效果"选项卡中选择"礼花绽放"。选择"格式"→"段"命令，在"缩进和间距"下拉列表框中选择对齐方式"居中"，单击"确定"按钮。

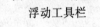

图 3-31　"停止"浮动工具栏

⑦ 单击"停止"工具栏中的"停止"按钮结束录制。

这样，以后要设置章标题，先选择标题后，再单击"常用"工具栏中的"宏"按钮（章标题），就可以看到的文字效果了。

如果在录制宏的过程中进行了错误操作，更正错误的操作也将被录制。录制结束后，可以编辑宏并删除录制的不必要操作。

3.7.4 建立索引

索引是根据一定需要，把书刊中的主要概念或各种题名摘录下来，标明出处、页码，按一定次序分条排列，以供人查阅的资料。它是图书中重要内容的地址标记和查阅指南。设计科学、编辑合理的索引不但可以使阅读者倍感方便，而且也是图书质量的重要标志之一。Word 提供图书编辑排版的索引功能，下面介绍其使用方法。

要编制索引，应该首先标记文档中的概念名词、短语和符号之类的索引项。索引的提出可以是书中的一处，也可以是书中相同内容的全部。如果标记了书中同一内容的所有索引项，可选择一种索引格式并编制完成，此后 Word 将收集索引项，按照字母顺序排序，引用页码，并会自动查找并删除同一页中的相同项，然后在文档中显示索引。以标记文中的"计算机"为例，先选定文中"计算机"三字，然后选择"插入"→"索引和目录"命令，弹出如图 3-32 所示的对话框，单击"标记索引项"按钮，弹出下一个对话框，选择"标记"选项，最后单击"关闭"按钮，这时原文中的"计算机"三字后面将会出现"{XE "计算机"}"的标志，单击工具栏中的"显示/隐藏"按钮，可把这一标记隐藏或显示出来。如果要把本书中所有出现"计算机"的地方索引出来，可在出现第二个对话框后，执行"标记全部"命令，这样全书中凡出现"计算机"的页面都会被标记出来。索引的格式可自行选择，排序方式有"笔画"和"拼音"两种，默认是"笔画"方式。

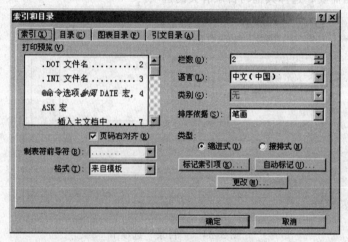

图 3-32　"索引和目录"对话框

做完上面的索引标记之后，就可以提取所标记的索引了，其方法是，把光标移到书的最后边，然后选择"插入"→"索引和目录"命令，此时，一个索引就出现在光标处，如果当初选择的是"标记全部"，则索引会标记出所索引的某个词都出现在哪一页上。一个索引词在同一页中出现多次，索引为节省页面，只会标记一次，并按笔画或拼音进行了排序。这样就可以按照索引的提示查找有关页面的内容了。

一般情况下，要在输入全部文档内容之后再进行索引工作，如果此后又进行了内容的修改，原索引就不准确了，这就需要更新索引。其方法是，在要更新的索引中单击，然后按【F9】键。在更新整个索引后，将会丢失更新前完成的索引或添加的格式。

3.7.5　提取目录

目录是文档中标题的列表，图 3-33 是一篇文章目录，可以通过目录来浏览文档中讨论了哪些主题。

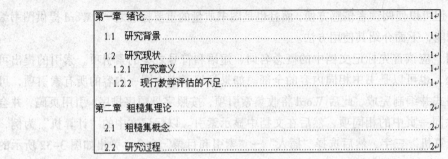

图 3-33　目录样例

编制目录最简单的方法是使用内置的大纲级别格式或标题样式。如果已经使用了大纲级别或内置标题样式，具体操作步骤如下：

单击要插入目录的位置，选择"插入"→"引用"→"索引和目录"命令。在弹出的对话框中切换到"目录"选项卡，如图 3-34 所示，若要使用现有的设计，在"格式"下拉列表框中单击进行选择。根据需要，选择其他与目录有关的选项。

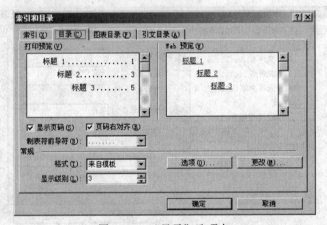

图 3-34　"目录"选项卡

3.8　Word 2000 中的辅助应用程序

3.8.1　公式编辑器

在写论文或一些学术著作时，可能经常会输入一些数学公式，利用 Microsoft 公式 3.0 可以在 Word 文档中加入分数、指数、积分及其他数学符号，而这些是 Word 功能所不能及的。

要插入公式，生成数学公式，建议使用"公式编辑器"程序来创建公式。操作方法是：单击要插入公式的位置，选择"插入"→"对象"命令，弹出"对象"对话框，这是一个包括"新建"和"由文件创建"两个选项卡的对话框，如图 3-35 所示，选择"新建"选项卡，在下拉列表中选择 Microsoft 公式 3.0，单击"确定"按钮，进入 Microsoft 公式 3.0 工作环境。

在编辑区（虚框）中输入需要的文字，从"公式"工具栏上选择符号，输入变量和数字，以创建公式。在"公式"工具栏的上面一行，可以在 150 多个数学符号中进行选择。在下面一行，可以在众多的样板或框架（包含分式、积分和求和符号等）中进行选择。创建完公式之后，在编辑区以外单击即可把公式插入文档中，并返回 Word 主窗口。如果以后要修改，双击公式又可以对公式进行编辑，以下是一个公式例子，如图 3-36 所示是编辑公式的部分画面。

图 3-35　"对象"对话框

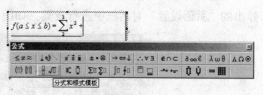

图 3-36　编辑公式

3.8.2　艺术字

与 Office 一起发布"艺术字"程序可以创建一些特殊的文字效果，通过单击"绘图"工具栏中的"插入艺术字"按钮，可以插入装饰文字。可以创建带阴影的、扭曲的、旋转的和拉伸的文字，也可以按预定义的形状创建文字。因为特殊文字效果是图形对象，还可以使用"绘图"工具栏中的其他按钮来改变效果，例如，用图片填充文字效果。

添加艺术字的处理方法是：在"绘图"工具栏中，单击"插入艺术字"按钮，弹出如图 3-37 所示的对话框，单击所需的艺术字效果，再单击"确定"按钮。在如图 3-38 所示的"编辑'艺术字'文字"对话框中输入所需的文字，在"字体"下拉列表框中选择一种字体，在"字号"下拉列表框中选择一种字号，若要使文字加粗，单击"加粗"按钮，若要使文字倾斜，单击"倾斜"按钮，然后单击"确定"按钮。

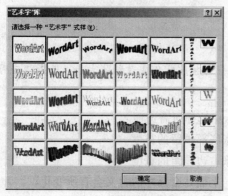

图 3-37　"'艺术字'库"对话框

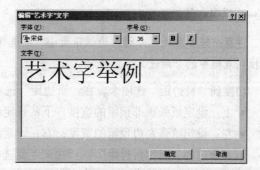

图 3-38　"编辑'艺术字'文字"对话框

3.9　打　印　文　稿

3.9.1　打印设置

创建、编辑和排版文档的目的是将其打印输出。本节主要介绍打印文档的一些方法。

与字符格式、段落格式相比，页面格式的设置更加重要，因为页面的安排直接影响到文档的打印效果。为了能够打印出合乎要求的文档，在打印之前需要以页为单位，对文档做进一步整体性的格式调整。因此本节着重介绍页面的设置，包括纸张（页）大小的设置、页的方向设置、页边距设置等。

页面格式化中最重要的工作，就是设置打印文档时使用的纸张、方向和来源。例如，打印请柬需要特殊大小的纸张，打印信封时应该使用横向输出等。

当需要对纸张的大小和页面的方向进行设置时，可以选择"文件"→"页面设置"命令，在弹出的"页面设置"对话框中进行设置，如图 3-39 所示。

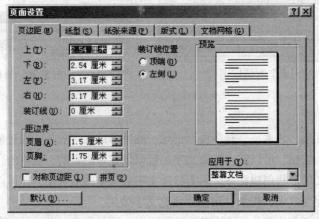

图 3-39　"页面设置"对话框

切换到"纸型"选项卡，选择某一大小的纸张。

- 横向：使纸张横向打印。
- 纸张大小：选择使用的纸张（如 A4、B5 等）。
- 宽度：设定纸张宽度。
- 高度：设定纸张高度。
- 纵向：使纸张纵向打印。

注意：若要更改部分文档的纸张大小，则选择纸张并按照常例更改纸张大小。选择"应用于"下拉列表框中的"所选文字"选项。

切换到"页边距"选项卡，在"页边距"选项卡中选择所需选项。

- 上：设定纸张顶部预留的宽度；下：设定纸张底部预留的宽度。
- 左：设定纸张左边预留的宽度；右：设定纸张右边预留的宽度。
- 如果选择"对称页过距"或"拼页"复选框，上面几个尺寸的含义会有所变化。
- 在选择"装订位置"选项组中的单选按钮后，可进一步设置预留装订线的宽度。
- 页眉包含在上边界之中，页脚包含在下边界之中。还可在此设定页眉与上纸边的距离以及页脚与下纸边的距离。
- "应用于"是指所设定的格式将会影响整个文档或是光标以下的页。

对此选项卡的各项做出选择后，单击"确定"按钮完成页边距的设置。

在该选项卡的右侧，有一个预览区域，用户可通过观看此画面来体会改变各参数的效果。

3.9.2　打印预览

打印预览供用户在打印之前先查看一下实际的打印效果，如果发现不妥之处，可以及时调整，直到满意为止，减少纸张的浪费。

选择"文件"→"打印预览"命令或单击"常用"工具栏中的"打印预览"按钮，即进入打印预览状态，如图 3-40 所示。在打印预览窗口中，可以看到文档内容在打印纸的位置和效果。预览完一页，如果想看下一页的内容，可以单击滚动条下端的"下一页"按钮；如果想看上一页的内容，可以单击滚动条下端的"前一页"按钮。

图 3-40　打印预览窗口

在打印预览窗口中可以使用"打印预览"工具栏，方便地预览文档的打印效果。

3.9.3　打印方式

在 Word 中可以打印单独文档的全部或部分内容。选择"文件"→"打印"命令，弹出如图 3-41 所示对话框。

在"页码范围"文本框中指定要打印的部分文档。如果选择"页码范围"单选按钮，则应该输入页码或页码范围，或同时输入页码和页码范围。

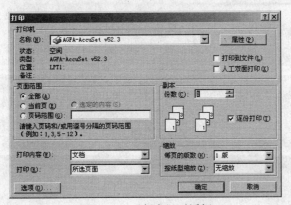

图 3-41　"打印"对话框

如果只打印奇数页或偶数页，则选择"打印"下拉列表框中的"奇数页"或"偶数页"选项。同时也可打印指定页、一个或多个节，或多个节的若干页。

如果想打印非连续页，输入页码，并以逗号相隔。对于某个范围的连续页码，可以输入该范围的起始页码和终止页码，并以连字符相连。例如，若要打印第 2、4、5、6、8 页，可输入"2,4-6,8"。

在"份数"数值框中输入或者选择份数，就可以一次打印多份副本文档。当打印多份文档时，如果选择"逐份打印"复选框，则表示每页先各打一次，形成第一份，再每份各打第二次，形成第二份。如果不选择"逐份打印"复选框，则先打印第一页的所有份数，再打印第二页的所有份数，全打印完后再去校对页码。

在"缩放"选项组中，可以将几页的文档内容缩小至一页中进行打印，例如，在"每页的版数"中设置为"2 版"，那么一个两页的文档就会被整版缩小打印至一页中。

在"按纸型缩放"下拉列表框中选择打印文档时要采用的纸张大小。例如，通过增加字体和图形的大小，可将一篇 B4 文档打印到 A4 纸上，该功能类似于复印机的缩小/放大功能。

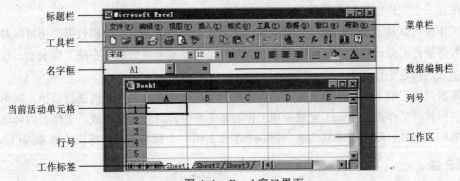

第 **4** 章

电子表格处理软件 Excel 2000

Excel 是微软公司出品的 Office 系列办公软件中的一个组件,是非常实用的电子表格处理软件。微软公司推出的 Excel 2000 版较之以往版本功能更强大、使用更方便。其丰富的内容、快捷的操作,可以用来制作电子表格、完成许多复杂的数据运算、进行数据的分析和预测并且具有强大的制作图表的功能,可以用更少的资源消耗来实现更强大的数据信息的管理功能。

4.1 建立工作表与编辑

4.1.1 Excel 的工作环境

Excel 的启动与 Word 类似,在这里不再做介绍。启动 Excel 2000 中文版后,窗口界面如图 4-1 所示。

图 4-1 Excel 窗口界面

每次启动 Excel 之后,它都会自动地创建一个新的空白工作簿,如 Book1 工作簿。工作簿是 Excel 的普通文档或文件类型,一个工作簿可由多个工作表组成,每一个工作表的名称在工作簿的底部以标签形式出现,例如,图 4-1 中的 Book1 工作簿由三个工作表组成,分别是 Sheet1、Sheet2、Sheet3。

从图 4-1 中可以看到,Microsoft Excel 窗口环境主要由下面几部分组成:

1. 编辑栏

工具栏的下方是编辑栏,用来显示活动单元格中的数据和公式。选中某单元格后,就可在编辑栏中对该单元输入或编辑数据，当然也可以直接双击单元格进行编辑。当选定某个单元格时，只要查看编辑栏就可以知道其内容是公式还是常量。

2. 名字框

编辑栏中左边的区域称为名字框，用来显示当前活动单元格的位置，例如，A1 单元格。还可以利用名字框对单元格进行命名，以使操作更加简单明了。

3. 工作表区域

工作表区域是占据屏幕最大、用以记录数据的区域，所有数据都将存放在这个区域中。

4. 工作表标签

在工作表区的下面，左边的部分用来管理工作簿中的工作表，如图 4-1 所示。一个 Excel 的文档叫做工作簿，一个工作簿中可以包含很多的工作表。Sheet1，Sheet2……都代表着一个工作表，这些工作表组成了一个工作簿，就好像账本，每一页是一个工作表，而一个账本就是一个工作簿。左边是工作表标签，上面显示的是每个表的名字。单击 Sheet2，就可以转到表 Sheet2 中，同样，单击 Sheet3、Sheet4 都可以转到相应的表中。四个带箭头的按钮是标签滚动按钮：单击向右的箭头可以让标签整个向右移动一个位置，即从 Sheet2 开始显示；单击带竖线的向右箭头，最后一个表的标签就显露了出来；单击向左的箭头，标签整个向左移动一个位置；单击带竖线的向左的箭头，最左边的表就又是 Sheet1 了，但这样只是改变工作表标签的显示，当前编辑的工作表是不变的。

工作表标签用于显示工作表的名称，单击工作表标签将激活相应工作表。用户可以通过单击标签滚动按钮来显示不在屏幕内的标签。

在 Microsoft Excel 中，工作簿是处理和存储数据的文件。由于每个工作簿可以包含多张工作表，因此可在一个文件中管理多种类型的相关信息。

使用工作表可以显示和分析数据，可以同时在多张工作表上输入、编辑数据，还可以对不同工作表的数据进行汇总计算。在创建图表之后，既可以将其置于源数据所在的工作表上，也可以将其置于单独的图表工作表上。

工作簿窗口底部的工作表标签上显示工作表的名称。如果要在工作表间进行切换，则单击相应的工作表标签。工作表是 Excel 完成一项工作的基本单位，由单元格组成。工作表内可以包括字符串、数字、公式、图表等丰富信息，每一个工作表用一个标签来进行标识（如 Sheet）。

5. 单元格

单元格是 Excel 工作簿的最小组成单位。工作表格区中每一个长方形的小格就是一个单元格。在单元格内可以存放字符或数据，最多可存放 32 000 个字符信息。每一个单元格的长度、宽度以及单元格中的数据类型都是可变的。为了更好地识别单元格，需要用一种方法来标识。在 Excel 中单元格是通过位置来进行标识的。从图 4-1 中可以看出，工作表是由行和列组成的。工作表中的行以数字来表示，即 1，2，3，…，65 536。列以英文字母来表示，即 A，B，C，…，IV，共计 256 列。因此在每一张 Excel 工作表中，最多能有 65 536×256 个单元格。每一个单元格都处于某一行和某一列的交叉位置，这也就是它的"引用地址"（即坐标）。例如 C 列和第 6 行相交处的单元格是 C6。在引用单元格时（如公式中），就必须使用单元格的引用地址。

4.1.2　创建、打开和保存工作簿

1．新建工作簿

在建立一个表格之前，应该先把表格的大概模样考虑清楚，比如表头有什么内容、标题列是什么内容等，因此在用 Excel 建立一个表格的时候，开始是建立一个表头，然后确定表的行标题和列标题的位置，最后才是填入表的数据。

启动 Excel 2000 后，系统默认地生成一个工作簿。如果想生成另一个，可以选择"文件"→"新建"命令，弹出如图 4-2 所示的对话框。

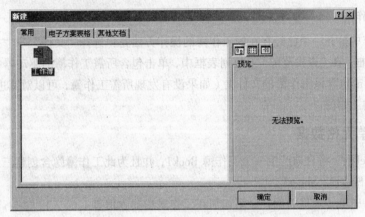

图 4-2　"新建"对话框

如果需要新建一个空白的工作簿，切换到"常用"选项卡，然后双击"工作簿"图标。

如果需要基于模板创建工作簿，切换到"电子方案表格"选项卡或列有自定义模板的选项卡，然后双击想要创建的工作簿类型所需的模板。

2．保存未命名的新工作簿

完成一个工作簿的数据输入、编辑后，下一步需要完成的工作就是把它保存在硬盘里。要保存文件，选择"文件"→"另存为"命令，弹出如图 4-3 所示对话框。

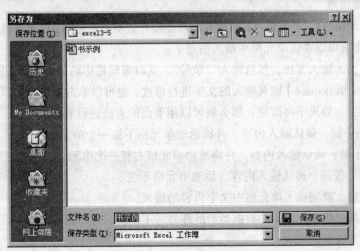

图 4-3　"另存为"对话框

在"保存位置"下拉列表框中，选择想要保存工作簿的驱动器和文件夹（如果需要在新文件夹中保存工作簿，则单击"新建文件夹"按钮），在"文件名"文本框中，输入工作簿名称（可以使用长的、描述性的文件名），然后单击"保存"按钮。

当实现了工作簿的初次保存以后，对工作簿文件进行修改后的保存只需采用以下列方法的一种即可：

- 选择"文件"→"保存"命令。
- 单击"常用"工具栏中的"保存"按钮。
- 按【Ctrl+S】组合键。

3. 打开工作簿

在操作工作中打开一个已经存在的工作簿的操作方法是：选择"文件"→"打开"命令，弹出"打开"对话框，在"查找范围"下拉列表框中，单击包含所需工作簿的驱动器、文件夹或 FTP 地址，找到并双击包含该工作簿的文件夹（如果没有发现所需工作簿，可以对其进行查找），然后双击需要打开的工作簿。

4.1.3 输入单元格数据

当启动 Excel 时，将自动产生一个工作簿 Book1，并且为此工作簿隐含创建三张工作表，名称分别为 Sheet1、Sheet2、Sheet3。

现以图 4-4 中电子表格为例，介绍如何在工作表中输入信息。

学号	姓名	性别	出生年月	学院	系别	高数	英语	计算机	总成绩
2007010101	王蝶殇	女	1987-8-6	信息	电子商务	78	87	92	
2007010102	丁德明	男	1986-9-8	土木	工程管理	90	67	87	
2007010103	冬雪飘	女	2000-1-2	土木	建筑学	66	72	76	
2007010104	董小龙	女	1999-7-5	信息	电子商务	82	78	77	
2007010105	樊文华	女	1987-4-6	土木	工程管理	90	98	91	
2007010106	贺小峰	男	1986-6-4	土木	建筑学	66	79	86	
2007010107	贺云乐	男	2000-11-2	信息	电子商务	78	77	90	
2007010108	丁墨斯	女	1998-12-24	信息	计算机	85	84	86	
2007010109	王小星	女	1987-6-9	土木	建筑学	98	76	67	

图 4-4 Excel 样例

1. 输入常量信息

首先单击单元格 A1，单元格 A1 的四周出现黑框，表明单元格 A1 已被选择，此时状态栏显示"就绪"，这表明可以在该单元格中输入信息了。

选择自己习惯的输入方法，然后输入"学号"，这时编辑栏中的信息显示如图 4-4 所示。

这时可以用【Backspace】键对输入的文字进行修改，也可以单击按钮"×"（或按【Esc】键）取消刚输入的文字，如果不再改变，那么就可以用下面的方法进行确定。

- 按【Enter】键：确认输入内容，并将活动单元格下移一个单元。
- 按【Tab】键：确认输入内容，并将活动单元格右移一个单元。
- 单击"√"按钮：确认输入内容，活动单元格不变。

完成确认之后，就完成了单元格中文字内容的输入。

在数据输入的过程中，不同的数据类型处理方式不同。

（1）有关输入数字的提示

在 Microsoft Excel 中，数字只可以为下列字符：

0、1、2、3、4、5、6、7、8、9、+、−、( )、,、/、$、%、E、e

Excel 将忽略数字前面的正号"+"，并将单个句点视作小数点。所有其他数字与非数字的组合均作文本处理。

输入分数时，为避免将输入的分数视作日期，要在分数前输入 0（零），如输入 0 1/2。

输入负数时，在负数前输入减号"−"，或将其置于括号( )中。

在默认状态下，所有数字在单元格中均右对齐。如果要改变其对齐方式，则选择"格式"→"单元格"命令，在弹出的"单元格格式"对话框切换到"对齐"选项卡，再从中选择所需的选项。

单元格中的数字格式决定 Excel 在工作表中显示数字的方式。如果在"常规"格式的单元格中输入数字，Excel 将根据具体情况套用不同的数字格式。例如，如果输入$14.73，Excel 将套用货币格式。如果要改变数字格式，选定包含数字的单元格，再单击"格式"菜单。

（2）有关输入文本的提示

在 Microsoft Excel 中，文本可以是数字、空格和非数字字符的组合。例如，Microsoft Excel 将下列数据项视作文本：10AA109、127AXY、12−976 和 208 4675。

在默认时，所有文本在单元格中均左对齐。如果要改变其对齐方式，选择"格式"→"单元格"命令，在弹出的"单元格格式"对话框切换到"对齐"选项卡，从中选择所需选项。

如果要在同一单元格中显示多行文本，选择"对齐"选项卡中的"自动换行"复选框。

如果要在单元格中输入硬回车，按【Alt+Enter】组合键。

（3）有关输入日期和时间的提示

Microsoft Excel 将日期和时间视为数字处理。工作表中的时间或日期的显示方式取决于所在单元格中的数字格式。在输入了 Excel 可以识别的日期或时间数据后，单元格格式会从"常规"数字格式改为某种内置的日期或时间格式。默认状态下，日期和时间项在单元格中右对齐。如果 Excel 不能识别输入的日期或时间格式，输入的内容将被视作文本，并在单元格中左对齐。

在"控制面板"的"区域设置"中的选项将决定当前日期和时间的默认格式，以及默认的日期和时间符号。例如，对于美国的时间系统，斜线"/"和破折号"−"用作日期分隔符，冒号":"用作时间分隔符。

当输入日期时（如 December 01），Excel 先匹配日，然后匹配年，将 December 01 作为当前年的 December 1，而不是 2001 年的 December。

如果要在同一单元格中同时输入时期和时间，在其间用空格分隔。

如果要基于 12 小时制输入时间，在时间后输入一个空格，然后输入 AM 或 PM（也可用 A 或 P），用来表示上午或下午。否则，Excel 将基于 24 小时制计算时间。例如，如果输入 3:00 而不是 3:00 PM，将被视为 3:00 AM 保存。

（4）同时在多个单元格中输入相同数据

选定需要输入数据的单元格（选定的单元格可以是相邻的，也可以是不相邻的），输入相应数据，然后按【Ctrl+Enter】组合键。

2．数据填充

Excel 还提供了一些自动功能，如自动填充功能、自动求和功能、默认图表向导等，使用这些功能可快速完成相应操作。下面介绍 Excel 所提供的自动填充功能。

这里讲的数据填充是指利用系统提供的机制，向表格中若干连续单元格快速填充一组有规律的数据，以减轻录入工作。可以用不同的方法实现填充操作。

（1）使用填充柄

当选中一块矩形区域或某一个单元格后，会看到在所选区域边框的右下角处有一个黑点，这就是"填充柄"。鼠标指向"填充柄"时，鼠标指针会变成一个"瘦加号"，此时拖动鼠标（即拖动填充柄）经过相邻单元格，就会将选中区域中的数据按某种规律填充到这些单元中去。

（2）自定义序列

Excel 除本身提供预定义的序列外，还允许自定义序列，可以把经常用到的一些序列做一个定义，如序列"第一、第二、第三、第四"。

在 Excel 中自定义序列步骤如下：

① 选择"工具"→"选项"命令，弹出"选项"对话框，再切换到"自定义序列"选项卡，如图 4-5 所示。

② 单击"输入序列"编辑框，在编辑框中出现闪烁的光标，填入新的序列，在项与项之间用逗号隔开，单击"添加"按钮，即可把新序列"第一、第二、第三、第四"加入左边的自定义序列中，如图 4-5 所示，单击"确定"按钮，返回工作界面。

③ 单击工作表中某一单元格，输入"第一"内容，然后向右拖动填充柄，释放鼠标即可得到自动填充的"第二、第三、第四"序列内容。

（3）选择"编辑"→"填充"命令

Excel 支持用户在工作表中填充一些有规律的数据。例如，要从单元格 A1 开始向下填充一系列编号有规律的数据，例如从 2001 开始，相隔为 2。对于填充这样的数据，不必全部手工输入，可以按下列步骤完成：

在单元格 A1 中输入 2001，选择"编辑"→"填充"→"序列"命令，弹出"序列"对话框，如图 4-6 所示，在该对话框中分别指定序列产生方式为"列"方式，类型为"等差序列"，然后填步长值 2 及终止值 2019，最后单击"确定"按钮，系统会自动在 A1～A10 中填入 2001～2019。

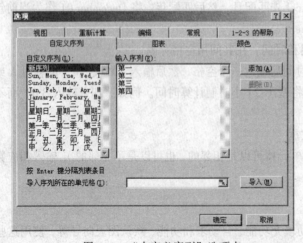

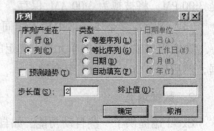

图 4-5 "自定义序列"选项卡   图 4-6 "序列"对话框

4.1.4　单元格的基本操作

1．在工作表中移动和滚动

在实际操作过程中，如果要在工作表的单元格之间进行移动，单击任意单元格或用方向键移动。当移动到某个单元格时，该单元格就成为活动单元格。要显示工作表的其他区域，则拖动滚动条。表 4-1 所示是一些具体操作。

表 4-1　在工作表中移动和滚动

滚　　动	请　　执　　行
上移或下移一行	单击垂直滚动条上的箭头
左移或右移一列	单击水平滚动条上的箭头
上翻或下翻一屏	单击垂直滚动条上滚动块之上或之下的区域
左翻或右翻一屏	单击水平滚动条上滚动块之左或之右的区域
移动较大距离	按键再拖动鼠标

2．选定文本、单元格、区域、行和列

选定文本、单元格、区域、行和列的操作如表 4-2 所示。

表 4-2　数据选定

选 择 内 容	具 体 操 作
单元格中的文本	如果允许对单元格进行编辑，选定并双击该单元格，然后选择其中的文本。如果不允许对单元格进行编辑，选定单元格，然后选择编辑栏中的文本
单个单元格	单击相应的单元格，或用箭头键移动到相应的单元格
某个单元格区域	单击选定该区域的第一个单元格，然后拖动鼠标直至选定最后一个单元格
工作表中所有单元格	单击"全选"按钮
不相邻的单元格或单元格区域	先选定第一个单元格或单元格区域，然后按住【Ctrl】键再选定其他的单元格或单元格区域
较大的单元格区域	单击选定该区域的第一个单元格，然后按住【Shift】键再单击区域中最后一个单元格，通过拖动滚动条可以使该单元格可见
整行	单击行标题
整列	单击列标题
相邻的行或列	沿行号或列标拖动鼠标。或者先选定第一行或第一列，然后按住【Shift】键再选定其他的行或列
不相邻的行或列	先选定第一行或第一列，然后按住【Ctrl】键再选定其他的行或列

3．编辑单元格内容

双击待编辑数据所在的单元格，对其中的内容进行修改。如果要确认所作的改动，按【Enter】键；如果要取消所作的改动，按【Esc】键。

4．删除单元格、行或列

选定需要删除的单元格、行或列，选择"编辑"→"删除"命令，周围的单元格将移动并填补删除后的空缺。图 4-7 所示是"删除"对话框。

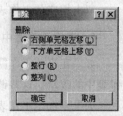

图 4-7　"删除"对话框

4.1.5 工作表的基本操作

一个工作簿最多可以包含 255 个工作表，如果包含的工作表比较多，就需要使用 Excel 提供的对工作表的管理功能，如激活一个工作表，工作表的插入、删除、移动和复制等。

1. 插入新工作表

如果要添加一张工作表，选择"插入"→"工作表"命令。

如果要添加多张工作表，则需要按住【Shift】键，同时单击并选定与待添加工作表数目相同的工作表标签，然后再选择"插入"→"工作表"命令。

2. 切换到工作簿中的其他工作表

工作表标签位于工作簿的底部，如图 4-8 所示。

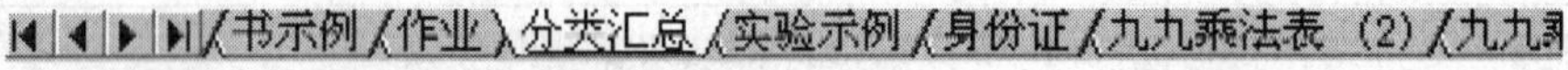

◄◄►►►\书示例\作业\分类汇总\实验示例\身份证\九九乘法表（2）\九九乘

图 4-8 工作表标签

当需要激活某一个工作表时，只需单击相应标签。如果工作簿当前页面显示不完过多的工作表标签时，可单击标签滚动按钮对工作表标签进行翻页，直到找到需要的工作表标签为止，然后单击所需工作表的标签。

3. 移动或复制工作表

Excel 允许将某个工作表在同一个或多个工作簿中移动或复制。如果移动、复制操作是位于同一工作簿中，则单击需要移动或复制的工作表标签，将它拖动到所希望的位置即实现工作表的移动；如果在拖动的同时按住【Ctrl】键即可产生原工作表的一个副本，在实现工作表复制的同时，Excel 将自动为副本命名。例如：Sheet1 工作表副本默认名为 Sheet1(2)。若要将一个工作表移动或复制到不同的工作簿时，首先要保证两个工作簿必须是打开的，选中需移动或复制的工作表，选择"编辑"→"移动或复制工作表"命令，弹出对话框如图 4-9 所示，从中选择要移至的工作簿和插入位置，如果需要复制，还需选择此对话框下面的"建立副本"复选框。

图 4-9 移动或复制工作表

4. 从工作簿中删除工作表

选定待删除的工作表，选择"编辑"→"删除工作表"命令。

5. 重命名工作表

双击相应的工作表标签，输入新名称覆盖原有名称。

6. 选定工作簿中的工作表

如果在当前工作簿中选定了多张工作表，Microsoft Excel 会在所有选定的工作表中重复活动工作表中的改动，这些改动将替换其他工作表中的数据。

如果要选定工作表，可按表 4-3 所示进行操作。

表 4-3　选定工作表

单张工作表	单击工作表标签
两张以上相邻的工作表	先选定第一张工作表的标签，然后按住【Shift】键再单击最后一张工作表的标签
两张以上不相邻的工作表	先选定第一张工作表的标签，然后按住【Ctrl】键再单击其他工作表的标签
工作簿中所有工作表	右击工作表标签，然后选择快捷菜单中的"选定全部工作表"命令
取消对多张工作表的选定	如果要取消对工作簿中多张工作表的选定，单击工作簿中任意一个未选定的工作表标签

4.1.6　输入批注

在 Excel 中，可以使用批注为单元格附加备注。

当鼠标指针停留在单元格上时，可以查看其中的每条批注，或者同时查看所有的批注。还可以打印批注，打印位置可以与其出现在工作表中的位置相同，或是在工作表末尾的列表中。

如果要为单元格添加批注，操作步骤如下：

选定需要添加批注的单元格，选择"插入"→"批注"命令，在弹出的批注框中输入批注文本，如图 4-10 所示，完成文本的输入后，单击批注框外部的工作表区域。

当在工作表中对各数据项进行排序时，批注也随着数据项移动到排序后的新位置。

数据透视表中的批注与输入时的单元格相对应，而不与单元格内容对应。当对表格进行透视操作，或做了其他影响显示方式的修改时，批注不会移动。

也可以通过操作隐藏或显示批注及其指示器，选择"工具"→"选项"命令，再切换到"视图"选项卡，如图 4-11 所示，如果要使鼠标指针停留在包含批注的单元格上时不显示批注，并且要将批注标识符从包含批注单元格的右上角清除掉，选择"批注"选项组中的"无"单选按钮。如果要使鼠标指针停留在包含批注的单元格上时显示批注，并保持批注标识符一直处于显示状态，选择"只有标识符"单选按钮。

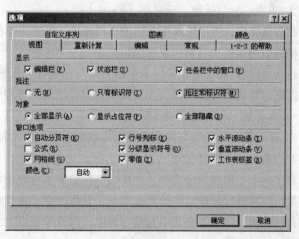

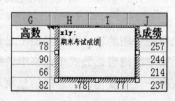

图 4-10　添加批注　　　　　　　　　图 4-11　"视图"选项卡

如果要使不管鼠标指针的位置在何处都显示批注和标识符，选择"批注和标识符"单选按钮。

4.2 Excel 2000 中使用公式

4.2.1 计算公式的建立

公式是对工作表数据进行运算的方程式。它可以进行数学运算，例如加法和乘法，也可以比较工作表数据或合并文本，还可以引用同一工作表中的其他单元格、同一工作簿不同工作表中的单元格，或者其他工作簿的工作表中的单元格。

公式中元素的结构或次序决定了最终的计算结果。Microsoft Excel 中的公式遵循一个特定的语法或次序：最前面是等号“=”，后面是参与计算的元素（运算数），这些参与计算的元素又是通过运算符隔开的。每个运算数可以是不变的数值（常量数值），单元格，引用单元格区域、标志、名称，或工作表函数。

前面已经学习了如何在工作表中输入一些简单的文本和数字信息，数据表已经初具其形了。但电子表格不仅需要表示原始的数据信息，还应该能够对表格中的信息进行汇总、分析，亦即对某一区域中的数据进行求和、平均值、最大值等工作，这时就需要在工作表中引入公式。在 Excel 的工作表中，所有的运算工作都是通过公式来完成的。

那么，如何在一个单元格中输入公式呢？公式与普通常数之间的区别就在于公式首先是由“=”来引导的，而普通文本和数字则不需要由等号来引导。例如，如图 4-12 所示在单元格 J2 中建立求和公式，首先选择单元格 J2，然后执行下列步骤：

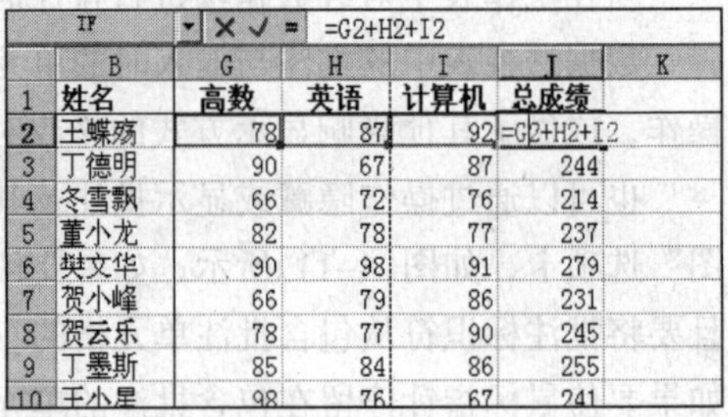

IF ▾ × ✓ = =G2+H2+I2

	B	G	H	I	J	K
1	姓名	高数	英语	计算机	总成绩	
2	王蝶殇	78	87	92	=G2+H2+I2	
3	丁德明	90	67	87	244	
4	冬雪飘	66	72	76	214	
5	董小龙	82	78	77	237	
6	樊文华	90	98	91	279	
7	贺小峰	66	79	86	231	
8	贺云乐	78	77	90	245	
9	丁墨斯	85	84	86	255	
10	王小星	98	76	67	241	

图 4-12 输入公式

① 输入“=”。

② 输入源数据单元格引用地址 G2，然后输入加号“+”，重复过程直到输入完公式 G2+H2+I2。

③ 单击“√”按钮，或者按【Enter】键。

在步骤②中，可以输入单元格的引用地址，但更简单的方法是直接单击源数据单元格，则该单元格的引用地址会自动出现在编辑栏中。

现在可以看到，Excel 工作表中的公式与普通写法几乎完全一样。的确，Excel 工作表公式与算术四则运算规则写法一样。在公式中可以应用的符号和运算符有：

+（加）、-（减）、*（乘）、/（除）、^（乘方）、( )（括号）

Excel 运算的优先级与算术四则运算规则相同，依次为( )、乘方、乘除，加减，优先级相同时，左边的先参与运算。

在 Excel 工作表的公式中，之所以不用数字本身而用单元格的引用地址，就是要使汇总计算的结果始终准确反映单元格的当前数据。只要改变了数据单元格中的内容，公式单元格中的结果立刻自动刷新，如果在公式中直接写数字，那么单元格中的数据一旦有变化，汇总的信息就不会自动更新。

运算符对公式中的元素进行特定类型的运算。Microsoft Excel 包含四种类型的运算符：算术运算符、比较运算符、文本运算符和引用运算符。

算术运算符：要完成基本的数学运算，如加法、减法和乘法，连接数字和产生数字结果等，可使用表 4-4 所示的算术运算符。

表 4-4　算术运算符

算术运算符	含　　义	示　　例
+（加号）	加	3+3
（减号）	减	3-1
*（星号）	乘	3*3
/（斜杠）	除	3/3
%（百分号）	百分比	20%
^（脱字符）	乘方	3^2（与 3*3 相同）

比较运算符：可以使用如表 4-5 所示的比较运算符比较两个值，结果是一个逻辑值，不是 TRUE 就是 FALSE。

表 4-5　比较运算符

比较运算符	含　　义	示　　例
=（等号）	等于	A1=B1
>（大于号）	大于	A1>B1
<（小于号）	小于	A1<B1
>=（大于等于号）	大于等于	A1>=B1
<=（小于等于号）	小于等于	A1<=B1
不等于	不等于	A1<>B1

文本运算符：使用和号（&）加入或连接一个或更多字符串以产生一大片文本，如表 4-6 所示。

表 4-6　文本运算符

文本运算符	含　　义	示　　例
&(ampersand)	将两个文本值连接或串起来产生一个连续的文本值	"North" & "wind" 产生 "Northwind"

引用运算符：引用如表 4-7 所示的运算符可以将单元格区域合并计算。

表 4-7　引用运算符

引用运算符	含　　义	示　　例
:(冒号)	区域运算符对两个引用之间，包括两个引用在内的所有单元格进行引用	B5:B15
,（逗号）	联合操作符将多个引用合并为一个引用	SUM(B5:B15,D5:D15)

在实际操作过程中，有时要修改公式，操作如下：

单击包含待编辑公式的单元格，如果其中包含超链接，单击该单元格旁边的单元格，再使用方向键进行选定。在编辑栏中，对公式进行修改，修改完后按【Enter】键。

公式可以引用常量值以及其他单元格。包含公式的单元格称为从属单元格，因为其结果值将依赖于其他单元格的值，例如，如果单元格 B2 包含公式=C2，则单元格 B2 就是从属单元格。

默认情况下，只要公式引用的单元格发生更改，从属单元格也将随之更改。例如，如果下列任意单元格中的值发生更改，则公式 E2=B2+C2+D2 的结果也将随之更改。

如果公式中使用了常量值而没有引用单元格（例如，E2=30+70+110），则其结果只在更改公式本身时才会发生更改。

某个单元格中的数据如果是通过公式计算得到的，那么对其进行移动或复制时就不是一般数据的简单移动和复制。当进行公式的移动和复制时，会发现经过移动或复制后的公式有时会发生变化，Excel 之所以有如此功能是由单元格的相对引用地址和绝对引用地址所致。

在创建公式时，单元格或单元格区域的引用通常是相对于包含公式的单元格的相对位置。例如，单元格 B6 包含公式 = A5，Microsoft Excel 将在距单元格 B6 上面一个单元格和左面一个单元格处的单元格中查找数值，这就是相对引用。

如果在复制公式时不希望 Excel 调整引用，那么使用绝对引用。例如，如果公式是将单元格 A5 乘以单元格 C1(=A5*C1)，当将其复制到另一单元格中时，Excel 将调整公式中的两个引用。在不希望改变的引用前加上符号（$），就能对其进行绝对引用，如要对单元格 C1 进行绝对引用，需要在公式中加入符号（$）：=A5*$C$1。

4.2.2　工作表函数

Microsoft Excel 中包含许多预定义的或内置的公式，称之为函数。函数可用于进行简单或复杂计算。例如，使用公式"=（B2+B3+B4+B5+B6+B7+B8+B9+B10）"与使用函数的公式"=SUM（B2:B10）"，其作用是相同的。使用函数不仅可以减少输入的工作量，而且可以减小出错的概率。

所有函数都是由函数名和位于其后的一系列参数（用括号括起来）组成的，即：

函数名（参数 1，参数 2...）

函数的结构以函数名称开始，后面是左圆括号、以逗号分隔的参数和右圆括号。函数名代表了该函数具有的功能。例如：Sum(A1:A8)实现将区域 A1:A8 中的数值加功能。

参数可以是数字、文本、形如 TRUE 或 FALSE 的逻辑值、数组、形如#N/A 的错误值或单元格引用，也可以是常量、公式或其他函数。给定的参数必须能产生有效的值。

例如要求各位同学的平均成绩，光标定位到平均成绩的单元格，单击编辑栏中的"="按钮，此时编辑栏发生变化，如图 4-13 所示。

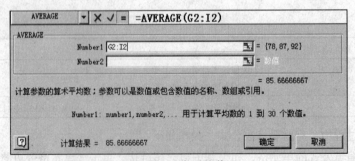

图 4-13　求平均值

如果记得公式中出现的函数，可以直接在编辑栏中进行输入，但更好的方法是通过图中的按钮打开函数下拉列表进行选择。不管使用哪种方式，都会调出公式选项板，根据函数的功能填入或通过折叠对话框选择数据。随着数据的输入，公式选项板的下面随时出现计算结果。输入完成后，单击"确定"按钮，计算结果即可填入选定单元格中。

下面是一些常用函数。

① SUM：返回某一单元格区域中所有数字之和。

语法：SUM(number1,number2,...)

其中：number1,number2,...为 1 到 30 个需要求和的参数。直接输入到参数表中的数字、逻辑值及数字的文本表达式将被计算。如果参数为数组或引用，只有其中的数字将被计算，数组或引用中的空白单元格、逻辑值、文本或错误值将被忽略。例如：

　　SUM(3,2)等于 5

如果单元格 A2：E2 包含 5，15，30，40 和 50，则

　　SUM(A2:C2)等于 50

② SQRT：返回正平方根。

语法：SQRT(number)

其中：number 为需要求平方根的数字，如果该数字为负，则函数 SQRT 返回错误值#NUM!。例如：

　　SQRT(16)等于 4

③ IF：执行真假值判断，根据逻辑测试的真假值返回不同的结果。可以使用函数 IF 对数值和公式进行条件检测。

语法：IF(logical_test,value_if_true,value_if_false)

其中：logical_test 表示计算结果为 TRUE 或 FALSE 的任意值或表达式。例如，A10=100 就是一个逻辑表达式，如果单元格 A10 中的值等于 100，表达式即为 TRUE，否则为 FALSE。本参数可使用任何比较运算符。

说明：

函数 IF 可以嵌套七层，用 value_if_false 及 value_if_true 参数可以构造复杂的检测条件。在计算参数 value_if_true 和 value_if_false 后，函数 IF 返回相应语句执行后的返回值。

例如，假设有一张费用开支工作表，B2:B4 中有一月、二月和三月的"实际费用"，其数值分别为 1500、500 和 500。C2:C4 是相同期间内的"预算经费"，数值分别为 900、900 和 925。

可以通过公式来检测某一月份是否出现预算超支，下列的公式将产生有关的信息文字串：

　　IF(B2>C2,"超过预算","OK")等于"超过预算"

　　IF(B3>C3,"超过预算","OK")等于"OK"

④ AVERAGE：返回参数平均值（算术平均）。

语法：AVERAGE(number1,number2, ...)

其中：number1，number2，…为要计算平均值的 1~30 个参数。

说明：参数可以是数字，或者是涉及数字的名称、数组或引用。

如果数组或单元格引用参数中有文字、逻辑值或空单元格，则忽略其值。但是，如果单元格包含零值，则计算在内。

例如：

如果 A1:A5 命名为 Scores，其中的数值分别为 10、7、9、27 和 2，那么

  AVERAGE(A1:A5)等于 11

  AVERAGE(Scores)等于 11

⑤ SIN：返回给定角度的正弦值。

语法：SIN(number)

其中：number 为需要求正弦的角度，以弧度表示。如果参数的单位是度，则可以乘以 PI()/180 将其转换为弧度。例如：

  SIN(PI())等于 1.22E-16，近似于 0，即 PI 的正弦值为 0。

  SIN(PI()/2)等于 1

4.3 工作表的格式化

格式设置的目的就是使表格更规范，看起来更有条理、更清楚。一个好的工作表首先要保证的是它的正确性。在正确的基础上，外观的修饰也是必不可少的。本节将介绍如何设置单元格格式、改变工作表的行高和列宽、为工作表设置对齐方式、为工作表加上必要的边框和底纹以及使用自动套用格式等修饰功能。

4.3.1 设定数字格式

在 Microsoft Excel 中，可以使用数字格式更改数字（包括日期和时间）的外观，而不更改数字本身。所应用的数字格式并不会影响单元格中的实际数值（显示在编辑栏中的值），Excel 是使用该实际值进行计算的。

设置日期格式的步骤是：首先选定要设置的数据区域，选择"格式"→"单元格"命令，弹出"单元格格式"对话框，切换到"数字"选项卡，如图 4-14 所示，然后选择所需要的一种格式，单击"确定"按钮，结果如图 4-15 所示。

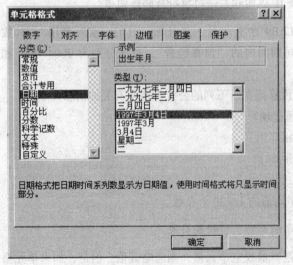

图 4-14 "单元格格式"对话框   图 4-15 日期格式设置

"常规"数字格式是默认的数字格式。对于大多数情况，在设置为"常规"格式的单元格中所输入的内容可以正常显示。但是，如果单元格的宽度不足以显示整个数字，则"常规"格式将对该数字进行取整，并对较大数字使用科学记数法。

Excel 中包含许多可供选择的内置数字格式。如果要查看这些格式的完整列表，选择"格式"→"单元格"命令，然后切换到"数字"选项卡，左边的分类框中将显示所有的格式，其中包括"会计专用"、"日期"、"时间"、"分数"、"科学记数"和"文本"。而"特殊"分类包括邮政编码和电话号码之类的格式，各分类的选项则显示在"分类"列表的右边。

4.3.2　设定字符的格式

在实际操作过程中，常要更改字体或字号大小。具体操作如下：

① 选定要格式化的全部单元格或单个单元格中的指定文本。

② 在"格式"工具栏中的"字体"文本框中，选择所需的字体；在"字号"框中选择所需的字号大小。或在如图 4-16 所示对话框的"字体"选项卡中进行设置。

在该选项卡中，还可以改变文本颜色，加下画线及一些特殊效果。

在默认为"常规"格式的单元格中，文本是左对齐的，而数字、日期和时间是右对齐的，更改对齐方式并不会改变数据的类型。

在操作过程中，输入单元格中的数据通常具有不同的数据类型，在 Excel 中不同类型的数据在单元格中以某种默认方式对齐。例如文字左对齐、数字右对齐、逻辑值和错误值居中对齐等。如果对默认的对齐方式不甚满意，可以利用"单元格格式"对话框设置数据对齐方式。

首先选定要改变对齐方式的单元格，如果只是简单地把选中单元格设置成"两端对齐"、"居中对齐"、"右对齐"或"分散对齐"，可以直接单击"格式"工具栏中相应的工具按钮。

如果还有更高的要求，可以选择"格式"→"单元格"命令，弹出"单元格格式"对话框，对其中的"对齐"选项卡进行设置，如图 4-17 所示，可对选定单元格在水平方向和垂直方向的对齐方式进行设置。

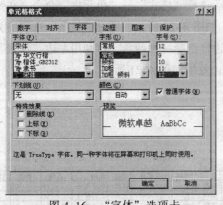

图 4-16　"字体"选项卡

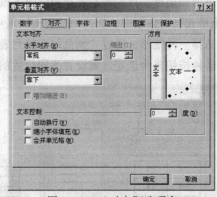

图 4-17　"对齐"选项卡

4.3.3　调整行与列

在工作表中，可根据需要重新设置每列的宽度和每行的高度，这是改善工作表外观经常用到的手段。例如，输入太长的文字内容将被延伸到相邻的单元格中，如果相邻单元格中已有内容，那么该文字内容就被截断。对于数值数据，则以一串"#"提示用户该单元格此时无法显示这个数值数据，可以通过调整该列列宽来修正这类显示错误。

可以通过不同的方法对工作表的行高和列宽进行调整，下面以调整列宽为例来介绍，行高的调整与之类似。

① 利用鼠标调整列宽。将鼠标指针移至列号区所选列的右边框，指针的形状变成一条黑短线和两个反向箭头，向左或右拖动鼠标，在改变列宽的同时鼠标指针的旁边将显示该字母所在列的列宽。如果将鼠标指针移至列号区所选列的右边框以后不拖动鼠标，而是双击，则 Excel 将自动调整所选列的列宽为此列中最宽项的宽度。

② 利用"列宽"对话框设定列宽值。选择"格式"→"列"→"列宽"命令，如图 4-18 所示，在弹出的对话框中添入新的列宽值，如图 4-19 所示。

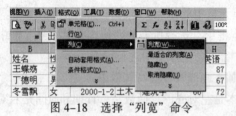

图 4-18　选择"列宽"命令

图 4-19　"列宽"对话框

如果要使列宽适合单元格中的内容，可以双击列标右边的边界；如果要对工作表上的所有列进行此项操作，单击"全选"按钮，然后双击某一列标右边的边界。

如果要人工更改列宽，先选定相应的列，选择"格式"→"列"→"列宽"命令，在弹出的对话框中输入所需的宽度（用数字表示）。

4.3.4　设定边框和底纹

为工作表添加各种类型的边框和底纹，可以起到美化的目的，使工作表更加清晰明了。

如果要对单元格设置应用边框，首先选择要添加边框的所有单元格。如果要给某一单元格或某一区域增加边框，首先需要选择相应的区域，然后选择"格式"→"单元格"命令，在弹出的"单元格格式"对话框中，切换到"边框"选项卡，如图 4-20 所示，通过"线条"选项组为欲加的边框选择一种线形，通过"颜色"下拉列表框为边框选择一种颜色，再利用左边"预置"选项组中的各种按钮来为选定区域设置不同位置的边框，效果如图 4-21 所示。

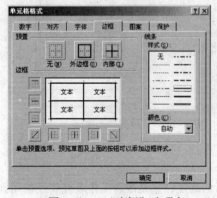

图 4-20　"边框"选项卡

学号	姓名	性别	出生年月	学院	系别	高数	英语	计算机
2007010101	王蝶殇	女	1987-8-6	信息	电子商务	78	87	92
2007010102	丁德明	男	1986-9-8	土木	工程管理	90	67	87
2007010103	冬雪飘	女	2000-1-2	土木	建筑学	66	72	76
2007010104	董小龙	男	1999-7-5	信息	电子商务	82	78	77
2007010105	樊文华	女	1987-4-6	土木	工程管理	90	98	91
2007010106	贺小峰	男	1986-6-4	土木	建筑学	66	79	86
2007010107	贺云乐	男	2000-11-2	信息	电子商务	78	77	90
2007010108	丁慕斯	男	1998-12-24	信息	计算机	85	84	86
2007010109	王小星	女	1987-6-9	土木	建筑学	98	76	67

图 4-21　设置边框后的样例

如果要应用最近选过的边框样式，可以单击"格式"工具栏中的"边框"按钮。如果要应用其他的边框样式，要先单击"边框"按钮旁的下三角按钮，然后选择列表中所需的边框样式。

还可以为单元格加上背景颜色或图案。

首先选择要设置背景色的单元格，选择"格式"→"单元格"命令，在"单元格格式"对话框中切换到"图案"选项卡，如图 4-22 所示。如果要设置图案的背景色，选择"单元格底纹颜色"中的某一种颜色。单击"图案"下拉列表框旁的下三角按钮，然后选择所需的图案样式和颜色。（如果不选择图案颜色，则图案将为黑色。）

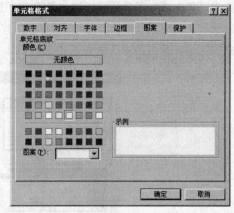

图 4-22　"图案"选项卡

4.3.5　条件格式

如果单元格中包含要监视的公式结果或其他单元格的值，则可通过应用条件格式来标识单元格。例如，平均成绩 90 以上的可以用红色表示，而未达到的用黑色显示。

下面来操作下列工作表，把信息学院的学生用斜体表示：

① 选择要突出显示的单元格，选择"格式"→"条件格式"命令，弹出"条件格式"对话框如图 4-23 所示，选择"单元格数值"选项，接着在比较词组中选择"="，然后在相应的文本框中输入数值"信息"（输入的数值可以是常数，也可以是公式。如果输入公式，则必须以等号"="开始）。

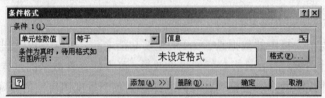

图 4-23　"条件格式"对话框

② 再单击右边的"格式"按钮，选择要应用的字体样式、字体颜色、边框、背景色或图案，指定是否带下画线，设置"信息"为"斜体"。只有单元格中的值满足条件或是公式返回的逻辑值为真时，Microsoft Excel 才应用选定的格式。结果如图 4-24 所示。

学号	姓名	性别	出生年月	学院	系别	高数	英语	计算机	总成绩
2007010101	王蝶殇	女	1987-8-6	信息	电子商务	78	87	92	257
2007010102	丁德明	男	1986-9-8	土木	工程管理	90	67	87	244
2007010103	冬雪飘	女	2000-1-2	土木	建筑学	66	72	76	214
2007010104	董小龙	男	1999-7-5	信息	电子商务	82	78	77	237
2007010105	樊文华	女	1987-4-6	土木	工程管理	90	98	91	279
2007010106	贺小峰	男	1986-6-4	土木	建筑学	66	79	86	231
2007010107	贺云乐	男	2000-11-2	信息	电子商务	78	77	90	245
2007010108	冮墨斯	女	1998-12-24	信息	计算机	85	84	86	255
2007010109	王小星	女	1987-6-9	土木	建筑学	98	76	67	241

图 4-24　条件格式设置样例

如果要加入其他条件，单击"添加"按钮，然后重复步骤②。

4.3.6　自动套用格式

如果对工作表格式没有具体要求，大可不必为工作表的修饰花太多时间，因为在 Excel 中有许多已经生成好了的格式可以自动套用。这样做既可以美化工作表，又可以节省时间。例如，想对选定区域应用"自动套用格式"，可以首先选择要格式化的区域，选择"格式"→"自动套用格式"命令，弹出的对话框如图 4-25 所示，再单击所需格式即可。

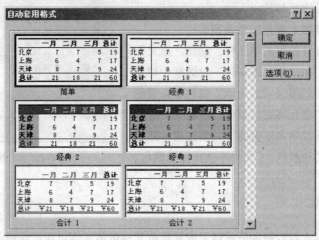

图 4-25 "自动套用格式"对话框

如果只想使用自动套用格式的选定部分，单击"选项"按钮，然后清除不需用格式的复选框。

4.4 Excel 图表

4.4.1 建立图表

用图表来描述电子表格中的数据是 Excel 的主要功能之一。Excel 能够将电子表格中的数据转换成各种类型的统计图表。图表具有较好的视觉效果，可方便查看数据的差异、图案和预测趋势。例如，不必分析工作表中的多个数据列就可以立即看到各个季度销售额的升降，或很方便地对实际销售额与销售计划进行比较。

1. 创建图表

选定待显示于图表中的数据所在的单元格，选择示例中的"姓名"、"计算机"、"英语"、"高数"四列数据，如果希望新数据的行列标志也显示在图表中，则选定区域还应包括含有标志的单元格。

选择"插入"→"图表"命令，然后按照"图表向导"中的指导进行操作。

步骤 1 是选择图表类型，从左边的"图表类型"列表框中选择"柱形图"，从右边的"子图表类型"列表框中选择默认的第一个，单击"下一步"按钮，如图 4-26 所示。

在弹出的步骤 2 的对话框中，如图 4-27 所示，要为图选择一个数据区域。在前面已经选取数据，如果前面没有选择数据，或数据有误，可以单击"数据区域"输入框中的拾取按钮，对话框缩成了一个横条，选择"二季度"下面的数值，然后单击"图表向导"对话框中的返回按钮，回到原来的"图表向导"对话框，从预览框中可以看到设置的图的大概的样子，单击"下一步"按钮。

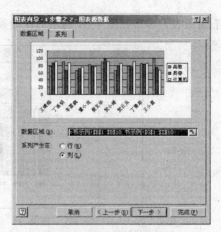

图 4-26 选择图表类型　　　　　　　　图 4-27 选择源数据

在步骤 3 中，可以添加图表的各项标题，如图中 X、Y 轴的标题，如图 4-28 所示，单击"下一步"按钮。

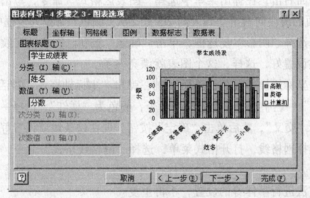

图 4-28 设置图表选项

在步骤 4 中，如图 4-29 所示，是选择生成的图表放置的位置，选择"作为其中的对象插入"单选按钮，单击"完成"按钮，生成图的效果如图 4-30 所示。

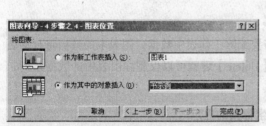

图 4-29 选择图表位置　　　　　　　　图 4-30 图表样例

4.4.2 编辑图表

1. 格式化图表

前面生成的图表，其大小、字体等都不是很理想，可以对其进行格式设置。

右击图表，弹出如图 4-31 所示的快捷菜单，选择其中要修改的命令。

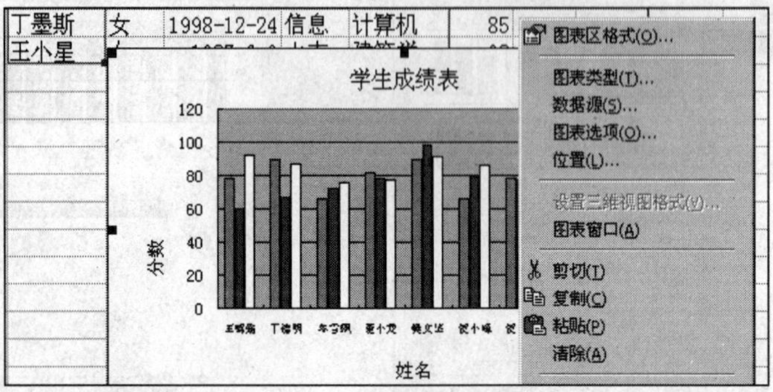

图 4-31　图表数据格式设置

现在来把上一节所用到的图表的背景设置一下：在中间的方形区域中右击，在弹出的快捷菜单中选择"图形区格式"命令，弹出"图形区格式"对话框，选择颜色为"绿色"，单击"确定"按钮。在图形区的外面右击，在弹出菜单中选择"图表区格式"命令，单击"填充效果"按钮，选择"单色"，将下面的滑块向右滑动到大约 2/3 处，从"颜色"下拉列表框中选择"浅黄"选项，单击"确定"按钮，选择"阴影"复选框，单击"确定"按钮，图表的底纹就设置好了；用同样的方法把图例的底纹设置好，这样，这个图表就漂亮多了。

还可以把这里的坐标线换个颜色，选择 Y 轴，弹出"坐标轴格式"对话框，切换到"图案"选项卡，在"坐标轴"一栏中选择"自定义"命令，颜色为"橘红"，选择一种较粗的线，并把主要刻度线类型设置为"交叉"，然后单击"确定"按钮，现在这条线就设置好了；同样也可以设置网格线，方法是：选择网格线，打开格式菜单，选择"网格线格式"命令，在弹出的对话框中依次进行设置即可。

可以用类似的方法进行字体等的设置，不再重复。

2．更改图表中的数值

图表中的数值是链接在创建该图表的工作表上的。图表将随工作表中的数据变化而更新。

打开用于绘制图表的数据所在的工作表，在含有需要更改数值的单元格中输入新值，按【Enter】键。

3．删除数据系列

如果要同时删除工作表和图表中的数据，仅需要删除工作表中数据，图表中的数据将自动更新。只要在图表上单击所要删除的数据系列，按【Delete】键就可以仅删除图表中的数据系列，而工作表中的数据完好无损。

4．修改图表标志、数据表、图例、网络线或坐标轴的显示

可以选择在图表中显示或隐藏标题、网格线、坐标轴、数据标志、图例或数据表。这其中的某些项只在一些特定类型的图表中出现。利用"图表"工具栏中的按钮可以显示或隐藏图表中的某些项。

5．向图表中添加数据标志

与选定的数据系列或数据点相关的图表类型决定了可以添加的数据标志的类型。

如果要向数据系列添加数据标志，单击相应的数据系列；如果要对单独的数据点添加数据标志，先单击要添加标志的数据标记所在的数据系列，再单击需要设置标志的数据标记，然后选择"格式"→"数据系列"或"数据点"命令，在"数据标志"选项卡中，选中所需选项。

6．选定另一种图表类型

对于大部分二维图表，既可以修改数据系列的图表类型，也可以修改整个图表的图表类型；对于气泡图，只能修改整个图表的类型；对于大部分三维图表，修改图表类型将影响到整个图表；对于三维条形图和柱形图，可以将有关数据系列修改为圆锥、圆柱或棱锥图表类型。

具体操作时，可以执行以下操作之一：

- 如果要修改整个图表的图表类型，单击图表；（如果要修改数据系列的图表类型，要单击选定整个数据系列。）选择"图表"→"图表类型"命令；在"标准类型"或"自定义类型"选项卡中，选择需要的图表类型。
- 如果要对三维条形或柱形数据系列应用圆锥、圆柱或棱锥等图表类型，要在"标准类型"选项卡的"图表类型"选项组中单击"圆柱图"、"圆锥图"或"棱锥图"，接着选择"应用到选中区域"复选框。

4.5　数据库管理

4.5.1　数据库与数据清单

建立一个数据库首先是要进行一个好的规划。应该花一些时间，考虑数据库做什么用，实现它的最好方法是什么；考虑处理的数据的类型和数量，希望从数据库中收集什么信息等；然后考虑数据库的字段，关于它们的选择、位置安排、名字等。

1．选择字段

为数据库选择字段是极其重要的，它决定了在每个数据库记录中的信息及数据库本身的能力，例如，要决定在应收账数据库中是否应包括公司名称、发票日期、金额等。通用的原则是，根据要建立的数据库，将字段分得更细些，例如，要建立一个客户欠款的数据库，可以定义下列字段：公司名称、地址、电话、欠款日期、欠款金额等。在建立字段时要根据当前和将来的需要，通常字段越多越灵活。对于数据库中的每个字段应该是唯一的，数据库的记录也是唯一的，因为记录中的每个字段将包含特有的信息，例如一个属于该记录的日期或时间。在这种方式下，字段与当前可存取的记录确定了数据项的唯一性。

2．安排字段位置

字段名称构成数据库顶部的行，因此它们必须在一行连续的每一列中。字段名称应该按逻辑顺序组织，相似的信息应该组织到一起，例如，使用发票号、日期、公司名称作为相邻的字段描述信息会使数据库更易于理解和使用。

3. 命名字段

字段名称是数据库操作的标识成分。Excel 根据字段名称来执行排序和查找等数据库操作。因此在选择字段名时应该慎重，最好选择容易记忆的。命名区域和文件的规则一样，数据库的字段名字必须遵循以下的规则：字段名只能是文字或文字公式（如= "1992"）。字段名不能包含数字、数值公式、逻辑值；字段名可以使用 1～255 个字符；字段名必须是唯一的。

当完成了对一个数据库的结构设计后，就可以在工作表中建立它了。首先在工作表的首行依次输入各个字段："学号"、"姓名"、"性别"、"出生年月"、"学院"、"系别"、"高数"、"英语"、"计算机"和"总成绩"，如图 4-32 所示，当输入完字段后，就可以在工作表中按照记录输入数据了。

图 4-32　输入数据库结构

在中文 Excel 2000 中，排序与筛选数据记录的操作需要通过"数据清单"来进行，因此在操作前应先创建好"数据清单"。"数据清单"是工作表中包含相关数据的一系列数据行，如前面所建立的"员工工资表"，这张电子报表就包含有这样的数据行，它可以像数据库一样接受浏览与编辑等操作。这与使用中文 Visual FoxPro 6.0 相类似，只是在中文 Excel 2000 中可以很容易地将数据清单用作数据库，而在执行数据库操作，例如查询、排序或汇总数据时，也会自动将数据清单视作数据库，数据清单中的列是数据库中的字段，数据清单中的列标志是数据库中的字段名称。

4.5.2　建立数据清单

1. 添加记录

要加入数据至所规定的数据库内，有两种方法，一种是直接输入数据至单元格内，一种是利用"记录单"输入数据。使用"记录单"是经常使用的方法，其操作步骤如下：

① 在想加入记录的数据清单中选中任一个单元格。

② 选择"数据"→"记录单"命令，会弹出一个如图 4-33 所示的对话框，单击"确定"按钮，弹出如图 4-34 所示的对话框。

图 4-33　提示信息

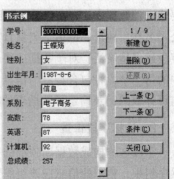

图 4-34　数据清单的操作

在各个字段中输入新记录的值，要移动到下一个区域中，按【Tab】键。当输完所有的记录内容后，按【Enter】键即可加入一条记录，如此重复加入更多的记录。当加完所有记录后，单击"关闭"按钮，就会看到在清单底部加入了新增的记录。

也可以直接插入记录到数据库中，首先在现有记录的中间插入空的单元格，然后输入记录数据，原来所输入的数据库内容会自动下移。可按照下列步骤执行：

① 选定要插入记录的单元格，选择"插入"→"单元格"命令，屏幕上弹出一个对话框。

② 选择"整行"单选按钮，单击"确定"按钮，就可以看到插入的单元格，输入记录内容到单元格中。

2．编辑记录

对于数据库中的记录，可以采用在相应的单元格上进行编辑，也可以对记录单进行编辑，其操作过程如下：

① 选择数据清单中的任一单元格。

② 选择"数据"→"记录单"命令，弹出一个记录单对话框。

③ 查找并显示出要修改数据的记录，编辑该记录的内容。

④ 单击"关闭"按钮退出。

3．删除一条记录

对于数据库中不再需要的记录，可以使用"删除"命令将其从数据库中删除。使用记录单删除一条记录的操作步骤如下：

① 选择数据清单中的任一单元格，选择"数据"→"记录单"命令，弹出一个记录单对话框。

② 查找并显示出要删除的记录，单击"删除"按钮，弹出一个如图 4–35 所示的确认对话框。

③ 单击"确定"按钮。

需要注意的是：当使用数据记录单来删除数据时，不能通过"恢复"按钮或"取消"命令来恢复数据。

图 4–35　确认对话框

4.5.3　数据清单的常用操作

在查阅数据的时候，经常会希望表中的数据可以按一定的顺序排列，以方便查看。因此在这节中将介绍数据清单的常用操作。

1．排序

在对数据清单排序时，Microsoft Excel 会根据所选择的列的内容重新对行进行排序，这就是"按列排序"。

在前面的例题中数据清单中含有学生的很多信息，希望根据"学院"、"系别"和"总成绩"对其排序，具体操作如下：

首先在需要排序的数据清单中，单击任一单元格，选择"数据"→"排序"命令，弹出"排序"对话框，根据需要，在"主要关键字"下拉列表框中选择"学院"选项，在"次要关键字"

下拉列表框中选择"系别"，在"第三关键字"下拉列表框中选择"总成绩"选项，如图 4-36 所示，然后对数据清单排序。选定所需的其他排序选项，然后单击"确定"按钮。

如果需要的话，重复步骤 2 到 4，继续对其他数据列排序，排序后如图 4-37 所示。

图 4-36　"排序"对话框

	A	B	C	D	E	F	G	H	I	J
1	学号	姓名	性别	出生年月	学院	系别	高数	英语	计算机	总成绩
2	2007010105	樊文华	女	1987-4-6	土木	工程管理	90	98	91	279
3	2007010102	丁德明	男	1986-9-8	土木	工程管理	90	67	87	244
4	2007010109	王小星	女	1987-6-9	土木	建筑学	98	76	67	241
5	2007010106	贺小峰	男	1986-6-4	土木	建筑学	66	79	86	231
6	2007010103	冬雪飘	女	2000-1-2	土木	建筑学	66	72	76	214
7	2007010101	王蝶殇	女	1987-8-6	信息	电子商务	78	87	92	257
8	2007010107	贺云乐	男	2000-11-2	信息	电子商务	78	77	90	245
9	2007010104	董小龙	女	1999-7-5	信息	电子商务	82	78	77	237
10	2007010110	王二丫	女	1994-9-21	信息	计算机	89	86	98	273
11	2007010108	丁墨斯	女	1998-12-24	信息	计算机	85	84	86	255

图 4-37　排序后样例

Microsoft Excel 使用特定的排序次序，是根据单元格中的数值而不是格式来排列数据的。

在按升序排序时，Excel 使用如下次序（在按降序排序时，除了空格总是在最后外，其他的排序次序反转）。

数字：数字从最小的负数到最大的正数进行排序。

按字母先后顺序排序：在按字母先后顺序对文本项进行排序时，Excel 从左到右一个字符一个字符地进行排序。例如，如果一个单元格中含有文本"A100"，则这个单元格将排在含有"A1"的单元格的后面，含有"A11"的单元格的前面。

文本以及包含数字的文本，按下列次序排序：

　0 1 2 3 4 5 6 7 8 9 (空格) ! " # $ % & ( ) * , . / : ; ? @ [\ ] ^ _ ` { | }
　~ + < = > A B C D E F G H I J K L M N O P Q R S T U V W X Y Z

撇号"'"和连字符"-"会被忽略。但例外情况是：如果两个字符串除了连字符不同外其余都相同，则带连字符的文本排在后面。

逻辑值：在逻辑值中，FALSE 排在 TRUE 之前。

错误值：所有错误值的优先级相同。

空格：空格始终排在最后。

2．分类汇总

Microsoft Excel 可通过计算数据清单中的分类汇总和总计值来自动汇总数据。使用自动分类汇总前，数据清单中必须包含带有标题的列，并且必须在要进行分类汇总的列上排序。

要向数据清单中插入分类汇总，先选定汇总列，对数据清单进行排序。例如，如果要在包含"学院"、"系别"的数据清单中汇总各学院的数据，使用学院列对数据清单排序，如图 4-38 所示。

然后在要分类汇总的数据清单中，单击任一单元格，选择"数据"→"分类汇总"命令，弹出如图 4-39 所示的对话框。

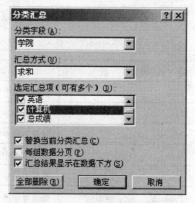

学号	姓名	性别	出生年月	学院	系别	高数	英语	计算机	总成绩
2007010102	丁德明	男	86-9-8	土木	工程管理	90	67	87	244
2007010103	冬雪飘	女	00-1-2	土木	建筑学	66	72	76	214
2007010105	樊文华	女	87-4-6	土木	工程管理	90	98	91	279
2007010106	贺小峰	男	86-6-4	土木	建筑学	66	79	86	231
2007010109	王小星	女	87-6-9	土木	建筑学	98	76	67	241
2007010101	王蝶殇	女	87-8-6	信息	电子商务	78	87	92	257
2007010104	董小龙	女	99-7-5	信息	电子商务	82	78	77	237
2007010107	贺云乐	男	00-11-2	信息	电子商务	78	77	90	245
2007010108	丁墨斯	女	98-12-24	信息	计算机	85	84	86	255

图 4-38　排序后的数据清单　　　　　　　图 4-39　"分类汇总"对话框

- 在"分类字段"下拉列表框中，单击需要分类汇总的数据列，选定的数据列应与前面进行排序的列相同。
- 在"汇总方式"下拉列表框中，单击所需的用于计算分类汇总的函数。
- 在"选定汇总项（可有多个）"列表框中，选择包含需要对其汇总计算的数值列对应的复选框，然后单击"确定"按钮。

当数据位于数据清单窗体中时，Microsoft Excel 可以创建分级显示，如图 4-40 所示，这样只要单击一下就可以隐藏或显示各种级别的细节数据。分级显示可以快速地显示那些仅提供了工作表中各节汇总和标题信息的行或列，或显示与汇总行或列相邻接的明细数据的区域。

	A	B	C	D	E	F	G	H	I	J
1	学号	姓名	性别	出生年月	学院	系别	高数	英语	计算机	总成绩
2	2007010102	丁德明	男	86-9-8	土木	工程管理	90	67	87	244
3	2007010103	冬雪飘	女	00-1-2	土木	建筑学	66	72	76	214
4	2007010105	樊文华	女	87-4-6	土木	工程管理	90	98	91	279
5	2007010106	贺小峰	男	86-6-4	土木	建筑学	66	79	86	231
6	2007010109	王小星	女	87-6-9	土木	建筑学	98	76	67	241
7					土木		0	410	392	407	1209
8	2007010101	王蝶殇	女	87-8-6	信息	电子商务	78	87	92	257
9	2007010104	董小龙	女	99-7-5	信息	电子商务	82	78	77	237
10	2007010107	贺云乐	男	00-11-2	信息	电子商务	78	77	90	245
11	2007010108	丁墨斯	女	98-12-24	信息	计算机	85	84	86	255
12					信息		0	323	326	345	994
13					总计		0	733	718	752	2203

图 4-40　分类汇总后样例

分级显示可以具有至多八个级别的细节数据，其中每个内部级别为前面的外部级别提供细节数据。在上面的示例中，包含所有行的总计的行属于级别 1，包含各个学院的总计的行属于级别 2，各个学院的细节行则属于级别 3。如果要仅显示某个特殊级别中的行，可以单击想要查看的级别对应的各个数字。虽然"学院"中的细节行是隐藏的，但可以单击分级显示符号来显示细节行。

在分类汇总中数据是分级显示的，在工作表的左上角出现的区域中，单击"1"，在表中就只出现这个总计项，如图 4-41 所示。

	A	B	C	D	E	F	G	H	I	J
1	学号	姓名	性别	出生年月	学院	系别	高数	英语	计算机	总成绩
7					土木		0	410	392	407	1209
12					信息		0	323	326	345	994
13					总计		0	733	718	752	2203

图 4-41　分层显示样例

表 4-8 所示是数据清单中可以使用的一些函数。

表 4-8 分类汇总常用函数

函　　　　数	汇　　总　　功　　能
Sum	数据清单中数值的和。它是数字数据的默认函数
Count	数据清单中数据项的数目。它是非数字数据的默认函数
Average	数据清单中数值的平均值
Max	数据清单中的最大值
Min	数据清单中的最小值
Product	数清单中所有数值的乘积
Count　Nums	数据清单中含有数字数据的记录或行的数目
StdDev	估算总体的标准偏差，样本为数据清单
StdDevp	总体的标准偏差，总体为数据清单
Var	估计总体方差，样本为数据清单
Varp	总体方差，总体为数据清单

3. 筛选

使用排序可以解决一些问题，但有时"筛选"功能更方便一些。

筛选是查找和处理数据清单中数据子集的快捷方法。筛选清单仅显示满足条件的行，该条件由用户针对某列指定。Microsoft Excel 提供了两种筛选清单的命令：自动筛选和高级筛选。

与排序不同的是，筛选并不重排清单，只是暂时隐藏不必显示的行。Excel 筛选行时，可以对清单子集进行编辑、设置格式、制作图表和打印，而不必重新排列或移动。

自动筛选适用于简单条件，具体操作如下：

单击需要筛选的数据清单中任一单元格，选择"数据"→"筛选"→"自动筛选"命令，图 4-42 所示是自动筛选的样例。

图 4-42　自动筛选样例

如果只显示含有特定值的数据行，单击含有待显示数据的数据列上端的下三角按钮，弹出自动筛选选项，单击需要显示的数值。

如果筛选要用到比较条件，可选择下拉列表框中的"自定义"选项，弹出"自定义自动筛选方式"对话框，如图 4-43 所示，对话框中有两行下拉列表框，每一行均可输入一个比较条件。如果在两行中都输入比较条件，可选择"与"或"或"单选按钮来选择它们之间的关系，如图 4-44 所示是筛选信息学院信息的样例。

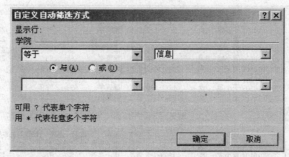

图 4-43　"自定义自动筛选方式"对话框

1	学号	姓名	性别	出生年月	学院	系别	高数	英语	计算	总成绩
2	2007010101	王蝶殇	女	1987-8-6	信息	电子商务	78	87	92	257
5	2007010104	董小龙	女	1999-7-5	信息	电子商务	82	78	77	237
8	2007010107	贺云乐	男	2000-11-2	信息	电子商务	78	77	90	245
9	2007010108	丁墨斯	女	1998-12-24	信息	计算机	85	84	86	255
11	2007010110	王二丫	女	1994-9-21	信息	计算机	89	86	98	273

图 4-44　自动筛选样例

如果条件比较多，可以使用"高级筛选"来进行。使用高级筛选功能可以一次把想要看到的数据都找出来。

以查找"信息学院"女学生为例，具体说明其操作：选择数据清单中含有要筛选值的列的列标，然后选择"复制"命令。（在这里选择"性别"和"学院"。）

选择条件区域的第一个空行，然后选择"粘贴"命令。

在条件标志下面的一行中，输入所要匹配的条件，性别="女"，学院="信息"（请确认在条件值与数据清单之间至少要留一空白行）。单击数据清单中的任一单元格，选择"数据"→"筛选"→"高级筛选"命令，弹出"高级筛选"对话框，如图 4-45 所示。

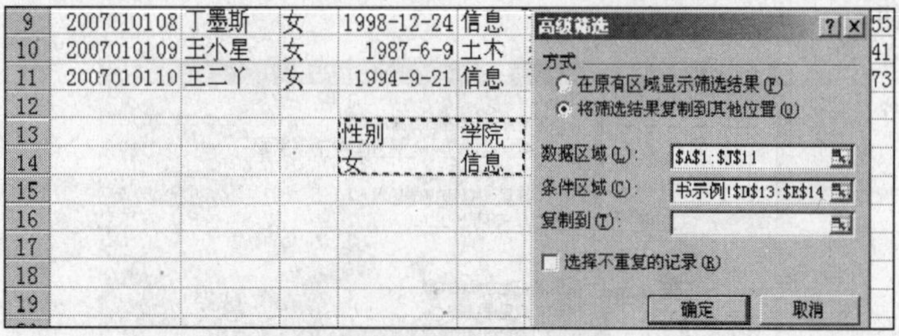

图 4-45　高级筛选条件区域选择

如果要通过隐藏不符合条件的数据行来筛选数据清单，可单击"在原有区域显示筛选结果"按钮。

单击"数据区域"框中的拾取按钮，选择要参与筛选的数据区域，再单击拾取框中的按钮返回"高级筛选"对话框。

用同样的方法设置条件区域。

如果要通过将符合条件的数据行复制到工作表的其他位置来筛选数据清单，选择"将筛选结果复制到其他位置"单选按钮，接着在"复制到"编辑框中单击拾取框中的按钮，选择好区域，再单击拾取框中的按钮返回高级筛选对话框，然后单击"确定"按钮，那么表中就是希望看到的结果了，如图 4-46 所示。

	A	B	C	D	E	F	G	H	I	J
3	2007010102	丁德明	男	1986-9-8	土木	工程管理	90	67	87	244
4	2007010103	冬雪飘	女	2000-1-2	土木	建筑学	66	72	76	214
5	2007010104	董小龙	女	1999-7-5	信息	电子商务	82	78	77	237
6	2007010105	樊文华	女	1987-4-6	土木	工程管理	90	98	91	279
7	2007010106	贺小峰	男	1986-6-4	土木	建筑学	66	79	86	231
8	2007010107	贺云乐	男	2000-11-2	信息	电子商务	78	77	90	245
9	2007010108	丁墨斯	女	1998-12-24	信息	计算机	85	84	86	255
10	2007010109	王小星	女	1987-6-9	土木	建筑学	98	76	67	241
11	2007010110	王二Y	女	1994-9-21	信息	计算机	89	86	98	273
12										
13				性别	学院					
14				女	信息					
15	学号	姓名	性别	出生年月	学院	系别	高数	英语	计算机	总成绩
16	2007010101	王蝶殇	女	1987-8-6	信息	电子商务	78	87	92	257
17	2007010104	董小龙	女	1999-7-5	信息	电子商务	82	78	77	237
18	2007010108	丁墨斯	女	1998-12-24	信息	计算机	85	84	86	255
19	2007010110	王二Y	女	1994-9-21	信息	计算机	89	86	98	273

图 4-46　高级筛选样例

4.5.4　数据透视表

数据透视表报表是用于快速汇总大量数据的交互式表格。可以旋转其行或列以查看对源数据的不同汇总，还可以通过显示不同的页来筛选数据，也可以显示所关心区域的明细数据。

在日常生活中如果要比较相关的总计值，尤其是在要汇总较大的数字清单并对每个数字进行多种比较时，可以使用数据透视表报表。在要使用 Microsoft Excel 进行排序、分类汇总和汇总时，也可以使用数据透视表报表。由于数据透视表报表是交互式的，因此，可以更改数据的视图以查看其他明细数据或计算不同的汇总额。

1. 创建数据透视表报表

打开要创建数据透视表报表的工作簿，选择"数据"→"数据透视表和数据透视图"命令，在"数据透视表和数据透视图向导"的步骤 1 中，如图 4-47 所示，选择指定类型"Microsoft Excel 数据列表或数据库"，并选择"所需创建的报表类型"选项组中的"数据透视表"单选按钮，再单击"下一步"按钮。

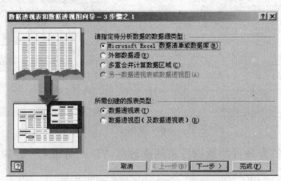

图 4-47　创建透视表之步骤 1

在向导步骤 2 中的选择数据区域，如图 4-48 所示。

图 4-48　创建透视表之步骤 2

在向导的步骤 3 中要选择数据透视表的位置，如图 4-49 所示。共有两种选择：如果选择"现有工作表"，则数据透视表与源数据在同一工作表中；如果想让透视表独立于数据源，选择默认的"新建工作表"。最后单击"完成"按钮退出向导，弹出如图 4-50 所示对话框用于设置数据透视表的布局。

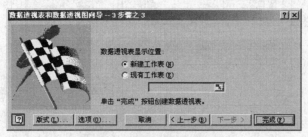

图 4-49　创建透视表之步骤 3

这时会发现数据源的列条目被向导模板制成了按钮，设置数据透视表的布局只要将按钮拖至"行"、"列"、"数据"或"页"字段区域即可。

在布局中行字段是指来自原始源数据且在数据透视表报表中被指定为行方向的字段；列字段是指数据透视表报表中被指定为列方向的字段；项是指数据透视表字段的子分类或成员；页字段是指被分配到页或筛选方向上的字段；数据字段是指包含汇总数据的数据库或源数据清单中的字段；通常用于汇总数字类型的数据（如：统计或销售数据），但其源数据也可以是文本。数据区是数据透视表报表中包含汇总数据的部分；数据区中的单元格显示了行和列字段中各项的汇总数据，数据区的每个值都代表了源记录或行中的一项数据汇总。字段下三角按钮是指每个字段右边的箭头，单击此箭头可选择要显示的项。

因此，拖入到"页"字段中的按钮相当于选择了"自动筛选"命令，可以控制显示每一项；拖入到"行"字段中的按钮变成了行标题；拖入到"列"字段中的按钮变成了列标题；拖入到"数据"字段中的按钮相当于选择了"分类汇总"命令。

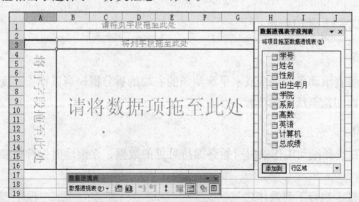

图 4-50　设置透视表布局

本例中把"学院"设为页字段，在透视表生成后页字段会变为下拉列表的形式，而且自动在下拉的数据项前加上"全部"一项；把"系别"设为行字段；把"性别"设为列字段；把"英语"设为数据字段。用鼠标把各按钮拖入到相应位置后得到结果，如图 4-51 所示，这时原来的"英语"按钮的名称被改为"求和项：英语"。

图 4-51　透视表样例

双击"求和项：英语"按钮弹出一个对话框，如图 4-52 所示，可从中选择使用的汇总方式，如：求和、乘积、标准偏差等。

把求和方式改成求平均，其结果如图 4-53 所示。

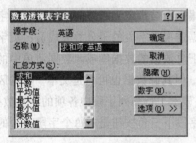

图 4-52　修改透视表汇总方式

图 4-53　修改透视表汇总方式后样例

4.6　Excel 窗口的操作技巧及 Excel 的打印

4.6.1　分割和冻结窗口

1．拆分窗格

把鼠标指向垂直滚动条的顶端或水平滚动条的右端的拆分框，当鼠标指针变为拆分指针后，将拆分框向下或向左拖至所需的位置。

2．冻结窗格

冻结窗格使在选择滚动工作表时可始终保持可见的数据，在滚动时保持行和列标志可见，如图 4-54 所示。

若要冻结窗格，执行下列操作之一：

- 如果要冻结顶部水平窗格，需选择待拆分处的下一行。
- 如果要冻结左侧垂直窗格，选择待拆分处的右边一列。
- 如果要同时生成顶部和左侧窗格，单击待拆分处右下方的单元格。

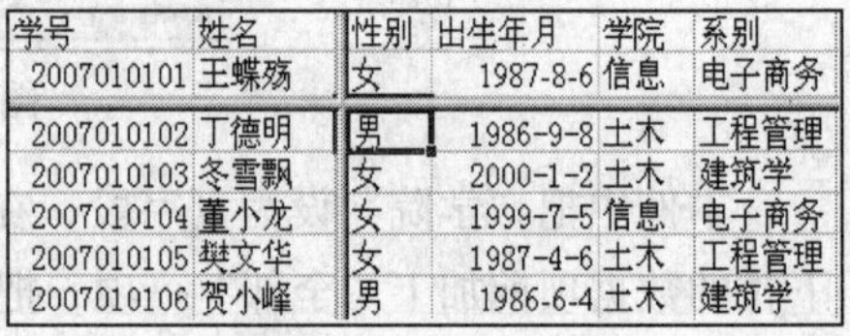 学号	姓名	性别	出生年月	学院	系别
2007010101	王蝶殇	女	1987-8-6	信息	电子商务
2007010102	丁德明	男	1986-9-8	土木	工程管理
2007010103	冬雪飘	女	2000-1-2	土木	建筑学
2007010104	董小龙	女	1999-7-5	信息	电子商务
2007010105	樊文华	女	1987-4-6	土木	工程管理
2007010106	贺小峰	男	1986-6-4	土木	建筑学

图 4-54　拆分窗口

3．恢复

选择"窗口"→"冻结窗格"命令。若要恢复已拆分为两个可滚动区域的窗口，可双击拆分窗格（窗格：文档窗口的一部分，以垂直或水平条为界限并由此与其他部分分隔开）的分割条的任意部分。

若要删除非滚动"冻结"窗格，可选择"窗口"→"撤销窗口冻结"命令。

4.6.2 打印的实现

Microsoft Excel 提供了许多可选设置，可用来根据需要调节打印页面的最终效果。为确保已选定所有可能影响打印输出结果的选项，按顺序执行左边所列出的步骤。

Microsoft Excel 提供了三种方法来查看和调整工作表的外观。

- 普通视图：此为默认方式，适用于屏幕查看和处理。
- 打印预览：显示打印页面，方便用户调整列和页边距。
- 分页预览：显示每一页中所包含的数据，以便快速调整打印区域和分页。

在设置工作表的打印效果时，可以在不同视图间来回切换，以查看其打印效果，然后再将数据发送到打印机。

选择"文件"→"打印"命令，弹出如图 4-55 所示对话框，在"打印"选项组中选择所需的选项，单击"确定"按钮即可。

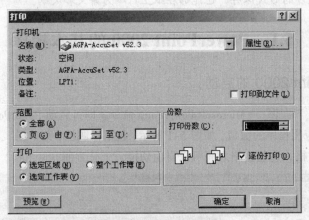

图 4-55 "打印"对话框

如果在工作表中定义了打印区域，Microsoft Excel 将只打印该打印区域；如果选择了要打印的单元格区域并选择"选定区域"单选按钮，Microsoft Excel 将只打印选定区域而忽略工作表中任何定义的打印区域。

第 **5** 章

演示文稿制作软件 PowerPoint 2000

Microsoft PowerPoint 是办公自动化软件 Office 家族中的一员，是一个功能很强的演示文稿制作工具。PowerPoint 主要用于幻灯片的制作和演示，使人们利用计算机方便地进行学术交流、产品演示、工作汇报和情况介绍。利用 PowerPoint 2000 不仅可以制作出包含文字、图形、声音、图表、影片和其他艺术对象的多媒体演示文稿，还可以设置为幻灯片的形式，使用计算机或与幻灯机、投影仪等外部设备相连放映，也可以通过网络在多台计算机上同时调用，召开演示文稿会议。演示文稿能够以电子文件的形式保存，也能够在纸上打印为讲义和大纲。

5.1 PowerPoint 2000 的基本操作

5.1.1 PowerPoint 2000 的启动

选择"开始"→"程序"→Microsoft PowerPoint 命令，即可启动 PowerPoint。其工作窗口是典型的 Windows 2000 应用程序的窗口，如图 5-1 所示，包括标题栏、菜单栏、工具栏以及大纲窗格、幻灯片窗格、备注窗格，这些窗格之间可以自由切换，十分方便。

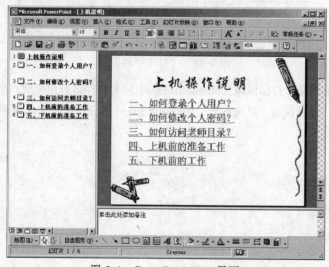

图 5-1　PowerPoint 2000 界面

5.1.2　创建新的演示文稿

启动 PowerPoint 后，选择"文件"→"新建"命令，弹出一个新建演示文稿对话框，PowerPoint 提供了新建演示文稿的三种方法：内容提示向导、设计模板和空演示文稿，如图 5-2 所示。

1．使用"内容提示向导"创建演示文稿

在图 5-2 中选择"内容提示向导"单选按钮，单击"确定"按钮，弹出"内容提示向导"对话框，如图 5-3 所示。按照向导过程提出的有关问题选择回答，就可以自动创建出一个新的演示文稿文件。

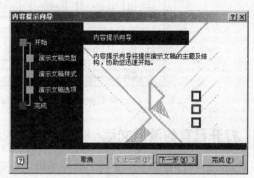

图 5-2　演示文稿选择　　　　　　图 5-3　"内容提示向导"对话框

2．利用"设计模板"创建演示文稿

PowerPoint 2000 提供了各种专业的设计模板，可从中选择任意一种，所生成的幻灯片都将自动采用该模板的设计方案，从而使演示文稿中的幻灯片风格协调一致。

操作步骤为：在图 5-2 中选择"设计模板"单选按钮，单击"确定"按钮，在弹出的"新建演示文稿"对话框中切换到"设计模板"选项卡，如图 5-4 所示，模板名称显示在列表框内，选择需要的模板，在"预览"框中可见该模板的预览效果，单击"确定"按钮应用该模板于新建的演示文稿中。

图 5-4　"新建演示文稿"对话框

3．创建空演示文稿

如果想按自己的思路创建演示文稿，那么就选择"空演示文稿"选项，空演示文稿允许从一个空白页面开始设计，PowerPoint 将不提供任何设计元素或建议。在图 5-2 中选择"空演示文稿"单选按钮，单击"确定"按钮，弹出"新幻灯片"对话框，如图 5-5 所示，选择所需的幻灯片版式后，单击"确定"按钮，就可开始创建空白的演示文稿。

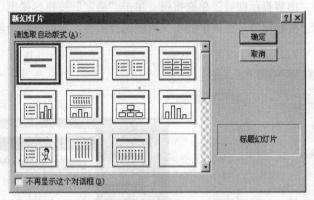

图 5-5　"新幻灯片"对话框

5.1.3　打开已有的演示文稿

用户可以打开已有的演示文稿，然后编辑以形成所需的文稿。对于已经保存的演示文稿，首先要打开它，然后才能进行一系列的操作。

打开演示文稿的操作为：选择"文件"→"打开"命令或单击"常用"工具栏中的"打开"按钮，弹出"打开"对话框。选定演示文稿所在的文件夹，然后在文件列表中选中要打开的演示文稿，单击"打开"按钮即可。

5.1.4　保存和退出演示文稿

1．保存文稿

文稿制作完成后，应该将其保存到磁盘中，其操作步骤为：

① 单击"常用"工具栏中的"保存"按钮，或选择"文件"→"保存"命令。

② 如果准备存盘的文稿是首次存盘，则系统在接收到保存命令时，会弹出一个"另存为"对话框，以便让用户指定文件名和保存位置。PowerPoint 文稿文件默认的扩展名为.ppt。

2．退出文稿

以下三种方法均可退出文稿：

① 选择"文件"→"退出"命令。

② 单击屏幕右上角的"×"按钮。

③ 双击控制菜单图标。

如果在退出前尚未保存文稿，首先将弹出一个询问对话框，提示是否保存对文稿的修改。

5.2　PowerPoint 2000 的视图

视图是设计者从不同角度观看自己设计的演示文稿的方法。PowerPoint 中提供了六种不同的视图：普通视图、大纲视图、幻灯片视图、幻灯片浏览视图、幻灯片放映视图、备注页视图。每种视图各有所长，不同的视图方式适用于不同需要的场合。最常使用的两种视图是普通视图和幻灯片浏览视图。

5.2.1　普通视图

PowerPoint 启动后就直接进入普通视图，幻灯片中间的区域是视图区，视图区又被分成三块，其中的每一小块叫做窗格。

也就是说，视图是由窗格组成的，左边是大纲窗格，右边是幻灯片窗格，幻灯片窗格下面是备注页窗格（如图 5-1 所示）。这些窗格使得用户可以在同一位置使用演示文稿的各种特征。大纲窗格显示多页文本内容，对文本内容更改起来比较方便；幻灯片窗格显示文本内容，包括幻灯片背景、文本格式等幻灯片的外观和效果；备注页窗格可以给幻灯片添加备注说明。单击左边大纲窗格中的任意一条内容，右窗格中就会显示出相应的幻灯片效果，下面的窗格备注也会相应改变。拖动窗格分界线，可以调整窗格的尺寸。

5.2.2　大纲视图

单击窗口左下角的第二个按钮 ▤，可以切换到大纲视图。

大纲视图可以方便观察文本之间的层次关系，与大纲工具栏配合使用，还能快捷地改变文本的层次。在菜单栏中选择“视图”→“工具栏”→“大纲”命令，可以打开大纲工具栏。

5.2.3　幻灯片视图

单击窗口左下角的第三个按钮“▢”，可以切换到幻灯片视图。在幻灯片视图中，可以更加清楚地查看幻灯片的整体效果，并可以方便地在幻灯片中添加图片、影片、声音和动画，以及创建超级链接等。

5.2.4　幻灯片浏览视图

单击窗口左下角的第四个按钮 ▦，可切换到幻灯片浏览视图。

在屏幕上一次显示多张幻灯片，可以直观地查看所有幻灯片，还可以用屏幕右方的滚动条查看排列在后面的幻灯片。通过幻灯片浏览视图，可以很容易观察各幻灯片之间搭配是否协调，查看整个演示文稿的效果。另外，还可以很容易地复制、删除和移动幻灯片，添加幻灯片放映时间，选择幻灯片切换效果。

5.2.5　幻灯片放映视图

按【F5】键或单击 ▽ 按钮可放映幻灯片。具体的幻灯片放映将会在下面的章节中说明。

5.2.6 备注页视图

选择"视图"→"备注页"命令，可切换到备注页视图。在备注页视图中，可以很方便地给幻灯片添加备注。

5.3 编辑演示文稿

5.3.1 输入和编辑文本

1．添加文本

新建的幻灯片上的虚线框称为"占位符"，它们是作为一些对象（如幻灯片标题、正文、图表、剪贴画等）的存放位置而存在的。在幻灯片窗格中单击文本占位符可以添加文本，而对于其他的对象占位符则应双击才能进行编辑。

如果希望在幻灯片的占位符范围之外添加文本，则应通过单击"绘图"工具栏中的"文本框"按钮实现。在幻灯片中添加文本的其他方法还有添加自选图形、艺术字等。

2．移动和复制文本

移动和复制幻灯片中的文本分为两种情况：如果移动和复制整个文本框，选择时要先单击文本框的边框，选中整个文本框；如果移动和复制文本框的其中一部分，则需要在文本框内选择文本。选择操作完成后，再用剪切、复制和粘贴等操作对文本进行移动和复制，这与 Word 中移动和复制文本基本类似。

3．查找和替换文本

如果希望在整个演示文稿中查找或替换指定文字，可以选择"编辑"→"查找"或"替换"命令。与 Word 相比，PowerPoint 的"查找"或"替换"对话框更简单一些，且在 PowerPoint 中，还可以像替换文本内容一样替换演示文稿的字体格式。选择"格式"→"替换字体"命令，弹出"替换字体"对话框，根据需要，在对话框中进行设置即可。

5.3.2 创建图表

一般情况下，数据表格可以准确清楚地显示情况，却难以表示出数据之间的关系，或者局部数据在整体数据中所占比例等。在 PowerPoint 2000 中，系统提供了把数字表达的信息转换成为图表表示的功能，从而有一个直观明了的效果。当要表达数值型的信息（包括某种趋势、某些变化或某些测量）时，应该选择图表这种表达方法。在 PowerPoint 中，有一个类似 Excel 的强有力的图表模块，即 Microsoft Graph，它能提供 18 种不同的图表来满足各种需要。在演示文稿中插入图表的具体步骤如下：

① 选择"插入"→"图表"命令或单击"常用"工具栏中的"插入图表"按钮。弹出"数据表"窗口，如图 5-6 所示，默认的数据已出现在表格中了，这时就进入了图表编辑环境，Graph 的菜单和工具栏取代了 PowerPoint 的菜单和工具栏，只有上面的标题栏没有变。

② 在数据表的活动单元格中输入数据，原有的数据被替代。数据表的第一行和第一列是标题，可以直接修改。如果想添加列/行，直接在空白的列或行中输入标题和数据即可；如果要删除

行/列数据，可以右击行/列标题栏，在弹出的快捷菜单中选择"删除"命令。图表会随着数据的变化而变化。

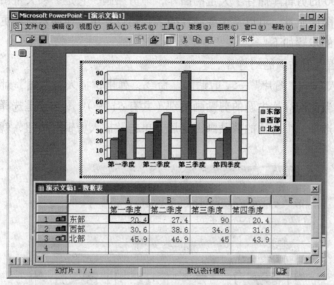

图 5-6　数据表和相应的图表

③ 为图表添加标题。关闭数据表，选择"图表"→"图表选项"命令。在弹出的对话框中切换到"标题"选项卡，如图 5-7 所示，在"图表标题"文本框中输入标题，再单击"确定"按钮。

④ 根据需要修改图表的类型（柱形图是默认的图表类型）。选择"图表"→"图表类型"命令，弹出"图表类型"对话框，如图 5-8 所示，在"标准类型"选项卡中选取图表类型，同时右面还会列出子图表类型，根据数据的特点选择一种图表类型，单击"确定"按钮即可。

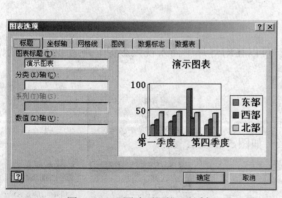

图 5-7　"图表选项"对话框

图 5-8　"图表类型"对话框

⑤ 编辑图表中的各个对象。单击工具栏中的"图表对象"下拉列表，选择需要编辑的对象，然后单击"设置格式"按钮，或者直接把鼠标移动到图表中想要编辑的地方，这时会显示光标所在区域的名称，双击鼠标，打开该区域的格式设置对话框。

⑥ 单击图表以外的区域，则在幻灯片中生成图表并退出图表编辑状态。如果想要再次进入图表环境进行编辑修改操作，双击图表即可。

5.3.3　使用剪贴图片

　　PowerPoint 2000 的剪辑库储存了大量的图片，即剪贴画，它是一种矢量图像，当对图像进行缩放时，不会影响图像质量。可以将这些图片插入到幻灯片中，使演示文稿更加生动形象。在幻灯片中插入剪贴画的步骤如下：

　　① 选择需要插入剪贴画的幻灯片。

　　② 选择"插入"→"图片"→"剪贴画"命令，弹出"插入剪贴画"对话框，在"图片"选项卡中选择适合当前幻灯片主题的剪贴画类别（共有 51 种），图 5-9 是选择了"动物"类别后的对话框，在其中选择一个合适的剪贴画图像后，单击"插入剪辑"按钮，就将该剪贴画插入到幻灯片中了。

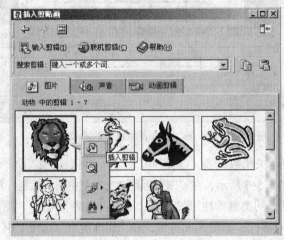

图 5-9　"插入剪贴画"对话框

　　③ 对剪贴画对象在幻灯片中的大小和位置做必要调整。

5.3.4　添加视频媒体剪辑及声音

　　为了使演示文稿更加生动、更有吸引力，可以在幻灯片中插入视频影像、声音或 CD 音乐，以便在放映幻灯片时播放背景音乐或影片。

　　1．插入声音和影片对象

　　具体操作步骤为：选定幻灯片，选择"插入"→"影片和声音"命令，在级联菜单中选择相应的命令，如图 5-10 所示，则会弹出相应的对话框并对其进行设置。

　　2．播放声音和影片

　　如果在插入时设置了自动播放，则幻灯片放映时会自动播放声音或影片，否则，只有单击声音或影片对象时才可播放。如果要重复播放幻灯片中的声音或影片，只需在

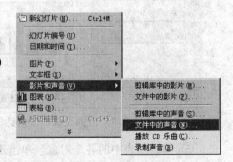

图 5-10　插入"影片和声音"菜单

对象上右击，在弹出的快捷菜单中选择"编辑声音对象"或"编辑影片对象"命令，在弹出的对话框中选择"循环播放，直到停止"复选框，最后单击"确定"按钮。在播放过程中，如果按【Esc】键或切换到另一张幻灯片，则停止播放。

5.4 美化演示文稿

5.4.1 设置文本格式

1. 字体格式

选定要设置格式的文本，选择"格式"→"字体"命令，弹出"字体"对话框，如图 5-11 所示。选择所需选项，单击"确定"按钮即可。

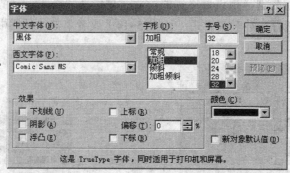

图 5-11 "字体"对话框

2. 段落格式

（1）设置段落的缩进格式

在 PowerPoint 的幻灯片窗口中，可以通过标尺设置段落的缩进格式。如果窗口没有显示标尺，可以选择"视图"→"标尺"命令显示标尺。在幻灯片窗口中选中要设置缩进格式的文本后，水平标尺上就会出现设置缩进格式的缩进符号。缩进符号的意义和操作方法与 Word 相同，分别用来设置首行缩进、左缩进、悬挂缩进和右缩进。不同的是，如果选定的文本包含两层或更多层带项目符号的文本，则水平标尺将会显示用于每层的缩进符号，如图 5-12 所示。

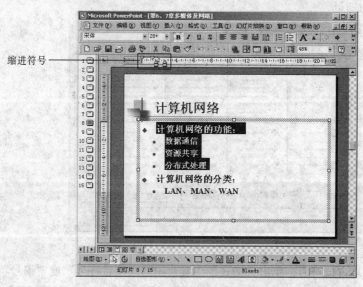

图 5-12 通过标尺设置段落的缩进格式

（2）设置行距和段间距

PowerPoint 中没有"段落"格式命令，设置段落的行距和段落前后的空间使用"行距"命令，具体步骤为：选择预设置格式的段落，再选择"格式"→"行距"命令，弹出"行距"对话框，如图 5-13 所示，将"行距"、"段前"、"段后"数值框设置完毕后，单击"确定"按钮即可。

（3）设置段落的对齐方式

段落的对齐方式有五种：左对齐、居中对齐、右对齐、分散对齐、两端对齐。设置段落对齐格式的操作为：首先选择预设置格式的段落，再选择"格式"→"对齐方式"菜单项，在弹出的级联菜单中选择一种对齐方式（见图 5-14）或者单击工具栏中相应的对齐方式的命令按钮即可。

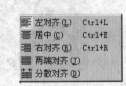

图 5-13　"行距"对话框　　　　　　　图 5-14　"对齐方式"子菜单

3. 使用项目符号和编号

为了使文本具有清晰的层次结构，常常使用项目符号和编号，添加项目符号和编号的方法有如下两种：

① 选择要添加项目符号或编号的文本或文本占位符，选择"格式"→"项目符号和编号"命令，弹出"项目符号和编号"对话框，如图 5-15 所示，切换到"项目符号项"或"编号项"选项卡，可以通过"大小"数值框和"颜色"下拉列表框调整符号或编号的大小和颜色，设置完成后单击"确定"按钮即可。

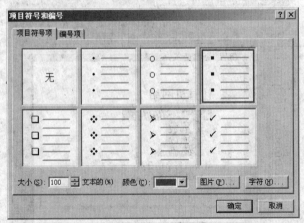

图 5-15　"项目符号和编号"对话框

② 选中文本或文本占位符后，单击"格式"工具栏中的"项目符号"或"编号"按钮，可按默认项目符号或编号格式格式化选定文本，再次单击按钮，就可以取消项目符号或编号。

5.4.2　配色方案

对于每一种设计模板都有一种相应的配色方案。在 PowerPoint 中，配色方案由八种颜色组成，决定了幻灯片上各种对象显示的颜色，例如文本、线条、背景、标题文字、强调文字等的颜色设置。配色方案中的每种颜色会自动用于幻灯片上的不同组件。用户可以挑选一种配色方案用于个别幻灯片或整个演示文稿的所有幻灯片。

1．选择不同的配色方案

有时可能对当前模板的配色方案不满意，或者希望用不同的配色方案突出演示文稿的一部分或某张幻灯片（例如带有重要提议或议程的幻灯片），就可以从当前模板所提供的一系列标准配色方案中选择一种来代替当前的方案。

更改配色方案的具体步骤如下：

① 选择"格式"→"幻灯片配色方案"命令，弹出"配色方案"对话框，如图 5-16 所示。

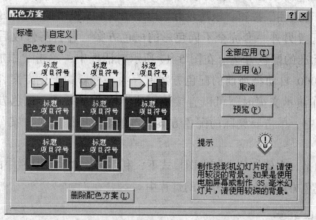

图 5-16　"配色方案"对话框

② 切换到"标准"选项卡，选择其中一种配色方案。单击"预览"按钮，在当前幻灯片中可以看到所选择的配色方案的显示效果，如果不满意，还可以另行选择。

③ 应用配色方案：选择好满意的配色方案后，单击"应用"按钮，则只在当前幻灯片中应用该配色方案；单击"全部应用"按钮，则将该配色方案应用于演示文稿中的每一张幻灯片。

2．自定义配色方案

PowerPoint 2000 允许对配色方案做个性的定制。若需要更加丰富、更加个性化的配色，可以改变配色方案中的一种或多种颜色。自定义配色方案的具体操作步骤如下：

① 在"标准"选项卡（见图 5-16）中选择一种最接近要求的标准配色方案。

② 选择"自定义"选项卡，在"配色方案颜色"选项组中选择一种需要修改的颜色，如图 5-17 所示选择修改"标题文本"的颜色。

③ 单击"更改颜色"按钮，弹出"标题文本颜色"对话框，如图 5-18 所示，在"标准"选项卡中，直接从调色板中选择所需的颜色块，或在"自定义"选项卡中自行定义、调配新的颜色。

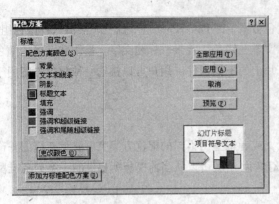

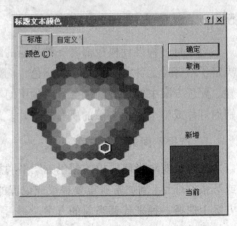

图 5-17 "自定义"选项卡   图 5-18 "标题文本颜色"对话框

④ 依次完成对配色方案各项颜色的修改后，单击"应用"按钮，只在当前幻灯片中应用该配色方案；单击"全部应用"按钮，该配色方案应用于演示文稿中的每一张幻灯片。

可以根据需要配置另外一套完全不同色彩的配色方案，并且将修改后的配色方案结果保存下来，作为一种标准的配色方案。在图 5-17 所示对话框中，单击"添加为标准配色方案"按钮，PowerPoint 2000 自动将当前的配色方案保存为一种新的配色方案，并添加到"标准"选项卡中，以后制作演示文稿时就可以直接使用这个配色方案了。配色方案也可以删除，在图 5-16 所示对话框中，单击要删除的配色方案，再单击"删除配色方案"按钮，这种方案就被删除了。

另外需要说明的是，在幻灯片浏览视图模式下，利用"格式"工具栏中的"格式刷"按钮可以将一张幻灯片的配色方案复制到另外的幻灯片中。

5.4.3 设置幻灯片背景

演示文稿的背景颜色由选定的模板决定，事实上，在配色方案中也已经包含了背景色的设置了。不过 PowerPoint 还单独提供了背景设置功能，可以为所有的幻灯片或某几张特殊的幻灯片重新设置背景。

调整幻灯片背景颜色的操作过程如下：

① 选定需要调整背景颜色的幻灯片。

② 选择"格式"→"背景"命令，弹出"背景"对话框，如图 5-19 所示。

③ 单击"背景填充"选项组中的下三角按钮，从给定的颜色中选择所需要的颜色。如果没有所需要的颜色，则单击"其他颜色"选项，在弹出的"颜色"对话框（与图 5-18 类似）的"标准"选项卡或"自定义"选项卡中进行颜色设置。

④ 选定颜色后，单击"应用"按钮，则只在当前幻灯片中应用该背景；单击"全部应用"按钮，则将该背景应用于演示文稿中的每一张幻灯片。

图 5-19 "背景"对话框

5.4.4　填充效果

利用前面的方法所设置的背景是单种颜色。PowerPoint 还提供了"背景填充效果"的功能，设置背景填充效果的操作方法如下：

① 在"背景"对话框（见图 5-19）中单击"背景填充"选项组中的下三角按钮，再单击"填充效果"选项，弹出"填充效果"对话框，如图 5-20 所示。

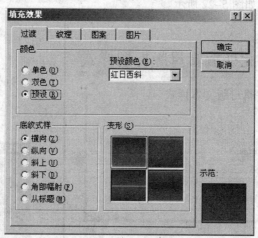

图 5-20　"填充效果"对话框

② 在"填充效果"对话框中，可以分别通过"过渡"、"纹理"、"图案"和"图片"四个选项卡来选择所需要的填充效果。设置完成后，单击"确定"按钮，返回"背景"对话框。

③ 在"背景"对话框中，根据需要单击"应用"或"全部应用"按钮。

注意： 并非所有的模板都适合修改背景，在有的模板下对背景的设置可能会不成功。

5.4.5　幻灯片母版编辑

在 PowerPoint 中，每个文稿都有四个母版，即幻灯片母版、标题母版、讲义母版和备注母版。其中，讲义母版和备注母版一般只在打印演示文稿时使用；标题母版是专门设计标题幻灯片的，因此，用得最多的是幻灯片母版。

幻灯片母版用来设定文稿中所有幻灯片的文本格式，如字体、字号、颜色或背景对象等。也就是说，幻灯片母版可以为所有幻灯片设置默认版式和格式。通过修改幻灯片母版，可以统一改变文稿中所有幻灯片的文本外观。例如，在母版上放入一张图片，则所有的幻灯片的同一位置都将显示这张图片。利用母版的这种特性，可以在每张幻灯片上添加相同的文本、图片（如徽标），添加页码和日期时间等。

查看和编辑文稿的幻灯片母版，操作步骤如下：

① 选择"视图"→"母版"→"幻灯片母版"命令，切换到"幻灯片母版"视图，如图 5-21 所示。

② 对幻灯片母版进行编辑。对普通幻灯片可做的操作大多数都可以同样对幻灯片母版来做。对某一张幻灯片所做的修改不会影响到母版和其他幻灯片，而对母版所做的任何改动，将应用于使用此母版的所有幻灯片上。用户可以在幻灯片母版上添加文本、图形以及边框等对象，也可以

设置背景对象。以下介绍常用的编辑方法。

- 增删幻灯片母版上的占位符。默认情况下，幻灯片母版上有五个占位符，分别代表标题区域、正文区域以及页脚区域的日期、幻灯片编号、页脚等。对于不需要的区域可将其对应的占位符删除。删除的方法是：单击需要删除的占位符，再按【Del】键。占位符删除后还可以恢复，选择"格式"→"母版版式"命令，在弹出的"母版版式"对话框中重新选择该占位符即可，如图 5-22 所示。

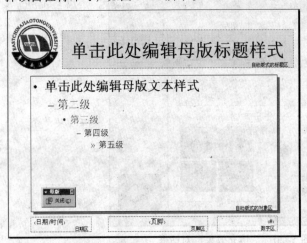
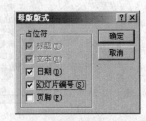

图 5-21 幻灯片母版   图 5-22 "母版版式"对话框

- 修改幻灯片母版字体的样式。可以对各个占位符进行格式设置，如字体、字号、行距、项目符号等。以后在实际的幻灯片中输入的文字就会以该位置相应占位符的格式显示。图 5-21 所示的文本占位符内，共显示了五级字体的样式，在一般情况下足够用了。
- 向母版中插入所需的特有对象。例如：可向母版中插入艺术字（公司的名称）或者图片（公司的徽标），这样，应用该母版后，每一张幻灯片上都会有公司的名字和徽标。注意，通过母版插入的对象，只能在"幻灯片母版"编辑窗口中进行编辑。
- 调整各占位符和添加对象在母版中的位置。使用用鼠标拖动方法调整位置。
- 改变幻灯片母版的背景。修改方法同普通幻灯片，已在前面小节介绍过。

③ 设置完成后，单击"母版"工具栏中的"关闭"按钮，退出母版编辑状态，切换回幻灯片视图，所有幻灯片的设置格式随之改变。

如果要使个别的幻灯片外观与母版不同，可以直接修改该幻灯片。其实，每一张幻灯片就像是两张透明的胶片，被叠放在一起。上面的一张是幻灯片本身，下面的一张是幻灯片母版。在放映幻灯片时，母版是固定的，更换的是上面的一张。

5.5 幻灯片放映

PowerPoint 2000 提供了多种启动幻灯片放映的方法：
① 单击幻灯片放映视图按钮 。
② 选择"视图"→"幻灯片放映"命令，或按【F5】键。
③ 选择"幻灯片放映"→"观看放映"命令，或按【F5】键。

后两种方法播放整套演示文稿，都是从第一张开始放映，而第一种方法是放映当前的幻灯片，在制作幻灯片的过程中常用第一种方法观察效果。演示文稿在放映过程中一些有效的组合键可以控制放映过程，如表 5-1 所示。

表 5-1　组合键的用法

快　捷　键	功　　　　能
【PgDn】或【N】或【Space】键	前进一张幻灯片
【Backspace】或【PgUp】或【P】	回退一张幻灯片
幻灯片编号+Enter	进到编号指定的幻灯片
【B】或【.】	黑屏切换
【W】或【,】	白屏切换
【Esc】	结束放映
【Ctrl+H】	从当前起隐藏鼠标指针

在幻灯片放映过程中可以添加标注信息，在放映中的幻灯片上右击，在弹出的快捷菜单中选择"指针选项"→"绘图笔"命令，如图 5-23 所示。此时鼠标指针改变形状，可在幻灯片上涂写信息。为使添加的信息显示明显，可在快捷菜单中选择"指针选项"→"绘图笔颜色"命令，选择一种相对幻灯片背景配色比较突出的颜色。书写完成后，在快捷菜单中选择"屏幕"→"擦除笔迹"命令（或按快捷键【E】），可将幻灯片上所有绘图笔书写的痕迹完全清除。标注信息完成后，要继续放映幻灯片，可在快捷菜单中选择"指针选项"→"箭头"或"自动"命令回到原来鼠标指针状态（组合键为【Ctrl+A】）。此后，单击鼠标可继续幻灯片放映。若放映过程中要隐藏鼠标指针，可选择"永远隐藏"命令或使用相应的组合键。

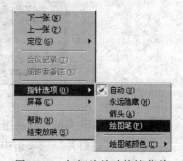

图 5-23　幻灯片放映快捷菜单

为了使演示效果更精彩，让观众更好地观看并接受、理解演示文稿，在放映前还需对幻灯片的换页方式、动画效果、放映顺序以及演示文稿放映方式等进行一些设置。

5.5.1　设置放映方式

前面讲的放映方式对于一般演讲者边讲边演示的形式是比较适合的，但有时为了适应其他一些特殊场合需要改变放映方式，如产品展示会上由计算机自动向观众展示新产品特性等。为了满足使用者的不同需求，PowerPoint 2000 提供了三种放映方式，根据演示文稿的用途和放映环境的需要来设定。

（1）演讲者放映（全屏幕）

以全屏幕形式演示文稿。在该方式下，将利用整个屏幕显示每一张幻灯片，标题栏、菜单栏等均暂时从屏幕上消失，幻灯片的播放由演讲者全权控制，可以采用人工或自动换页方式，或用绘图笔进行选择等。

（2）观众自行浏览（窗口）

以窗口形式显示演示文稿。在放映窗口内有简单的菜单栏和工具栏，另外在设置放映方案时还可选择状态栏。由观众利用滚动条或"浏览"菜单自行控制换页，观众也可以利用"编辑"→"复制幻灯片"命令将当前幻灯片图像复制到剪贴板上，或者通过选择"文件"→"打印"命令打印幻灯片。

（3）在展台浏览（全屏幕）

以全屏幕形式做循环放映。放映过程中，除了保留鼠标指针用于选择屏幕对象外，其余功能全部失效。播放时，根据排练计时（如果有的话）或者设置的换页间隔时间自动换页，直到按【Esc】键退出为止。在展览会场或会议中，如果需要运行无人管理的幻灯片放映，往往设置成这种方式。

设置幻灯片放映方式的具体操作步骤如下：

① 选择"幻灯片放映"→"设置放映方式"命令，弹出"设置放映方式"对话框，如图 5-24 所示。

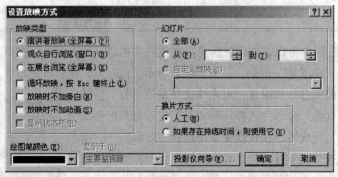

图 5-24　"设置放映方式"对话框

② 在"放映类型"选项组中选择一种放映类型。

③ 在"幻灯片"选项组中设定具体放映演示文稿中哪些幻灯片。此部分也有三种选择：全部、从某一张幻灯片开始到另一张幻灯片结束的一个区间和自定义放映。如果设置了自定义放映（后面会讲到），则还可选择合适的自定义放映方案来放映演示文稿中的特定幻灯片。

④ 在"换片方式"选项组中可以指定幻灯片放映时是采用人工（即单击）还是定时自动换片。如果选择了"排练时间"，应该在正式播放前至少排练过一次，否则将使用如图 5-26 所示的"幻灯片切换"对话框中"换页方式"所设置的时间。

需要说明的是：如果在"放映类型"选项组中选择的是"在展台浏览"方式，则"循环放映"选项将自动被选中，一般用于在展台上自动、重复地放映演示文稿。在该方式下不能选择"人工"单选按钮，并且在设置自定义动画和幻灯片换片方式时都应取消"单击鼠标"选项。

5.5.2　幻灯片的切换

幻灯片的切换是指从一张幻灯片转换到另一张幻灯片。为了使放映不枯燥，可以设置各种不同的动画效果，还可以设置换页是采用人工还是自动定时的方式。

设置幻灯片切换的方法有两种：

1. 利用幻灯片浏览视图中的工具栏

① 切换到幻灯片浏览视图，弹出"幻灯片浏览"工具栏，如图 5-25 所示。

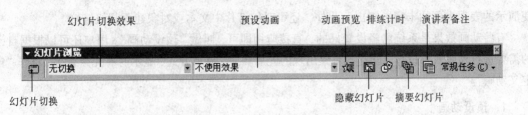

图 5-25　"幻灯片浏览"工具栏

② 选择要设置动画的幻灯片，打开"幻灯片切换效果"下拉列表，选择一种效果，同时可观察设置的预览效果。

2．使用"幻灯片切换"菜单

用工具栏设置切换效果仅适用于简单的动画效果，如果要同时设置换页的方式和时间，则应该选用"幻灯片切换"菜单。具体操作步骤如下。

① 选择"幻灯片放映"→"幻灯片切换"命令，弹出"幻灯片切换"对话框，如图 5-26 所示。

② 在"效果"选项组中单击下三角按钮，打开下拉列表框，里面列出了四十多种切换效果。选择一种需要的切换效果，此时"切换速度"选项组被激活，选择一种切换速度。对话框中的小图会实时演示所设置的效果。如果还没看清效果，单击一下上面的图片，效果将重新演示一遍。

③ 在"换页方式"选项组中设置一种换页方式。

- 单击鼠标换页：由演讲者单击屏幕，人工控制换页，默认状态下为该换页方式。
- 每隔（秒）：预设幻灯片放映的间隔时间，按设置的时间自动换页。

图 5-26　"幻灯片切换"对话框

在换页时，还可以有声音。例如，在"声音"选项组里，打开下拉列表，选择"幻灯机放映"声音，则每次换页时，都听见这个声音，就像真的幻灯机在放映。

④ 单击"应用"按钮，设置的效果应用于当前的幻灯片；单击"全部应用"按钮，设置的效果应用于所有的幻灯片。

如果同时选择了"单击鼠标换页"和"每隔"复选框，则单击或经过预定时间后都能够换页，并以较早发生的为准。

在"幻灯片切换"对话框中，既可以为所有的幻灯片设置同一种切换方式，也可以为每一张幻灯片设置不同的切换方式（这时，必须一张张地依次设置）。如果想一次性地为所有幻灯片设置随意的切换效果，可以在"效果"下拉列表框中选择"随机"，然后单击"全部应用"按钮。

5.5.3　设置动画效果

在播放演示文稿时，可以使幻灯片内的文本、图片等各种对象"动"起来，给观众一种动画效果，随着演示的进展逐步显示一张幻灯片上的不同层次的对象，并加以各种动态效果的渲染，使演示的表现力更加丰富、突出。此外，还可对幻灯片中文本或对象建立超级链接。

有些动画效果是系统已经设置好的，直接应用即可，叫做"预设动画"。用户还可以根据自己的需要进行动画效果设计，设置各对象出现的先后顺序、显示方式、显示时有无声音等，称作"自定义动画"。

1．预设动画

① 选定幻灯片中要设置动画的对象，选择"幻灯片放映"→"预设动画"命令，可以快捷地设置一些基本动画，如图 5-27 所示。

② 预设动画操作完成后，就可以通过动画预览，即选择"幻灯片放映"→"动画预览"命令，来检验各对象的动画效果。在幻灯片放映时，如果采用人工换页（即非定时自动换页）方式，对于具有动画效果的对象，只有当单击鼠标、按【Enter】键或【Space】键等时才会出现。

③ 要取消对象的预设动画效果，应先选定对象，然后单击"幻灯片放映"→"预设动画"→"关闭"命令。

2．自定义动画

① 选择要设置的幻灯片，单击"幻灯片放映"→"自定义动画"命令，弹出"自定义动画"对话框，如图 5-28 所示。

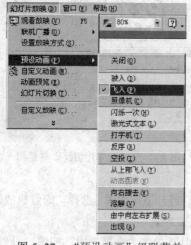

图 5-27　"预设动画"级联菜单

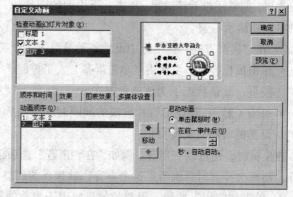

图 5-28　"自定义动画"对话框

- "检查动画幻灯片对象"选项组：列出当前幻灯片上所有供选择对象。单击对象，预览窗口中显示选中对象，该对象的显示方式由动画设置控制。
- "启动动画"选项组：设置播放动画对象的启动方式。如果对某个对象设置了一种启动方式，则该对象的所有元素都将采用这种方式。
- "顺序和时间"选项卡：显示设置动画的对象，列表框中的顺序即为放映顺序。
- "效果"选项卡：设置幻灯片上各种对象出现的动画、声音效果以及动画控制。
- "图表效果"选项卡：设置图表对象的动态显示效果。
- "多媒体设置"选项卡：对声音或影片等多媒体对象进行播放设置。

② 在"检查动画幻灯片对象"选项组中，选择要动态显示的对象。选择的对象依次放入"顺序和时间"选项卡的列表框中。一般情况下，声音对象是自动选中的。

③ 切换到"顺序和时间"选项卡，单击"移动"按钮可以调整放映的顺序。

④ 在"顺序和时间"列表中选择一个对象，在"启动动画"选项组中设置启动方式：

- 如果要单击对象来激活动画，选择"单击鼠标时"单选按钮。
- 如果要定时自动启动动画，选择"在前一事件后"单选按钮，再在时间框中输入希望等待的秒数。

⑤ 切换到"效果"选项卡，如图 5-29 所示，在"动画和声音"选项组中分别打开各个下拉列表，设置希望的动画效果、动画产生的方向以及需要的声音效果。如果是文本对象，还可以在"引入文本"选项组中设置为按段落或按字显示等。在"动画播放后"选项组中，可以在其下拉列表中选择当动画播放完毕后的操作。

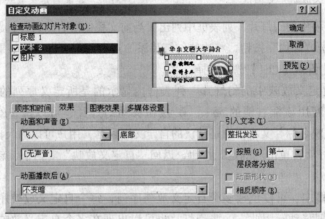

图 5-29　"效果"选项卡

重复步骤④、⑤，对"顺序和时间"选项卡的列表框中的所有对象逐一设置，单击"预览"按钮观看动画效果，直至达到满意效果后退出。

注意：动画效果是针对幻灯片上的每一个对象而言的，在 PowerPoint 2000 中，只能对幻灯片一张一张地进行设置。所有动画效果只有在放映幻灯片或"动画预览"时才起作用。

5.5.4　自定义放映

PowerPoint 为我们提供了非常灵活的放映选择以适应实际放映要求，尽可能减少演示文稿创建者的工作量。例如，一个演讲者要就同一个演讲题材向不同层次的观众作多场演讲，显然他应根据观众的不同而相应变化演示文稿的内容。但他无需为每场演讲创建一个独立的演示文稿文件，而只需创建一个包容内容最多的演示文稿，然后根据观众的不同需求定制相应的自定义放映方案即可。

自定义放映是将演示文稿中的幻灯片按逻辑顺序分组，并为每组用一个自定义放映名称命名，也称为自定义放映序列。通过创建"自定义放映"，可以使一套演示文稿获得多种不同的播放效果，适用于不同的观众。

1．创建自定义放映

① 选择"幻灯片放映"→"自定义放映"命令，弹出"自定义放映"对话框，如图 5-30 所示。

② 单击"新建"按钮，弹出"定义自定义放映"对话框，如图 5-31 所示。

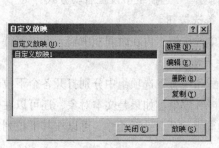

图 5-30 "自定义放映"对话框

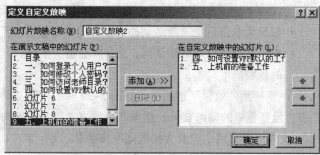

图 5-31 "定义自定义放映"对话框

③ "在演示文稿中的幻灯片"列表框中列出了当前文稿的所有幻灯片标题，选择属于本序列的幻灯片，然后单击"添加"按钮，将这些幻灯片添加到右侧列表框内。如果选择的是多张幻灯片，可按住【Shift】键或【Ctrl】键再选择。

④ 右侧"在自定义放映中的幻灯片"列表框内显示的是所定义序列的幻灯片名，其排列顺序即播放顺序，利用该框右侧的 ⬆、⬇ 按钮移动幻灯片，可以调整幻灯片的排列顺序。

⑤ "幻灯片放映名称"文本框中是默认的自定义序列名，用户可以输入自己定义的名称。自定义放映序列建立好后，单击"确定"按钮，返回"自定义放映"对话框，新建的自定义放映名称显示在列表框内。

在一个演示文稿中，可以创建多个自定义放映序列，每个自定义放映序列实际上是逻辑排列，并非进行了物理移动。因此，一张幻灯片也可以出现在多个自定义放映中，产生不同的幻灯片组合。

2．自定义放映的修改与删除

打开如图 5-30 所示的"自定义放映"对话框，在"自定义放映"列表框中选择要修改或删除的自定义放映，单击"编辑"按钮，可对已存在的自定义放映方案进行编辑修改；单击"删除"按钮，则删除该自定义放映。

3．使用自定义放映

一旦创建了自定义放映，该自定义放映序列可以被看做一张幻灯片用于放映，只不过是以整个序列为一个单元。这样，可以根据观众的需求进行不同的组合，使演示文稿的播放更灵活、更易控制。

设置好自定义放映后，可在很多地方启用：

① 在设置幻灯片放映方式时（如上文提到的），可以使用自定义方案放映特定的幻灯片。

② 在设置动作按钮或超链接时，除了简单的链接到某一张幻灯片上外，也可将其链接到已有的自定义放映方案上，所不同的是，自定义放映序列播放完后可以自动返回，因而可省去动作按钮的设置。

③ 在幻灯片放映过程中，右击当前幻灯片，从弹出的快捷菜单中选择"定位"→"自定义放映"命令并选择相应自定义放映方案的名字，可按自定义放映方案播放。

④ 打印时，可以选择打印某个自定义放映。

5.5.5　幻灯片隐藏

屏幕演示的另一个特殊技巧是可以隐藏幻灯片。在某些场合下，如果只想演示文稿中部分幻灯片，但却不想另外制作一个演示文稿，就可以把不想删除而又不希望演示的那些幻灯片隐藏起来，使它们在演示时不出现在屏幕上。

隐藏幻灯片的操作过程是：

① 把演示文稿切换到浏览视图。

② 选择一张或多张准备隐藏的幻灯片。

③ 选择"幻灯片放映"→"隐藏幻灯片"命令，则所有选定的幻灯片全被隐藏起来。在屏幕可看到，那些幻灯片右下角有一个隐藏标志，是一个灰色的代表屏幕的框形图案，并画有一条灰色的对角线，表示该幻灯片已被隐藏。

④ 要解除幻灯片的隐藏状态，只需选择已做了隐藏记号的幻灯片，再选择"幻灯片放映"→"隐藏幻灯片"命令即可。

5.6　打印幻灯片

在幻灯片的几种展示方式中，屏幕放映应该是最常用的一种。但由于某些类型的文件（如讲义、备注页等）不适于用计算机显示器观看，而使用打印机打印则是一种非常合适的输出手段。与屏幕展示演示文稿不同，选择打印作为输出途径，一般应先进行有关页面、打印选项等的设置。

5.6.1　幻灯片页面设置

页面设置是演示文稿显示、打印的基础。选择"文件"→"页面设置"命令，弹出"页面设置"对话框，如图 5-32 所示。

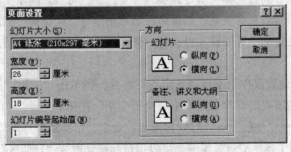

图 5-32　"页面设置"对话框

在"幻灯片大小"下拉列表框中可以选择幻灯片的标准尺寸，比如设为"A4 纸张"，此时，PowerPoint 将自动给出"宽度"和"高度"值；也可以在这两个数字框中输入数字，自定义幻灯片大小。在"幻灯片编号起始值"栏中，可以设置幻灯片的编号从几开始，如果幻灯片一共有五页，包括一个封皮、四页文稿正文，若不想让封皮算作页数，则设置起始值为 0，这样，正文就从第一页开始了。如果文稿只是整体文稿的一部分，可以把起始值设成想显示的页号。在"方向"选项组中，可以设置"幻灯片"、"备注、讲义和大纲"的显示和打印方向，即使幻灯片设置为横向，仍可以纵向打印备注页、讲义和大纲。设置完成后，单击"确定"按钮。

5.6.2 添加页眉和页脚

在 PowerPoint 中，设置页眉/页脚有以下两种途径。

（1）用"页眉和页脚"命令设置幻灯片的所有页眉/页脚内容，再用幻灯片母版设置页眉/页脚外观。

具体步骤如下：

① 打开需要添加页眉/页脚的演示文稿。

② 选择"视图"→"页眉和页脚"命令，弹出"页眉和页脚"对话框，如图 5-33 所示。

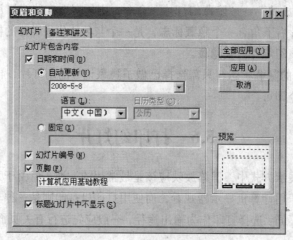

图 5-33　"页眉和页脚"对话框

③ 选择"幻灯片"选项卡，选择"日期和时间"复选框，如果想让添加的日期与幻灯片放映的日期一致，则选择"自动更新"单选按钮；如果只想显示演示文稿完成日期，则选择"固定"单选按钮，然后输入该日期。选择"幻灯片编号"复选框，可以对演示文稿进行编号，当删除或增加幻灯片页数时，编号会自动更新。如果第一页不想编号，则选择"标题幻灯片中不显示"复选框。选择"页脚"复选框，可以输入想在每一张幻灯片中出现的文本信息，图中输入了"计算机应用基础教程"。

④ 最后，如果本设置仅作用于当前选定的幻灯片，则单击"应用"按钮；如果要求本设置作用到整个演示文稿的所有幻灯片，则单击"全部应用"按钮。

⑤ 选择"视图"→"母版"→"幻灯片母版"命令，切换到幻灯片母版，如图 5-21 所示。其中"数字区"一般用于显示幻灯片编号。可以用鼠标拖动改变"日期区"、"页脚区"、"数字区"在幻灯片中的位置，例如，可将页脚区拖动到幻灯片的上方（即变成了页眉）。另外，可以在母版中调整每个区域的大小以及编辑的格式。

设置后的"页眉和页脚"在幻灯片中的显示如图 5-34 所示。

（2）利用幻灯片母版直接设置页眉和页脚及其外观

直接在幻灯片母版中的"日期区"输入固定的日期，以及在"页脚区"输入具体的固定文字内容。利用幻灯片母版一般只设置所有幻灯片中都相同的文字内容，而对于像在"数字区"中设置的幻灯片编号以及"日期区"中设置的"自动更新"的日期和时间等信息，不能在幻灯片母版中输入，而只能在"页眉和页脚"对话框中设置，但外观（大小、位置、文字格式等）可以在幻灯片母版中进行调整和修改。需要说明的是，在设置页眉/页脚时，其中的文字内容不要同时用以上两种方法重复输入。

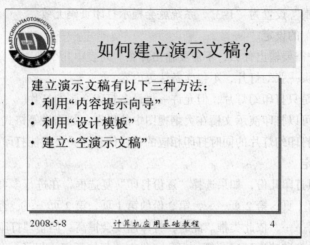

图 5-34　设置页眉/页脚后的幻灯片

5.6.3　打印参数设置

选择"文件"→"打印"命令或按【Ctrl+P】组合键，弹出"打印"对话框，如图 5-35 所示。

图 5-35　"打印"对话框

（1）"打印机"设置

当计算机连接多台打印机时，可以在"名称"列表中选择可用的打印机，单击"属性"按钮还可以详细地设置打印机的参数。如果每次都只用一台打印机进行打印，可以将其设置成默认打印机。选择"打印到文件"复选框，可生成打印文件。

（2）"打印范围"的设定

可以打印全部或部分幻灯片。如果要打印幻灯片的某几页，就选择"幻灯片"单选按钮，再输入需打印的页号，例如，输入"1，3"，表示打印第 1 页和第 3 页，输入"4–6"，表示打印第 4 页、第 5 页、第 6 页。输入的页码必须有效，如果在页面设置时把"幻灯片编号起始值"设成了 3，同时把"打印范围"设置为"1–3"，系统就会提示打印页码无效。

（3）"打印内容"的设定

设置打印过程中需要输出什么，不需要输出什么。列表中几个选项含义如下。

① 幻灯片：每页一张幻灯片，不包含备注等内容。

② 讲义：同样是只打印幻灯片，但允许一页最多打印 9 张幻灯片。

③ 大纲视图：可以打印演示文稿在大纲视图中的形态，如缩进等格式信息。

④ 备注页：在打印幻灯片的同时打印相应的备注信息，一页只能打印一张幻灯片。

（4）"份数"设定

打印份数就是想打印几份，如果选择"逐份打印"复选框，在进行多页、多份打印时，打印的顺序为第 1 份的第 1 页、第 2 页……，第 2 份的第 1 页、第 2 页……；否则，系统就会打印所有的第 1 页、第 2 页……，依此类推。此时，打印速度会提高，但整理打印文稿的时间就要长一些；而逐份打印虽然打印速度稍逊一筹，但每一份文稿都按顺序排好了。

由于大部分演示文稿设计成彩色的，而打印时多数以黑白打印为主，因此可能在屏幕上看到的底纹填充、背景很美观，但打印出来却很不理想。为了避免这种情形发生，可设置成"纯黑白"。操作方法为：选择"视图"→"黑白"命令。如果要恢复彩色显示，再执行一次该命令即可。

对话框下部还有些设置，例如，是否打印隐藏幻灯片、黑白幻灯片，幻灯片是否加框线，等等。如果没问题了，单击"确定"按钮即可开始打印。

第 6 章

计算机网络基础

计算机网络的建立和使用是计算机与通信技术发展相结合的产物，它是信息高速公路的重要组成部分。计算机网络使人们不受时间和地域的限制，实现资源共享。它是一门涉及多种学科和技术领域的综合性技术。在本章将介绍计算机网络的基础知识、网络的分类、Internet 的基本概念、电子邮件的使用、WWW 的使用等。

6.1 计算机网络基础知识

6.1.1 计算机网络的基本概念

1．计算机网络的定义

计算机网络就是用通信设备和通信线路将分布在不同地理位置的若干台具有独立功能的计算机互相连接起来，在网络协议和软件的支持下实现彼此之间的数据通信和资源共享的系统。

可以从以下几个方面理解计算机网络的定义。

① 两台或两台以上的计算机相互连接起来才能构成网络。网络中的各计算机具有独立功能，既可以连网工作，也可以脱离网络独立工作。

② 计算机之间要通信和交换信息，就需要彼此有某些约定和规则，即网络协议。网络协议是计算机网络工作的基础。

③ 网络中的各台计算机之间要进行相互通信，需要有一条通道以及必要的通信设备。通道指网络传输介质，它可以是有线的（如双绞线、同轴电缆等），也可以是无线的（如激光、微波等）。通信设备是在计算机与通信线路之间按照一定通信协议传输数据的设备。

④ 计算机网络的主要目的是实现资源共享，使用户能够共享网络中的所有硬件、软件和数据资源。

2．计算机网络的功能

计算机网络的功能概括起来有以下四点：

（1）信息交换

计算机网络可以实现各计算机之间的信息传输，并使分散在不同地点的信息得到统一、集中的管理，如电子邮件、发布新闻消息、远程教育、可视电话和会议等。

（2）资源共享

计算机网络突破地理位置限制，实现资源共享。资源共享可以最大限度地利用网络中的各种资源。资源共享包括软/硬件资源共享和数据资源共享。

- 硬件资源共享：如高速打印机、绘图仪、大型主机、海量存储器等。
- 软件资源共享：如远程查询、软件下载、调用其他计算机中的文件和有关信息等。
- 数据资源共享：如用户可以使用网络上共用数据库中的数据。

（3）分布式处理

通过计算机网络，可以把一项大型的任务划分成若干部分，并分散到不同计算机上进行分布式处理，同时运作，共同完成，从而使整个系统的效能大为提高。

（4）提高计算机的可靠性和可用性

计算机网络中的每台计算机都可以通过网络相互连接成为后备机。一旦某台计算机出现故障，它的任务可由其他计算机代为完成，提高了系统的可靠性。而当网络中某台计算机负担过重时，网络又可以均匀负荷，提高了每台计算机的可用性。

6.1.2　计算机网络的拓扑结构

进行计算机网络设计时，第一步要解决的就是在给定位置以及保证一定网络响应时间、吞吐量和可靠性的前提下，通过选择适当的线路、线路容量与连接方式，使整个网络的结构合理且成本低廉。为了应付复杂的网络结构设计，人们引入了网络拓扑的概念。

1．拓扑结构的概念

网络的拓扑结构是指网络的物理连接形式。连接在网络上的计算机、大容量存储器、高速打印机等部件都可以看做是网络上的一个结点。这些结点有多种不同的连接形式，从而形成不同的拓扑结构。

2．拓扑结构的分类

计算机网络中常见的拓扑结构有总线形、星形、环形、树形和混合形等。

（1）总线结构

图 6-1 所示的是总线形结构，它是一种线状结构，即用双绞线或同轴电缆通过接口将各结点连接到一条主干电缆上（称为总线），各工作站地位平等，无中心结点控制，一个结点发送出的信号，其他结点都可以通过总线接收到。所以，总线结构是一种共享通道的结构。总线结构的优点是连接简单，增加或删除一个结点时不需停止网络的正常工作，某个结点的故障不会引起系统的崩溃。另外，由于结点都连接在一根总线上，共用一个数据通道，因此信息的利用率高，资源共享能力强。但总线结构也有缺点：在总线结构的网络上，信息的延迟时间是不确定的，因此总线结构不适合于实时通信；另外，总线本身一旦发生故障，整个系统就会无法运作。

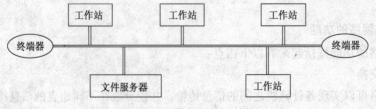

图 6-1　网络的总线型结构

（2）星形结构

图 6-2 所示为星形结构，它是以中央结点为中心，其他结点都与中央结点直接相连。中央结点是整个网络的主控计算机，称为服务器，它是网络的控制开关和数据处理机构。结点之间的数据通信必须通过中央结点再传到其他外围结点。星形结构的优点是外围结点发生故障对整个网络不产生影响，也可以在不影响系统其他设备工作的情况下非常容易地增加和减少设备。但这种结构的主要缺点是中心系统必须具有极高的可靠性，因为中心系统一旦损坏，整个系统便趋于瘫痪。

（3）环形结构

图 6-3 所示的是环形结构，它的各个结点通过公共传输线路形成闭合型的环，任意两个结点之间都要通过环路进行通信，数据的传递方向是固定的，因此，单条环路只能进行单向通信，如果要实现双向通信，就需要设置两条环路。环形结构易于实现高速和长距离通信。环路中各结点的地位和作用是平等的，因此可容易实现分布式控制。在环形结构网络中，传输信息的时间是固定的，因此便于实现对数据传递的实时控制。环形网络的缺点是，当某个结点发生故障时，整个网络不能正常工作。

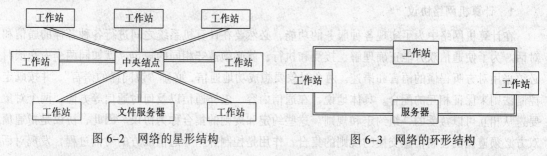

图 6-2　网络的星形结构　　　　　　图 6-3　网络的环形结构

（4）树形结构

图 6-4 所示为树形结构，树形结构是分级的集中控制式网络，在此结构中一般采用双绞线连接各个结点。通常一个工作站就是树形结构中的一片"树叶"。树形结构具有容易扩展、故障容易处理的优点，常用于军事、政府部门等上下界限相当严格的单位。树形结构的缺点是：除了叶结点及其相连的线路外，任一结点或与其相连的线路故障都会使系统受到影响。

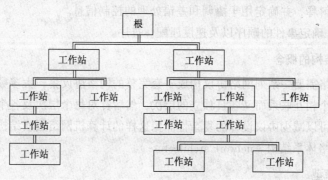

图 6-4　网络的树形结构

（5）混合形结构

图 6-5 所示的网络结构是总线形结构与星形结构的组合，这种网络结构也可以看作为几棵"小

树"组合而成的一棵"大树"。由此可见，混合形结构是将多种拓扑结构的局域网连在一起而形成的，它兼有不同结构的优点。

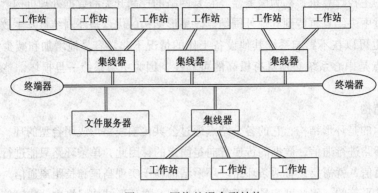

图 6-5　网络的混合形结构

6.1.3　网络体系结构与网络协议

1．计算机网络协议

在计算机网络中为了实现各种服务的功能，必然要在计算机系统之间进行各种各样的通信和对话。为了使通信双方能正确理解、接受和执行，就必须遵守相同的规定，就如同两个人交谈时必须采用对方听得懂的语言和语速。两个对象要想成功地通信，必须"说同样的语言"，并按既定控制法则来保证相互的配合。具体地说，在通信内容、怎样通信以及何时通信等方面，两个对象要遵从相互可以接受的一组约定和规则。这些约定和规则的集合称为协议。因此，协议是指通信双方必须遵循的控制信息交换的规则的集合，作用是控制并指导通信双方的对话过程，发现对话过程中出现的差错并确定处理策略。

一般来说，协议由三个要素组成。

① 语法：确定通信双方之间"如何讲"，即由逻辑说明构成，确定通信时采用的数据格式、编码、信号电平及应答结构等。

② 语义：确定通信双方之间"讲什么"，即由通信过程的说明构成，要对发布请求、执行动作及返回应答予以解释，并确定用于协调和差错处理的控制信息。

③ 定时规则：确定事件的顺序以及速度匹配、排序。

2．网络体系结构的概念

一个完整的网络需要一系列网络协议构成一套完整的网络协议集，大多数网络在设计时，是将网络划分为若干个相互联系而又各自独立的层次，然后针对每个层次及各个层次间的关系制定相应的协议，这样可以减少协议设计的复杂性。像这样的计算机网络层次结构模型及各层协议的集合称为计算机网络体系结构（network architecture）。

3．OSI 参考模型

在计算机网络上实现通信需要通过分层和分层协议相结合的网络体系结构。由于早期计算机厂家拥有各自不同的网络体系结构和分层，不同厂家的网络产品很难互联。因此，国际标准化组织（ISO）于 1981 年提出一个"开放系统互连"（OSI）参考模型，它为网络协议的层次划分建立了一个标准的模型，其标准保证了不同网络之间的兼容性和互操作性。OSI 参考模型从逻辑上把整个通信协议分成七层。第一层至第三层属于通信子网层，提供通信功能；第五至第七层属于资源子网层，提供资源共享功能；第四层（传输层）起着衔接上下三层的作用。每一层的主要功能如下：

① 物理层：数据的物理传输。

② 数据链路层：错误检测和校正、传送帧。

③ 网络层：路由选择、流量控制和网络互联。

④ 传输层：提供可靠、透明的端到端的数据传输。

⑤ 会话层：会话的管理与数据传输的同步。

⑥ 表示层：转换数据格式、数据加密和解密。

⑦ 应用层：为用户提供电子邮件、文件传输等最直接的服务。

当信息从发送端到接收端进行通信时，先由发送端的第七层开始，经过下面的各层与各层的接口，到达最底层——物理层，再经过物理层下的传输介质，传到接收端的物理层，穿过接收端各层直到接收端的最高层——应用层，发送端与接收端的各高层间并没有实际的介质连接，只存在着虚拟的逻辑上的连接，即层间的逻辑通信。

6.2 计算机网络的分类

计算机网络有各种各样的分类方法，按照不同的分类标准，可得到不同类型的计算机网络。常见的分类标准介绍如下。

6.2.1 按网络交换技术方式分类

按照网络的信息交换方式的不同，可将计算机网络划分为：电路交换网、分组交换网和综合交换网。

6.2.2 按网络覆盖的地理范围分类

计算机网络按地理覆盖范围的大小可划分为以下四种：

1. 局域网

局域网（LAN）又称局部网，它是将较小的地理区域内的计算机或数据终端设备连接在一起的通信网络。例如把一个实验室、一座楼、一个大院、一个单位或部门的多台计算机连接成一个计算机网络。局域网覆盖范围小。

2. 城域网

城域网（MAN）基本上是一种大型的局域网。它是将现有的局域网互相连接起来，使其成为一个规模较大的城市范围内的网络。例如，如果一所学校有多个分校分布在城市的几个城区，每个分校都有自己的校园网，这些网络连接起来就形成一个城域网。它的覆盖范围介于局域网和广域网之间。

3. 广域网

广域网（WAN）又称远程网，是在一个广阔的地理区域内进行数据、语音、图像信息传输的通信网，一般跨越城市、国家，甚至洲际。它通常是以连接不同地域的大型主机系统或局域网为主要目的。在广域网中，网络之间的连接大多采用租用或者自行铺设的专线，覆盖范围广。

4. 因特网

因特网（Internet）其实并不是一种具体的物理网络技术，而是将不同的物理网络技术，按照某种协议统一起来的一种高层技术。因特网是广域网与广域网、广域网与局域网、局域网与局域网进行互联而形成的网络。它采用的是局部处理与远程处理、有限地域范围的资源共享与广大地域范围的资源共享相结合的网络技术。目前，世界上发展最快、最热门的网络就是 Internet。它是世界上最大的、应用最广泛的互联网络。

6.3 Internet

6.3.1 Internet 概述

1. Internet 的起源和发展

Internet 是一个全球性的计算机互联网络，它是将不同区域而且规模大小不一样的网络互相连接而成。因此，Internet 是一个开放的、互联的、遍及全球的计算机网络系统，是当今世界上最大的信息网，是全人类最大的知识宝库之一。

Internet 起源于美国 1969 年国防部高级研究计划局（ARPA）建立的军用计算机网——ARPANET 网络。当时美国出于战略考虑，希望构造一个分散型的军事指挥中心，因此委托 ARPA 公司设计了 ARPANET 网络，其设计目标是当网络中的一部分因战争原因遭到破坏时，其余部分仍能正常运行。该网最初只有四台主机，只有少数的几所大学的局域网加入，后来很快增加到几千台主机，拥有十几万用户，形成了 ARPA 互联网。该网络实现了信息的远程传送和广域分布式处理，并比较好地解决了异地网络的互联的技术问题，为 Internet 的诞生和以后的发展奠定了基础。20 世纪 80 年代初期，ARPA 和美国国防部通信局研制成功用于异构网络的 TCP/IP 协议并投入使用。1986 年，在美国国会科学基金（NSF）的支持下，用高速通信线把分布在各地的一些超级计算机连接起来，经过十几年的发展形成 Internet。

进入 21 世纪，各国都在大力推进信息化的基础设施建设，Internet 的发展步伐变得更快。我国的 Internet 的发展以 1987 年 9 月通过中国学术网（CANET）向世界发出第一封 E-mail 为标志。经过十几年的发展，形成四大主流网络体系，即中科院 CSTNET、国家教育部的教育和科研网 CERNET、原邮电部的 CHINANET 和原电子部的金桥网 CHINAGBN。各种形式的接入服务供应商（ISP）、内容供应商（ICP）和应用服务供应商（ASP）等纷纷登上 Internet 的舞台。局域网接入 Internet 的带宽已达到数百兆位甚至数吉位。即使是一般的家庭用户也可以得到 56kbit/s 或 128kbit/s 的接入速度，甚至得到几兆位的宽带接入。

2. Internet 的社会影响

Internet 将人们带入了一个完全信息化的时代，正在改变着人们的生活和工作方式。由于其范围广、用户多，目前已成为仅次于全球电话网的第二大通信手段，可以说是 21 世纪信息高速公路的雏形。

　　Internet 在人们的工作和生活方式中开始形成一种独特的网络文化氛围。通过 Internet，除了常规的 E-mail 通信外，还可以进行各种各样的日常工作：讨论问题、发表见解、传送文件、查阅资料、开展远程教育等；在商务界，通过网络购物、逛电子市场，在网络上开展广告、采购、订货、交易、展览等各种经济活动；在个人生活和娱乐休闲方面，可参观网上展览馆、听音乐、看影视、聊天，甚至阅览网上电子报刊等。

6.3.2　Internet 的通信协议

　　因特网是全球最大的互联网，目前接入因特网的局域网、城域网以及个人计算机等的数量难以计数。这些互联的网络和个人计算机可能使用不同的操作系统和软件，而把它们有机地组织在一起，彼此通信和共享资源靠的是网络协议，因特网使用的网络协议是 TCP/IP 协议。

　　通常，TCP/IP 是指因特网协议组，而不单单是 TCP 和 IP 两个协议本身。TCP/IP 实际上是一组协议，它包含上百个各种功能的协议，如远程登录（Telnet）、文件传输协议（FTP）、简单邮件传输协议（SMTP）、域名服务协议（DNS）和网络文件系统等，TCP 和 IP 协议是其中最基本的，也是最重要的两个协议。

　　TCP（transmission control protocol）称为传输控制协议，IP（internet protocol）称为网际协议。TCP 和 IP 在两台计算机进行通信的过程中，扮演着不同的角色。IP 的作用是将信息从一台计算机传送到另一台计算机中，而 TCP 的作用是表达该信息，并确保能够被另一台计算机所理解。

　　TCP/IP 协议本质采用的是分组交换技术，其基本思想是把信息分割成一个个不超过一定大小的信息包来传送。目的是既可以避免单个用户长时间占用线路，又可以在传输出错时不必重新传输全部数据，只需重新传出错的信息包即可，每一个包像一个信封，因为它既有返回地址，又有目的地址，还有这个包的大小信息。而这些小的包不一定按顺序到达目的地，甚至不一定按同一路径来传送。无论选择哪条路径被传送，由于包已经编号，另一端的计算机通过检验就可以将信息完整地组合起来。这样一来，当两台计算机在 Internet 上交换信息时，TCP/IP 协议能保证信息传送的完整性。

　　TCP/IP 协议组织信息传输的方式是四层协议方式，如表 6-1 所示，即把整个协议分成四个层次。这四层按由高到低的次序分别是：应用层、传输层、互联层和网络层。用户通过应用层软件提出服务请求，该请求经传输层控制发送，到达互联层便需对信息进行分组发送，最后进入某个具体子网的网络层。

表 6-1　TCP/IP 的四层协议

协　议　层	功　　　能
应用层	直接支持用户的通信协议。如电子邮件协议、文件传输协议等
传输层	传输控制协议 TCP
互联层	网际协议 IP
网络层	访问具体局域网，如以太网等

6.3.3　Internet 地址

1．IP 地址

　　按照 TCP/IP 协议，一个计算机用户在 Internet 上与其他用户通信或查找资源时，都必须知道对方的 IP 地址。IP 地址是网络通信的地址，是计算机、服务器、路由器的端口地址，是运行 TCP/IP 协议的标识。

Internet 为连网的每台主机分配一个唯一的 IP 地址。

IP 地址是计算机可识别的地址，长度为 4B，每个字节对应一个介于 0～255 的三位十进制数，字节之间用"."隔开，如 202.192.80.2。根据前面学过的知识，可以推算出 Internet 的 IP 地址理论上可达 40 多亿个。

IP 地址分为动态地址和静态地址两类。当用户的计算机接入 Internet 后，就成为 Internet 上的一台主机，Internet 系统会分配给这台计算机一个 IP 地址（以便识别）。对一般的接入网络服务器的单机用户（拨号入网用户或局域网入网用户）而言，这个 IP 地址由所连接的网络服务器根据当时所有接入用户的情况而决定，即这个 IP 地址是动态的。也就是说，用户在不同的时刻接入 Internet 时，计算机所得到的 IP 地址是不同的（便于网络服务器地址资源的充分利用），但在用户上网期间，用户计算机的 IP 地址是固定不变的。

对于网络服务器，即信息服务的提供者来说，则必须有一个永远固定的全球唯一的 IP 地址，以便访问者在任何时候都能方便快捷地接入。通常，申请了 DDN 专线的局域网主机（如公司、企业、学校、科研单位、政府部门等网站主机），有自己的固定 IP 地址。拥有静态 IP 地址的用户，除像一般的工作站那样可以访问 Internet、获取其他网站的资源外，也可以在 Internet 上发布自己的信息，供全球所有 Internet 用户访问。

2．域名和域名系统

（1）域名地址

IP 地址采用一串数字表示，用户很难记忆，因此 Internet 引入另一种便于记忆的地址，称为域名（又称为域名地址）。域名是一种按一定规律书写的，用户容易理解、容易记忆的 Internet 地址。例如，IP 地址 166.111.8.250 对应的主机域名为 mail.tsinghua.edu.cn，表明它是清华大学的一台邮件服务器。

Internet 主机的域名是由它所属的各级域的域名和分配给该主机的名字共同构成的。域名采用层次结构，一个域名一般由 3～5 个子域名构成。书写的时候，顶级域名放在最右面，各级域名之间由"."隔开。自左至右的次序分别是主机名、局域网名、网络机构名、地理区域名，前一个子域名被后一个子域名所包含。一般格式为：

　　　　四级域名.三级域名.二级域名.顶级域名

如域名 www.gzhu.edu.cn 就表示中国（cn，地理区域）教育科研网（edu，网络机构）中广州大学（gzhu，局域网）的一台主机（www，主机类型）。

表 6-2、表 6-3 列出了常见的网络机构子域名和主机类型子域名。

表 6-2　常用的网络机构子域名

子 域 名	含　　义	子 域 名	含　　义	子 域 名	含　　义
.com	商业机构	.int	国际机构	.gov	政府机构
.org	非盈利性机构	.arts	文化娱乐单位	.store	销售公司企业
.edu	教育机构	.mil	军事机构	.net	网络机构
.firm	公司企业	.rec	消遣娱乐单位	.infu	信息服务单位

表 6-3　常用的主机类型子域名

子　域　名	含　　义	子　域　名	含　　义
www	主页浏览服务器	bbs	电子公告板服务器
ftp	文件传输服务器	news	新闻组服务器

（2）域名系统（DNS）

需要说明的是：主机域名不能直接用于 TCP/IP 协议的路由选择中。当用户使用主机域名进行通信时，首先必须要将其映射成 IP 地址。这种将主机域名映射为 IP 地址的过程称为域名解析，Internet 的域名系统 DNS（domain name system）能够完成此项工作。

有了域名服务系统 DNS，凡有定义的域名都可以有效地转换成 IP 地址，反之 IP 地址也可以转换成域名。因此，用户可以等价地使用域名或 IP 地址。但要注意的是，域名的每一个子域名与 IP 地址的每一节是完全没有关系的，不要把它们对应起来。

（3）网页地址（URL）

在 WWW 上，每一条信息都有统一的格式和唯一的地址，这个地址称为 URL（uniform resource locator）地址。URL 地址由三部分组成（从左到右）：资源类型、存放资源的主机域名、资源文件名。例如，http://www.gzhu.edu.cn/top.html 就是一个 URL 地址，其中的 http 表示该资源类型是超文本信息，www.gzhu.edu.cn 是广州大学的主机域名，top.html 是资源文件名。

http 是超文本传输协议，具有协议简单、通信速度快、时间开销小的优点，而且允许传输任意类型的数据，包括多媒体文件，在 WWW 上可方便地实现多媒体浏览，是使用最多的资源类型。

6.3.4　Internet 的基本服务

Internet 的基本服务是指 TCP/IP 协议所包括的基本功能。它主要有以下三种：

1．电子邮件

电子邮件（E-mail）是 Internet 的主要用途之一。E-mail（electronic mail）是从一台计算机上的用户向另一台计算机的用户发送信息的一种方式。该信息由一组标题行与信息体组成，前者告诉计算机系统把信息传给谁，后者则可以包含任何文本、文件甚至图片和声音。

只要知道对方的 E-mail 地址，用户就可以通过网络方便地接收和转发信件，还可以同时向多个用户传送信件。

2．文件传输

文件传输协议（file transfer protocol，FTP）是用于以交互方式访问远程计算机的文件目录并与之交换文件的一种方式。用这种方式可直接进行文字和非文字信息的双向传输，非文字信息包括计算机程序、图像、照片、音乐、录像等。此外，还可以使用各种索引服务进行查找。

Internet 上的大部分计算机都支持 FTP。但需要指出的是，FTP 并没有统一的标准，除一些主要命令外，各种不同平台上的 FTP 可能有差别。

3．远程登录

该服务用于在网络环境下实现资源的共享。利用远程登录，可以把一台终端变成另一台主机的远程终端，从而使用该主机系统允许外部用户使用的任何资源。它采用 Telnet 协议，可使多台计算机共同完成一个较大的任务。

借助 Telnet，可以登录访问远程计算机，在远程主机上执行命令，其效果如同在本地登录。在这种情况下，计算机相当于远程主机的一个终端。

6.3.5　Internet 接入方式

要连入 Internet，除了计算机必须运行 TCP/IP 软件外，主要是解决通信线路的选择问题。普通用户连入 Internet，常常是指连至 Internet 服务提供商（internet service provider，ISP）。ISP 有直接与 Internet 连接的计算机，并且能对用户提供域名解释等各种服务。近几年来，随着信息业务的快速增长，特别是 Internet 的迅猛发展，人们对传输速率提出了越来越高的要求，网络接入技术也因此得到了迅速的发展，并且呈现出多样化的特征，下面介绍目前常用的接入技术。

1．拨号方式入网

几乎所有的 ISP 都提供终端方式接入 Internet。这种方式利用已有的电话网，通过电话拨号程序将用户的计算机连接到 ISP 的一台主计算机上，成为该主机的一台仿真终端，经由 ISP 的主机访问 Internet。

以这种方式上网时，用户需要用拨号程序的拨号功能，通过调制解调器（modem）拨通 ISP 一端的 modem，然后根据提示输入个人账号和密码。通过账号和密码的检查后，用户的计算机就是远程主机的一台终端了。拨号上网是家庭用户上网最常用的接入方式，目前常用的 modem 最大传输速率为 56 kbit/s，但受线路的影响，实际速率通常在 40 kbit/s 左右。

2．ISDN 方式入网

ISDN（综合业务数字网）是通过对电话网进行数字化改造，可将电话、传真、数字通信等业务全部通过数字化的方式传输的网络。ISDN 具有连接速率高、通信费用低（与电话通信类似）、上网和打电话可以同时进行等优点，国外采用这种方式接入因特网非常广泛。通过 ISDN 接入因特网的速率可达 128 kbit/s。

3．ADSL 方式入网

ADSL（非对称数字用户线）是 20 世纪末出现的宽带接入技术，已获得广泛应用。ADSL 在概念上类似于拨号接入，也是运行在现存的双绞线电话线上，但采用了一种新的调制解调技术，使得下行速率可以达到 8Mbit/s（从 ISP 到用户），上行速率接近 1Mbit/s。此外，和 ISDN 一样，它允许用户一边打电话一边上网。

4．闭路电视网络方式入网

现代的闭路电视网络属于一种光纤同轴混合网络。各住宅小区通过光纤与电信网连接，在小区内部则使用同轴电缆接到各住户。这种网络需要一种特殊的称为线缆调制解调器（cable modem）的设备来支持网络接入。典型的 cable modem 是一种外置设备，通过 10BaseT 以太网端口接到家用 PC 上，有时也做在机顶盒内部。线缆调制解调器将网络划分成两个通道，一般下载通道为 10 Mbit/s，上传通道为 786 kbit/s。

5．以局域网方式入网

大多数机构采用局域网方式接入 Internet，即用路由器将本地计算机局域网作为一个子网连接到 Internet 上，使得局域网中的所有计算机都能够访问 Internet。这种连接的本地传输速率可达 10 ～100 Mbit/s，但访问因特网的速率要受到局域网出口（路由器）的速率和同时上网的用户数量的影响。这种入网方式适用于用户数较多并且较为集中的情况。

6. 以无线局域网方式入网

无线局域网指的是通过无线手持终端或移动终端、无线基站、无线路由器、无线集线器、无线网卡、卫星等通信技术和设备连接的局域网。无线局域网采用 IEEE 802.11 标准，使用 ISM 无线网络频段，可以作为有线计算机网络的补充，在实际联网中起着非常重要的作用。

6.4　电子邮件

6.4.1　什么是电子邮件

在 Internet 上，最主要也最频繁的应用服务是电子邮件。

电子邮件又称 E-mail，它是互联网为用户提供的一种现代化通信手段，电子邮件具有速度快、价格便宜、一信多发、自动定时发送、可包含多媒体信息等特点。电子邮件改变了人们以往的通信方式，大大改善了人们的信息交流。

1. 电子邮件地址

要在 Internet 上收发电子邮件必须要有一个电子信箱，电子信箱实际上是 ISP 在其服务器上为用户设置的一块存储空间，通过设置用户名和口令，可保证用户本人才能查看自己的邮箱。每个电子信箱都对应一个唯一的地址，即电子邮件地址。

Internet 上电子邮件地址的格式如下：

　　账号名@邮件服务器域名

例如 E-mail 地址：iszx@hebm.edu.cn，标识了一个在域名为 hebm.edu.cn 的邮件服务器上、账号为 iszx 的 E-mail 信箱。

电子邮件信箱和普通的邮政信箱一样也是私有，任何知道电子邮件地址的人可以将邮件投递到该信箱，但只有信箱的主人才能够阅读信箱中的邮件内容，或者删除和复制其中的邮件。用户对信箱的访问控制靠的是用户密码。这个密码就相当于传统邮政信箱的钥匙。

2. 电子邮件使用的协议

邮件服务器使用的协议有简单传输协议 SMTP、电子邮件扩充协议 MIME 和 POP 协议。POP 服务需要一个邮件服务器来提供，用户必须在该邮件服务器上取得账号后才可使用。目前使用较普遍的 POP 协议为第三版，简称 POP3 协议。

3. 电子邮件的收发过程

收发电子邮件有两种方式：浏览器方式和专用邮箱工具方式。

（1）浏览器方式（网页邮件系统）：大多数的邮箱都支持浏览器方式收取信件，并且都供一个友好的管理界面，只要在提供免费邮箱的网站登录界面输入自己的用户名和口令，就可以收发信件并进行邮件的管理。比如很多人就是直接在网上申请使用网易、雅虎、新浪、Hotmail 等免费邮箱进行邮件的收发。

（2）专用邮箱工具方式：这种方式就是用一个邮件管理软件（电子邮件客户端软件）来收发邮件。电子邮件客户端软件一般都能提供比网页邮件系统更为全面的功能。使用客户端软件收发邮件，登录时不用下载网站页面内容，速度更快；收到的和曾经发送过的邮件都保存在自己的计算机中，不用上网就可以对旧邮件进行阅读和管理。

电子邮件客户端程序有多种，目前用得最多的就是 Windows 操作系统自带的 Outlook Express，另外还有国产的 Foxmail。

6.4.2 Outlook Express 的设置和使用

Outlook Express 是 Internet Explorer 软件包的集成部分之一。它嵌在 Internet Explorer 之中，把在 Internet 上浏览和收发电子邮件功能集为一体，在浏览的同时，随时可以检查 E-mail 信箱，给用户带来很大的方便。而且它是一个性能优越、易于使用的 E-mail 程序，具有直观的界面、处理多个账号的能力、全面的地址簿管理以及易于使用的 HTML 功能。

1. 启动 Outlook Express

Outlook Express 可以有三种启动方法：

① 单击任务栏中的"快速启动区"中的 Outlook Express 图标。

② 双击桌面上的 Outlook Express 图标。

③ 选择"开始"→"程序"→Outlook Express 命令。

启动后的界面如图 6-6 所示。可以看到窗口有菜单栏、快捷工具栏、文件夹列表窗格、联系人列表窗格和显示窗格等。

其中文件夹列表窗格位于窗口的左侧，列出了多个文件夹，可以把邮件分类保存。这些文件夹包括：收件箱、发件箱、已发送的邮件、已删除邮件和草稿。

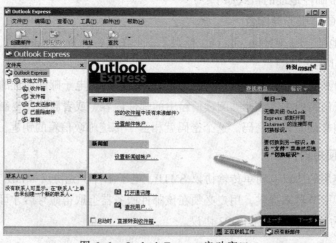

图 6-6　Outlook Express 启动窗口

2. Outlook Express 使用前的设置

（1）建立第一个电子邮件账户

① 在使用 Outlook Express 之前，需要了解下列信息：电子邮件地址、邮件服务器类型、名称以及账号、口令等，这些应该由 ISP 提供。第一次启动 Outlook Express 时，首先出现"Internet 连接向导"对话框，如图 6-7 所示，它会要求提供所需信息。

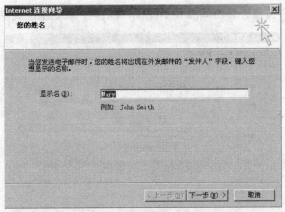

图 6-7 "用户名"对话框

② 在"显示名"文本框中输入一个代表自己的名称。这里可以写真实姓名也可以起一个笔名，它将出现在发出邮件的发件人域中。单击"下一步"按钮，弹出对话框，如图 6-8 所示，在"电子邮件地址"文本框中输入自己的 E-mail 地址。

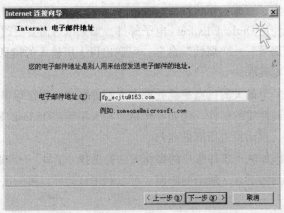

图 6-8 "用户电子邮件地址"输入框

③ 单击"下一步"按钮，弹出对话框，如图 6-9 所示。"我的邮件接收服务器是"文本框一般使用默认的 POP3，"接收邮件（POP3，IMPA 或 HTTP）服务器"的文本框和"发送邮件服务器（SMTP）"的文本框中分别填入 ISP 所提供的信息。

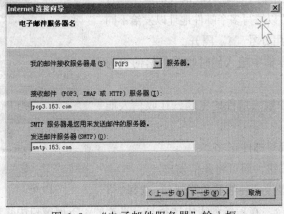

图 6-9 "电子邮件服务器"输入框

④ 单击"下一步"按钮，弹出如图6-10所示对话框，在这里应提供真实账户名和口令。

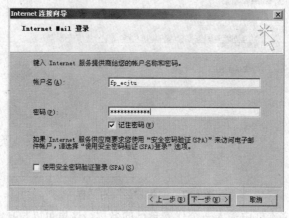

图6-10 "电子邮件账户"对话框

⑤ 单击"下一步"按钮，弹出一个表示祝贺的对话框，通知已经成功地输入了建立账户所需的所有信息，这时单击"完成"按钮即可。

现在已经准备好了使用 Outlook Express 电子邮件。如果以后需要更改关于电子邮件的任何信息，选择"工具"→"账号"→"属性"命令，可调出以上所输入的信息进行修改。

（2）建立多个电子邮件账户

Outlook Express 的一个最大的优点是能处理多个邮件账户。现在很多人都有若干邮件账户，可以分门别类地处理不同性质的邮件，比如工作用、私人用等。Outlook Express 可以将所有邮件账户集成在一个画面中，自动检查所有的账户。

为 Outlook Express 添加电子邮件账户的操作方法是选择"工具"→"账户"→"添加"→"邮件"命令，这时又会看到如图6-7所示的画面。可以利用该向导以第一次创建所采取的方式添加第二个或更多的账户。

3．电子邮件的撰写与发送

（1）撰写新邮件操作步骤

① 在工具栏中单击"创建邮件"按钮，进入邮件撰写窗口，如图6-11.所示。

② 在"收件人"文本框中，输入收信人的电子邮件地址，该项必须填写。可以填写多个邮件地址以发给不同的人，不同的地址之间用分号"；"隔开。

③ 在"抄送"文本框中输入同时收此封信的人的地址，这是可选项。

④ 在主题文本框中输入信件的主题，让收信人能快速地了解信件内容。

⑤ 在下面空白处撰写邮件正文。

⑥ 单击"发送"按钮，即可将此信发出。

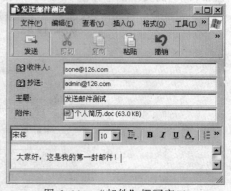

图6-11 "邮件"撰写窗口

Outlook Express 还提供多种信笺装饰邮件。选择"格式"→"应用信纸"命令，在信纸列表中选择自己喜欢的，下面窗口中将出现相应的信笺。这些信笺是一些 HTML 页面，如果收件人能够处理 HTML 邮件，则可使用这些信笺。

（2）为电子邮件添加附件

如果用户除了要发出正文后，还要附加一个文件或只是想发给对方一个已存在的文件，如图像文件、声音文件、可执行程序或带某种格式的文件等，则不能在邮件的正文中发送，但可以采用附件的方式来发送。

① 选择"插入"→"文件附件"命令，或直接单击工具栏中的"附件"按钮，然后找到所要附加的文件。

② 选定该文件后，单击"附件"按钮。

③ 该文件将显示在邮件正文窗口下的附件窗格内，如图 6-11 所示。如果还要附加别的文件，继续上面的步骤，到文件系统里选定要发送的文件，那么附加的文件会全部显示在附件的窗格中，单击"发送"按钮之后，附件会随电子邮件的正文一同送到收件人的手中。

4．电子邮件的查找与阅读

（1）电子邮件的查找

Outlook Express 启动后会自动与邮件服务器连接，并把所有的新邮件默认下载到"收件箱"文件夹中，之后，Outlook Express 会再次检查是否有新邮件，这个时间段是可以设置的。

选择"工具"→"选项"命令，弹出 Outlook Express 选项设置对话框，在"常规"选项卡中选择"每隔几分钟检查一次新邮件"复选框，并选定时间段即可。

若想在设定的时间范围内获得新邮件，选择"工具"→"发送和接收"命令，或者单击工具栏中的"发送和接收"按钮，会弹出一个对话框，如图 6-12 所示，告诉正在连接邮件服务器。如果一切正常，新邮件将会下载到新收件箱中。此时可以断开 Internet，查看新邮件。

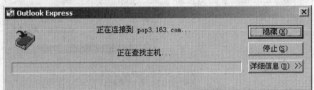

图 6-12　发送和接受邮件时连接状态对话框

（2）电子邮件的阅读

收到的邮件均存在"收件箱"中，要阅读邮件，只需在文件夹列表中选择"收件箱"。所有邮件将列在右边的窗格中，未读的邮件以粗体显示，旁边还有一个未读的邮件图标，如图 6-13 所示。

当选择一个邮件后，该邮件将显示在预览窗格中，5 秒钟后新邮件的粗体显示将消失（这个时间可以修改），旁边的图标变成已打开邮件图标，这表示该邮件已经阅读。如果仍想将邮件作为未读形式保存，只需要选择"编辑"→"标记为'未读'"命令即可。

此外也可以双击某个邮件进入邮件阅读窗口查看邮件内容。邮件阅读窗口分成两部分：邮件头和邮件体，邮件体是邮件的正文，可以通过滚动条来查看详细内容。

（3）附件的收取

正如发信时可以附加文件一样，当收到一封带有附加文件的信件时，在邮件列表里，会看到在邮件图标的左边有一个新的图标，形状像一个曲别针，这表示该邮件有附加文件。如图 6-13 所示的邮件列表框中的第一个邮件。

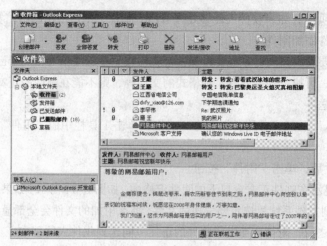

图 6-13　"收件箱"窗口

如果收到的附加文件是浏览器能识别的格式，比如 GIF 格式或 JPG 格式的图形文件，那么此图形会直接显示在信件内容窗口中；如果收到的是浏览器不能识别的格式，那么在信件内容窗口中会有一个文件附件图标，用鼠标右击此图标，弹出附件快捷菜单，如图 6-14 所示，选择"保存附件"命令，在弹出的窗口中单击"浏览"按钮指定保存路径，将文件存盘。

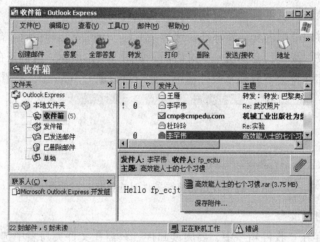

图 6-14　接受带附件的邮件

5．电子邮件的回复与转发

（1）答复邮件

答复邮件是指对邮件的应答。单击工具栏中"答复"按钮，进入答复邮件窗口，在该窗口中，收件人地址已经根据用户所选择回复对象自动填好，邮件主题以"回复（Re）"开头，表明该邮件是回复发送人邮件。在正文中可以看到原发件人的信件已经显示在正文区域中，输入要回复的邮件正文，然后单击工具栏中的"发送"按钮即可。

（2）转发邮件

如果需要把信件转给其他人，这就需要用转发邮件的方式。转发邮件与回复邮件类似，只是转发邮件不会自动提供收件人地址。

从主窗口的邮件列表中选定要转发的邮件，单击"转发"按钮，进入转发邮件窗口，其中在主题栏中是以"转发(Fw)"开头的，表明该邮件是转发邮件。要转发的信件及附加文件也已显示在正文窗格和附加窗格中，在"收件人"文本框中输入收件人地址，邮件中再加入转发的内容，然后单击"发送"按钮即将该邮件转发出去。

6．管理和使用通信簿

将经常联系的人的信息存入通讯录是很必要的，利用它可方便地与他人联系，并避免输入 E-mail 地址的麻烦，而且不容易出错。

（1）建立通讯簿

每收到一封信，都可以将发信人的地址加在通讯录中，只要选择此封信，然后双击进入邮件窗口中，选择"工具"→"将发件人添加到通讯簿"命令，即可将此发信人的地址加到通讯录中。

（2）管理通讯簿

选择"工具"→"通讯簿"命令，打开"通讯录"窗口，可以对通讯录进行整理，如添加、删除和修改等。

（3）使用通讯簿

建立通讯录后，在发送邮件窗口，输入收件人、抄送及密件抄送的 E-mail 地址时，可单击"通讯簿"按钮，调出通讯簿列表选择收信人。

7．整理信件

当信件箱中积累了许多封信时，需要对这些信件进行下面的整理。

（1）删除邮件

选择要删除的信，单击"删除"按钮，此时该信件并没有真正被删除，而是被移到已删除邮件文件夹中。从已删除邮件文件夹中删除邮件才能把邮件从磁盘彻底删除。

（2）分类邮件

可以建立不同的文件夹来存放不同类型的邮件，以方便查找。

① 建立文件夹。选择"文件"→"文件夹"→"新建"命令，从弹出的对话框中输入文件夹的名称，单击"确定"按钮，新文件夹便建立完毕。

② 移动或复制邮件到新文件夹。从邮件列表中选定要移动或者复制的邮件，然后选择"编辑"→"移动到文件夹"或"复制到文件夹"命令，在弹出的对话框中单击要移动或复制到的文件夹，完成邮件分类保存。

（3）保存邮件

当需要将某一封信存成一个独立的文件时，首先选定此封信，再选择"文件"→"另存为"命令，可以将其作为独立文件存在指定目录路径下。

6.4.3 基于 WWW 的电子邮件系统

使用 Web 方式收、发电子邮件，先要登录提供电子邮件服务的网站，这种网站提供的电子邮件服务可以是免费的，也可以是收费的。国内外有许多提供免费电子邮件服务的网站，国内网站如搜狐、网易等，国外网站有 Yahoo、FreeMail 等。

　　登录这类网站后，首先要申请一个个人的电子邮件账户，图 6-15 所示为用户申请 163 免费电子邮件的第一个界面：选择和确定账户的用户名。不同网站对于用户名的规定可能会有所不同，主要是用户名的长度会有差别。用户名可能要输入多次才能被确认，因为申请的人很多，许多名字可能已经被别人使用了。确定用户名后，还要输入用户的口令。以后，就可以用得到确认的用户名和口令登录到网站的邮件服务界面。

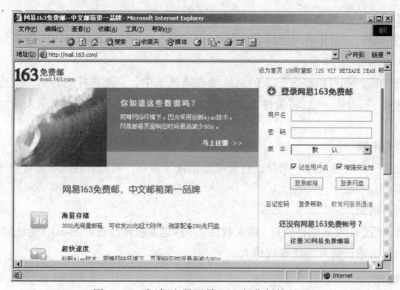

图 6-15　申请/注册网易 163 免费邮箱界面

　　使用 Web 方式收发邮件是比较简单的，用户一般不需要直接设置邮件账户，只要有一个用户名和口令就可以。但是，使用这种方式收发邮件，上网的时间会比较长。

6.5　WWW（万维网）

6.5.1　WWW（万维网）及浏览器概述

　　WWW 和浏览器是用户浏览 Internet 时经常遇到的两个术语。在浏览 Internet 之前，有必要了解它们的概念，为浏览 Internet 做好知识准备。

1. WWW（万维网）

　　WWW 全称为 World Wide Wed（全球信息网），简称 3W，又称"万维网"。它是 Internet 上的主要应用系统之一，用于描述 Internet 上所有以超链接方式组织的可用信息和多媒体资源。它使用 HTML（超文本标记语言）文档格式构造 Web 页面。Web 页面可以放在 Internet 的任何一个地方，通过"超链接"将它们链接在一起。用户在网页上通过单击"超链接"从一个页面跳转到其他页面，这些页面中可包括图像、动画和声音等信息。

　　WWW 的目的是帮助用户在 Internet 上以统一的方式去获取不同地点、不同存取方式、不同检索方式、不同表达形式的各种各样的信息资源。从本质上讲，它是超媒体思想在网络上的实现，WWW 支持跨计算机的信息连接。

2. 浏览器

在浏览 Internet 时，浏览器的功能类似翻译机。因为进入 Internet 后，用户所使用的计算机并不懂得 WWW 上的语言，需要使用浏览器与 Internet 上的主机沟通，并由浏览器将信息转换为用户看得懂的形式，使用户获取网上的各种资源。

WWW 浏览器，又称 Web 浏览器，是一个客户端程序。不仅能追踪网络中任何地方的 HTML 文档，而且能方便地以统一的方式显示它们。目前常用的浏览器有美国 Netscape 公司开发的 Netscape Navigator（简称 Netscape）和微软公司开发的 Internet Explorer（简称 IE）。

6.5.2　WWW 浏览器 IE 的使用

1. 浏览器 IE 的启动与退出

（1）IE 浏览器的常用启动方法有三种

① 双击桌面上的 Internet Explorer 图标。

② 任务栏快速启动区单击 Internet Explorer 按钮。

③ 选择"开始"→"程序"→Internet Explorer 命令。

（2）退出浏览器

选择"文件"→"关闭"命令；或直接单击浏览器窗口右上角的"×"按钮。

2. 浏览器 IE 的窗口组成

启动 IE 后，会以默认起始页的方式打开浏览器窗口，如图 6-16 所示。IE 浏览器的窗口界面由以下几部分组成。

图 6-16　IE 浏览器的窗口界面

① 标题栏：显示当前正在访问的网页的名称。

② 菜单栏：包含了 IE 浏览器的全部命令，通过打开下拉菜单，可以执行相应命令操作。

③ 标准按钮工具栏：包含最常用的命令按钮，可以单击相应的按钮快捷地执行命令，而不用打开菜单进行命令的选择。

④ 地址栏：显示当前正在查看的网页的 Web 地址（即 URL 地址），要转到其他的网页，则直接在此栏的输入其 URL 地址，并在输入完成后按【Enter】键。

⑤ 链接栏：保存了一些常用网页的链接，单击这些链接就会看到相应的网页，省去了在"地址栏"输入 URL 地址的麻烦。在这里可以定制自己喜欢的链接。

⑥ 浏览区：显示当前正在访问的网页的内容。

⑦ 状态栏：显示正在浏览的网页的下载状态、下载进度和区域属性。

3. 使用 IE 浏览网页

IE 打开网页的方法有多种，具体介绍如下：

（1）在地址栏中输入 URL 地址

如果确切知道要访问网页的 URL 地址，那么最简单的方法就是在地址栏中输入 URL。如图 6-16 所示，在地址栏中输入华东交通大学的 URL 地址：http://www.ecjtu.jx.cn，按【Enter】键，即可进入该校的主页。

如果曾经在地址栏中输入某个 URL 地址，那么再次输入这个 URL 地址的前一个或几个字符时，浏览器就会自动在地址栏的下面显示出一个下拉列表，其中显示曾输入过的前面部分相同的所有 URL 地址，选择想要的 URL 地址并单击即可完成输入，这是 IE 地址输入的自动完成功能。

地址栏其实是一个下拉列表框，单击地址栏右边的向下箭头，可以看到下拉列表中保存着 IE 浏览器记录的曾输入过的 URL 地址。这样就可以直接选取需要的 URL 地址，单击即可进入该主页，如图 6-17 所示。

（2）利用网页中的超链接浏览

超链接就是存在于网页中的一段文字或图像，通过单击这一段文字或图像，可以跳转到别的网页或网页中的另一个位置。当光标停留在有超链接功能的文字或图像上时，鼠标指针形状变成手形，该超链接所指向的 URL 地址同时出现在屏幕底部的状态栏中。单击超链接，便可进入该链接所指向的页面。

（3）使用导航按钮浏览

IE 浏览器的工具栏中最左侧的五个按钮就是导航按钮，如图 6-18 所示，在浏览过程中，要频繁用到这五个导航按钮，下面分别讲述它们的功能。

图 6-17　在地址栏选择 URL 地址

图 6-18　工具栏的导航按钮

①　"后退"按钮：刚打开浏览器时，这个按钮呈灰色不可用状态。当访问了不同网页或使用了网页上的超链接后，按钮呈黑色可用状态，记录了曾经访问过的网页。单击此按钮可以返回到上一个网页；单击按钮上的下三角按钮，在弹出的下拉列表中，可以选择在访问该网页之前曾访问过的网页。

②　"前进"按钮：同样，刚打开浏览器时，这个按钮呈灰色不可用状态。当使用了后退功能后，按钮呈黑色可用状态。单击此按钮，可以返回到单击"后退"按钮前的网页；单击按钮上的下三角按钮，在弹出的下拉列表中，可以选择在访问该网页之后曾访问过的网页。

③　"停止"按钮：在浏览的过程中，有时会因为通信线路太忙或出现了故障而导致一个网页过了很长时间还没有完全显示，这时可以单击此按钮来停止对当前网的载入。当然，没出现什么问题的时候，也可以单击此按钮停止载入网页。

④　"刷新"按钮：如果仍然想浏览停止载入的网页，单击此按钮，可以重新进入这个网页，它的另一个用途是，有的网页内容更新很快，那么单击此按钮可及时阅读更新信息。

⑤　"主页"按钮：在 IE 浏览器中，主页是指每次打开浏览器时所看到的起始页面。在浏览过程中，单击此按钮可以返回到起始页面。

（4）用历史记录再次访问网页

IE 浏览器保留了以前访问过的 Web 页的线索，用户可以使用 IE 浏览器的历史记录访问这些网页。在工具栏中单击"历史"按钮，出现如图 6-19 所示的"历史记录"窗口，即可查看历史记录文件夹中所保存的网页。

（5）使用链接栏

链接栏是 IE 为用户提供的一个快速链接到 Microsoft 公司推荐站点的工具栏。如果用户需要经常访问某几个特定的站点，可以定制自己的链接栏。这样，要访问这几个特定的站点时，只需在链接栏上单击相应的快捷方式，就会打开对应的网页。

在"链接栏"上添加快捷方式的操作方法是：将光标移到浏览器窗口的地址栏中，指向当前显示的 URL 前的图标，单击并拖放到"链接栏"即可。

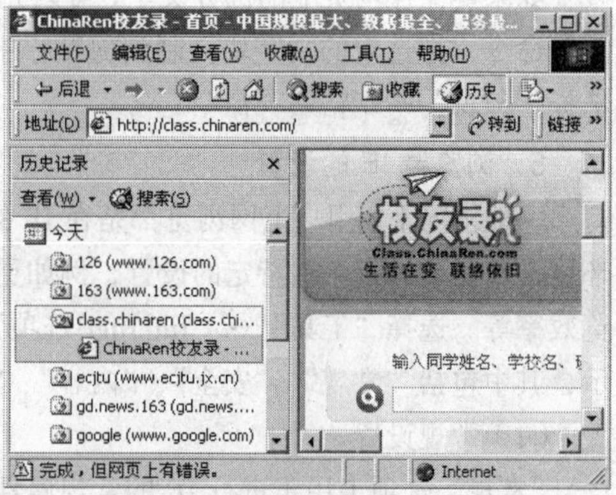

（6）IE 的搜索功能

图 6-19　"历史记录"窗口

在无法确定某个信息的 URL 地址时，是不能用地址栏直接找到该信息的。这时就可以用 IE 提供的搜索功能。在工具栏上单击"搜索"按钮，浏览区左侧出现"搜索"栏，在文本框中输入要搜索的信息，如输入"天气"，然后单击"搜索"命令按钮，稍后"搜索栏"会列出搜索结果列表，列表项都以超级链接的形式给出。单击一个感兴趣的链接，在浏览区就会显示出相应的网页。

4．保存网页信息

（1）保存整个页面

打开网页后，选择"文件"→"另存为"命令，打开"保存 Web 页"对话框。在"保存在"下拉列表框中选择保存路径，在"文件名"文本框中输入要保存的网页名。单击"保存类型"下拉列表框，从中选择文件类型，最后单击"保存"按钮即可。

网页的保存类型有多种，区别如下：

① 选择"Web 页，全部（*.htm;*.html）"保存类型，除了保存当前网页的文字信息外，还将保存当前网页上显示的图片、声音、动画等。这样保存的网页以后脱机浏览时和当前看到的网页基本上没有变化，但缺点是需要下载的数据较多、等待时间较长。

② 选择"Web 页，仅 HTML(*.htm;*.html)"保存类型，则只保存当前网页的框架和文字信息其他如图片、声音、动画等均不保存。这样保存的网页以后脱机浏览时只能看到网页的框架和文字部分。

③ 选择"文本文件(*.txt)"保存类型，则只将当前网页的文字信息保存到文本文件中。

（2）保存网页上的图片

将光标移到要保存的图片上右击，在弹出的快捷菜单中选择"图片另存为"命令，弹出"保存图片"对话框，选择保存路径，输入文件名，最后单击"保存"按钮。

（3）保存目标链接

对于感兴趣的超级链接，可以在不打开此链接的情况下，将链接目标保存到硬盘。具体操作为：将光标移到要保存的超级链接上右击，在弹出的快捷菜单中选择"目标另存为"命令，弹出"文件下载"对话框，紧接着出现"另存为"对话框，选择保存路径，输入文件名，最后单击"保存"按钮。

（4）保存网页上的文字

如果要保存网页上的部分文字，可以先拖动鼠标，选定要保存的文字块。选择"编辑"→"复制"命令，把选定的文字块复制到剪贴板中，切换到其他应用程序（Word、记事本、写字板），选择"编辑"→"粘贴"命令。

5．浏览器 IE 的设置

一般情况下，用户上网浏览都是在 IE 的默认设置下进行的，但对于不同的用户、不同的上网环境常常需要进行一些特定的设置，例如更改浏览器的起始页，修改历史记录的存放期，提高浏览效率等。选择"工具"→"Internet 选项"命令，弹出"Internet 选项"对话框，如图 6-20 所示，其中包括"常规"、"安全"、"内容"、"连接"及"高级"等选项卡。

（1）常规设置

"常规"选项卡用于进行 IE 的常规属性的设置，用户可借此建立自己喜欢的浏览器风格。其中包括"主页"栏、"Internet 临时文件"栏、"历史记录"栏、"颜色"、"字体"、"语言"、"辅助功能"按钮等内容。

① 更改主页。所谓主页，是指浏览器启动时默认打开的 Web 网页，以及在浏览器中单击工具栏的"主页"按钮所返回的网页。大部分的用户希望将自己喜欢和常用的网页作为主页，此时只要将所在网页的地址输入该区的地址栏文本框即可。

② 管理 Internet 的临时文件夹。浏览器将用户查看过的网页内容保存在本地硬盘 Internet 临时文件夹中，当再次浏览某个网页时，浏览器并不是立即与提供该网页的网站连接并再次将其下载，而是先看临时文件夹中是否有这个文件。如果有，浏览器将把该临时文件夹中的文件与源文件的日期属性做比较，然后再决定是否下载整个文件。IE 的这个功能大大提高了浏览速度。单击"设置"按钮，可进入临时文件夹设置对话框。在该对话框中，可以确定所存网页内容的更新方式，确定临时文件夹的大小等。

③ 历史记录保留天数。"历史记录"栏用于设定"历史记录"列表中已访问过网页保留的天数，保留天数与磁盘空间大小有关，默认值为 20 天。单击"清除历史记录"按钮，将清除保存在"历史记录"文件夹中已访问过的所有网页及快捷方式链接。

"颜色"按钮用于设置网页中的文字和背景颜色，"字体"按钮用于设置浏览器的字体，"语言"按钮用于选择所使用的语言，"辅助功能"按钮用于确定是否使用网页指定的颜色、字体样式和大小。

（2）高级设置

打开"Internet 选项"对话框的"高级"选项卡，如图 6-21 所示。

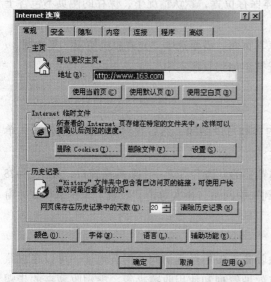

图 6-20　"Internet 选项"对话框

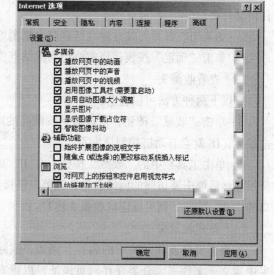

图 6-21　"高级"选项卡

"高级"选项卡中包含了非常多的选项供用户进行设置，其中许多选项都是在浏览时经常用到的。例如，前面提到的浏览器地址栏的自动完成功能就可以在这里设置：在"浏览"选项组中选中"使用联机自动完成功能"复选框即可。

现在许多网页都是带有图像、动画、音频和视频的，具有丰富的视觉和听觉效果，但是影响了网页的下载速度，特别是在网页拥挤的时候。如果想缩短网页下载的时间，可以进行如下设置：在"多媒体"选项组中，取消选中"播放动画"、"播放声音"、"播放视频"、"显示图片"、"优化图像抖动"等选项，这样浏览的网页将只包含纯文本的信息，下载速度自然会大大提高。

通过以上两个例子的介绍，用户还可以对其他选项组进行设置。

6．浏览器 IE 收藏夹的使用

收藏夹是一个专用的文件夹，用于保存经常访问的网站地址，网页地址以链接文件的方式保存在其中。用户可以将自己喜爱的站点加入到"收藏夹"，这样下次再浏览该网站时，可以直接在"收藏夹"中选择要浏览的网站，并且可以在脱机状态下进行浏览。

（1）收藏网页

把喜爱的网页添加到收藏夹的操作步骤如下：

① 在打开的网页窗口中，选择"收藏"→"添加到收藏夹"命令或者单击工具栏中的"收

藏"按钮，打开收藏夹窗口，然后单击"添加"按钮，弹出如图 6-22 所示对话框。

图 6-22　"添加到收藏夹"对话框

② 在"名称"栏中，会自动显示该网页的标题，用户可以将其改成自己喜欢的任何名称，单击"创建到"按钮可以进一步设置该网页的具体保存位置，默认情况下，保存的网页不包含于任何文件夹。

③ 如果想在没有与站点建立链接时也能浏览其页面，需要选中"允许脱机使用"复选框。

④ 单击"确定"按钮，当前所访问的站点就被添加到收藏夹中。

（2）查看收藏夹

有以下两种方法可以查看：

① 单击"收藏"按钮，可以看到收藏夹的内容和目录结构，然后找到需要访问的网页，单击鼠标，IE 就会自动链接到该网页。

② 单击工具栏中的"收藏"按钮，在 IE 浏览器的左边会打开一个收藏夹窗口，如图 6-23 所示。然后单击要访问的网站名称，就可以链接到选中网站。再次单击"收藏"按钮或收藏夹窗口的"×"按钮，则可以隐藏收藏夹窗口。

（3）整理收藏夹

如果需要修改收藏夹中的内容，例如，删除收藏夹中不经常访问的网页地址，可以在收藏夹中建立子文件夹，分类保存网页地址，以更有效地管理和使用收藏夹等。整理收藏夹的步骤如下：

① 单击"收藏"→"整理收藏夹"命令或者单击工具栏中的"收藏"按钮，打开收藏夹窗口，然后单击"整理"按钮，弹出如图 6-24 所示的"整理收藏夹"对话框。

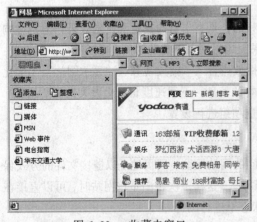

图 6-23　收藏夹窗口

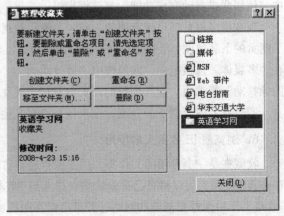

图 6-24　"整理收藏夹"对话框

② 选定某个站点或文件夹后，可以用鼠标拖动的方法将记录的站点拖到新建立的文件夹或已存在的文件夹中。

③ 也可以单击"移动"按钮将它移动到其他位置。单击"删除"按钮将选定的站点或文件夹删除。如果要更改名称，则单击"重命名"按钮。

6.5.3 WWW 的搜索引擎

搜索引擎是一个提供信息检索服务的网站，它使用某些软件把 Internet 上的信息归类或者人为地把某些数据归入某个类别，形成一个可供查询的在线数据库。用户输入一个特定的搜索关键字，搜索引擎就会自动进入索引数据库将所有与搜索关键字匹配的条目取出，以超链接的形式显示在搜索结果网页中。善于使用搜索引擎，能够帮助用户从浩瀚的网络海洋中快速、准确地找到所需要的信息。

1. 搜索引擎的分类

搜索引擎网站又分为提供综合性搜索服务的搜索引擎和提供专业服务的搜索引擎。

（1）综合性搜索引擎

国内较常用的综合性搜索引擎网站有以下几个：

- 搜狐：http://www.sohu.com。
- 百度：http://www.baidu.com。
- 中国雅虎：http://cn.yahoo.com。

（2）专用搜索引擎

随着 Internet 网络信息资源的迅速增加，一批面向特定信息资源、提供专业服务的搜索引擎相继问世。使用这些专用搜索引擎，可大大减少网上搜索时间，提高信息查询服务的准确性和专业性。

2. 搜索引擎的使用

① 有在 IE 浏览器的地址栏输入 http://www.sohu.com，打开 Sohu 的搜索界面，在搜索栏中输入"人工智能"，如图 6-25 所示，单击"搜索"按钮，弹出如图 6-26 所示的搜索结果。

图 6-25   Sohu 搜索引擎的搜索界面

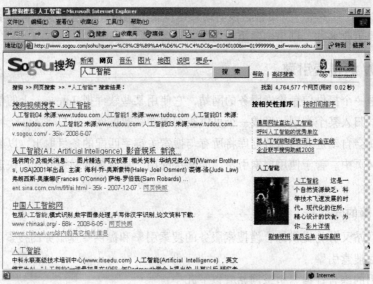

图 6-26 关于人工智能的搜索结果

② 选择一个搜索结果，用鼠标单击此超链接，即可链接到该网页浏览里面的信息。

③ 如果对这个搜索结果不满意，可以查看另外的搜索结果。

用户可以试试不同的搜索引擎，了解它们的各自特点，以便在不同种类的信息查询时选择适宜的搜索引擎。

第 7 章

网页制作软件 FrontPage 2000

FrontPage 2000 是目前最常用的一种"所见即所得"的网页制作与站点管理工具，它能将网页界面自动转换成对应的 HTML 标记语言，初学者不需要掌握很深的网页制作技术知识，甚至无需了解 HTML 的基本语法，就可以添加表格、图像、声音、动画和电影等，制作出精美的网页。

本章主要介绍利用 FrontPage 2000 制作网页的基本方法。

7.1 FrontPage 2000 概述

7.1.1 功能介绍

FrontPage 2000 是由 Microsoft 公司推出的网页制作工具，同时也是建立和管理专业网站的简易工具。作为一个网页编辑器，FrontPage 2000 实现了"所见即所得"的工作方式，用户不需要懂 HTML，也能制作出具有专业效果的 Web 页面，这样就可以把更多的精力投入到网页的创意上。

它具有如下主要功能：

- 操作界面简易。
- 编辑环境"所见即所得"。
- 可直接编辑 HTML。
- 系统提供了多种模板与向导。
- 系统内置了多个主题。
- 绘制表格容易。
- 文件管理功能强大。
- 链接自动更新。
- 站点结构轻松建立。
- 能显示工作进度状态。
- 支持多种网络技术。

7.1.2 基本操作

FrontPage 2000 的启动与退出操作与 Office 2000 系列中的其他应用程序方法相同。

1. 安装

微软公司开发的 Office 2000 组件中含有中文 FrontPage 2000 主页编辑器，用户安装中文 Office 2000 组件时可选择同时或单独安装中文 FrontPage 2000。

2. 启动

启动 FrontPage 2000 常用的方法有：

① 选择"开始"→"程序"→Microsoft FrontPage 命令，启动 FrontPage 2000 应用程序。

② 如果在桌面上已经建立了 FrontPage 2000 的快捷方式，那么也可以通过双击该快捷方式图标来启动 FrontPage 2000。

启动后的工作界面，如图 7–1 所示。新建的网页默认文件名为 new_page_1.htm，new_page_2.htm，…依此类推。界面主要由如下部分组成。

- 工作编辑区：用于编辑和显示网页内容。
- 视图栏：为用户制作网页和站点提供了六种不同的浏览方式。
- 状态栏：用于显示当前操作的相关信息，如网页大小、预计的下载时间等。

如果要隐藏窗口最下方的状态栏，可选择"工具"→"选项"命令，在"选项"对话框的"常规"选项卡中取消选择"显示状态栏"复选框即可，如图 7–2 所示。

如果用户一直需要在同一个站点上工作直到完成，可以把 FrontPage 设置成每次启动时自动打开上次打开的站点。选择"工具"→"选项"命令，在"选项"对话框的"常规"选项卡中选择"在启动 FrontPage 时，自动打开上次打开的站点"复选框，如图 7–2 所示。

图 7–1　FrontPage 2000 工作界面

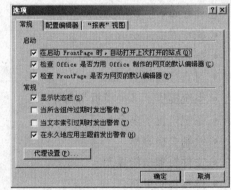

图 7–2　"选项"对话框

3. 退出 FrontPage 2000

退出 FrontPage 2000 可采用下列几种方法：

① 选择"文件"→"退出"命令。

② 单击 FrontPage 2000 标题栏右上角的"关闭"按钮。

③ 单击标题栏的空白处，打开 FrontPage 2000 的控制菜单，选择"关闭"命令。

7.1.3　视图模式

FrontPage 2000 提供了六种视图以方便用户对站点的管理，可以在不同的视图进行不同的操作。视图栏的六种视图模式，在默认情况下都显示在工作区的左边，可以相互切换。

若要隐藏视图栏，可以选择"查看"→"视图栏"命令，取消选择标记。

1."网页"视图

"网页"视图是 FrontPage 2000 中最常用的工作界面，如图 7-3 所示。网页的创建、编辑、预览等基本操作都是在此视图中进行的。该视图窗口底部有三个标签："普通"、"HTML"和"预览"，它们分别控制网页以普通方式、HTML 方式进行编辑或预览网页的实际效果。可以选择相应的选项卡切换，也可以使用【Ctrl+PageUp】或【Ctrl+PageDown】组合键进行切换。

如果在站点中使用了框架，网页视图模式会自动添加两个标签："无框架"和"框架网页HTML"。如果 Web 浏览器不支持框架，"无框架"标签将在浏览器中显示此消息，而"框架网页HTML"标签显示此框架网页的 HTML 代码。

在该视图下，如要显示或隐藏文件夹列表，可选择"查看"→"文件夹列表"命令；如要显示或隐藏段落标记，可单击"常用"工具栏中的"全部显示"按钮；若要显示或隐藏文本、图片和其他网页元素的 HTML 标记符，可选择"查看"→"显示标记"命令。

2."文件夹"视图

在"文件夹"视图中，站点显示为一组文件和文件夹。"文件夹"视图对于站点的作用与 Windows 资源管理器对存储在硬盘上的文件的作用和操作基本相同。可以在该视图中直接通过拖动操作移动文件或文件夹，如图 7-4 所示。

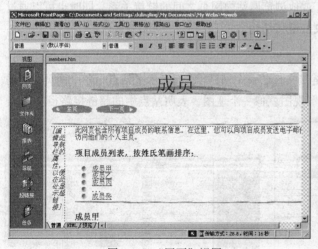

图 7-3　"网页"视图

图 7-4　"文件夹"视图

3."报表"视图

使用"报表"视图可以很方便详细地了解当前站点的文件内容，更新链接情况组件错误、所有文件列表及变化情况等信息。

图 7-5 中显示了"报表"视图中的"站点总览"报表，若要显示其他内容可在"报表"工具栏的"报表"下拉列表框中选择所需的报表。

在"报表"视图模式下，默认"最近的"文件定义为 30 天以内的文件；如果要计算站点总览和较旧的文件报表时，默认"较旧的"文件定义为 72 天以内未被修改过的文件。

若要更改 FrontPage 2000 中的默认天数，可选择"工具"→"选择"命令，然后切换到"'报表'视图"选项卡。在"'最近的'文件应是最近"微调框或者"'较旧的'文件应是"微调框中，输入或选择天数，如图 7-6 所示。

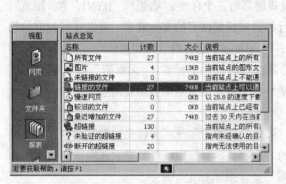

图 7-5 "报表"视图

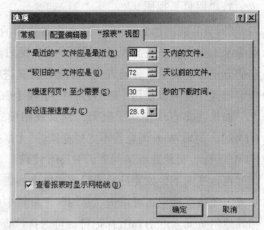

图 7-6 "'报表'视图"选项

4."导航"视图

使用"导航"视图可以很方便地观察站点的链接结构，这个结构很像一个单位或组织的结构图，其中主页位于顶部，其他网页归入下面各层中。

如图 7-7 所示，在该视图中可以很直观地浏览网站内网页之间的链接关系，同时也可以通过鼠标将结构图中的网页拖到新位置上来改变链接结构。

5."超链接"视图

"超链接"视图能将当前站点显示为链接文件的一个网络，它们表示了站点中各个网页之间的相互链接关系，如图 7-8 所示，"超链接"视图就像一个地图，表明站点中的超链接路径。

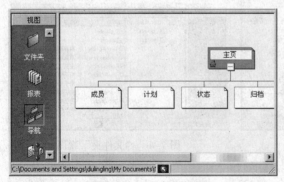

图 7-7 "导航"视图

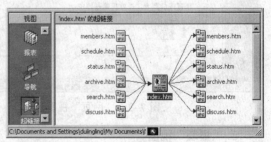

图 7-8 "超链接"视图

6."任务"视图

该视图主要用来创建和管理任务。视图中列出了当前站点中的"任务"，即当前站点中尚未完成的项目，如图 7-9 所示。

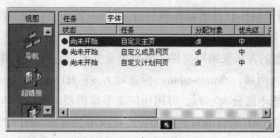

图 7-9　"任务"视图

7.1.4　网页的基本元素

网页是互联网最基本的组成单位。一个网页实际上就是一个普通的文本文件，其文件扩展名通常为 HTML 或 HTM。网页最基本的组成元素是文本、图形、图像、声音、动画等多媒体信息以及超链接、信息提交表单等。

1．文本

文本是网页中表现信息内容的主体，具有信息量大、下载速度快、便于保存等优点。但简单的白底黑字呆板乏味，所以在设计网页时，可以利用文字格式的变化进行调节，例如，使用各级标题、项目列表，改变字体颜色、字号等。

2．图片

精美的图片比文本具有更强烈的表现力。网页上通常使用 JPG 和 GIF 两种格式的图像，它们都属于压缩格式，在互联网上传输所需时间较短。

3．超链接

超链接是网页与其他网络资源联系的纽带，是网页区别于传统媒体的重要特点，正是由于使用超链接，才使得互联网变得丰富多彩。

4．动画

动画是动态的图形，添加动画可以使网页更加生动。常用的动画格式包括动态 GIF 图片和 Flash 动画，前者是用数张 GIF 图片合成的简单动画，后者是采用矢量绘图技术，生成的带有声音效果及交互功能的复杂动画。

5．信息提交表单

表单类似于 Windows 程序的窗体，用来将浏览者提供的信息，提交给服务器端程序进行处理。表单是提供交互功能的基本元素，例如问卷调查、信息查询、用户申请及网上订购等，都需要通过表单，进行信息的收集工作。

7.1.5　HTML 简介

HTML（hypertext mark-up language）又叫超文本链接标示语言，由万维网协议组织 W3C（World Wide Web Consortium）颁布，自 1990 年以来就一直被用作 W3C 的信息标识语言，经常用来创建 Web 页面。

用 HTML 编写的超文本文档称为 HTML 文档，它是带有格式标识符和超文本链接的内嵌代码的 ASCII 文本文件。使用 HTML 描述的文件，需要通过 WWW 浏览器显示出效果。目前，用FrontPage等可视化网页制作软件来制作网页时,可以不需要自己写HTML 代码,但了解HTML的结构和代码仍然非常重要。

　　HTML 语言使用标志的方法来编写文件,既简单又方便。它通常使用<标志名></标志名>来表示标志的开始和结束(例如,<html></html>标志对),在 HTML 文档中有很多类似这样的标志被成双使用。HTML 标志不区分大小写,可用任何文本编辑器(如记事本、写字板等)来创建和编辑 HTML 文档。使用 HTML 语言编写的网页文件可以用.htm 或.html 作为文件扩展名。

　　HTML 的结构包括头部(HEAD)、主体(BODY)两部分。头部对这个文档进行一些必要的定义,主体中包含要显示的各种文档信息。其基本格式如下:

```
<HTML>
    <HEAD>
        头部信息
    </HEAD>
        <BODY>
            文档主体,正文部分
        </BODY>
</HTML>
```

下面是一个简单的超文本文档的源代码,其效果如图 7-10 所示。

```
<HTML>
    <HEAD>
        <TITLE>我的个人主页</TITLE>
    </HEAD>
<BODY BGCOLOR="WHITE">
<Center>
<H2>欢迎光临</H2>
<P><FONT SIZE=2>MY FIRST HOMEPAGE </FONT><P>
<BR>
<HR>
<FONT SIZE=5 FACE="隶书">我的第一个主页</font><BR>
<FONT color="#FF0000" size=5 face="隶书">我的第一个主页 </FONT><BR>
</center>
</BODY>
</HTML>
```

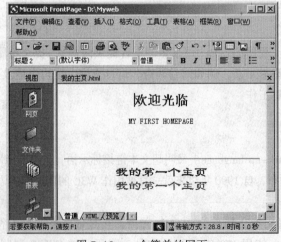

图 7-10　一个简单的网页

7.2　站点的创建与操作

所谓站点，即多个相关网页通过各种超链接关联起来的集合，实际上就是把一些信息通过 Web 网页的方式相互链接起来，存放在一台被称为"服务器"的计算机中，便于其他用户通过 Web 浏览器查看网页信息。

7.2.1　使用模板创建站点

在 FrontPage 2000 中，根据个人或单位的不同需求，准备了许多用来建立站点或网页的向导与模板，利用它们能快速方便地帮助建立站点或网页的整体结构。模板与向导不同之处在于模板不会给出任何提示，直接根据其内部预设好的结构，建立一个需要的站点或网页。

例如，使用模板建立一个包含兴趣爱好、照片和喜爱的个人站点。

操作如下：

① 选择"文件"→"新建"→"站点"命令，弹出"新建"对话框，其中列出了建立站点的向导和模板，选择"个人站点"模板，如图 7-11 所示。

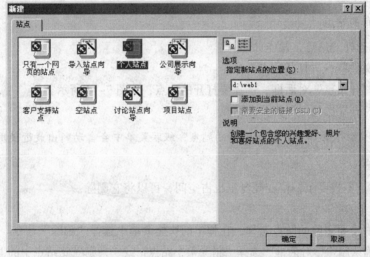

图 7-11　使用"个人站点"模板

在"指定新站点的位置"下拉列表框中，输入新站点地址，如 d:\web1，即在本地硬盘选择了一个保存站点的文件夹，也可以将它导入到当前站点中。

② 单击"确定"按钮后，系统就开始创建整个站点，包括各种页面和页面主题，用户只需在相关网页中编辑内容，如图 7-12 所示。

注意：站点中的所有文件及文件夹的命名最好不要出现中文，且所有站点中的资料都要放在站点里面。

对于想从头开始创建网站全过程的用户，可以使用"创建只有一个网页的站点"模板，从建立单网页站点开始逐渐地增加内容和网页，然后建立网页之间的链接。

在制作站点时，可以将一些好的站点或内容通过使用"导入站点向导"导入到自己正在建设的站点中。

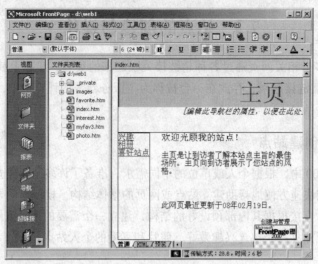

图 7-12　建立个人站点

7.2.2　站点的基本操作

1. 打开已有的站点

若要打开已建好的站点，操作如下：

① 选择"文件"→"打开站点"命令。

② 弹出"打开站点"对话框，选择要打开的站点，如图 7-13 所示。

③ 单击"打开"按钮即可打开此站点。

注意：在"文件"菜单的"最近使用的站点"级联菜单中会自动列出最近使用过的站点。

2. 删除站点

如果某个站点不想要了，留在硬盘里也占空间，可以将它删除。

操作步骤如下：

① 用鼠标右击要删除的站点名称，在弹出的快捷菜单中选择"删除"命令。

② 弹出"确认删除"对话框，选择"删除整个站点"或"只删除此站点中的 FrontPage 信息，保留所有的其他文件和文件夹"单选按钮，如图 7-14 所示。

图 7-13　选择要打开的站点

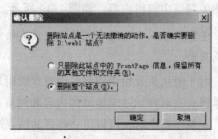

图 7-14　"确认删除"对话框

3．设置站点

创建好 Web 站点后，需要对其进行设置，成为具有自己独特风格的 Web 站点。选择"工具"→ "站点设置"命令，弹出"站点设置"对话框，如图 7-15 所示。其中：

- "常规"选项卡：用来修改站点名称。
- "参数"选项卡：用来设定参数，如公司地址、电话号码等。
- "高级"选项卡：用来完成对脚本语言的设定。
- "语言"选项卡：用来设定网站中网页的编码方式。
- "导航"选项卡：用来定义导航栏中相应的文本标签。
- "数据库"选项卡：用来指定网站中使用的数据库，使用户执行数据的添加和查询。

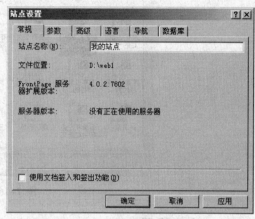

图 7-15　"站点设置"对话框

4．关闭当前的站点

想要关闭当前正在编辑的站点，选择"文件"→"关闭站点"命令即可，或者另外打开站点，也可将当前站点关闭。

5．更改站点结构

虽然可以使用向导来建立向导，但这并不表示不能再修改站点结构。要修改站点结构，在"视图栏"中单击"导航"按钮，切换到"导航"视图。

如果想改变网页在站点中的位置，直接用鼠标拖动到新位置即可。例如，用鼠标将"喜爱站点"拖动到"相册"左边。

7.3　网页的基本编辑

7.3.1　新建一个网页

除了建立站点的向导与模板外，FrontPage 2000 也为网页的制作提供了常规、框架网页、样式表等共几十种向导与模板供选择，利用这些向导与模板可以方便地制作各种专业网页。

例如，要创建一个带有两个边栏的一栏正文，操作如下：

① 选择"文件"→"新建"→"网页"命令。

② 在弹出"新建"对话框后，如图 7-16 所示，切换到"常规"选项卡。选择所需的模板，可在"说明"及"预览"区域查看该模板的说明及预览图。

③ 单击"确定"按钮，就会自动创建基于所选模板的网页。

如果要建立空白网页，可以选择图 7-16 所示对话框中的"普通网页"模板，或直接单击"常用"工具栏中的"新建网页"按钮。

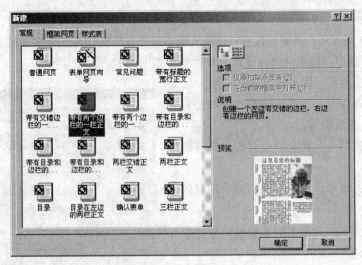

图 7-16　创建新网页

7.3.2　文本设置

文本的输入、删除、撤销和恢复、移动和复制、查找与替换、修饰等操作都与 Word 中的相应操作一致，先选中要修饰的字体，然后选择菜单中对应的命令。

对文本的设置主要包括如下操作，方法和 Word 中的文本操作类似，选择"格式"菜单中相应的命令。

- 设置文字格式。
- 设置文本样式。
- 段落格式。
- 添加边框和阴影。
- 列表格式的编排。
- 插入特殊元素。

如果需要在网页中插入一些特殊的无法用键盘输入的网页元素（如：符号、注释、时间戳、水平线），可通过"插入"菜单提供的相应命令来完成。

7.3.3　网页属性设置

在 FrontPage 2000 中，如果要加入背景音乐、设置标题、背景等，需要用到网页属性。

网页属性设置方法有如下两种：

① 在网页编辑区域中右击，在弹出的快捷菜单中选择"网页属性"命令。

② 选择"文件"→"属性"命令。

打开"网页属性"对话框，如图 7-17 所示，包括如下选项卡。

- "常规"选项卡：主要用来设定网页的标题、文件路径及背景音乐等。
- "背景"选项卡：主要用来设定网页的背景图片、背景颜色、文本及超链接颜色等。
- "边距"选项卡：主要用来设定网页中光标的首定位。
- "自定义"选项卡：主要用来设定系统变量及用户变量。

- "语言"选项卡：主要用来设定网页使用的语言及 HTML 的编码方式。

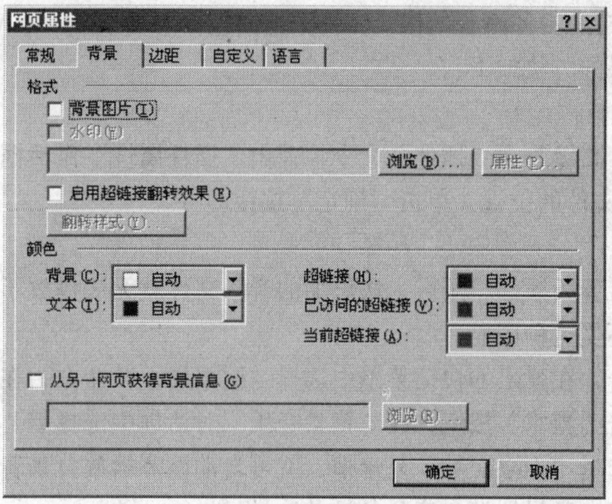

图 7-17　"网页属性"对话框

如要给站点中所有网页设计整体风格，可应用网页主题，FrontPage 2000 提供了几十个很专业的网页主题，每一个主题都有一套设计好的专业背景图案、项目符号、横幅、超链接和导航栏等。如果不想花费时间去设计网页的图案、按钮等，使用 FrontPage 2000 的主题是最好的选择，可以轻松、快速地建立一个美观的网页。

操作上，可选择"格式"→"主题"命令，弹出"主题"对话框，如图 7-18 所示，选择好需要的主题，就可把此主题应用到所选定的网页或所有网页中（如果是在同一站点中），或者也可以在某个选定的主题样式基础上创建具有个人风格的主题，使网页有一致的外观。

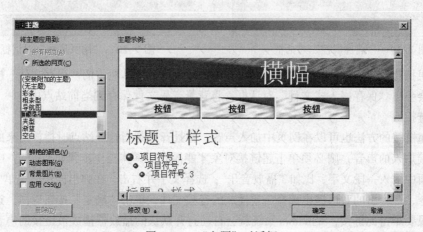

图 7-18　"主题"对话框

7.3.4　多媒体的应用

在制作出图文并茂的网页之后，还可以让自己的网页能够播放音乐、视频等多媒体文件。需要注意的是，在网页中内嵌多媒体文件会影响网页的下载速度，所以网页中插入的音频、视频要适当。

1．添加音频文件

FrontPage 2000 支持的多种声音的格式文件，主要包括 MP3、MIDI、WAV、AIFF 和 AU 等，在网页中加入声音效果的方法如下：

（1）嵌入法

选择"插入"→"高级"→"插件"命令，弹出"插件属性"对话框，如图 7-19 所示，在"数据源"中输入音乐文件的位置，单击"确定"按钮即可。

（2）插入法

如果浏览器不支持音频插件，用嵌入法添加的音频文件就无法播放了。插入音频文件的方法无需依赖插件，因而不受这种限制。

在网页空白处右击，在弹出的快捷菜单中选择"网页属性"命令，在"常规"选项卡的"背景音乐"选项组中单击"浏览"按钮，在"背景音乐"对话框中选择需要播放的背景音乐文件，如图 7-20 所示。若选择"不限次数"复选框，就可自动循环播放背景音乐；如果取消选择"不限次数"复选框，可以自己设置背景音乐的播放次数。

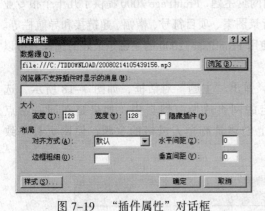

图 7-19 "插件属性"对话框

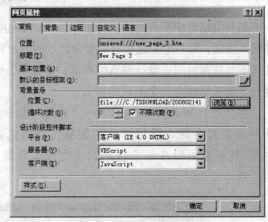

图 7-20 "网页属性"对话框

如果想把背景音乐随网页文件一起保存，单击"常用"工具栏中的"保存文件"按钮，保存文件时，会弹出"保存嵌入式文件"对话框，将背景音乐文件保存到当前站点中。

（3）链接法

使用超链接的方法也可以在网页中加入声音。背景音乐是当打开站点时播放出来的声音，而使用超链接加入的声音，则必须单击超链接对象才能播放。具体操作步骤如下：

在页面中输入一段文字，比如"播放音乐"，选择文字并右击，在弹出的快捷菜单中选择"超链接"命令，在弹出的对话框中选择需要播放的音频文件，单击"确定"按钮返回，这样在浏览网页时，只要单击此链接，Windows 系统就会自动打开默认的播放器播放被链接的声音文件。

如果当前站点中没有包含要链接的声音文件，需要先将声音文件导入到当前的站点中。选择"文件"→"导入"命令，在弹出的"导入"对话框中，单击"添加文件"按钮，在"将文件添加到导入列表"对话框中选择要导入的声音文件，如图 7-21 所示。

如果使用浏览器听不到声音，可选择"工具"→"Internet 选项"命令，在弹出的"Internet 选项"对话框中切换到"高级"选项卡，然后选择"多媒体"选项组中的"播放声音"复选框，如图 7-22 所示。

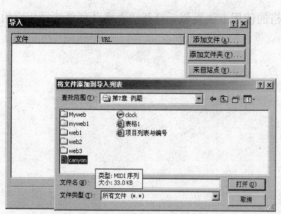

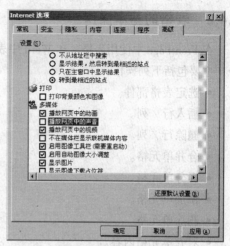

图 7-21　将音乐文件导入到站点中　　　　　　图 7-22　设置播放声音

2．加入视频文件

在网页中加入视频文件与加入音频文件的方法相似，也有嵌入法、插入法、链接法等方法，只要选择相应的视频文件即可。

无论是插入视频还是音频文件，在前面介绍的三种方法中，链接法最为常用；嵌入法可以以使音频、视频和网页融为一体，可以用来增强网页的特效；插入法只在 IE 浏览器中才有效，局限性相对大一些。

3．插入 Flash 动画

Flash 动画是互联网上常见的动画格式，在 FrontPage 2000 中不支持直接插入 SWF 格式的 Flash 动画文件，可以按照如下方法进行。

选择"插入"→"高级"→"Active X 控件"命令，弹出"插入 Active X 控件"对话框，单击对话框中的"自定义"按钮，弹出"自定义 Active X 控件列表"对话框，如图 7-23 所示，选择 Shockwave Flash Object 复选框，单击"确定"按钮，返回"插入 Active X 控件"对话框，在列表框中选择 Shockwave Flash Object 选项，单击"确定"按钮。

图 7-23　"插入 Flash"对话框

7.4　表　　格

7.4.1　表格的创建

表格在网页设计中占有非常重要的地位，利用表格大小的比例可以调整排版位置，使网页布局清晰而整洁。尤其是在网页的定位上，对于使用非 IE 浏览器的网友来说，使用表格定位的网页比使用图层定位的网页更具有优势。

在 FrontPage 中创建表格工具，和 Word 中的表格使用方法类似，这里就不再重复介绍。

7.4.2 表格的基本操作

在 FrontPage 中使用表格，和 Word 中表格的使用方法类似，打开"表格"菜单选择相应的命令，主要包括下列操作：

- 选定表格部件。
- 插入行／列。
- 删除行／列。
- 合并单元格。
- 拆分单元格。
- 添加单元格。
- 删除单元格。
- 对齐单元格内容。
- 设置单元格、行和列的尺寸。
- 删除表格。
- 为表格添加标题。

将插入点设置在表格中，选择"表格"→"插入"→"标题"命令，输入标题文本。然后右击表格标题，在弹出的快捷菜单中选择"标题属性"命令，在弹出的"标题属性"对话框中，给标题设置位置，如图 7-24 所示。

图 7-24 设置"标题属性"对话框

7.4.3 表格的属性设置

将内容填到表格中后，可以随时调整表格的布局，设置表格边框、色彩、填充等格式，使表格的外观看上去更专业。

将插入点设置在表格中，选择"表格"→"属性"→"表格"命令，或右击表格，在弹出的快捷菜单中选择"表格属性"命令，弹出"表格属性"对话框，可对当前表格的整体属性进行设置，如图 7-25 所示。

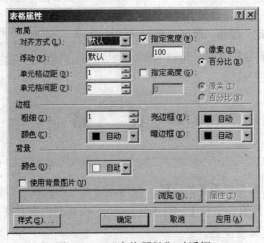

图 7-25 "表格属性"对话框

7.5　图　　像

7.5.1　图像的插入

图形具有直观、形象、信息量大的特点，恰当地使用图形可以提高站点的访问率，文字具有简洁、明晰、准确的特点。

注意： 在网页中使用图片时，最好将有关的图片文件和网页放在同一目录下，在图片的 URL 栏目中尽量使用相对路径，这将有利于图片的正常显示和以后的管理。另外，还要注意选择大小适度的图形文件，过大的图形文件会增加网页加载的时间。在网页中普通使用的图形格式主要有 GIF 和 JPG 格式，GIF 格式比 JPG 格式的图形文件加载速度更快。

与 Word 一样，在 FrontPage 2000 中也可插入 Office 自带的剪贴画或外部的图形文件。

操作上，在普通视图中，选择"插入"→"图片"→"剪贴画"命令，如图 7-26 所示，或选择"来自文件"命令。

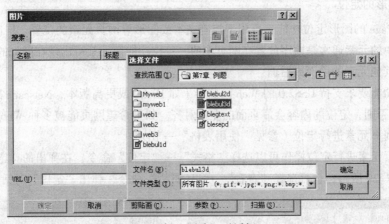

图 7-26　"插入图片"对话框

在网页中加入适当的图片后，保存网页文件时，会弹出"保存嵌入式文件"对话框，询问是否要将图片保存在 Web 页中，如图 7-27 所示。

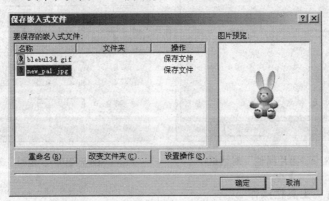

图 7-27　"保存嵌入式文件"对话框

7.5.2 图像的基本操作

1．调整图片大小

插入图片大小如果不符合页面的要求，可以在要调整的图片上单击鼠标选定图片，用鼠标按住图片四周的任一控点向外拖动，到达适当的大小后，松开鼠标即可放大图片；如果向图片中心拖动，可以缩小图片。

除上述方法外，FrontPage 2000 还提供了一种更精确的方法来调整图片的大小。在选定的图片上右击，在弹出的快捷菜单中选择"图片属性"命令，此时会弹出"图片属性"对话框，如图 7–28 所示，切换到"外观"选项卡，在"大小"选项组中调整图片的大小参数。

2．移动图片的位置

如果要移动图片的位置，先选定图片，再将图片拖动到想要放置的位置即可。FrontPage 2000 中的图片被看做是一般的字体元素，无法自由地放置在页面上的任一个位置（只能放在文字之间），所以当页面是完全空白且没有输入任何文字时，就无法移动图片。

3．图形的定位

FrontPage 的图形定位功能，可用于控制文本或图形等网页元素的位置、层次顺序等。

网页中的元素通常是顺序放置在网页中的，定位功能使元素可出现在网页的任何位置，且可以放置在其他元素的前面或后面。

定位功能要求支持 CSS2.0 的 Web 浏览器（如 IE 4.0 或更高版本，Netscape Navigator 4.0 或更高版本），否则，定位的内容会靠页面的左侧对齐。如果希望网页能被多种 Web 浏览器查看，可用表格对网页元素进行定位（参见"使用表格"一节）。

对网页元素进行定位操作可以选择"格式"→"定位"命令，在弹出的"定位"对话框中完成，如图 7–29 所示；也可选择"查看"→"工具栏"命令，弹出"定位"对话框。

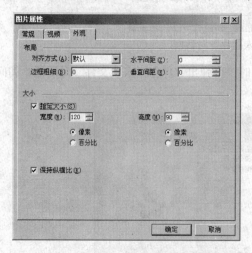

图 7–28　"图片属性"对话框

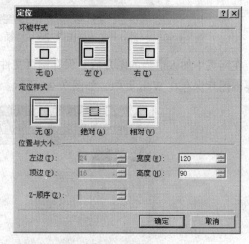

图 7–29　"定位"对话框

4．利用"图片"工具栏操作

在 FrontPage 中对图形的处理主要是通过"图片"工具栏来完成的，如图 7–30 所示，如创建图片的缩略图、图片的翻转和旋转、对比度和亮度调整、图片的裁剪、设置图片的透明色、黑白模式、凸凹边框效果及重新取样等。

图 7-30　"图片"工具栏

5．图片的动态效果

动态 HTML 效果是由 FrontPage 2000 版本开始新增的功能。在 FrontPage 2000 中，可以通过"DHTML 效果"工具栏对网页中的特定元素（如文本、段落、按钮或图片等）应用动态 HTML，使网页元素具有一定的动感效果。动态 HTML 将这些元素与某个事件（如网页加载或单击鼠标）相联系，当事件发生时触发动态 HTML 效果。

在"设计"视图中，选择"查看"→"工具栏"→"DHTML 效果"命令，弹出"DHTML 效果"工具栏，如图 7-31 所示。

图 7-31　"DHTML 效果"工具栏

7.5.3　图像的属性设置

在网页中插入的图片，可以通过属性设置对其进行编辑，如改变大小、指定低分辨率版本等。选择"图片属性"命令或者选择"格式"→"属性"命令，弹出"图片属性"对话框，如图 7-32 所示，包含"常规"、"视频"、"外观"三个选项卡。

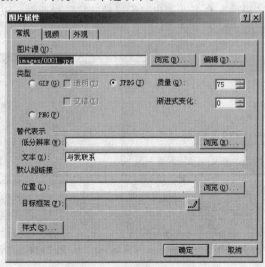

图 7-32　"图片属性"对话框

7.6　超 链 接

一个网站通常由许多网页组成，单独的网页只有和其他网页一起配合，才有其存在的意义，共同服务于网站的主题。网页之间是通过超链接的方式连接在一起的。

超链接是指从一个网页指向另一个目的端的链接。这个目的端通常是另一个网页，但也可以是一幅图片、一个电子邮件地址、一个文件（如多媒体文件或者 Microsoft Office 文档）、一个程序或者相同网页上的不同位置。背后起作用的是 HTML 代码。当访问者单击这样一个链接时，目的端将显示在 Web 浏览器上，并根据目的端的类型来打开或运行，如指向一个 AVI 文件的超链接被单击后，该文件将在媒体播放器中打开；如是指向一个网页的超链接，则该网页将显示在 Web 浏览器上。

超链接可以定义在文字中，也可以定义在图片上，甚至是图片中的局部位置上。将鼠标指针指向含有链接的文本或图形，指针会变成手形。

7.6.1　文本的超链接

这是网页中最常见的超链接，包括内部链接和外部链接。内部链接将同一个网站中的各个不同网页链接起来，链接指向同一个网站中的其他网页；外部链接则是将网站中的一个网页与其他位置上的网页链接起来，可能是 Internet 上的任意位置的网页。

操作步骤如下：

① 选择需要作为超链接的文本。

② 单击"常用"工具栏中的"超链接"按钮，或选择"插入"→"超链接"命令，或按组合键【Ctrl+K】，弹出"创建超链接"对话框，如图 7-33 所示，在其中选择相应的链接目标（如目标网页、书签、电子邮件或目标文档等）来完成超链接的创建。

③ 如要指定超链接的目标框架（例如，在一个新窗口中打开超链接的目标文件），可单击"目标框架"按钮，弹出"目标框架"对话框（见图 7-34）进行设置。

创建了超链接之后，在已建立的超链接上右击，然后在弹出的快捷菜单中选择"超链接属性"命令，或选择"格式"→"属性"命令，弹出"编辑超链接"对话框，以便更改超链接的目标。

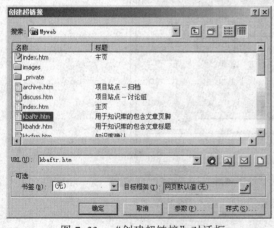

图 7-33　"创建超链接"对话框

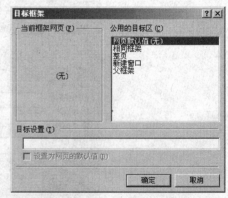

图 7-34　"目标框架"对话框

7.6.2　图像的链接

利用图形对象作为设置超链接时，有两种方式：

- 将整个图形作为超链接的载体，其使用方法与文本超链接的使用方法相同。
- 将部分图形作为超链接的载体，即采用热区的方式，其使用方法与文本超链接的使用方法不同。

1．设置整个图片的超级链接

为图片设置超链接，可先选择图片并右击，在弹出的快捷菜单中选择"超链接"命令，或选择"插入"→"超链接"命令，弹出如图 7–33 所示的"创建超链接"对话框进行设置；也可选择图片后右击，在弹出快捷菜单中选择"图片属性"命令，或选择"格式"→"属性"命令，在"常规"选项卡的"默认超链接"选项组的"位置"文本框中输入 URL 地址或通过"浏览"按钮来选择链接目标文件，设定目标框架。

2．创建热区

在图形上创建热区，是把同一个图形作为多个超链接的载体。图形的不同部分可创建不同的超链接，然后链接到相应的网页中。也就是说，在图片的不同位置上单击鼠标，就会分别链接到相应的网页中。

添加热点的方法如下：

① 在普通视图状态下，选择需要添加热区的图形。

② 单击"图片"工具栏中相应的热点按钮（分"长方形热点"、"圆形热点"和"多边形热点"），如图 7–35 所示。

图 7–35　"图片"工具栏中的工具按钮

③ 将鼠标指针移至图形上，单击并拖动鼠标即可在图形上绘制一个矩形、圆或任意多边形热区，松开左键即弹出"插入超链接"对话框。

④ 指定当前热区的目标网页或文档的 URL 地址，单击"确定"按钮即可完成创建。重复操作可在同一图形上创建多个超链接。

7.6.3　书签的使用

超链接除了可以跳转到其他网页或文件以外，还可以跳转到自身网页或其他网页的某个具体位置，方法是使用书签来创建超链接。这种链接方式称为书签式链接，也称为锚链接。

要创建这样的超链接，首先应在目标网页中创建书签。一个书签可以是当前光标所在的位置或所选的任何一些文本。被定义为书签的文本看上去与正常文本没有什么不同，只是被简单地做了标识，操作步骤如下：

① 将插入点定位到需要插入书签的位置，或者选择需要作为书签的文本。

② 选择"插入"→"书签"命令。

③ 在"书签名称"文本框中输入书签的名称，如图 7–36 所示。

④ 单击"确定"按钮，即可将创建的书签插入到网页中光标所在位置。

重复操作，即可在网页的各个部分添加上各种书签。

在网页中设置了书签后，如想创建指向该网页的超链接，则可以选择指向特定书签（通过"插入超链接"对话框的"书签"按钮来进行选择），以便转到该书签标记的位置，从而完成某些特定的任务。

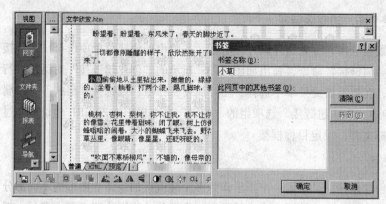

图 7-36　"书签"对话框

7.7　框架式网页

7.7.1　什么是框架

在 Internet 上浏览时，经常看到大多数网页使用了框架，如图 7-37 所示。框架是一种特殊的网页，它将浏览器窗口分成几个小窗口，每一个小窗口都可以显示一个独立的网页。另外，还可以在同一屏幕上的各窗口之间设置超链接。在看到的网页中，每一个拆分的区域都是一个框架，这些框架的集合，就称为框架网页。

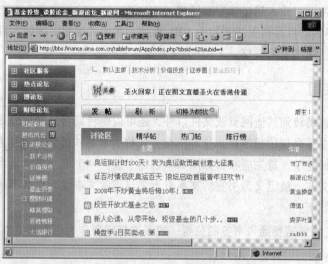

图 7-37　框架网页

框架网页并不是一个真正意义上的页面文件，其内容是记录该框架网页包含了几个框架及拆分方式等信息，而每一个单独的框架才是一份真正的页面文件。

7.7.2　框架的基本操作

1. 创建框架

FrontPage 提供了最流行的框架网页布局模板，使用这些模板可以轻松创建框架网页。

创建框架网页的步骤如下：

① 选择"文件"→"新建"命令，然后选择"网页"命令，则弹出"框架网页"对话框，如图 7-38 所示。

② 在列表中选择一种框架网页模板，例如，选择"横幅和目录"模板。该模板的描述出现在"说明"区域中，框架网页布局的预览图出现在"预览"区域中。

③ 单击"确定"按钮，则创建出一个新的框架网页。在窗口的底部出现了两个新的标签"无框架"和"框架网页 HTML"。可以使用"无框架"视图来创建信息，为那些浏览器不能显示框架的访问者使用。"框架网页 HTML"视图会显示框架网页的 HTML。

由于框架结构的网页中包含的内容较多，每个框架都有一个文件与之对应，使用时必须为每一个框架指定对应的初始页面。

2．设置框架中的网页文件

利用模板创建的框架网页是一个空的网页，需要用内容来填充。当访问者用浏览器观察框架网页时，出现的每一个网页都是开始页，可以创建一个新的空白网页，也可以从站点中选择一个已有的网页。

如图 7-39 所示，每个框架中都包含"设置初始网页"和"新建网页"两个按钮，用于设置在框架中显示的初始网页。其中，初始网页是指当浏览者打开框架网页时显示在当前框架中的第一个网页。如果要显示的初始网页已经存在，则可以单击"设置初始网页"按钮，然后在对话框中指定一个初始网页；如果要新建一个网页作为框架的初始网页，则单击"新建网页"按钮，在相应框架中以"普通网页"模板创建出一个空白网页，可以在该网页中进行各种常规的编辑操作。

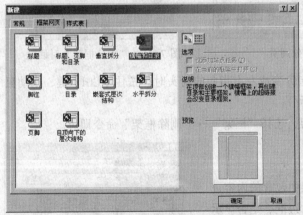

图 7-38 "建立框架"对话框

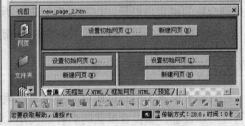

图 7-39 建立的框架页面

3．保存框架网页

当设计好框架网页后，需要将其进行保存。具体操作如下：

① 对于新建的框架网页，在"常用"工具栏中单击"保存"按钮。

② 弹出"另存为"对话框，对话框右侧包含一个框架网页图，如果网页是新的，框架图中的其中一个框架就会处于高亮状态，高亮的框架表示当前正在保存的网页。

③ 在"文件名"文本框中输入网页名称，如图 7-40 所示。

④ 单击"更改"按钮,可以设置网页的标题。

⑤ 单击"保存"按钮,该网页保存完毕后,框架图中的另一个框架处于高亮状态。重复步骤③~⑤的操作。

⑥ 当保存完最后一个网页后,对话框中的整个框架图处于高亮状态,表示此时正在保存框架网页本身。输入框架网页的文件名称和标题即可完成。

4．修改框架布局

FrontPage 中利用框架模板创建了框架网页后,还可以根据需要对框架进行调整大小、拆分、删除等操作。

拆分框架方法如下。

方法一:选定要拆分的框架,选择"框架"→"拆分框架"命令,弹出"拆分框架"对话框,如图 7-41 所示,选择好拆分方式(按列或按行)后,单击"确定"按钮即可。用此法拆分后的框架大小相同。

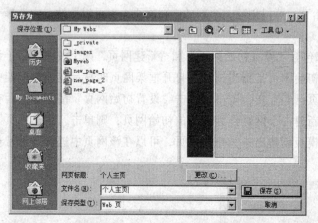

图 7-40 保存框架中的部分网页

图 7-41 "拆分框架"对话框

方法二:将鼠标指向框架的边框,在指针变成左右指向的箭头时,按住【Ctrl】键,拖动鼠标到合适的位置再松开,也可对框架进行拆分。

如果要删除框架,则选定要拆分的框架,选择"框架"→"删除框架"命令即可。

7.7.3 框架的属性设置

为框架设置了初始页面后,还可对框架中包含的内容进行进一步设置,如设置框架的名称、大小、边框、是否显示滚动条等,都可以通过"框架属性"对话框来设置,如图 7-42 所示。

操作如下:在需要设置其属性的框架中右击,在弹出的快捷菜单中选择"框架属性"命令;或选择"框架"→"框架属性"命令,弹出"框架属性"对话框。

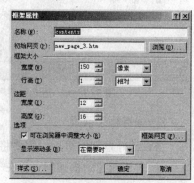

图 7-42 "框架属性"对话框

7.8　基本组件的使用

FrontPage 2000 提供了很多组件，使用 Web 组件可以向网站中添加多种功能，如记录网页访问者数量的计数器，显示图像集的图片库等。利用这些组件能简化用户的操作，使网页设计更为快捷。当把 FrontPage 2000 组件插入网页时，实际是插入了一个建立在服务器上的特殊程序，打开该网页时，服务器上的程序会自动识别并启动程序。

7.8.1　计数器

计数器可以统计并显示网页的访问次数，浏览者访问网页时，站点计数器中的数字会随着增加。

选择"插入"→"组件"→"站点计数器"命令，或者单击"常用"工具栏中的"插入组件"按钮，从下拉菜单中选择"站点计数器"命令，弹出"站点计数器属性"对话框，如图 7-43 所示。

注意：计数器只有在发布到站点，而且站点发布到安装了 FrontPage Server Extensions 或 SharePoint Team Services 的 Web 服务器上后，才能正常使用。

7.8.2　字幕

在制作网页时，可以将页面中的文字做成由左至右或由右至左移动的动态效果。在网页中加入移动字幕，会使网页看起来更活泼。在 FrontPage 2000 中同样提供了滚动文字框的功能，即可以让文字在一个文本框中滚动。

选择"插入"→"组件"→"字幕"命令；或者单击"常用"工具栏中的"插入组件"按钮，从下拉菜单中选择"字幕"命令，弹出"字幕属性"对话框，如图 7-44 所示。

图 7-43　"计数器属性"对话框

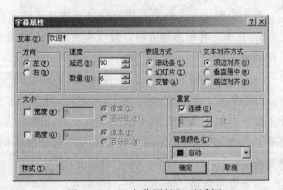

图 7-44　"字幕属性"对话框

如果要创建向上或向下的滚动字幕，须切换到 HTML 视图中，将<marquee>标记中的 direction 的属性值改为 UP（向上）或 DOWN（向下）即可，如：

```
<marquee bgcolor="#FF0000" direction=down>ww</marquee>
```

7.8.3 悬停按钮

悬停按钮是一个具有动感效果的按钮，当鼠标指针移到悬停按钮上时，按钮的颜色与形状会发生变化，产生动画效果。单击此按钮，将打开与之相链接的目标文件。

默认情况下，悬停按钮的形状是矩形的，可以是一个带有彩色方框的文字按钮，也可以使用图片创建悬停按钮。

选择"插入"→"组件"→"悬停按钮"命令，或者单击"常用"工具栏中的"插入组件"按钮，从下拉菜单中选择"悬停按钮"命令，弹出"悬停按钮属性"对话框，在"按钮文本"文本框中输入要出现在按钮上的文本，如图 7-45、图 7-46 所示。

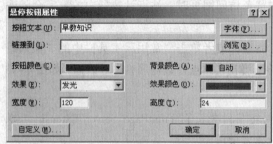
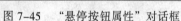

图 7-45 "悬停按钮属性"对话框

图 7-46 设置作为悬停按钮的图片

7.9 站点的发布

当精心建立了自己的 Web 站点后，就可以向 Internet 或 Intranet 上发布自己的成果，以实现信息共享。不过，站点发布应该具备以下几个条件：

（1）与 Internet 的连接

不管是申请网页存放空间，还是发布网页，都必须能与 Internet 相连，可以通过电话和调制解调器，也可以通过局域网与 Internet 相连。

（2）网页存放空间

首先要申请一个网页存放空间来存放自己的站点，也就是说将自己的站点放到 Web 服务器上。Internet 上有很多地方可以提供免费的个人主页存放地，国内比较著名的有：广州网易、中国科技网等。

（3）是否支持 FrontPage Server Extension

FrontPage Server Extension（FrontPage 服务器扩展程序）是一个支持 FrontPage 服务器工具的补丁程序。如果 WWW 服务器上提供了 FrontPage 服务器的扩展程序，也就是说 WWW 主机上安装了 FrontPage Server Extension，那么发布步骤就会简单一些，否则，网页中设置的许多动态 HTML 将无法显示。

（4）发布软件

发布软件是用来将网站由本地计算机传送到 Internet 服务商所提供的网页存放地。用于发布网页的软件有很多，例如：CuteFTP、WS-FTP，可以根据个人喜爱选择。FrontPage 2000 本身也提供了相当方便的网页发布方式。

7.9.1　将站点发布到 Web 服务器上

Web 站点的发布分两种情况：

1．HTTP 站点发布

如果要发布的站点服务器上安装了 FrontPage 服务器扩展，则可以使用 HTTP（超文本传输协议）来发布。具体操作如下：

① 选择"文件"→"发布站点"命令，弹出如图 7-47 所示对话框。

② 在"指定发布站点的位置"文本框中输入 Web 站点发布的目标服务器的 URL 地址，例如，http://office.cninfo/office/dll。如果没有站点建立提供商，可以单击"WPP"按钮，启动浏览器并打开微软提供的一个地址，凡是在这里登记的 ISP 都可以完全支持 FrontPage 2000 提供的各种扩展工具。

③ 单击"发布"按钮后，FrontPage 2000 开始检测 WWW 服务器的状态，如果 FrontPage 与服务器连接成功，就会弹出"要求提供用户名和密码"对话框，如图 7-48 所示，要求输入用户名和密码，这些内容都是在申请站点时 ISP 提供给用户的信息。

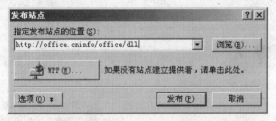

图 7-47　"使用 HTTP 发布站点"对话框　　　　图 7-48　用户确认框

④ 当网页成功发布后，可在浏览器地址栏中打开浏览一下，看看站点中每个网页显示是否正确。如网页不能正确显示，原因有很多，最有可能是文件名的大小写问题。通常浏览时，使用者只要输入网站地址，就可以直接进入主页，例如，输入网页地址：

http://office.hn.cninfo.net/office/zyj/index.htm 可直接进入 ydh 的首页。

2．FTP 站点发布

如果要发布的站点服务器上没有安装 FrontPage 服务器扩展，则可以使用 FTP（file transfer protocol）来发布。

使用 FTP 发布站点方法和 HTTP 相似，在如图 7-49 所示窗口中，做如下改动："指定发布站点的位置"文本框中输入 FTP 站点服务器的位置（如 ftp://ces.hbue.edu.cn）。

7.9.2　将站点发布到本地计算机上

设计好的站点也可以发布到本地计算机的磁盘上。操作步骤如下：

选择"文件"→"发布站点"命令，打开"发布站点"对话框后，在"指定发布站点的位置"文本框中输入文件夹的完整路径，例如，file://d:/dll。或者单击"浏览"按钮，在弹出的"发布站点"对话框中选择发布站点的位置，如图 7-50 所示。

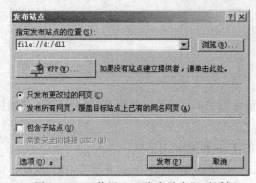

图 7-49 "使用 FTP 发布站点"对话框

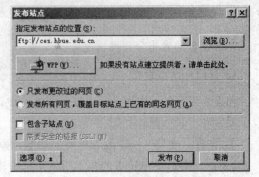

图 7-50 "发布站点"对话框

第 **8** 章

多媒体技术

多媒体技术诞生于20世纪90年代，以传统的计算机技术为平台，现代电子信息技术为先导，成为近年来迅速崛起和飞速发展的一门重要学科。它为传统计算机带来了深刻的变革，使计算机具有综合处理文本、声音、图形、图像和视频的能力，是人类信息科学技术史上继活字印刷术、无线电—电视机技术及计算机技术之后又一次新的技术革命。

本章主要介绍多媒体技术的基本概念、多媒体信息的数字化及多媒体素材制作软件等方面的知识。

8.1 多媒体的基本概念

8.1.1 媒体和多媒体的定义

媒体（media）即信息表示和传输的载体，例如日常生活中的报纸、电视、广播、广告、杂志等，信息借助于这些载体得以交流与传播。在计算机领域中，媒体有两层含义：一是指存储信息的物理实体，如磁盘、磁带、光盘等；二是指信息的表现形式或载体，如大家熟悉的文字（text）、图形（graphic）、图像（image）、声音（audio）、动画（Flash）和视频（video）等。多媒体技术中所说的媒体通常指后者。

多媒体则是来自英文 multimedia，是指能够同时获取、处理、编辑、存储和展示两种以上不同类型信息媒体的技术，这些信息媒体包括文字、声音、图形、图像、动画和视频等。因此，多媒体并不仅仅是指多种媒体本身，主要是指处理和应用它的一整套技术。因此，"多媒体"与"多媒体技术"是同义词。

8.1.2 多媒体的基本元素

多媒体中涉及大量不同类型、不同性质的媒体元素。这些媒体元素不仅数据量大，而且同一种元素数据格式繁多。素材中主要包括以下六种基本元素：

1. 文本

文本（text）是计算机中最基本的信息表示方式，包含了字母、数字以及各种专用符号。其最大优点是存储空间小，但形式呆板，仅能利用视觉获取，靠人的思维来进行理解，难于描述对象的形态、运动等特征。在多媒体系统中，除了可利用文字处理软件（如记事本、Word 等）对文本进行输入、存储、编辑、格式化、输出等操作外，还可应用人工智能技术对文本进行识别、理解、翻译、发音等。

2．矢量图形

矢量图形（graphics）一般是指通过绘图软件绘制的，由直线、圆、圆弧、任意曲线等组成的画面。图形文件中存放的是描述生成图形的指令（如图形的大小、形状及位置等）。其优点是可不失真缩放、占用存储空间小，但矢量图形仅能表现对象结构，在对象的质感方面表现能力较弱。计算机辅助设计（ACD）系统中常用矢量图来描述复杂的机械零件、房屋结构等。

3．图像

图像（image）是通过扫描仪、数字照相机、摄像机等输入设备捕捉的真实场景画面，是真实物体的影像，通常称之为位图。其优点是能表现对象的颜色细节和质感，具有形象、直观、信息量大的优点，但图像文件的数据量很大，如存储一幅分辨率为 640×480 像素、24 位真彩色的 BMP格式图像，需 1MB 左右的存储空间，所以需要对图像数据进行压缩。目前，最为流行、压缩效果好的位图压缩格式为 JPEG，其压缩比例高达 30∶1，且图像失真较小。图像可以用图像处理软件如 Adobe Photoshop 等进行编辑和处理。

4．动画

动画（animation）是运动的图画。由于人的眼睛具有视觉暂停现象，当一系列形或像的画面在人的视线中经过后，可以保持 $1/20\sim1/10\mathrm{s}$ 的时间，人脑就会产生物体运动的印象。

动画通常通过 Flash、3ds max 等软件制作，这些软件目前已成功地应用于网页制作、广告业和影视业、建筑效果图、游戏软件等，尤其是用于电影特技，电影动画技术与实拍画面相结合，真假难辨，效果明显。

5．视频

视频（video）图像是来自录像是带、摄像机、影碟机等视频信号源的影像，是真实世界的连续场景捕捉。和动画一样都是由连续的画面组成，只是画面图像为自然景物。

6．音频

音频（audio）包括话音、音乐、各种动物和自然界（如风、雨、雷等）发出的各种声音。声音和音乐在本质上是相同的，都是具有振幅和频率的声波。其中，振幅表示声音的强弱，而频率表示声音音调的高低。

8.1.3　媒体的分类

根据 CCITT（国际电信联盟）的定义，计算机能处理的媒体信息可以分成以下五类。

1．感觉媒体

感觉媒体（perception media）是指能直接作用于人的感官，使人直接产生感觉的媒体。常见的感觉媒体包括：

- 视觉类媒体，如图像、图形、视频、动画等。
- 听觉类媒体，如人类的各种语言、音乐和自然界的各种声音。
- 触觉类媒体，通过直接或间接与人体接触，使人能感觉到对象的位置、大小、方向、方位、质地等性质的文字、文件及数据。

2．表示媒体

表示媒体（predation media）是媒体的核心。是指为了加工、处理和传输感觉媒体而人为地研究、构造出来的一种媒体，即各种编码。其目的是能更有效地将感觉媒体从一地向另外一地传输，便于加工和处理。表示媒体的编码方式有：语言编码、图像编码、文本编码等。通常，编码方式主要包括数据转换、编码、数据压缩与解压缩等过程。

3．显示媒体

显示媒体（presentation media）是指感觉媒体与用于通信传输的电信号之间转换的一类媒体，即感觉媒体与计算机衔接的界面。它分为两种：输入显示媒体（如键盘、摄像机、数字化仪、扫描仪、话筒等）和输出显示媒体（如显示器、音箱、打印机、绘图仪等）。

4．存储媒体

存储媒体（storage media）是用来存放表示媒体的存储介质，以便计算机随时加工、处理和调用信息编码。通常有光盘、硬盘、软盘和磁带。

5．传输媒体

传输媒体（transmission media）是指用来将媒体从一处传输到另一处的物理载体。通常分为有线和无线两大类。有线类有双绞线、同轴电缆、光纤等；无线类有卫星、微波等。从使用的传输信道可分为中国电话交换网、中国公用分组交换网（CHIAN PAC）、中国公用数字数据网（CHINA DDN）、窄带综合业务数据网（N-ISDN）、宽带综合业务数据网（B-ISDN）五种主干信道。

8.2　多媒体技术

8.2.1　多媒体技术的定义

多媒体技术是 20 世纪 90 年代的时代特征。一般来说，是指利用计算机技术把多种媒体信息综合一体化，使它们建立起逻辑联系，并能进行加工处理的技术。这里所说的"加工处理"主要是指对媒体的录入，对信息的压缩和解压缩、存储、显示、传输等。

显然，多媒体技术是一种基于计算机的综合技术，包括数字化信息的处理技术、音频和视频技术、计算机硬件和软件技术、人工智能和模式识别技术、通信和图像技术等，因而是一门跨学科的综合技术。

8.2.2　多媒体技术的主要特征

从研究和发展的角度来看，多媒体技术具有如下主要特征：

1．多样性

多样性是多媒体的主要特征，也是多媒体研究需要解决的关键问题。它指的是多媒体技术具有信息处理范围的空间扩展和放大能力。

利用多媒体技术将输入的信息加以变换加工，可以增加输出信息的表现能力，丰富显示效果。多媒体信息不但能使人们看到文字说明、观察到静止的图像，还能听到声音，使人有身临其境之感。这种信息空间的多维性，使信息的表现方式不再单调，而是有声有色、生动逼真，从计算机世界里真切地感受信息的美妙。

2．集成性

集成性主要是指以计算机为中心，综合处理多种信息媒体的特征。它包括信息媒体的集成以及处理这些媒体的设备和软件的集成。

信息媒体的集成是指信息的多通道统一获取，统一存储、组织和合成。设备的集成是指显示和表现媒体设备的集成，使计算机能和各种外设，如打印机、扫描仪、数码照相机、音箱等设备联合工作。软件的集成是指有集成一体的多媒体操作系统、适合多媒体信息管理的软件系统、创作工具及各类应用软件等。

3．交互性

交互性是指向用户提供了更加有效地控制和使用信息的手段，它可以增加对信息的注意和理解，延长信息的保留时间，使人们获取信息和使用信息的方式由被动变为主动。

传统的电视之所以不能称为多媒体系统的原因就在于不能和用户交流，用户只能被动地收看播放的频道节目，因此，这个过程是单向的。可以预言，在不久的将来，家用电视系统肯定会成为一个多媒体系统，那时，观众与电视节目便可以进行双向的交流，使自己参与其中。

4．数字化

数字化是指各种媒体信息都是以数字的形式（即 0 和 1 的方式）进行存储和处理，而不是传统的模拟信号方式。

数字化给多媒体带来的好处是：数字易于加密、压缩等数值运算，可提高信息的安全与处理速度；因为它只有 0 和 1 两种状态，抗干扰能力强。

5．实时性

实时性是指在多媒体系统中声音与视频图像是强实时、与时间密切相关的。例如，在视频信号中，要求该系统的声音和图像的传输既要同步又要实时，不允许停顿。

6．非线性

以往读写文本时，大都采用线性结构顺序地进行读写、循序渐进地获取知识。而多媒体的信息结构形式却是一种超媒体的网状结构，它改变了人们传统的读写模式，提供联想、跳跃式的查询，极大地提高了获得知识和信息的效率。

8.2.3　多媒体的关键技术

多媒体信息的处理和应用需要一系列相关技术的支持，以下几方面的关键技术是多媒体研究的热点，也是未来多媒体技术发展的趋势。

1．数据压缩技术

信息时代的重要特征是信息的数字化，而将多媒体信息中的视频、音频信号数字化后，数据量非常庞大，给多媒体信息的存储、传输、处理带来了极大的压力，数据压缩编码是解决这一难题的有效方法。因此，多媒体数据压缩和编码技术是多媒体技术中最为关键的核心技术。

采用先进的压缩编码算法对数字化的视频和音频信息进行压缩，既节省了存储空间，又提高了通信介质的传输效率，同时也使计算机实时处理和播放频率、音频信息成为可能。根据对压缩后的数据经解压缩后是否能准确地恢复到压缩前的数据来分类，可将其分为有损压缩和无损压缩两大类。

无损压缩是利用数据统计冗余性进行压缩，并且通过解压缩完全恢复原始数据而不引起任何失真的一种压缩方法。但它的压缩率受到数据统计冗余度的理论限制，压缩比一般为 2∶1～5∶1。这类方法广泛用于文本数据、程序和特殊应用场合的图像数据（指纹图像、医学图像等）的压缩。由于压缩比的限制，仅使用无损压缩方法不可能解决图像和数字视频的存储、处理和传输问题。典型的无损压缩软件有 WinZip、WinRAR 等。

而有损压缩则是利用人类视觉的不敏感部分的特性，允许在压缩过程中损失一定信息的一种压缩方法。尽管解压后，不能完全恢复全部原始数据，但所损失的部分数据对理解原始图像的影响较小，换来的却是大得多的压缩比，并使得多媒体技术得以应用。有损压缩广泛应用于语音、图像和视频数据的压缩。

2．数据存储技术

信息的组织和管理是一个较为复杂的系统，涉及对信息的输入、编辑、存储、检索、排序、统计、传递和输出等。数字化的多媒体信息虽然经过了压缩处理，但需要相当大的存储空间，解决这一问题的关键是数据存储技术。

数字化数据存储的介质有硬盘、光盘和磁带等。目前，在微机上单个硬盘的容量已达到上百个 GB，可以满足多媒体数据的存储；在一些大型服务器和视频点播系统中，使用多台磁盘机或光盘机组成的快速、超大容量外存储器系统来存储大量的多媒体数据。

光盘的发展有力地促进了多媒体技术的发展和应用。目前常用的 CD-ROM 光盘容量为650MB 左右，存储容量更大的 DVD 光盘，其单面单密度容量为 4.7GB，双面双密度容量可达17GB。

3．集成电路制作技术

数字多媒体信息的处理需要大量的计算。例如，图像的绘制、生成、合并、特殊效果等处理，音频、视频信息的压缩、解压缩和播放处理。集成电路制作技术的发展，使具有强大数据压缩运算功能的专用大规模集成电路问世。该集成电路能够以一条指令完成以往需要多条指令才能完成的处理，为多媒体技术的进一步发展创造了有利的条件。

例如，目前使用的可编程数字信号处理器 DSP 芯片可用于多媒体信息的综合处理，如图像的特级效果、图形的生成和绘制、提高音频信号处理速度等。

4．虚拟现实技术

虚拟现实（Virtual Reality ,VR）是利用计算机生成一种模拟环境（如飞机驾驶舱、操作现场等），通过多种传感设备，使人能够沉浸在计算机生成的虚拟境界中，并能够通过语言、手势等自然的方式与之进行实时交互，而创建的一种适人化的多维信息空间。使用者不仅能够通过虚拟现实系统感受到在客观物理世界中所经历的"身临其境"的逼真性，而且能够突破空间、时间以及其他客观限制，感受到在真实世界中无法亲身经历的体验。

图 8-1 中，显示的是虚拟现实技术应用在城市规划、建筑设计等领域的"城市仿真"实例。专家预测，随着计算机软、硬件技术的发展和价格的下降，本世纪虚拟现实技术会走进家庭。

图 8-1　深圳体育馆

6．多媒体网络与通信技术

多媒体通信要求能够综合地传输、交换各种信息类型，而不同信息类型又呈现出不同特征。如语音和视频有较强的实时性要求，它容许出现某些字节的错误，但不能容忍任何延迟；而对数据来说，可以容忍延时，但不能有任何错误，即使是一个字节的错误都会改变数据的意义。

传统的通信方式不能满足多媒体通信的要求，因此，多媒体通信技术支持是保证多媒体通信实施的条件。当然，真正解决多媒体通信问题的根本方法是信息高速公路的最终实现。Internet2是解决这个问题的一个比较完整的方法，它可以传输高保真立体声和高清晰度电视信号，是多媒体通信的理想环境。

8.2.4　数据压缩的国际标准

20 世纪 80 年代，国际标准化组织（ISO）和国际电信联盟（ITU）联合成立了两个专家组：联合图像专家组（Joint Photographic Experts Group，JPEG）和运动图像专家组（Moving Picture Experts Group，MPEG），分别制定了静态图像压缩标准和运动图像视频压缩标准，从 20 世纪 90 年代初陆续公布实施，使数据编码压缩技术得到了飞快的发展。

1．JPEG 标准

该标准适用于连续色调、多级灰度、彩色或单色的静态图像。广泛应用于 CD-ROM、彩色图像传真、图文档案管理等方面。对单色和彩色图像的压缩比通常分别为 10:1 和 15:1。它是到目前为止用于摄影图像的最好压缩方法。

2．MPEG 标准

该标准不仅适用于运动图像，也适用于音频信息，它包括了三部分：MPEG 视频、MPEG 音频、MPEG 系统（视频和音频的同步），其中 MPEG 视频是 MPEG 标准的核心。

到目前为止，MPEG 已制定了 MPEG-1、MPEG-2、MPEG-4、MPEG-7 和 MPEG-21 等多种标准。

- MPEG-1 是专为有限带宽传输设计的，数据传输率为 1～1.5Mbit/s，平均压缩比为 50:1，可达到一般录像机所要求的质量，常用于 VCD 的压缩，一部 120 分钟长的电影可压缩到 1.2GB左右。

- MPEG-2 是专为高带宽传输设计的，数据传输率为 4～10Mbit/s，平均压缩比为 200:1。可支持播放高质量的数字式电视，常用于 DVD 的压缩。

- MPEG-4 是 "甚低速率视听编码" 标准，数据传输率小于 64Kbit/s。应用在移动多媒体通信、互联网、实时多媒体监控以及其他低数据传输速率的场合。

3．MP3 压缩

MP3（MPEG Audio Layer 3）属于 MPEG-1 标准的一部分。利用该技术可以将声音以 1:12 的压缩率压缩成更小的文档，同时还保持较高质量的音响效果。例如，一首容量为 30MB 的 CD 音乐，压缩成 MP3 格式后仅 2MB 多，平均 1 分钟的歌曲可以转换为 1MB 的 MP3 音乐文档，一张 650MB 的 CD 可以录制 600 多分钟的 MP3 音乐。由于 MP3 音乐具有文件容量较小、音质佳的优点，因而在互联网上广为流传。

4．H.261-视频通信编码标准

数字视频技术广泛应用于通信、计算机、广播电视等领域，带来了会议电视、可视电话、数字电视、媒体存储等一系列应用，促使了许多视频编码标准的产生。ITU-T（国际电信联盟电信标准化部门）制定了 H.261、H.263、H.264 三大标准，主要用于实时视频通信领域。

8.3 音频处理技术

8.3.1 音频的概述

音频信息在多媒体中应用极为广泛，给视频图像配以娓娓动听的音乐和语音，给静态或动态图像配以解说和背景音乐，添加立体声音乐增加空间感，在游戏中增加多种音响效果等。

一切能发出声音的物体叫声源，声音是由于声源的振动而产生的。声源的振动，借助于周围的空气介质，把这种振动以机械波的形式由近及远地传播，就形成了声波。声波传入人耳，致使耳膜产生振动，这种振动被传导到听觉神经，就产生了"声音"的感觉。

图 8-2 中显示的是用声音录制软件记录英文单词"Hello"的语音实际波形。

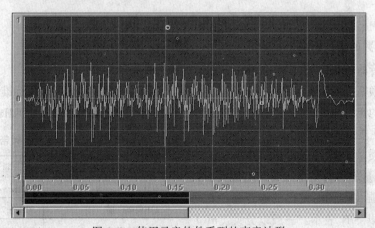

图 8-2 使用录音软件看到的声音波形

8.3.2 音频文件类型

常见存储音频信息的文件格式类型有以下几类：

1．WAV 波形文件

一种最直接表达声波的数字形式，扩展名为.wav。该文件直接记录了真实声音的二进制采样数据，通常文件较大，但声音层次丰富、还原性好、表现力强，多用于存储简短的声音片段。

2．MIDI 文件

MIDI 是乐器数字接口（musical instrument digital interface）的英文缩写，是为了把电子乐器与计算机相连而制定的一个规范，是数字音乐的国际标准。

在多媒体应用中，WAV 文件一般存放的是解说词，MIDI 存放的是背景音乐。

3．MPEG 文件

MPEG 指的是采用 MPEG 音频压缩标准进行压缩的文件。MPEG 音频文件的压缩是一种有损压缩，根据压缩质量和编码复杂程度的不同可分成 3 层（MPEG-1 Audio Player1/2/3），分别对应 MP1、MP2、MP3 这三种音频文件，压缩比分别为 4:1、6:1～8:1 和 10:1～12:1，MP3 因为其压缩比较高、音质接近 CD、制作简单、便于交换等优点，非常适合在网上传播，是目前使用最多的音频格式文件。

上述的 WAV 和 MIDI 格式文件均可以压缩成 MPEG 格式文件。

4．CD-DA 文件

是标准激光盘文件，扩展名是.cda。该格式的文件数据量大、音质好，在 Windows 环境中，使用 CD 播放器进行播放。

5．RA 文件

RA（real audio）是 Real Network 公司制定的音频压缩规范，有较高的压缩比，采用流媒体的方式在网上实时播放。

8.3.3　音频的质量标准

由于音频信号的种类不同，采用的质量衡量标准也不同。

1．模拟音频的质量标准

（1）以声音的带宽衡量

一般来说频率范围越宽，声音的质量也就越高。不同的音质有不同的频带标准，如表 8-1 所示，目前公认的声音质量分为四级。正常人能听到的声音频率范围为 20Hz～20kHz。

（2）以客观质量的量度衡量

声音客观质量主要用信噪比 SNR（signal to noise ratio）来量度。它是指音源产生最大不失真声音信号的强度与同时发出的噪音强度之间的比率，通常以 S/N 表示。一般以分贝（dB）为单位，信噪比越高表示音频质量越好。

（3）以主观质量的量度衡量

表 8-1　不同音质的频带标准

声音的类型	频　　宽
电话语音	200Hz～4.4kHz
AM 调幅广播	50Hz～7kHz
FM 调频广播	20Hz～15kHz
CD-DA 宽带音箱	20Hz～20kHz

目前，对声音主观质量量度比较通用的标准是 5 分制：优（excellent）、良（good）、中（fair）、差（poor）、劣（bad）。

2．数字音频的质量标准

（1）采样频率

采样频率即每秒钟的采样次数。采样是指每隔一定时间间隔对模拟波形上取一个幅度值，把时间上的连续信号变成时间上的离散信号。该时间间隔为采样周期，其倒数即是采样频率。采样频率越高，数字化音频的质量越高，但数据量越大。

根据 Harry Nyquist 采样定律，采样频率高于输入的声音信号中最高频率的两倍就可从采样中恢复原始波形。这就是实际采样中采取 40.1kHz 作为高质量声音的采样标准的原因。

（2）量化位数

量化位数（也称采样精度）是用来表示存放采样点振幅值的二进制位数，它决定了模拟信号数字化以后的动态范围。通常量化位数有 8 位、16 位，分别表示有 28 个、216 个等级。

在相同的采样频率下，量化位数越大，则采样精度越高，声音的质量也越好，信息的存储量也相应越大。

（3）声道数

声音是有方向的，而且通过反射会产生特殊的效果。声音到达左右两耳的相对时差和不同的方向感觉的强度不同，就产生了立体声的效果。

声道数是指声音通道的个数。单声道只记录和产生一个波形；双声道产生两个波形，即立体声，其存储空间是单声道的两倍。记录每秒钟存储声音容量公式为：

采样频率（Hz）×采样精度（位数 bit）×声道数÷8 = 字节数

例如，用 44.1kHz 的采样频率，每个采样点用 16 位的精度存储，则录制 1s 的立体声（双声道）节目，其 WAV 格式文件所需的存储量为：44 100 × 16 × 2/8=176 400（字节）在声音质量要求不高时，降低采样频率、降低采样精度的位数或利用单声道来录制声音，可减小声音文件的容量。

8.3.4　音频信号处理技术

目前，音频信号处理技术在多媒体中应用极为广泛。如：视频图像的配音、配乐，静态图像的解说，语音电子邮件，可视电话，视频电话会议等。

音频处理技术主要包括四个方面：音频数字化、语音处理、语音合成及语音识别。

1．音频的数字化技术

是指对来自麦克风、收音机以及激光唱机等音频模拟信号进行采样，通过 A/D 转换器，将模拟信号转换为数字信号，记录存储为数字文件。在输出端又将数字信号通过 D/A 转换器转换为模拟信号。

2．语音处理

对音频的处理包括的范围较广，但主要集中在音频的压缩上，未经压缩的数字音频的数据量相当大，例如，一段 1 分钟双声道、采样频率为 44.1kHz、采样精度为 16 位的声音数字化后不压缩，数据量为 44.1 × 1 000 × 2 × 16/8 × 60 ≈ 10.1MB，因此，对声音文件进行压缩处理是十分必要的。压缩方法包括有损压缩和无损压缩。目前最新的 MPEG 语音压缩算法可将声音压缩六倍。

3．声音合成

计算机中对声音信号处理时会产生大量的数据，在数据传输时，还必须考虑传输速度问题，为了达到使用少量的数据来记录音乐的目的，产生了合成音效技术，即将正文合成为语言播放。目前，常用的有调频（frequency modulation，FM）合成和波表（wave table，WT）合成两种方式。

目前国外几种主要语音的合成水平均已到实用阶段，汉语合成近几年来也有突飞猛进的发展，实验系统正在运行。例如，清华大学和中科院联合研制的汉语文字置换系统具有较好的实用性，它能利用声卡通过软件把汉字代码置换成较自然的汉语语言。

4．语言的识别与理解

在音频技术中难度最大最吸引人的技术当属语音识别，虽然目前只是处于实验研究阶段，但是广阔的应用前景使之一直是研究关注的热点之一。

8.3.5 音频的数字化过程

由于音频信号是一种连续变化的模拟信号，而计算机只能处理和记录二进制的数字信号，因此，由自然音源而得到的音频信号必须经过一定的变化和处理，变成二进制数据后才能送到计算机进行再编辑和存储。将模拟信号（如语音、音乐等）转换成数字信号，这一转换过程称为模拟音频的数字化。

音频数字化过程涉及音频的采样、量化和编码，其过程如图 8-3 所示。采样和量化的过程可由模数（A/D）转换器实现。A/D 转换器以固定的频率去采样，即每个周期测量和量化信号一次。经采样和量化的声音信号再经编码后就成为数字音频信号，以数字声波形式保存在计算机的存储介质中，这样的文件一般称为数字声波文件。若要将数字声音输出，必须通过数模（D/A）转换器将数字信号转换成模拟信号。

模拟信号　　　　采样　　　　量化　　　　　　数字信号

图 8-3　模拟音频的数字化过程

1．采样

信息论的奠基者香农（shannon）指出：在一定条件下，用离散的序列可以完全代表一个连续函数。这是采样定理的基本内容。为实现 A/D 转换，需要把模拟音频信号的波形进行分割，这种方法称为采样（sampling）。

采样的过程就是每隔一段相同的时间间隔读取一次声音波形的振幅，将读取的时间和波形的振幅值记录下来，这样记录的数据便不是连续的。单位时间抽样的次数称为采样频率，频率越高，所得到的离散幅值的数据点就越逼近于连续音频信号，同时采样所得到的数据量也越大，常用的采样频率有 8kHz、11.025kHz、22.05kHz、16kHz、44.1kHz 等。

采样频率与声音频率之间有一定的关系。根据奈奎斯采样定律，只有采样频率 Fs 高于声音信号最高频率 Fm 的两倍时，才能把数字信号表示的声音还原成为原来的声音。由于人耳能听到的最高频率大致为 20kHz，所以一般取 44.1kHz 作为采样频率是可行的。

2．量化

采样只解决了音频波形信号在时间坐标（即横轴）上把一个波形切成若干个等份的数字化问题，但是还需要用某种数字化的方法来反映某一瞬间声波幅度的电压值大小，该值的大小影响音量的高低。我们把对声波波形幅度的数字化表示称之为"量化"。

下面以图 8-4 所示的原始模拟波形为例，进行采样和量化。假设采样频率为 1 000 次/秒，即每 1/1 000 秒 A/D 转换器采样一次，其幅度被划分成 0～9 共 10 个量化等级，并将其采样的幅度值取最接近 0～9 之间的一个数来表示，图中每个正方形表示一次采样。

3．编码

模拟信号量经过采样和量化以后，形成一系列的离散信号，即脉冲数字信号。这种脉冲数字信号可以以一定的方式进行编码，形成计算机内部运行的数据。

所谓编码，就是按照一定的格式把经过采样和量化得到的离散数据记录下来，并在有用的数据中加入一些用于纠错、同步和控制的数据。在数据回放时，可以根据所记录的纠错数据判别读出的声音数据是否有错，如在一定范围内有错，可加以纠正。

编码的形式比较多，常用的编码方式是 PCM（脉冲调制）。脉冲编码调制（pulse code modulation，PCM）是把模拟信号变换为数字信号的一种调制方式，即把连续输入的模拟信号变换为在时域和振幅上都离散的量，然后将其转化为代码形式传输或存储。

其优点是抗干扰能力强、失真小、传输特性稳定，CD–DA 采用的就是这种编码方式。

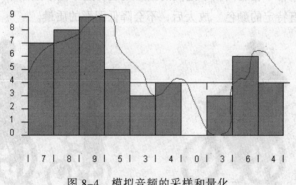

图 8-4　模拟音频的采样和量化

8.4　图片处理技术

8.4.1　图片概述

图片是人们非常乐于接受的信息载体，是多媒体技术的重要组成部分。一幅图片可以形象生动地表示大量的信息，具有文本和声音无法比拟的优点。

图片是图像和图形的统称。图像是自然空间照片，即人物、景物等实际场景拍摄下来的静态画面；图形是图像的一种抽象，是指计算机通过算法生成的画面或画家笔下的作品。

通常，两者之间既有联系又有区别，它们都是一幅图，但图的产生、处理和储存方式不同。

8.4.2　图片的类型

按照计算机对图的处理，将图片分成两大类：位图图像和矢量图形。

1. 位图图像

位图图像也叫栅格图像，是由扫描仪、数字照相机、摄像机等输入设备捕捉的真实场景画面产生的影像，数字化后以位图形式存储（文件类型一般为.bmp）。

位图文件中存储的是构成图像的每个像素点的亮度、颜色，位图文件的大小与分辨率和色彩的颜色种类有关，放大和缩小图像都会失真，占用的存储空间比矢量文件大。但位图图像在表现阴影和色彩（如在照片完成或绘画图像中）的细微变化方面是最佳选择。

如图 8-5 所示，图像放大到一定比例后，就会出现"马赛克"现象，位图图像出现锯齿边缘且遗漏细节。

2. 矢量图形

矢量图形一般是指通过绘图软件绘制的由直线、圆、圆弧、任意曲线等图元组成的画面，以矢量文件形式存储。

矢量图文件中存储的是一组描述各个图元的大小、位置、形状、颜色、维数等属性的指令集合，通过相应的绘图软件读取这些指令，可将其转换为输出设备上显示的图形。因此，矢量图形最大的优点是对图形中的各个图元进行缩放、移动、旋转时不会失真，而且文件占用的存储空间小。

如图 8-6 所示，自行车轮胎由数学定义的图形组成，这个图形是按某一半径画出的，圆心放在特定的位置并填充有特定的颜色。放大后，不会降低图形的质量。

图 8-5　由像素点组成的图像　　　　　　图 8-6　矢量图形

矢量图形与位图图像之间可以转换，要将矢量图形转换成位图图像，只要在保存图形时，将其保存格式设置为位图图像格式即可，反之则较困难，要借助其他软件来实现。

8.4.3　常用图片文件格式

在多媒体计算机中，可以通过扫描仪、数字化仪或光盘上的图像文件等多种方式获取图片，每种获取方法又是由不同的软件开发商研制开发的，因而就出现了多种不同格式的图片文件。常用的图片文件格式如下：

1. BMP 文件

BMP（bitmap，位图）是一种与设备无关的图像文件格式，是 Windows 环境中经常使用的一种位图格式。这种格式的特点是包含的图像信息较丰富，几乎不用进行压缩，但由此导致了占用磁盘空间过大的缺点。所以，目前在单片机上比较流行。

2．GIF 文件

GIF（graphics interchange format，图形交换格式）是美国联机服务商 CompuServe 针对当时网络传输宽带的限制，开发出的一种图像格式。GIF 格式的特点是压缩比高，磁盘空间占用较少，但不能存储超过 256 色的图像，目前是 Internet 上 WWW 中的重要文件格式之一。

3．JPEG 文件

JPEG（joint photographic experts group，联合照片专家组）是利用 JPEG 方法压缩的图像格式，压缩比高，但压缩／解压缩算法复杂、存储和显示速度慢。同一图像的 BMP 格式大小是 JPEG 格式的 5～10 倍，而 GIF 格式最多只能是 256 色，因此适用于处理 256 色以上的图像和大幅面图像。

4．WMF 格式

WMF 是比较特殊的图元文件，是位图和矢量图的一种混合体。Windows 中许多剪贴画图像是以该格式存储的，它广泛用于桌面出版印刷领域。

5．PNG 格式

PNG 是 portable network graphic 的缩写，一种新兴的网络图像格式。具有如下特点：
- 是目前保证最不失真的图片格式，它汲取了 GIF 和 JPEG 二者的优点。
- 能把图像文件压缩到极限，既利于网络传输，又能保留所有与图像品质有关的信息。
- 显示速度快，只需下载 1/64 的图像信息就可以显示出低分辨率的预览图像。
- 支持透明图像的制作，这样可让图像和网页背景和谐地融合在一起。
- PNG 的缺点是不支持动画应用效果。

6．TIFF 格式

TIFF 是 tagged image file format 的缩写。TIFF 格式的图像文件是一种由 Aldus 公司开发的用于扫描仪和桌面出版系统的文件格式，早在 1986 年就已推出，后来与微软公司联手，进一步发展了TIFF 格式。这种格式的特点是不针对某一个特定的操作平台，可用于多种操作平台和应用软件。

7．PSD 格式

是 Adobe 公司的图像处理软件 Photoshop 的专用格式。PSD 其实是 Photoshop 进行平面设计的一张"草稿图"，它里面包含有各种图层、通道、蒙板等多种设计的样稿，以便下次打开文件时修改上一次的设计。

8.4.4　图像的数字化

图形是用计算机绘图软件生成的矢量图形，矢量图形文件存储的是描述生成图形的指令，因此不必对图形中的每一点进行数字化处理。而图像是一种模拟信号，需要将一幅真实的图像转变成计算机能够接受的数字形式，即图像的数字化，涉及对图像的采样、量化及编码等过程。

1．采样

采样就是将连续的图像转换成离散点的过程，其实质就是用若干个像素点来描述一幅图像，称为图像的分辨率，可用点的"列数"×"行数"表示，单位为 dpi，即每英寸显示的像素数。图像分辨率的高低直接影响图像的质量，分辨率越高，图像越清晰，存储量也越大。

2．量化

量化则是在图像离散化后，将表示图像色彩浓淡的连续变化值离散化为整数值的过程。量化时可取整数值的个数称为量化级数，表示色彩（或亮度）所需的二进制位数称为量化字长，即颜色深度。一般用 8 位、16 位、24 位、32 位等来表示图像的颜色，各种颜色深度所能表示的最大颜色数如表 8-2 所示。

表 8-2　各种颜色深度的颜色数量

颜 色 深 度	数　　值	颜 色 数 量	颜 色 评 价
1	2^1	2	单色图像
4	2^4	16	简单色图像
8	2^8	256	基本色图像
16	2^{16}	65 536	增强色图像
24	2^{24}	16 777 216	真彩色图像
32	2^{32}	4 294 967 296	真彩色图像

3．编码

图像文件的大小主要由图像的分辨率和像素位的颜色深度两个因素来决定。例如，当要表示一幅分辨率为 640×480 像素的 24 位真彩色图像时，则需要 640×480×24÷8≈1MB 大的容量。由此可见，数字化后的图像数据量十分巨大，必须采用编码技术来压缩信息，它是图像传输与存储的关键。关于压缩技术在前面已介绍，这里就不再叙述。

8.4.5　Photoshop 7.0 图像处理软件简介

Photoshop 7.0 是 Adobe 公司出品的一款优秀的图像处理软件，一直占据着图像处理软件的领导地位，是平面设计、建筑装修设计、三维动画制作及网页设计的必要软件，具有极强的图形图像处理功能。它是一个集图像扫描、修改编辑、图像制作、广告创意、图像合成、图像输入/输出于一体的专业图形图像处理软件。

启动 Photoshop 7.0 后，出现如图 8-7 所示的界面，主要包括"菜单栏"、"工具箱"、"工具选项栏"、"控制面板"、"工作区"、"状态栏"等几部分。

（1）菜单栏

分成九类，其中图像菜单涉及图像的颜色、大小等操作，图层菜单涉及颜色模式、转换等。最有特色的是滤镜菜单。

（2）工具箱

是 Photoshop 的重要组成部分，包含了 40 余种工具，都是图像图形处理时主要的工具，熟练地掌握工具箱中的各种工具很关键。要使用某种工具，只需要单击该工具即可。

工具选项栏

工具箱

工作区

"导航器/信息/
直方图"面板

"颜色/色板/
样式"面板

"历史记录/
动作"面板

"图层/路径/
通道"面板

图 8-7   中文 Photoshop 7.0 工作环境

（3）调板

是 Photoshop 中一项很有特色的功能，用户可利用面板显示导航，观察编辑信息，选择颜色，管理图层、通道、路径、历史记录、动作等。

（4）工具选项栏

显示和设置所选工具的各项控制参数。

8.5   视频与动画

8.5.1   视频信号

视频由一系列的静态图像按一定的顺序排列组成，每一幅称为一帧（Frame）。电影、电视通过快速播放每帧画面，再加上人眼视觉效果便产生了连续运动的效果。当帧速率达到 12 帧/秒（12 fps）以上时，可以产生连续的视频显示效果。通常视频图像还配有同步的声音，所以，视频信息需要巨大的存储容量。

1. 视频信号的制式

目前，常用的彩色电视制式有三种标准：NTSC 制式、PAL 制式、SECAM 制式。

（1）PAL 制式

PAL 是 Phase Alternate Line 的缩写，意为相位逐行交变。它是原联邦德国 1962 年推出的一种电视制式。每秒 25 帧、每帧 625 行，隔行扫描。中国、朝鲜和西欧大部分国家都采用这种制式。

（2）NTSC 制式

NTSC 是 National Television System Committee 的缩写，它是 1953 年美国研制成功的一种兼容的电视制式。每秒 30、每帧 525 行的水平扫描线，采用正交平衡调幅制。主要在美国、加拿大、日本、韩国、菲律宾和中国台湾应用。

（3）SECAM 制式

SECAM 是 Sequential Color And Memory 的缩写，它是法国、俄罗斯以及一些东欧国家采用的电视制式。每秒 25 帧、每帧 625 行，其基本技术及广播技术与另外两种制式均有较大的区别。现行的电视接收设备及播放设备基本上都具有以上三种制式的视频信号的播放能力，只要进行适当的切换即可实现视频信号的制式互换。

2. 视频信号的分类

视频信号的分类方式通常按信号的编码方式和视频信号的质量来划分。

（1）按信号的编码方式

有两类：模拟视频和数字视频。早期的电视等视频信号的记录、存储和传输都是采用模拟方式，现在出现的 VCD、SVCD、DVD、数字式便携摄像机等都是数字视频。

（2）按视频信号质量

可划分为高清晰度电视、数字电视、广播质量电视、VCR 质量电视、低速电视会议质量。

3. 视频文件类型

视频文件可以分成两大类：一类是影像文件，如常见的 VCD。另一类是流式视频文件，是随着 Internet 的发展而诞生的后起之秀，如在线实况转播，构架在流式视频技术之上。

（1）影像视频文件

日常生活中接触较多的 VCD、多媒体 CD 光盘中的动画都是影像文件。影像文件不仅包含大量图像信息，同时还容纳大量音频信息。

① AVI 文件

AVI（audio-video interleaved，音频—视频交错）文件一般用于保存电影、电视等各种影像信息，有时出现在 Internet 中，主要用于欣赏新影片的精彩片段。目前已经成为了 Windows 视频标准格式文件。该文件数据量较大，需要压缩。

② MOV 文件

是 Apple 公司在 QuickTime for Windows 视频应用程序中使用的视频文件。原在 Macintosh 系统中运行，现已移植到 Windows 平台。利用它可以合成视频、音频、动画、静止影像等多种素材。该文件数据量较大，需要压缩。

③ MPG/MPEG 文件

是按照 MPEG 标准压缩的全屏视频的标准文件。在 1 024×768 像素的分辨率下可以以每秒 25 帧或 30 帧的速度同步播放，有 128 000 种颜色。对于全运动视频图像和 CD 音质的伴音一般需要专门的压缩卡来制作文件，播放时也要有 MPEG 压缩卡支持，或者在带有图形加速功能的显示适配器的配合下，采用软件解压缩方法来处理。目前很多视频处理软件都支持这种格式的文件。

④ DAT 文件

是 VCD 专用的格式文件，文件结构与 MPEG 文件格式基本相同。目前，市场流行的 VCD 光盘中的节目大多以 DAT 文件格式存放。DAT 文件中的片段可以通过某些解压软件提供的摄像功能来截取，并转换成 MPG 格式文件。

（2）流媒体文件

到目前为止，Internet 上使用较多的媒体格式主要有 RealNetwork 公司的 RealMedia、Apple 公司的 QuickTime 和 Microsoft 公司的 Windows Media。

8.5.2 动画

1．动画的基本概念

动画是由很多内容连续且互不相同的画面组成的。动画利用了人类眼睛的视觉暂停效应，人在看物体时，画面在人脑中大约要停留 1/20～1/10s，如果每秒有 15 幅或更多画面进入人脑，那么在来不及忘记前一幅画面时，就看到了后一幅，形成了连续的影像。这就是动画形成的基本原理。

2．动画的分类

动画从本质上说，分为两大类：帧动画和矢量动画。帧动画是由一帧一帧的画面连续播放而形成的。这种动画也是传统的动画表现形式，基本单位是帧。创作帧动画时要将动画的每一帧描绘下来，然后将所有的帧排列并播放，工作量会很大。现在使用计算机作为动画制作工具，只要设置能表现动作特点的关键帧，中间的动画过程会由计算机得出。这种动画常用来创作传统的动画片、电影特技等。

矢量动画是把经过计算机计算生成的动画，表现为变换的图形、线条和文字等。这种动画画面其实只有一帧，通常由编程或矢量动画软件来完成的，是纯粹的计算机动画形式。

动画从表现形式上，又分为二维动画、三维动画和变形动画。二维动画是指平面的动画表现形式，它运用传统动画的概念，通过平面上物体的运动或变形来实现动画，具有强烈的表现力和灵活的表现手段。创作平面动画的软件有 Flash、GIF Animator 等。

三维动画是指模拟三维立体场景中的动画效果，虽然也是由一帧帧的画面组成的，但它表现了一个完整的立体世界。通过计算机可以塑造一个三维的模型和场景，而不需要为了表现立体效果而单独设置每一帧画面。创作三维动画的软件有 3ds max 、Maya 等。

变形动画是通过计算机计算，把一个物体从原来的形状变成另一种形状，在改变的过程中把变形的参考点和颜色有序地重新排列，就形成了变形动画。这种动画的效果有时候是惊人的，适用于场景的变换、特技的处理等影视动画制作中。

3．动画文件类型

计算机动画现在应用得比较广泛，由于应用领域不同，其动画文件也有不同的存储格式。常用动画格式如下：

（1）GIF 动画格式

GIF 动画格式可以同时存储若干幅静止图像并进而形成连续的动画。由于 GIF 图像采用了压缩率较高的 LZW 算法，文件尺寸较小，因此被广泛采用。目前 Internet 上大量采用的彩色动画文件多为这种格式的 GIF 文件，多数图像浏览器都可以直观地观看此类动画文件。

（2）FLIC FLI/FLC 格式

FLIC 是 AutoDesk 公司在其推出的 AutoDesk Animator、Animator Pro、3D Studio 等 2D/3D 动画制作软件中采用的彩色动画文件格式。它被广泛用于动画图形中的动画序列、计算机辅助设计和计算机游戏应用程序。

（3）SWF 格式

SWF 是 Macromedia 公司的产品 Flash 的矢量动画文件格式。它采用曲线方程描述，而不是由点阵组成内容，因此这种格式的动画在缩放时不会失真，非常适合描述由几何图形组成的动画，如教学演示等。由于这种格式的动画可以与 HTML 文件充分结合，并能添加 MP3 音乐，因此被广泛地应用于网页上。

（4）AVI 格式

AVI 是对视频、音频文件采用的一种有损压缩方式，该方式的压缩率较高，并可将音频和视频混合到一起，因此尽管画面质量不是太好，但其应用范围仍然非常广泛。AVI 文件目前主要应用在多媒体光盘上，用来保存电影、电视等各种影像信息，有时候也出现在 Internet 上，供用户下载、欣赏新影片的精彩片段。

8.5.3 Flash 动画制作软件简介

Flash 是 Macromedia 公司推出的一款优秀的矢量动画编辑软件。用 Flash 制作动画，操作简单且动态效果显著、容量小巧，非常适合在互联网上传播，而且可以在动画中加入声音、视频和位图图像，还可以制作交互式影片、广告动画、多媒体课件或者具有完备功能的网站。

1. Flash MX 2004 的操作环境

启动 Flash 后，其操作界面如图 8-8 所示，主要包括"舞台"、"菜单栏"、"工具栏"、"'时间轴'面板"、"'属性'面板"、多个控制面板等部分。

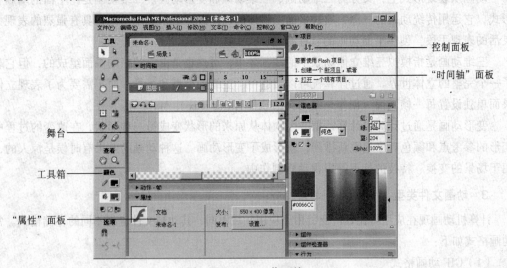

图 8-8　Flash 工作环境

（1）舞台

Flash 中用于放置媒体内容的工作区域称为"舞台"，是对影片中的各对象进行编辑、修改的场所。

（2）工具箱

利用工具箱中的工具，可以绘制、选择、修改图形，给图形填充颜色，或者改变舞台的视图等。

（3）属性面板

使用该面板可以设置舞台或时间轴上当前选定项的最常用属性。"属性"面板的内容取决于当前选定的内容，可以显示当前文档、文本、元件、形状、位图等的信息和设置。例如选择工具箱中的文本工具时，"属性"面板中将显示有关文本的一些属性设置。

（4）时间轴面板

"时间轴"面板简称"时间轴"，用来管理不同场景中的图层与帧的处理。

2．基本术语

（1）帧

帧是构成 Flash 动画的基本组成元素，在时间轴上每一小方格代表一帧，有关键帧和普通帧之分。关键帧用于表现动作的转折、关键动作的位置以及首、尾帧。在时间轴中，包含内容的关键帧由黑色实心圆点的方格表示，空白的关键帧显示为白色方格。普通帧则把关键帧之间的动画连贯起来，主要用于动作的发展。在时间轴上，普通帧没有任何标记。

（2）图层

Flash 中图层的概念与图像处理软件 Photoshop 中的图层概念类似。在 Flash 中，除了一般图层外，还包括两个特殊的图层，即引导层和遮罩层。引导层用于辅助其他图层对象的运动或定位，可在其中绘制用于控制对象运动的曲线，但其内容都不会出现在将要发布的影片中。遮罩，本质就是确定一个显示范围，从而产生特殊的动画效果。制作遮罩必须有两个层才能完成，上层是遮罩层，下层是被遮罩层，遮罩层中的对象无论什么颜色，都将成为透明区域，透过它可以看到被遮罩层的内容，遮罩层以外的区域不透明，遮盖了被遮罩层的内容。此外，为了更好地组织和管理图层，还可以使用图层文件夹。

3．动画制作

在 Flash 中可以创建两种类型的动画，即"帧—帧"动画和"补间"动画。特点如下。

- "帧—帧"动画。先制作好每一帧画面，然后生成动画效果，Flash 会存储每一个完整帧的数据。
- "补间"动画。制作好若干关键帧的画面，由 Flash 通过计算生成中间各帧，使画面从一个关键帧逐渐变到另一个关键帧。在"补间"动画中，Flash 存储的仅仅是帧之间的改变值，因此"补间"动画的文件尺寸要小得多。"补间"动画又可以细分为两类：一类是运动补间动画；一类是形状补间动画。

8.6 超文本与超媒体

8.6.1 超文本与超媒体的概念

人类的记忆是一种具有网状结构的联想式记忆，具有跳跃式、多层次、多路径、多方位思维和访问信息的非线性结构。比如人对"夏天"一词可能产生下面一系列的联想结果："夏天—游泳—海—鱼—吃饭—饭盒—餐具—银器—耳环—婚礼—白雪……"。

超文本这个术语是美国计算机专家 TedNelson 在 20 世纪 60 年代提出来的，它是一种信息管理技术，或者说是一种电子文献形式，类似于人类联想思维的一个非线性的网状结构，它以结点作为一个信息块，采用一种非线性的网状结构组织信息，把文本按其内容固有的独立性和相关性划分成不同的基本信息块，并且可以按需要以一定的逻辑顺序来组织和管理信息。它提供联想、跳跃式的查询能力，极大地提高了获得知识和信息的效率。

超媒体即超文本中的接点数据，不仅是文本，还可以是图形、图像、动画、音频，甚至计算机程序或它们的组合。

8.6.2 超文本与超媒体的组成

1. 结点

超媒体是由结点和链构成的信息网络。结点是表达信息的单位，是围绕一个特殊主题组织起来的数据集合。结点的内容可是文本、图形、图像、动画、音频、视频等，也可以是一般的计算机程序。

2. 链

超媒体链又称为超链，把结点间的信息联系起来，它以某种形式将一个结点与其他结点连接起来。由于超媒体没有规定链的规范与形式，因此，超文本与超媒体系统的链也是各异的，信息间的联系丰富多彩引起链的种类复杂多样。但最终达到的效果却是一致的，即建立起结点之间的联系。

在超文本数据库内部，结点之间用链（Link）连接起来形成网状结构，如图 8-9 所示。

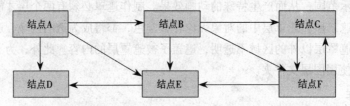

图 8-9 具有 6 个结点和 10 条链的超文本结构示意图

3. 网络

超文本由结点和链构成的网络是一个有向图，这种有向图与人工智能中的语义网有类似之处。语义网是一种知识表示法，也是一种有向图。

8.6.3 超文本与超媒体的特点与应用方向

超文本与超媒体具有如下主要特点：
- 检索查询的快捷性。
- 信息传递的交互性。
- 信息内容的丰富性。
- 结点多媒体化。
- 具有网状的复杂信息链接结构。
- 具有良好的导航工具和航行能力。

由于超文本与超媒体组织和管理信息的方式符合人们"联想"思维习惯，适合于非线性的数据组织形式，因此得到了广泛的应用。例如，操作系统 Windows 中的"帮助"就使用了超文本的方式。又如，在电子百科全书、教学应用的 CAI 以及旅游信息、软件工程、娱乐等中都有着广泛的应用。

第 9 章

程序设计初步

通过前面章节的学习，我们对计算机的硬件构成、工作原理、系统软件、办公应用软件、网页制作及多媒体技术有了一个比较全面的认识。但是，作为当代大学生，使用计算机不应仅局限于熟练操作别人写好的应用软件，更重要的是掌握计算机提供的开发程序的功能，即程序设计，学会按照自己的需要设计程序。

本章主要介绍程序设计的有关知识，使读者对程序设计有一个初步的了解，更深入的程序设计的学习将在后续"程序设计"课程中专门进行。

9.1　程序设计的概念

什么是程序设计？对于初学者来说，往往简单地理解为只是编写一个程序，这是不全面的。程序设计（Programing）是指利用计算机解决问题的全过程，它包含多方面的内容，而编写程序只是其中的一部分。使用计算机来解决实际问题，通常是先对问题进行分析并建立数学模型，然后考虑数据的组织方式和算法，并用某一种程序设计语言来编写程序，最后调试程序，使之运行后能产生预期的结果，这个过程称为程序设计。

下面以计算圆的面积和周长为例，简述程序设计的一般步骤，如图 9-1 所示。

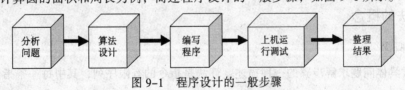

图 9-1　程序设计的一般步骤

1．分析问题

问题分析是程序设计的基础，即利用领域专家的知识将问题抽象成数学模型，选择合理的数据类型，对问题中所涉及的对象进行描述和刻画，定位问题的输入和输出等。

例如，求圆的面积和周长，需要已知圆的半径 r，然后根据半径 r 求出圆的面积 S 和周长 L，并输出结果，用到的数学公式有：$S = \pi r^2$ 和 $L = 2\pi r$。

2．算法设计

算法设计是程序设计的核心，即具体列出如何让计算机进行操作的步骤。实现一个问题的算法可以有很多种，目的是找到一种时间和空间复杂性最小的算法，以提高程序执行的效率。算法设计好后，一般要画出流程图或 N–S 流程图，以便将算法细化。

例如，可以将求圆的面积和周长的算法描述为：

- 置 Pi=3.1459 为常量。
- 输入 r 的值。
- 计算面积 S 和计算周长 L。
- 输出结果 S、L。

3. 编写源程序

选择某种计算机语言编写操作步骤，也称为程序编写。

例如，采用 C 语言编写上述求圆面积和周长的算法如下：

```
#define pi=3.14159
main()
{
    folat r=3,S,L;
    S=pi*r*r;
    L=2*pi*r;
    printf("s=%f,l=%f\n",S,L);
}
```

4. 运行与调试程序

将源程序输入到计算机中并使之运行，如果程序正确，应能得到预期的效果；如果得不到正确的结果，应检查程序是否有错误，改正后再调试运行，直到得到正确的结果为止。

5. 整理输出结果，写出相关文档

对小程序来说，这个步骤可以省略。但是，对多人合作开发的软件来说，编写文档是相当重要的，它相当于一个产品的说明书，对今后软件的使用、维护、更新很重要。

9.2 算　法

9.2.1 算法的概念

1. 算法概念

算法是对具体问题求解步骤的一种描述。算法是指令的有限序列，其中每一条指令表示一个或多个操作。

比如，求两个正整数 m 和 n（$m>n$）的最大公约数，在公元前 300 年左右，欧几里德就在其著作《几何原本》中阐述了求解该问题的步骤：

① 用 m 除以 n 得余数 r。

② 若 $r=0$，则 n 为求得的最大公约数，算法结束，否则执行步骤③。

③ 若 $r<>0$，则 $m←n$，$n←r$，再重复执行步骤①。

算法可以分为两大类：数值计算算法和非数值计算算法。数值计算算法的目的是求数值解，其特点是少量的输入、输出，复杂的运算，如，求高次方程的根、函数的定积分等。非数值计算

算法目的是对数据处理，其特点是大量的输入、输出，简单的运算，如用于信息管理、文字处理、图像图形等的排序、分类、查找等算法。

要编写解决问题的程序，首先应设计算法，任何一个程序都依赖于特定的算法，有了算法后再去编写程序就容易了，所以说算法是程序设计的核心。

【例 9.1】输入 10 个数，要求从中找到最大的数。

分析：设 max 单元用于存放最大数，先将输入的第 1 个数放在 max 中，再将输入的第 2 个数与 max 相比较，大者送到 max 中，然后将第 3 个数与 max 相比，大者放在 max 中，依此类推，直到做完 9 次为止。

上述算法可以写成如下形式：

① 输入一个数，放在存储单元 max 中。

② 设置用来统计比较次数的单元 i，初值设置为 1。

③ 若 i<=9，做第④步，否则做第⑧步。

④ 输入一个数，放在存储单元 x 中。

⑤ 比较 max 和 x 中的数，若 x>max，则将 x 的值赋给 max，否则 max 值不变。

⑥ i 增加 1。

⑦ 返回到第③步。

⑧ 输出 max 中的数，此时 max 中的数就是 10 个数中最大的数。

从上述示例可以看出，算法是解决问题方法的精确描述。算法并不给出问题的精确解，只是说明怎样才能得到解。每一个算法都是由一系列操作和控制结构（指操作之间的执行顺序）组成，其中操作包括加、减、乘、除、判断、赋值等，控制结构则由顺序、选择、循环三种基本结构组合而成。因此，研究算法的目的就是研究怎样把问题的求解过程分解成一些基本操作。

2．算法的特性

每一个算法都应具有下列 5 个特性。

① 有穷性。一个算法必须总是在执行有穷步之后结束，且每一步都可以在有穷时间内完成。例如，计算圆周率 π 的值，可用如下公式：$\pi=4\times(1-1/3+1/5-1/7+\ldots)$，这个多项式的项数是无穷的，因此它只是一个计算方法，而不是算法。要计算 π 的值只能取有限个项数，例如，取精确到第 5 位，那么这个计算就是有限次的，才能称得上算法。

② 确定性。算法中每一条指令必须有确定的含义，不会产生二义性。

③ 可行性。算法中描述的操作在计算机上必须是可以实现的。

④ 输入。一个算法应有 0 个或多个输入。

⑤ 输出。一个算法应有 1 个或多个输出。

9.2.2 算法的描述

描述算法有多种方法，前面例 9.1 中的算法是用自然语言描述的，其优点是通俗易懂，但语句书写比较烦琐、冗长，并且很难清楚地表达算法的逻辑流程，尤其对描述含有选择、循环结构的算法，不太方便和直观，且容易产生二义性。因此，在实际应用中，常用传统流程图、N-S 结构化流程图、伪代码和计算机语言等来描述算法。

1. 传统的流程图法

传统流程图亦称框图，它是用一些几何图框、带箭头的流程线以及文字说明来形象、直观地表示各种类型的操作。

美国国家标准化协会（American national standard institute，ANSI）规定了常用的流程图符号，如表 9-1 所示。

表 9-1　传统流程图所用的基本符号表

图 形 符 号	符 号 名 称	说　　　明
▭	启始、终止框	表示算法的开始或结束
▱	输入、输出框	框中标明输入、输出的内容
▭	处理框	框中标明进行什么处理
◇	判断框	框中标明判定条件并在框外标明判定后的两种结果的流向
→	流程线	表示从某一框到另一框的流向
○	连接点	表示算法流向出口或入口连接点

【例 9.2】用传统流程图描述例 9.1 的算法，如图 9-2 所示。

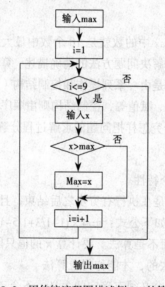

图 9-2　用传统流程图描述例 9.1 的算法

2. N-S 流程图法

传统流程图的主要优点是直观性强，初学者容易掌握；缺点是对流程线的使用没有严格的限制，如毫无节制地使用流程线任意转来转去，将使流程图变得毫无规律，难以阅读。为了提高算法的可读性和可维护性，必须限制无规律的转移，使算法结构规范化。美国学者 I.Nassi 和 B.Shneideman 于 1973 年提出的一种新的流程图形式，并以他们姓名的第一个字母命名，故把这种流程图称为 N-S 图。

N-S 图以三种基本结构作为构成算法的基本元素，每一种基本结构用一个矩形框来表示，去掉了传统流程图中带箭头的流程线，各基本结构之间保持顺序执行关系。由于 N-S 图可以保证程序具有良好的结构，所以 N-S 流程图又叫结构化流程图。包括三种基本结构：

（1）顺序结构

由若干个前后衔接的矩形块顺序组成，如图 9-3 所示，先执行 A 块，然后执行 B 块。块中的内容表示一条或若干条需要顺序执行的操作。

（2）选择结构

如图 9-4 所示，在此结构内有两个分支，它表示当给定条件满足时执行 A 块的操作，不满足时，执行 B 块的操作。

图 9-3　顺序结构　　　　　图 9-4　选择结构

（3）当型循环结构

如图 9-5 所示，先判断条件是否满足，若满足就执行 A 块（循环体），然后返回去再判断条件是否满足，如满足再执行 A 块，如此循环下去，直到条件不满足为止。

（4）直到型循环结构

如图 9-6 所示，先执行 A 块（循环体），然后判断条件是否满足，如满足就不再执行 A 块，若不满足则返回再执行 A 块，如此循环下去，直到条件满足为止。

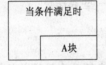

图 9-5　当型循环结构　　　　　图 9-6　直到型循环结构

【例 9.3】用 N-S 流程图描述例 9.1 的算法，如图 9-7 所示。

由此可以看出，N-S 流程图是由基本结构单元组成的，各基本结构单元之间是顺序执行关系，即从上到下一个结构一个结构地顺序执行下来。这样的程序结构对于任何复杂问题都可以很方便地用以上 3 种基本结构表示，因而它描述的算法也是结构化的，这是 N-S 流程图的最大优点。用 N-S 图形表示的算法，思路清晰，阅读起来直观、明确、容易理解，大大方便了结构化程序设计，并能有效地提高算法设计的质量和效率。对初学者来说，使用 N-S 图还能培养良好的程序设计风格，因此提倡用 N-S 图表示算法。

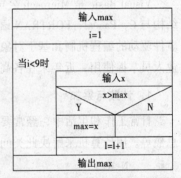

图 9-7　用 N-S 图描述例 9.1 的算法

3．伪代码法

流程图和 N-S 图均为图形描述工具，图形描述工具描述的算法直观易懂，但绘制费时、修改比较麻烦。为了克服上述缺点，20 世纪 70 年代，产生了伪代码，也是一种描述程序设计逻辑的工具。

伪代码是运用介于自然语言和计算机语言之间的文字和符号来描述算法。"伪"意味着"假"，因此伪代码是一种假的代码——不能被计算机所理解，但接近某种语言编写的程序，便于转换成编程语言。根据编程语言的不同，有对应的类 Pascal、类 C 等语言。

【例9.4】用 VB 伪代码表示例 9.1 的算法。

```
Proc Pmax
   Input max
   1→i
   While i<=9
      {  Input x
         If x>max
            {x→max}
         i+1→i
      }
   Print max
End
```

4．计算机语言

由于计算机无法识别自然语言、流程图、伪代码，这些方法仅为了帮助人们描述、理解算法，要用计算机来解题，就要用计算机语言描述算法，只有用计算机语言编写的程序才能被计算机执行（当然还要被编译成目标程序），因此，最终还是要将它转换成计算机语言程序。

用计算机语言描述算法必须严格遵循所选择的编程语言的语法规则。为了让初学者理解算法和便于程序的调试和验证，下面将介绍程序设计中常见的一些算法。

9.2.3　算法示例

为了让读者对计算机解题的算法进一步了解，本节将介绍几个较简单的常用算法。这里，以 Visual Basic（简称 VB）程序设计语言为例来描述算法。

Visual Basic 是 Microsoft 公司 1991 年推出的基于 Windows 平台的程序设计语言。其基本语法结构与 C、Pascal、FORTRAN 语言相似，继承了 BASIC 简单易学的特点，采用可视化界面设计、事件驱动的编程机制和基于对象的程序设计方法，有利于软件的开发和维护，易于被非计算机专业人员掌握使用，近年来在各高校得到广泛推广。

1．计数与累加

日常工作和生活中，经常要进行某些统计及求和，如统计某类职称的人数，统计某日的销售总额等。用计算机来解决此类问题，涉及一个非常有用且重要的式子：

```
N=N+1            '对于计数，N 为计数变量
Sum=Sum+x        '对于累加，Sum 为累加变量
```

上述两式子在数学中是永远不成立的，但在计算机中，第一个式子可表示取计数变量的值加 1 后再送回计数变量中；第二个式子累加也类似。上述语句与循环结构相结合，可实现计数和累加操作。

【例9.5】某班有若干名学生，输入每个学生的计算机成绩，计算该班计算机成绩的平均分。

该题是对学生人数计数和对计算机成绩求累加和，算法描述如图 9-8 所示。

输入n
Sum=0
i=1
当i<=n时
Sum=i+sum
l=l+1
输出sum

图 9-8　求和流程图

有关代码如下：

```
Private Sub Command1_Click()
    Dim Salary As Single, Total Salary As Single, i%, n%
    i = 1
    sum = 0
    n = Input Box("输入学生人数")
    Do While i <= n
      scores = Input Box("输入计算机成绩")
      sum = sum + scores
        i = i + 1
    Loop
    Print sum/n
End Sub
```

2. 两个变量的数值交换

在日常生活中，经常会遇到交换问题。例如，两个人交换位置，只要各自去坐对方的位置就可，这是直接交换。又如，一瓶酒和一瓶油的互换，是不能直接从一个瓶子倒入另一瓶子，必须借助于一个空瓶子，先把酒倒入瓶，再将油倒入已倒空的酒瓶，最后把酒倒入已倒空的油瓶，这样，才能实现酒和油的交换，这是间接交换。

由于计算机内存有"取之不尽、一冲就走"的特点，因此计算机中交换两个变量的值只能采用间接交换的方法。

【例 9.6】将 x、y 两个变量的值进行交换，算法描述如图 9-9 所示，T 为临时变量。

有关代码如下：

```
Private Sub Command1_Click()
    Dim x%, y%, t%
    x = Text1
    y = Text2
    Print x, y
    t = x
    x = y
    y = t
    Print x, y
End Sub
```

若采用直接交换，则不能实现交换，如执行 x=y, y=x 语句后，两个变量 x、y 的值均为原 y 的值，运行结果如图 9-10 所示。

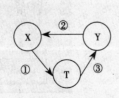

图 9-9 两数交换

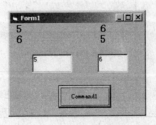

图 9-10 运行界面

3. 枚举法

枚举法亦称穷举法或试凑法,它的基本思想是首先根据题目的部分条件确定答案的大致范围,然后在此范围内对所有可能的情况逐一验证,直到所有情况验证完。若某个情况符合题目的条件,则为本题的一个答案;若全部情况验证完后均不符合题目的条件,则问题无解。利用计算机快速运算的特点,枚举的思想可解决许多问题。

【**例 9.7**】我国古代数学家张丘建在《算经》里提出一个世界数学史上有名的百鸡问题:"鸡翁一,值钱五,鸡母一,值钱三,鸡雏三,值钱一,百钱买百鸡,问鸡翁、母、雏各几何?"

问题分析:设公鸡 x 只,母鸡 y 只,小鸡 z 只,依题意列出方程组

$$\begin{cases} x+y+z=100 \\ 5x+3y+z/3=100 \end{cases}$$

由于有 3 个未知数,属于不定方程,无法直接求解,因此,可采用"穷举法"将各种可能的组合全部测试,将符合条件的组合输出。

为提高运行速度,减少循环次数,需对程序优化考虑,本题中,如果 100 元全部买 20 只公鸡的话,就买不了母鸡和小鸡,所以公鸡最多只能买 20 只,同样,母鸡一只 3 元,100 元最多买 33 只,算法描述如图 9-11 所示。

有关代码如下:

```
Private Sub Command1_Click()
    Dim x%,y%,z%                '变量类型尽量少用变体类型,运行时间可减少
    For x = 0 To 20
        For y = 0 To 33         '将循环次数多的放在循环内
            z = 100 - x - y
            If 5 * x + 3 * y + z/3= 100 Then
                Print x; y; 100 - x - y
            End If
        Next y
    Next x
End Sub
```

程序运行结果如图 9-12 所示。

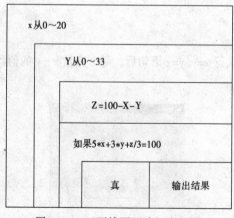

图 9-11 "百钱买百鸡"流程图

图 9-12 "百钱买百鸡"运行结果

4．递推法（迭代法）

递推法是利用问题本身所具有的某种递推关系求解问题的一种方法。其基本思想是从初值出发，归纳出新值与旧值间直到最后值为止存在的关系，从而把一个复杂的计算过程转化为简单过程的多次重复，每次重复都从旧值的基础上递推出新值，并由新值代替旧值。

【例 9.8】假定一对大兔子每月能生一对小兔子，而小兔子过一个月就长大了可以开始生小兔子，问在一年内一对大兔子可以繁殖出多少对大兔子？

问题分析：这是一个典型的递推问题。不妨假设第 1 个月时兔子的对数为 u_1，第 2 个月时兔子的对数为 u_2，第 3 个月时兔子的对数为 u_3，……。

根据题意则有：原来有一对大兔子，故 $u_1=1$。第二个月，大兔子生了一对小兔子，小兔子未长大，大兔子仍是一对，$u_2=1$。第三个月，小兔子长大了，但还未生小兔子，原来的大兔子又生一对小兔子，所以大兔子是 $u_3=u_1+u_2=2$，n 个月后，大兔子总数为：$u_{n+1}=u_n+u_{n-1}$，这样让计算机对这个迭代关系重复执行 11 次，就可以算出第 12 个月时的兔子总数。

程序流程图如图 9-13 所示。

有关代码如下：

```
Private Sub Form_click()
Dim x0%, x1%, x%
    x0 = 0:  x1 = 1
    For i = 1 To 12
        x = x0 + x1
        x1 = x0
        x0 = x
        Print "第"; i; "月后的大兔子共"; x; "对"
    Next
End Sub
```

运行后显示结果如图 9-14 所示。

利用递推法可解决许多数学问题，如求高次方程的近似解等。

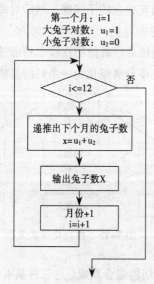

图 9-13　兔子递推程序流程图

图 9-14　运行结果

9.3　程序设计方法

程序设计方法是指以什么观点来研究问题并进行求解，以及如何进行设计的软件方法学。早期的程序设计，常以运行速度快、占用内存少为主要目标。然而随着计算机速度大大提高、存储容量不断扩大以及计算机软件技术研究不断深入，程序设计的方法也日臻完善。目前，最常用的是结构化程序设计方法和面向对象的程序设计方法。

9.3.1　结构化程序设计

20 世纪 60 年代曾出现过严重的软件危机，由于软件原因而引起的信息丢失、系统报废事件屡有发生。1968 年，荷兰科学家 E.w.Dijkstra 为此提出了程序设计中常用的 goto 语句的三大危害：迫害了程序的静动一致性；程序不测试；限制了代码优化。此举引起了软件界长达数年的论战，并由此产生了结构化程序设计方法，同时诞生了基于这一设计方法的程序设计语言 Pascal。开发的 Pascal，以其简洁明了、丰富的数据结构和控制结构，为程序员提供了极大的方便性与灵活性，同时特别适合微机系统，因此大受欢迎。

1．设计原则

结构化程序设计自提出以来，经受了实践的检验，同时也在实践中不断地发展和完善，成为软件开发的重要方法，在程序设计方法学中已占有十分重要的位置。用这种方法设计的程序结构清晰，易于阅读，便于测试和维护。

那么什么是结构化程序设计？它是指使程序具有一个合理的结构，以保证程序正确性而规定的一套如何进行程序设计的原则。

结构化程序设计的原则为：采用自顶向下、逐步求精的方法；程序结构模块化，每个模块只有一个入口和一个出口；使用三种基本控制结构描述程序流程。

自顶向下是指对所设计的系统要有一个全面的理解，从问题的全局入手，使用先全局后局部、先整体后细节的方法，把要解决的复杂问题分解成若干个相互独立的子问题，然后对每个子问题再做进一步的分解，如此重复，直到每个问题都能容易地解决为止。

逐步求精是指程序设计的过程是一个渐进的过程，即先抽象后具体的逐步求精的过程。先把一个子问题用一个程序模块来描述，再把每个模块的功能逐步分解细化为一系列的具体步骤，直到可以用某种程序设计语言的基本控制语句来实现。逐步求精和自顶向下总是结合使用的，一般把逐步求精看做自顶向下设计的具体实现。

模块化是结构化程序设计的重要原则。所谓模块化就是把一个大型程序按照功能分解为若干相对独立、较小的子程序（即模块），并把这些模块按层次关系进行组织，如图 9-15 所示。

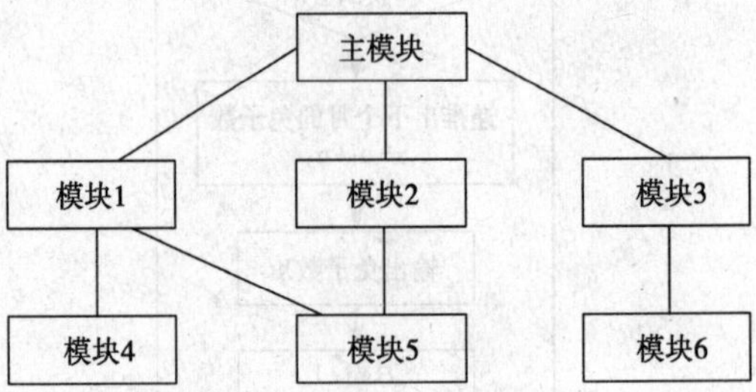

图 9-15　模块化层次关系

2．基本结构

任何复杂的算法都可以由顺序、选择、循环这三种基本结构组合而成。这三种基本控制结构，在前面 9.2.2 节算法描述中已经详细介绍，这里就不再叙述了。

9.3.2 面向对象程序设计

采用结构化程序设计方法设计出来的程序结构良好，各模块间的关系清晰简单，每一模块内部都由基本控制结构组成，同时由于采用了"自顶向下、逐步细化"的设计原则，能有效地组织人们的智力，有利于软件的工程化开发，提高编程工作的效率，降低软件开发的成本。

但随着程序设计复杂性的增加，在结构化程序方法设计中，由于数据与对数据的操作（函数）是相分离的，且程序的可重用性差，无疑给程序开发带来了难度。由此，面向对象的程序设计方法（Object Oriented Programming，OOP）便应运而生。

面向对象的程序设计起源于 Smalhalk 语言，于 20 世纪 80 年代初提出。在它的影响下所产生的面向对象技术迅速传播开来，并在全世界掀起一股 OOP 热潮，至今盛行不衰。面向对象程序设计在软件开发领域引起了根本性的变革，极大地提高了软件开发效率，为解决软件危机带来了光明。

传统的程序设计基于求解过程来组织程序流程。在这类程序中，数据和施加于数据的操作是独立设计的，以对数据进行操作的过程作为程序的主体，而面向对象程序设计则以对象作为程序主体。对象是现实世界中可以独立存在、区分的实体，也可以是一些概念上的实体，世界是由众多对象组成的。对象有自己的数据（属性），也有作用于数据的操作（方法），将对象的属性和方法封装成一个整体，供程序设计者使用，对象之间的相互作用通过消息传递来实现。

目前，这种"对象+消息"的面向对象程序设计模式有取代"数据结构+算法"的面向过程程序设计模式的趋向。当然，面向对象的程序设计并不是完全抛弃结构化程序设计方法，而是站在比结构化程序设计更高、更抽象的层次上去解决问题。

9.4 程序设计语言

9.4.1 程序设计语言的分类

自然语言是人们交流的工具（如英语、汉语等），不同的语言描述出来的形式各不相同；而程序设计语言是用来方便人和计算机交流的工具，通常简称为编程语言，是一组用来定义计算机程序的语法规则。它是一种被标准化的交流技巧，用来向计算机发出指令。一种计算机语言能够让程序员准确地定义计算机所需要使用的数据，并精确地定义在不同情况下所应当采取的行动。

程序设计语言分类如下：

（1）低级语言

低级语言有机器语言和汇编语言。低级语言与特定的机器有关、功效高，但使用复杂、烦琐、费时、易出差错，开发的程序通用性差。

其中，机器语言是最底层的计算机语言。用机器语言编写的程序，计算机硬件可以直接识别。在用机器语言编写的程序中，每一条机器指令都是二进制形式的指令码。对于不同的计算机硬件，其机器语言是不同的，因此，针对一种计算机所编写的机器语言不能在另一种计算机上运行。由于机器语言程序是直接针对计算机硬件的，因此它的执行效率比较高，能充分发挥计算机的速度性能。但是，用机器语言编写程序的难度比较大，容易出错，而且程序的直观性比较差，也不容易移植。

【例 9.9】计算 A=7+8 的机器语言程序如下：

```
10110000    00000111    ：把 7 放入累加器 A 中
00101100    00001000    ：把 8 与累加器 A 中的数相加，结果仍然放在 A 中
11110100                ：结束，停机
```

为了便于理解与记忆汇编语言，人们采用能帮助记忆的英文缩写符号（称为指令助记符）来代替机器语言指令代码中的操作码，用地址符号来代替地址符。用指令助记符及地址符书写的指令称为汇编指令，而用汇编指令编写的程序称为汇编语言源程序。

由于汇编语言采用了助记符，因此，它比机器语言直观，容易理解和记忆。用汇编语言编写的程序也比机器语言程序易读、易检查和修改。但是，由于计算机不能直接识别它，因此，必须用一种专门的翻译程序将汇编语言源程序翻译成机器语言程序后，才能识别并执行，这个翻译的过程称为"汇编"，负责翻译的程序称为汇编程序。

【例 9.10】计算 A=7+8 的汇编语言程序如下：

```
MOV A,7                 ：把 7 放入累加器 A 中
ADD A,8     00001000    ：把 8 与累加器 A 中的数相加，结果仍然放在 A 中
HLT                     ：结束，停机
```

（2）高级语言

高级语言的表示方法要比低级语言更接近于待解问题的表示方法，其特点是在一定程度上与具体机器无关，易学、易用、易维护，通用性和可移植性好。必须指出，用任何一种高级语言编写的程序（称为源程序），都要通过编译程序翻译成机器语言程序（称为目标程序）后才能在计算机上执行，或者通过解释程序边解释边执行。在后面的内容中会详细介绍常用的高级语言。

【例 9.11】计算 A=7+8 的 BASIC 语言程序如下：

```
A=7+8                   ：把 7 和 8 之和放入变量 A 中
PRINT A                 ：输出 A
END                     ：结束，停机
```

9.4.2 常用的高级语言

1. FORTRAN 语言

FORTRAN 语言是世界上最早出现的高级程序设计语言，由约翰·巴克斯（John Wamer Backus）提出，为此他获得 1977 年的图灵奖。

FORTRAN 是 FORmula TRANslator 的缩写，顾名思义，该语言是用于科学计算的。从 1954 年推出 FORTRAN I 起，版本不断更新，功能不断增强，结构化程度不断提高，使古老的语言保持旺盛的生命力。最流行的版本是 FORTRAN 77，目前使用的是 FORTRAN 90 版本。FORTRAN 90 版本具有 Pascal 语言的特征，引入了类型、递归、指针、动态数组等概念。

2. COBOL 语言

COBOL（common business oriented language）语言是 1959 年由 Grace Hopper 和她的小组开发出来的，主要用于商业数据处理。20 世纪 80 年代后随着数据库的广泛应用，该语言使用面减少，但目前银行系统还是较多采用 COBOL 语言开发，通常见于大型机与工作站计算机。

COBOL 程序很像写英文文章，要完成同样功能的程序是其他语言的两倍长，如同"八股文"。再简单的程序都由四个部分组成：标识部（IDENTIFICATION），描述程序；环境部（ENVIRONMENT），描述运行程序的计算机系统；数据部（DATA），描述程序中所有数据的格式；程序部（PROCEDURE）是程序的主体。

3. Pascal 语言

1968 年，由瑞士计算机专家 Niklaus Wirth 发明的 Pascal 语言，以法国数学家 Blaise Pascal 来命名。由于 Niklaus Wirth 发明了多种有影响的程序设计语言，并提出了结构化程序设计这一革命性概念以及"程序=数据结构+算法"这一著名公式，获 1984 年图灵奖。

Pascal 语言是一种通用的编程语言，最大的优点是语法严谨、数据类型丰富、编程概念结构化，成为在 C 语言问世前，风靡全球、最受欢迎的语言之一，尤其适合于教学和应用软件的开发。20 世纪 80 年代，随着 C 语言的流行，Pascal 语言走向了衰落。目前，在商业上仅有 Inprise 公司（即原 Borland）仍在开发 Pascal 语言系统 Delphi，它使用面向对象与软件组件的概念，用于开发商用软件。

4. BASIC 语言

BASIC（beginners all purpose symbolic instruction code）作为初学者的语言，是 1964 年由 John Kemeny 和 Thomas Kurtz 在 FORTRAN 语言的基础上开发的，BASIC 是最容易学习的语言之一。随着微型计算机的诞生和发展，BASIC 语言被配置在微型计算机上，由于其简单易学的特点，得到了广泛的使用，也对计算机的推广应用起了重要的作用。

早期的 BASIC 语言是非结构化的，功能少，为解释型，速度慢。随着计算机技术发展，各种版本的 BASIC 语言有了很大的改进。多年来常用的 BASIC 语言版本有：BASIC、GWBASIC、Turbo BASIC、Quick Basic、QBASIC、Visual Basic。其中 Microsoft 公司对 BASIC 语言可谓是一往情深，最早于 20 世纪 70 年代中期，在微型计算机上内置 BASIC，80 年代产生第一个编译版本 Quick BASIC，直到目前非常流行的 Visual Basic，对 BASIC 语言的改进一直没有中断。

1991 年，Microsoft 公司推出了基于 Windows 环境的 Visual Basic 1.0 版，获得巨大成功，目前最流行的是 Visual Basic 6.0 版，网络功能更强的是 Visual Basic.NET。Visual Basic 在语法结构上与 C 语言、Pascal 语言相似，采用可视化界面设计和事件驱动的编程机制及基于对象的程序设计方法，有利于软件的开发和维护，极易于被非计算机专业人员掌握使用。

5. C 与 C++语言

1972 年，美国贝尔实验室的 Kennet L.Thompson 和 Dennis M.Ritchie 共同设计、开发了 C 语言，当时主要是用于编写 UNIX 操作系统的。C 语言功能丰富，使用灵活，简洁明了，编译产生的代码短，执行速度快，可移植性强。C 语言最重要的特色是：虽然形式上是高级语言，但却具有与机器硬件打交道的底层处理能力。由于 C 语言的特点显著，因此迅速成为最广泛使用的程序设计语言之一，同样 UNIX 也成为最流行的操作系统。C 语言既可以用来开发系统软件，也可以用来开发应用软件，应用领域很广泛。为此，Kennet L.Thompson 和 Dennis M.Ritchie 在 1983 年共同获得图灵奖。

1980 年，贝尔实验室的 Bjarne Stroustrup 对 C 语言进行了扩充，加入了面向对象的概念，对程序设计思想和方法进行了彻底的革命，并于 1983 年改名为 C++。由于 C++对 C 语言兼容，

C 语言的广泛使用使得 C++成为应用最广的面向对象程序设计语言。目前主要的 C++语言开发工具有 Inprise 公司的 C++Builder、Bodand C++，Microsoft 公司的 Visual C++、C#和 UNIX 系统的 GNU C++。

6. Java 语言

Java 是在 1995 年由 Sun Microsystem 公司开发的面向对象的程序设计语言，主要为网络应用开发使用。Java 语言语法类似 C++，但简化并去除了 C++语言一些容易被误用的功能，如指针等，使程序更加严谨、可靠、易懂。尤其是 Java 与其他语言不同，编写的源程序既要经过编译生成一种称为 Java 字节编码的，又要被解释。采用虚拟机技术，编译后生成字节代码解释执行，可在任何环境下运行，如 Windows 2000、Linux、MOS 等，有"写一次，跑到处"的跨平台优点，因此成为 21 世纪 Internet 上应用的重要编程语言。

7. 标记语言和脚本语言

在网络时代，要制作 Web 页，少不了标记语言和脚本语言，虽它不同于前面介绍的程序标记语言（marked language），是一种描述文本以及文本的结构和外观细节的文本编码。脚本语言（scripting language）以脚本的形式定义一项任务，以此控制操作环境，扩展使用应用程序的性能。

（1）超文本标记语言

超文本标记语言（hyper text markup language，HTML）是网页内容的描述语言。HTML 实质是格式化语言，它确定 Web 页面中文本、图形、表格和其他一些信息的静态显示方式。它的真正优点是将各处的各条信息链接起来，使生成的文档成为超文本文档。HTML 编写的代码是纯文本的 ASCII 文档，当使用浏览器进行查看时，这些代码能够产生相应的多媒体、超文本的 Web 页面。当然，用 HTML 制作 Web 页是很枯燥、烦琐的工作，这如同用机器语言编写程序。目前，有许多"所见即所得"的 Web 页制作专用工具，如 FrontPage、Dreamweaver 等，既高效又直观，而它们的源代码就是 HTML。

（2）XML 可扩展的标记语言

近年来流行的 XML（extensible markup language）可扩展的标记语言，它定义了一套定义语义标记的规则，这些标记将文档分成许多部件并对部件加以标记，它不能描述页面元素的格式化，但可用样式专为文档增加格式化信息。XML 是对 HTML 的扩展，主要克服 HTML 只能显示静态的信息、使用固定的标记、无法反映数据的真正物理意义等缺陷。

（3）脚本语言

脚本语言实质是大型机和微型计算机的批处理语言的分支，将单个命令组合在一起，形成程序清单，以此控制操作环境，扩展使用应用程序的性能。脚本语言不能独立运行，需要有一个主机应用系统依附来运行。例如 Microsoft Word 中的宏也叫做脚本语言，它可以自动执行一系列的操作命令，但必须依附于 Word 应用程序来运行。

VBScript、JavaScript 是专用于 Web 页的脚本语言，主要解决 Web 页的动态交互问题。脚本语言分为客户端和服务端两个不同的版本，客户端实现改变 Web 页外观的功能，服务端完成输入验证、表单处理、数据库查询等功能。

9.5　程序设计示例

【例 9.12】求两个正整数的最大公约数。

根据题目要求，求最大公约数的方法有很多，其中采用转展相除法的算法思想为：

① 对于已知两正数 *m*，*n*，使得 *m*>*n*；

② 用 *m* 除以 *n*，求得余数 *r*；

③ 若 *r*=0，则 *n* 为求得的最大公约数，算法结束，否则执行步骤④；

④ 若 *r*<>0，*m*←*n*，*n*←*r*，再重复执行步骤②。

流程如图 9-16 所示。

下面用 Visual Basic 语言来实现这个算法。

（1）设计应用界面

单击 Visual Basic 主窗口菜单栏中的"文件"菜单项，选择"新建工程"选项，弹出如图 9-17 所示的界面，在窗体 Form1 上利用控件工具箱选择相应的控件类图标创建对象，本题为 Command 类创建 Command1。

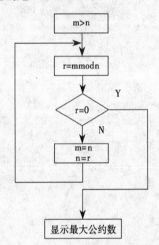

图 9-16　最大公约数流程图

图 9-17　设计界面

（2）在属性窗口中设置对象属性

表 9-2　属性设置

控 件 名	属 性 名	属 性 值	说 明
Command1	Caption	求公约数	按钮的标题
Form1	Caption	求最大公约数	窗体的标题

（3）在代码窗口中编写对象事件代码

```
Private Sub Command1_Click()
Dim m%, n%, t%, r
m = Input Box("请输入第一个整数:")
n = Input Box("请输入第二个整数:")
If m < n Then t = m: m = n: n = t
```

```
    r=m Mod n
    Do Until r=0                    '或DO While r<>0
        m=n
        n=r
        r=m Mod n
    Loop
    Print "最大公约数是:"; n
    End Sub
```

图9-18　运行界面

（4）运行效果

如图9-18所示。当 m、n 输入的值分别为20、15时，单击"求最大公约数"按钮后，窗体上显示最大公约数为5。

第 **10** 章

数据库技术基础

随着科学技术的发展，计算机技术不断应用到各行各业，数据存储不断膨胀的需要，对未来的数据库技术将会有更高的要求。在这一章中我们主要介绍数据库的一些基本概念，了解数据库的描述方式以及逻辑结构，掌握关系数据库的一些基本概念，为后续的课程打下基础。

10.1　数据库的概念

随着科学技术的发展，计算机技术不断应用到各行各业，在进行事务处理时，有时并不需要进行复杂的科学计算，而主要是对大量数据的存储、查找、统计等工作。为了有效地保存和管理计算机应用中出现的大量数据必须采，用一整套合理的数据处理方法，即数据管理。

所谓数据就是描述事物的符号。在我们的日常生活中，数据无所不在，数字、文字、图表、图像、声音等都是数据。人们通过数据来认识世界，交流信息。

数据库，顾名思义，就是数据存放的地方。在计算机中，数据库是数据和数据库对象的集合。

数据库管理系统（DBMS）是用于管理数据的计算机软件。数据库管理系统使用户能方便地定义和操纵数据，维护数据的安全性和完整性，以及进行多用户下的并发控制和恢复数据库。

10.1.1　数据库技术的发展

数据库技术的发展，已经成为先进信息技术的重要组成部分，是现代计算机信息系统和计算机应用系统的基础和核心。数据库技术最初产生于 20 世纪 60 年代中期，根据数据模型的发展，可以划分为三个阶段：第一代的网状、层次数据库系统；第二代的关系数据库系统；第三代的以面向对象模型为主要特征的数据库系统。

第一代数据库的代表是 1969 年 IBM 公司研制的层次模型的数据库管理系统 IMS 和 20 世纪 70 年代美国数据库系统语言协商 CODASYL 下属数据库任务组 DBTG 提议的网状模型。层次数据库的数据模型是有根的定向有序树，网状模型对应的是有向图。这两种数据库奠定了现代数据库发展的基础。这两种数据库具有如下共同点：① 支持三级模式（外模式、模式、内模式）。保证数据库系统具有数据与程序的物理独立性和一定的逻辑独立性；② 用存取路径来表示数据之间的联系；③ 有独立的数据定义语言；④ 导航式的数据操纵语言。

第二代数据库的主要特征是支持关系数据模型（数据结构、关系操作、数据完整性）。关系模型具有以下特点：① 关系模型的概念单一，实体和实体之间的联系用关系来表示；② 以关系数学为基础；③ 数据的物理存储和存取路径对用户不透明；④ 关系数据库语言是非过程化的。

第三代数据库产生于 20 世纪 80 年代，随着科学技术的不断进步，各个行业领域对数据库技术提出了更多的需求，关系型数据库已经不能完全满足需求，于是产生了第三代数据库。主要有以下特征：① 支持数据管理、对象管理和知识管理；② 保持和继承了第二代数据库系统的技术；③ 对其他系统开放，支持数据库语言标准，支持标准网络协议，有良好的可移植性、可连接性、可扩展性和互操作性等。第三代数据库支持多种数据模型（比如关系模型和面向对象的模型），并和诸多新技术相结合（比如分布处理技术、并行计算技术、人工智能技术、多媒体技术、模糊技术），广泛应用于多个领域（商业管理、GIS、计划统计等），由此也衍生出多种新的数据库技术。

分布式数据库允许用户开发的应用程序把多个物理分开的、通过网络互联的数据库当作一个完整的数据库看待。并行数据库通过 cluster 技术把一个大的事务分散到 cluster 中的多个结点去执行，提高了数据库的吞吐和容错性。多媒体数据库提供了一系列用来存储图像、音频和视频对象类型，更好地对多媒体数据进行存储、管理、查询。模糊数据库是存储、组织、管理和操纵模糊数据库的数据库，可以用于模糊知识处理。

10.1.2　数据库与数据库系统

数据库系统（Database System，DBS）狭义地讲是由数据库、数据库管理系统和用户构成、广义地讲是由计算机硬件、操作系统、数据库管理系统以及在它支持下建立起来的数据库、应用程序、用户和维护人员组成的一个整体。

数据库系统的个体含义是指一个具体的数据库管理系统软件和用它建立起来的数据库；它的学科含义是指研究、开发、建立、维护和应用数据库系统所涉及的理论、方法、技术所构成的学科。在这一含义下，数据库系统是软件研究领域的一个重要分支，常称为数据库领域。

数据库系统一般由四个部分组成：

① 数据库，即存储在磁带、磁盘、光盘或其他外存介质上、按一定结构组织在一起的相关数据的集合。

② 数据库管理系统（DBMS）。它是一组能完成描述、管理、维护数据库的程序系统。它按照一种公用的和可控制的方法完成插入新数据、修改和检索原有数据的操作。

③ 数据库管理员（DBA）。

④ 用户和应用程序。

10.2　数　据　描　述

10.2.1　概念模型

概念模型用于信息世界的建模，与具体的 DBMS 无关。为了把现实世界中的具体事物抽象、组织为某一 DBMS 支持的数据模型。人们常常首先将现实世界抽象为信息世界，然后再将信息世界转换为机器世界。也就是说，首先把现实世界中的客观对象抽象为某一种信息结构，这种信息结构并不依赖于具体的计算机系统和具体的 DBMS，而是概念级的模型；然后再把模型转换为计算机上某一个 DBMS 支持的数据模型。实际上，概念模型是现实世界到机器世界的一个中间层次。

由于概念模型用于信息世界的建模，是现实世界到信息世界的第一层抽象，是用户与数据库设计人员之间进行交流的语言，因此概念模型一方面应该具有较强的语义表达能力，能够方便、直接地表达应用中的各种语义知识，另一方面它还应该简单、清晰、易于用户理解。下面我们介绍一下信息世界中的基本概念：

1. 实体（entity）

客观存在并可相互区别的事物称为实体。实体可以是具体的人、事、物，也可以是抽象的概念或联系。例如，一个学生、一门课、一个供应商、一个部门、一本书、一位读者等都是实体。

2. 属性（attribute）

实体所具有的某一特性称为属性。一个实体可以由若干个属性来刻画。例如，图书实体可以由编号、书名、出版社、出版日期、定价等属性组成。又如，学生实体可以由学号、姓名、性别、出生年份、系别、入学时间等属性组成，如（20080112，张丽，女，1984，计算机系，2008），这些属性组合起来体现了一个学生的特征。

3. 主码（primary key）

唯一标识实体的属性集称为主码。例如，学生号是学生实体的主码，职工号是职工实体的主码。学生实体中，主码由单属性学号构成。

4. 域（domain）

属性的取值范围称为该属性的域。例如，职工性别的域为（男，女），姓名的域为字母字符串集合，年龄的域为小于 150 的整数，职工号的域为 5 位数字组成的字符串等。

5. 实体型（entity type）

具有相同属性的实体必然具有共同的特征和性质。用实体名及其属性名集合来抽象和刻画同类实体，称为实体型。例如，学生（学号，姓名，性别，出生年份，系，入学时间）就是一个实体型。图书（编号、书名、出版社、出版日期、定价）也是一个实体型。

6. 实体集（entity set）

同型实体的集合称为实体集。例如，全体学生就是一个实体集。图书馆的图书也是一个实体集。

7. 联系（relationship）

在现实世界中，事物内部以及事物之间是有联系的，这些联系在信息世界中反映为实体内部的联系和实体之间的联系。图 10-1 是两实体型间的三类关系。实体内部的联系通常是组成实体的各属性之间的联系。两个实体型之间的联系可以分为 3 类：

（1）一对一联系（1:1）

如果对于实体集 A 中的每一个实体，实体集 B 至多有一个实体与之联系，反之亦然，则称实体集 A 与实体集 B 具有一对一联系，记为 1:1。

例如，一个宾馆，每个客房都对应着一个房间号，一个房间号也唯一的对应这一间客房。所以，客房和房间号之间具有一对一联系。

又如，确定部门实体和经理实体之间存在一对一联系，意味着一个部门只能有一个经理管理，而一个经理只管理一个部门。

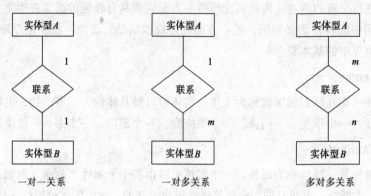

图 10-1　两实体型间的三类关系

（2）一对多联系（1:n）

如果对于实体集 A 中的每一个实体，实体集 B 中有 n 个实体与之联系（$n > = 0$），反之，对于实体集 B 中的每一个实体，实体集 A 中至多有一个实体与之联系，则称实体集 A 与实体集 B 具有一对多联系，记为 1:n。

例如，一个部门中有若干名职工，而每个职工只能在一个部门工作，则部门与职工之间具有一对多联系。

（3）多对多联系（m:n）

如果对于实体集 A 中的每一个实体，实体集 B 中有 n 个实体与之联系（$n > = 0$），反之，对于实体集 B 中的每一个实体，实体集 A 中也有 m 个实体与之联系（$m > = 0$），则称实体集 A 与实体集 B 具有多对多联系，记为 m:n。

例如，在授课系统中，对于课程、教师与参考书 3 个实体型，如果一门课程可以有若干个教师讲授，使用若干本参考书，而每一个教师只讲授一门课程，每一本参考书只供一门课程使用，则课程与教师、课程与参考书之间的联系是一对多的。

概念模型是对信息世界建模，所以概念模型应该能够方便、准确地表示信息世界中的常用概念。概念模型的表示方法很多，其中最为常用的是 P.P.S.Chen 于 1976 年提出的实体 – 联系方法（entity-relationship approach，简记为 E – R 表示法）。该方法用 E – R 图来描述现实世界的概念模型，称为实体 – 联系模型，简称 E–R 模型。

在 E-R 图中实体用矩形表示，矩形内写明实体名称。属性用椭圆形表示，椭圆内写明属性名称，并用无向边将其与实体连接起来。联系用菱形表示，菱形内写明联系名称，用无向边分别与有关实体连接起来，并在无向边旁标明联系的类型。图 10-2 是前面示例中的 E-R 图。

需要注意的是，联系本身也可以有属性。如果一个联系具有属性，则这些属性也要用无向边与该联系连接起来。

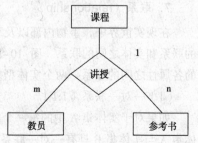

图 10-2　实体型之间的联系示例图

10.2.2 数据模型

数据模型应满足三方面要求：一是能比较真实地模拟现实世界；二是容易为人所理解；三是便于在计算机上实现。数据结构、数据操作和完整性约束是构成数据模型的三要素。数据模型主要包括网状模型、层次模型、关系模型等，它是按计算机系统的观点对数据建模，用于 DBMS 的实现。

数据模型是信息模型在数据世界中的表示形式。可将数据模型分为三类：层次模型、网状模型和关系模型。

1．层次模型

用树形结构表示数据及其联系的数据模型称为层次模型。

树是由结点和连线组成的，结点表示数据集，连线表示数据之间的联系，树形结构只能表示一对多联系。通常将表示"一"的数据放在上方，称为父结点；而表示"多"的数据放在下方，称为子结点。树的最高位置只有一个结点，称为根结点。根结点以外的其他结点都有一个父结点与它相连，同时可能有一个或多个子结点与它相连。没有子结点的结点称为叶结点，它处于分枝的末端。

① 有且仅有一个结点无父结点，称其为根结点。

② 其他结点有且只一个父结点。

支持层次模型的 DBMS 称为层次数据库管理系统,在这种系统中建立的数据库是层次数据库。层次模型可以直接方便地表示一对一联系和一对多联系，但不能用它直接表示多对多联系。图 10-3 是层次模型的一个示例。图 10-4 是层次模型结构示意图。

图 10-3 层次模型结构示例

2．网状模型

在现实世界中，事物之间的联系更多的是非层次关系的，用层次模型表示非树型结构是很不直接的，网状模型则可以克服这一弊病。网状模型是一个网络。在数据库中，满足以下两个条件的数据模型称为网状模型。（1）允许一个以上的结点无父结点；（2）一个结点可以有多于一个的父结点。从以上定义看出，网状模型构成了比层次结构复杂的网状结构。图 10-5 是网状模型结构示意图。

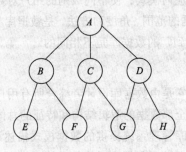

图 10-4 层次模型结构示意图

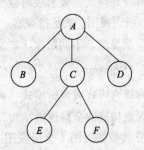

图 10-5 网状模型结示意图

3．关系模型

在关系模型中，数据的逻辑结构是一张二维表。在数据库中，满足下列条件的二维表称为关系模型，如表 10-1 所示，他有以下特点：

① 每一列中的分量是类型相同的数据。

② 列的顺序可以是任意的。

③ 行的顺序可以是任意的。

④ 表中的分量是不可再分割的最小数据项，即表中不允许有子表。

⑤ 表中的任意两行不能完全相同。

表 10-1　学生成绩表

学　　号	姓　　名	性　　别	成　　绩
1001	甲	男	526
1002	乙	女	540
1003	丙	男	539
1004	丁	女	555

关系数据库采用关系模型作为数据的组织方式。关系数据库因其严格的数学理论、使用简单灵活、数据独立性强等特点，而被公认为最有前途的一种数据库管理系统。它的发展十分迅速，目前已成为占据主导地位的数据库管理系统。自 20 世纪 80 年代以来，作为商品推出的数据库管理系统几乎都是关系型的，例如 Oracle、Sybase、Informix、Visual FoxPro 等。

10.3　数据库的逻辑结构

10.3.1　三级模式

为了有效地组织、管理数据，提高数据库的逻辑独立性和物理独立性，人们为数据库设计了一个严谨的体系结构，数据库领域公认的标准结构是三级模式结构，它包括外模式、模式和内模式。

美国家标准协会（American national standard institute，ANSI）的数据库管理系统研究小组于 1978 年提出了标准化的建议，将数据库结构分为 3 级：面向用户或应用程序员的用户级、面向建立和维护数据库人员的概念级、面向系统程序员的物理级。

用户级对应外模式，概念级对应模式，物理级对应内模式，使不同级别的用户对数据库形成不同的视图。所谓视图，就是指观察、认识和理解数据的范围、角度和方法，是数据库在用户“眼中”的反映，很显然，不同层次（级别）用户所“看到”的数据库是不相同的。

1．模式（Schema）

模式又称概念模式或逻辑模式，对应于概念级。它是由数据库设计者综合所有用户的数据，按照统一的观点构造的全局逻辑结构，是对数据库中全部数据的逻辑结构和特征的总体描述，是所有用户的公共数据视图（全局视图）。它是由数据库管理系统提供的数据模式描述语言（data description language，DDL）来描述、定义的，体现、反映了数据库系统的整体观。

① 一个数据库只有一个模式；

② 是数据库数据在逻辑级上的视图；

③ 数据库模式以某一种数据模型为基础；

④ 定义模式时不仅要定义数据的逻辑结构（如数据记录由哪些数据项构成，数据项的名字、类型、取值范围等），而且要定义与数据有关的安全性、完整性要求，定义这些数据之间的联系。

2．外模式（external schema）

外模式又称子模式，对应于用户级。它是某个或某几个用户所看到的数据库的数据视图，是与某一应用有关的数据的逻辑表示。外模式是从模式导出的一个子集，包含模式中允许特定用户使用的那部分数据。用户可以通过外模式描述语言来描述、定义对应于用户的数据记录（外模式），也可以利用数据操纵语言（data manipulation language，DML）对这些数据记录进行。外模式反映了数据库的用户观。

3．内模式（internal schema）

内模式又称存储模式，对应于物理级，它是数据库中全体数据的内部表示或底层描述，是数据库最低一级的逻辑描述，它描述了数据在存储介质上的存储方式是物理结构，对应着实际存储在外存储介质上的数据库。内模式由内模式描述语言来描述、定义，它是数据库的存储观。

它是数据库管理系统（DBMS）对数据库中数据进行有效组织和管理的方法，其目的是为了减少数据冗余、实现数据共享和提高存取效率，改善性能。

4．三级模式间的映射

数据库的三级模式是数据库在三个级别（层次）上的抽象，使用户能够逻辑地、抽象地处理数据而不必关心数据在计算机中的物理表示和存储。实际上，对于一个数据库系统而言一有物理级数据库是客观存在的，它是进行数据库操作的基础，概念级数据库中不过是物理数据库的一种逻辑的、抽象的描述（即模式），用户级数据库则是用户与数据库的接口，它是概念级数据库的一个子集（外模式）。

用户应用程序根据外模式进行数据操作，通过外模式——模式映射，定义和建立某个外模式与模式间的对应关系，将外模式与模式联系起来，当模式发生改变时，只要改变其映射，就可以使外模式保持不变，对应的应用程序也可保持不变；另一方面，通过模式——内模式映射，定义建立数据的逻辑结构（模式）与存储结构（内模式）间的对应关系，当数据的存储结构发生变化时，只需改变模式——内模式映射，就能保持模式不变，因此应用程序也可以保持不变。

10.3.2　二级映射

数据库系统的三级模式是对数据的三个级别抽象，它把数据的具体物理实现留给物理模式，使用户与全局设计者能不必关心数据库的具体实现与物理背景，同时，它通过两级映射建立三级模式间的联系与转换，使得概念模式与外模式虽然并不具物理存在，但是也能通过映射而获得其存在的实体，同时两级映射也保证了数据库系统中数据的独立性，亦即数据的物理组织改变与逻辑概念级改变，并不影响用户外模式的改变，它只要调整映射方式而不必改变用户模式。

1. 概念模式到内模式的映射

该映射给出了概念模式中数据的全局逻辑结构到数据的物理存储结构间的对应关系，此种映射一般由 DBMS 实现。

2. 外模式到概念模式的映射

概念模式是一个全局模式而外模式则是用户的局部模式，一个概念模式中可以定义多个外模式，而每个外模式是概念模式的一个基本视图。外模式到概念模式的映射给出了外模式与概念模式的对应关系，这种映射一般由 DBMS 实现。

10.4　关系数据库

在关系模型中，实体以及实体间的联系都是用关系表示的。例如，系实体，学生实体，系与学生之间的一对多的联系都可以分别用一个关系来表示。在一个给定的应用领域中，所有实体和实体之间联系的关系模式集合构成一个关系数据库的描述，称作关系数据库的内涵。

关系数据库也有型和值之分，关系数据库的型也称为关系数据库模式，是对关系数据库的描述，包括若干域的定义以及在这些域上定义的若干关系模式。关系数据库的值是这些关系模式在某一时刻对应的关系的集合，通常称为关系数据库称关系数据库的外涵。

通常用二维表格式的形式描述相关数据，在二维表中，每一行称为一个元组，对应文件中的一个具体记录。垂直方向的每一列称为一个属性，在文件中对应一个字段。

10.4.1　关系术语

关系数据库理论是 IBM 公司的 E.F.Codd 首先提出的。关系模型是建立在数据理论的基础上，只有了解关系数据库理论，才能设计出合理的数据库。

在学习关系的数学定义之前，我们要先来学习一些概念。

1. 域

域是值的集合。

如：{男，女}，{1，2}，{A，B，C}等都可以是域。

注意：域要命名。

如：令：D_1={男，女}，表示性别的集合；

　　　D_2={10，13，18}，表示年龄的集合。

域中数据的个数叫域的基数。因此上面 D_1 的基数是 2，D_2 的基数是 3。

2. 笛卡儿积

给定一组域 D_1，D_2，$\cdots$，D_n（其中允许有相同的），则笛卡儿积定义为：

$D_1 \times D_2 \times \cdots \times D_n$={（$d_1$，$d_2$，$\cdots$，$d_n$）|$d_i \in D_i$，i=1，2，$\cdots$，$n$}}

其中，每个（d_1，d_2，$\cdots$，d_n）叫做元组；

元组中的每个 d_i 叫做分量，d_i 必是 D_i 中的一个值；当 n=1 时称单元组，n=2 时，称二元组，$\cdots$。

因此，笛卡儿积的基数等于构成该积所有域的基数累乘积。

3. 关系的定义

当且仅当 R 是 $D_1 \times D_2 \times \cdots \times D_n$ 的一个子集，则称 R 是 $D_1 \times D_2 \times \cdots \times D_n$ 上的一个关系，记为：$R(D_1, D_2, \cdots, D_n)$

其中 R 为关系名，n 为关系的度，D_i 为第 i 个域名。

在关系对应的二维表中，行对应元组，列对应域。

注意： 由于笛卡儿积允许有相同的域，故当不同列取自相同域情况下，列就无法根据域名来区分。

10.4.2　关系特点

由于关系可以表现为二维表，因此我们可以通过二维表来理解关系的性质。

关系中每个属性值是不可分解的。也就是表中元组分量必须是原子的。注意不允许"表中套表"。

表中各列取自同一域，故一列中的各个分量具有相同性质。

列的次序可以任意交换，不改变关系的实际意义。

表中的行叫元组，代表一个实体，因此表中不允许出现相同的两行。注意：在实际中有的把元组称为记录。

行的次序无关紧要，可以任意交换，不会改变关系的意义。

10.4.3　关系运算

关系的基本运算有两类：一类是传统的集合运算（并、差、交等），另一类是专门的关系运算（选择、投影、连接等），有些查询需要几个基本运算的组合，要经过若干步骤才能完成。

1. 传统的集合运算

（1）并（UNION）设有两个关系 R 和 S，它们具有相同的结构。R 和 S 的并是由属于 R 或属于 S 的元组组成的集合，运算符为 $\cup$。记为 $T = R \cup S$。

（2）差（DIFFERENCE）R 和 S 的差是由属于 R 但不属于 S 的元组组成的集合，运算符为 $-$。记为 $T = R - S$。

（3）交（INTERSCTION）R 和 S 的交是由既属于 R 又属于 S 的元组组成的集合，运算符为 $\cap$。记为 $T = R \cap S$。$R \cap S = R - (R - S)$。

2. 选择运算

从关系中找出满足给定条件的那些元组称为选择。其中的条件是以逻辑表达式给出的，值为真的元组将被选取。这种运算是从水平方向抽取元组。在 VISUAL FOXPRO 中的短语 FOR < 条件 > 和 WHILE < 条件 > 均相当于选择运算。

如：LIST FOR 出版单位 = '高等教育出版社' AND 单价 < = 20

3. 投影运算

从关系模式中挑选若干属性组成新的关系称为投影。这是从列的角度进行的运算，相当于对关系进行垂直分解。在 VISUAL FOXPRO 中短语 FIELDS < 字段 1，字段 2，… > 相当于投影运算。

如：LIST FIELDS 单位，姓名

4．连接运算

选择和投影运算都是属于一目运算，它们的操作对象只是一个关系。连接运算是二目运算，需要两个关系作为操作对象。

（1）连接

连接是将两个关系模式通过公共的属性名拼接成一个更宽的关系模式，生成的新关系中包含满足连接条件的元组。运算过程是通过连接条件来控制的，连接条件中将出现两个关系中的公共属性名，或者具有相同语义、可比的属性。连接是对关系的结合。在 VISUAL FOXPRO 中有单独一条命令 JOIN 实现两个关系的连接运算。如：

```
SELE 1
USE 定单
SELE 2
USE 商品
JOIN WITH A TO XGX FOR A->货号=货号 AND 库存量>=A->定购量
```

设关系 R 和 S 分别有 m 和 n 个元组，则 R 与 S 的连接过程要访问 $m \times n$ 个元组。由此可见，涉及连接的查询应当考虑优化，以便提高查询效率。

（2）自然连接

自然连接是去掉重复属性的等值连接。它属于联接运算的一个特例，是最常用的连接运算，在关系运算中起着重要作用。

如果需要两个以上的关系进行连接，应当两两进行。利用关系的这三种专门运算可以方便地构造新的关系。

参考文献

[1] 吴昊. 大学计算机基础. 南昌：江西高校出版社，2006.

[2] 熊李艳. 大学计算机基础实验教程. 南昌：江西高校出版社，2006.

[3] 余文芳. 计算机应用基础. 北京：人民邮电出版社，2006.

[4] 杨振山. 计算机文化基础. 3 版. 北京：高等教育出版社，1998.

[5] 杨小平. 大学计算机应用基础与实训. 北京：冶金工业出版社，2005.

[6] 刘福来. 大学计算机基础. 北京：中国科学技术出版社，2006.

[7] 卢湘鸿. 计算机应用教程. 北京：清华大学出版社，2001.

[8] 杨连初. 大学计算机基础. 北京：人民出版社，2007.

笔 记 栏

Learn more about it !